제 7 회 문지문학상 수상작품집

제7회 문지문학상 수상작품집

펴낸날 2017년 6월 1일

지은이 구병모 김엄지 박민정 박솔뫼 백수린 양선형 윤해서 최은미 최은영
펴낸이 우찬제 이광호
펴낸곳 ㈜문학과지성사
등록번호 제1993-000098호
주소 04034 서울 마포구 잔다리로7길 18(서교동 377-20)
전화 02) 338-7224
팩스 02) 323-4180(편집) / 02) 338-7221(영업)
전자우편 moonji@moonji.com
홈페이지 www.moonji.com

ISBN 978-89-320-3010-4 03810

이 도서의 국립중앙도서관 출판예정도서목록(CIP)은 서지정보유통지원시스템 홈페이지(http://seoji.nl.go.kr)와 국가자료공동목록시스템(http://www.nl.go.kr/kolisnet)에서 이용하실 수 있습니다. (CIP제어번호: CIP2017012464)

행복의 과학

박민정

제7회 문지문학상 수상작품집

문학과지성사

차 례

일러두기

이달의 소설(2016년 10월)로 선정된 기준영의 「조이」는 작가의 요청으로 수록하지 않았다.

제7회 문지문학상

—

심사 경위

심사평

수상 소감

문학과지성사가 2010년부터 제정·운영해오고 있는 '문지문학상'이 올해로 7회를 맞이했다. 제1회 이장욱의 「곡란」, 제2회 김태용의 「머리 없이 허리 없이」, 제3회 김솔의 「소설 작법」, 제4회 박솔뫼의 「겨울의 눈빛」, 제5회 윤이형의 「루카」, 제6회 정지돈의 「창백한 말」에 이어, 제7회 수상작으로 박민정의 「행복의 과학」이 선정되었다. 수상 작가에게는 상금 1천만 원이 주어지며, 시상식은 매년 5월, 문학과사회 신인문학상 시상식과 함께 열린다.

2010년 봄, 〈웹진문지〉 오픈과 함께 시작된 '웹진문지문학상'은 2013년 초 문학과지성사 홈페이지 블로그와 함께 통합되면서 2014년 제4회부터 '문지문학상'으로 개칭되어 그 운영을 이어가고 있다.

제 7 회 문 지 문 학 상

심사 경위

문지문학상이 올해로 7회를 맞는다. 등단 10년 이내 작가들의 작품들을 대상으로 하는 이 상은 한국 소설의 새로운 가능성을 발굴하고 격려함으로써 한국 문학의 창조적 해체와 혁신의 물줄기를 모색하는 데 목적을 두고 있다. 등단 10년 이내라는 제도적 조건을 덧붙인 것은 이미 인준된 문학적 판단 기준에 의존하지 않고, 동시대성과 호흡하는 새로운 작품들과 만나 비평적 대화를 나누기 위해서이다. 지난 수상자들의 면면을 살펴보면 알 수 있듯, 문지문학상이 중요시하는 새로움은 단순히 생물학적 젊음이나 세대적 신기성에 대한 호기심으로만 이해될 수는 없을 것이다. 새로움에 대한 욕망은 '문학성'이라는 이념 자체가 역사적 탐구의 대상일 수밖에 없다는 것, 다시 말해 좋은 문학을 구성하는 요건 역시 시대적 콘텍스트의 변화에 따라 끊임없이 다른 방식으로 요청될 수밖에 없다는 사실을 적극적으로 의식한 결과라고 할 수 있다. 이러한 시대적 요청에 응답하는 일환으로 문지문학상은 한국 문학의 창의적 갱신을 도모하기 위한 비평적 대화의 장을 구성함으로써 한국 문학의 변화를 증명하는 데 앞으로도 모든 노력을 다할 예정이다.

올해 예심 대상작으로 선정된 작품들의 면면을 보더라도 이러한 변화의 조짐들을 어렵지 않게 발견할 수 있을 것이다. 2016년 한 해 동안 〈이달의 소설〉로 추천된 작품들은 구병모 「지속되는 호의」, 양선형 「종말기 의료」, 최은미 「눈으로 만든 사람」, 최은영 「씬짜오, 씬짜오」 「그 여름」, 윤해서 「우리의 눈이 마주친다면」, 김엄지 「예지 5」, 박솔뫼 「우리의 사람들」, 기준영 「조이」, 박민정 「행복의 과학」, 백수린 「여행의 끝」이다. 『문학과사회』의 새로운 세대 동인이 구성되면서 심사위원들(우찬제, 이광호, 김형중, 조연정, 금정연, 김신식, 이경진, 강동호)의 문학적 취향과 문제의식이 다변화되고, 이에 따라 선정된 작품들의 결 역시 이전과 달라진 결과라고 할 수 있을 것이다. 심사위원들은 이미 원숙한 작품 세계를 보여주는 작가들의 완성도에 주목하기보다는, 다소 미숙한 점이 있더라도 당대의 무의식을 내파함으로써 '소설적인 것'을 창출하려는 패기와 야심을 갖춘 작품에 상대적으로 더욱 많은 관심과 지지를 보냈다.

1월 20일에 이루어진 본심 자리에서는 이러한 기준에 따라 선정되었던 작품 열한 편의 가능성과 한계를 찬찬히 살폈다. 길게 이어진 논의 과정에서 심사위원들은 윤해서의 「우리의 눈이 마주친다면」과 박민정의 「행복의 과학」이 보여준 성취와 가능성에 고른 지지를 보냈다. 두 작품은 형식이나 스타일에서 많이 달라 보였으나, 우리 시대의 첨예한 논쟁적 화두라고 할 수 있는 '애도'와 '역사'에 대한 문제의식을 소설화하고 있다는 점에서 어떤 공통의 문학적 세대 인식을 보여주는 것처럼 읽혔다. 긴 토론을 벌인 끝에 박민정이 보여준 사회학적 상상력에 대한 지지가 근소하게나마 앞섰기에, 기쁜 마음으로 「행복의 과학」을 수상작으로 결정했다.

박민정의 「행복의 과학」은 전 세계적으로 확산되고 있는 정치적 퇴행, 외국인과 소수자 그리고 여성에 대한 혐오를 토대로 전개되고 있는 새로운 형태의 민족주의적 역사주의에 대한 소설적 탐구로 읽힐 수 있다. 서구식 민주주의 이념과 탈민족주의적 사유의 한계가 곳곳에서 포착되는 시대적 상황을 고려할 때 이 작품은 민족과 역사에 대한 욕망이 어떻게 종교적인 수준으로 비약할 수 있는지, 더 나아가 정치와 종교의 일치가 왜 발생할 수밖에 없는지를 비판적으로 탐구한 문제작이다. 그의 소설은 이른바 소설의 사회학적 상상력이 활성화될 수 있는 가능성, 다시 말해 '소설적인 것'과 '사회적인 것'을 접속시키는 콘텍스트적 상상력의 중요성을 증명하는 흔치 않은 사례라고 할 수 있을 것이다. 소설을 통해, 사회와 역사를 동시적으로 사유하기 위한 창조적 거점의 자리를 탐색하려는 작가의 소설적 문제의식이 더욱 첨예해지길 기대하며, 수상자에게 진심으로 축하의 인사를 전한다. **문지문학상 심사위원 일동**

제 7 회 문 지 문 학 상

심사평

2016년 한국 소설의 풍경을 복기할 때, 상처를 견디고 나와 남의 상처를 애도하며 다각적인 방식으로 새로운 소통의 가능성을 탐문하려 했던 작품들에 눈길이 더 머무는 것은 어쩌면 자연스러운 일이었는지도 모른다. '현실의 애도 공동체'를 '상상하는 애도 공동체'로 변형하는 과정에서 젊은 작가들이 보인 문학적 정열과 수사학적 책략은 한국문학의 신개지로 향하는 어떤 신호였다. 그 신호들의 스펙트럼은 사뭇 다양하고 역동적이었다. 물론 어떤 신호들은 금세 희미해지는 여린 기운에 그치기도 했고, 어떤 신호들은 희미해지는 듯하다가도 이내 새로운 광휘의 순간을 묘출하는 경우도 있었다.

구병모의 「지속되는 호의」는 진심의 종말을 걱정하면서 인간관계의 보편적 층위에서 특수한 국면에 이르기까지 여러 문제의식을 아이로니컬하게 형상화했다. 선의와 위선, 진심과 작심의 경계를 가로지르며 우리 안의 자기모순이나 이율배반 따위에 대한 반성적 성찰을 제안한다. 그러니까 표제인 "지속되는 호의"란 곧 고약한 아이러니인 셈이다. 다소 기이한 방식으로 인간 심리의 내면 풍경을 다루어온 기준영의 「조이」는 기묘한 자매애를 절제된 감각으로 다루면서 역설의 미학을 시나브로 일구어낸다. 파토스를 최대한 억누르고 로고스의 세계에서 냉정하게 재회를 기획하는 감각이 매우 이채롭다. 한국 소설에서 '감정 사용법'에 관한 독특한 매뉴얼을 기준영이 새롭게 작성할 수 있을지 무척 기대하게 하는 작품이다.

박민정의 「행복의 과학」에는 일본에서 발원한 신흥 교단과 관련한 이야기와 한일 양국 사이의 해묵은 원한 및 혐오 감정의 문제가 복합적으로 다루어진다. 작가는 새로운 경향의 민족주의가 지구촌 여러 곳에서 문제되는 현 상황을 비판적으로 성찰하면서, 신민족주의와 탈민족주의 사이의 해체적 긴장을 탄력적으로 형상화했다. 진정한 반성과 사죄 내지 속죄 의식을 발견하기 쉽지 않은 현실에 대한 알레고리도 있고, 진실 발견이나 행복 추구의 지난함에 대한 성찰의 심연도 어지간한 편이다. 윤해서의 「우리의 눈이 마주친다면」을 읽으면서 우리는 어긋나는 시절의 인상적인 애도의 풍경을 절감하게 된다. 많은 사람들이 물에 잠기고, 바다에 잠기고, 그에 따라 슬픔에 잠긴다. 작가는 그런 상상에 잠긴다. 작가의 상상을 따라가며 독자 역시 슬픔에 잠기고, 애도할 수 없음을 애도하는 파토스에 잠기고, 그 슬픔의 끝 간 데서 한없는 그리움에 잠긴다. 두려움이나 떨림, 불안과 공포, 그리움이나 안타까움 혹은 조바심 등의 심리를 윤해서만의 주밀한 방식으로 그려냈다. 온전한 애도가 불가능한 시대에 수사학적 애도의 독특한 연금술을 가능하게 하는 소설이다.

서로 다른 풍경이고, 색다른 출구를 향해 열린 작품들이었다. 그런 까닭에 각각의 장단점들을 두루 검토하면서 이견을 좁히는 과정이 쉽지는 않았다. 그렇지만 세계사의 새로운 과제로 격렬하게 부상하고 있는 신민족주의 문제를 그 심연의 정치적 무의식과 사회문화적, 역사적 정보 및 상상력의 수사학적 지렛대로 능란하게 성찰하면서 독자와의 소통을 넓히려 한 「행복의 과학」에 심사위원들의 최종적인 눈길이 모였다. 문지문학상 수상을 축하한다. 더불어 2016년 한국 작단을 풍성하게 일구어온 다른 작가들에게도 각별한 인사를 전하고 싶다. **우찬제(문학평론가)**

1년 동안의 〈이달의 소설〉 선정 작업을 통해 관심을 가졌던 소설들은 구병모, 윤해서, 양선형, 박민정 등의 소설이었다. 구병모의 「지속되는 호의」에는 선의의 행위들 안에 도사린 보이지 않는 타인의 지옥과 관계의 폭력성에 대한 질문이 한 줌의 감상도 없이 출현한다. 윤해서의 「우리의 눈이 마주친다면」은 현재 한국 소설에서 제출된 가장 시적이고 전위적인 애도의 서사에 해당할 것이며, '세월호 이후' 글쓰기의 또 하나의 문제적인 사례이기도 하다. 양선형의 「종말기 의료」는 인간과 시간 혹은 역사에 대한 어떤 폐허와 파국의 감각을 드러내지만, 익숙한 알레고리나 '실험'에 대한 강박을 비껴가는 불편하고 매혹적인 언어와 감수성을 만져볼 수 있게 한다.

문지문학상 수상작으로 결정된 박민정의 「행복의 과학」은 일본 사회의 특정 종교 집단의 이야기를 배경으로 하고 있지만, 정확하게 '오늘 여기'의 한국 사회에 관한 소설이기도 하다. 일본의 신민족주의와 젊은 '넷우익'들의 문제는, 그것은 지금 여기 한국 사회의 맹목적인 집단의 존재를 연상시키기에도 충분하다. '행복의 과학'이라는 종교 집단은 '국민행복시대'와 '문화융성시대'라는 이 정권의 슬로건을 또한 연상시킨다. 이 소설이 종교적 폭력성에 대한 비판과 탈식민주의적 문제의식을 넘어서는 질문을 내장하고 있다면, 그것은 바로 이 폭력성 안에 자리 잡은 젠더의 문제를 드러내기 때문이다.

소설의 두 주인공 '하나'와 '수영'은 여성 출판노동자들이고, 그들은 동료이자 잠재적인 경쟁자이다. 이 소설의 서사적 진행은 '하나'가 자신의 이복형제의 아들인 '류'의 책, 종교 행복의 과학에 빠졌었던 '중2병 소년의 이야기'를 편집하면서, 그의 글을 '읽어나가는' 과정이다. 젠더와 민족을 둘러싼 가장 끔찍한 사건의 비밀을 알게 되는 것은 동료 '수영'이다. 여성 편집자로서의 '읽기'는 '취미'가 폭력적인 괴물이 되어버리는 일본의 젊은 세대를 '읽는' 과정이며, 자신의 실존적 삶 안에 도사린 한일 관계와 섹슈얼리티의 문제를 대면하는 과정이다. 소설의 후반부는 '여성혐오' 안에 도사린 남성 중심적 도덕관념과 종교적 민족주의의 문제, 여성적 연대의 시간을 암시한다. 어쩌면 '혐오들'과의 진짜 싸움은 소설의 내적 시간 이후에 다시 시작될 수 있을 것이다. 혐오를 벗어나는 첫걸음이 행복의 이데올로기와 도덕의 맹목과 결별하는 것, 가부장제 권력 질서와 결합된 '국가주의 – 민족주의'의 시스템을 정지시키는 데 있다면, 이 소설은 정치적으로 올바른 '것들'의 중층적인 지형을 감각하게 해준다. 저 모든 폭력과 맹목을 넘어서기 위해서 지금 여기의 독서는 '여성 – 편집자 되기'의 층위에서 '또다시' 읽는 행위가 아닐까? 「행복의 과학」에서 혐오의 기원을 들여다보는 '여성 – 편집자'로서의 읽기는, 도덕의 영역이 아니라 정치의 영역이 된다. 이 소설에 관한 문지문학상의 관심 역시, 단지 도덕적 층위의 판단이 아니라 도래할 '문학·정치'의 감각에 가까울 것이다. 「행복의 과학」은 그래서 첨예하게 현재적이다. **이광호(문학평론가)**

후보작 총 열한 편 중 다섯 편을 두고 고심했다. 김엄지의 「예지 5」는 아주 반가운 작품이었다. 작가의 근작들이 다소 동어반복적으로 같은 테마를 되풀이하고 있다는 느낌이 없지 않았기 때문이다. 물론 이 작품에서도 김엄지가 다루는 세계는 여전하다. 도시 샐러리맨들의 건조하고 반복적인 일상이 그것이다. 이 주제를 오래 붙들고 있었던 보상을 이제 받는 걸까? 이 작품에서 김엄지는 자기만의 스타일을 성공적으로 고안해내고 있는 것처럼 보인다. 「예지 5」의 문장들은 건조하고 짧았지만 군더더기가 없었고, 날카로운 기지와 예민한 사유로 번뜩였다.

형식 탐구에 관한 한 박솔뫼의 「우리의 사람들」도 만만치 않았다. 이 작품으로 미루어 볼 때, 이즈음 작가는 '실현된 삶'만큼이나 '실현되지 못한 다른 삶'에 관심이 많다. 흥미로운 점은 삶을 보는 작가의 이와 같은 태도가 문장들을 구축해내는 방식이다. 실현되지 못한 가능성들이 실현된 삶과 공존하는 세계는 말끔하게 선조적(線組的)일 수 없어서, 그 경우 문법은 대체로 삶에 오류를 범한다. 문법은 한 문장 안에 여러 세계가 공존하는 것을 허락하지 않기 때문이다. 박솔뫼의 소설은 문법적 오류를 감내하면서, 아니 문법을 초과하면서 여러 잠재적인 세계들이 하나의 문장 안에 공존하도록 하는 방식을 모색하느라 여념이 없어 보였다.

이례적으로 최은영은 두 편의 작품을 수상 후보작에 올렸다. 「씬짜오, 씬짜오」와 「그 여름」 모두 울림이 만만찮은 작품들이었다. 놀라운 것은 그 울림이 잘 다듬어진 서사나 문학적 기교로부터 오는 것이 아니라는 점이다. 최은영은 이야기를 꾸미지 않거나 꾸밀 줄 모른다. 일단 인물을 설정하고 그들에게 사연을 주고 나면, 그 곁을 지키면서 담담하게 관찰한다. 그런데 별다른 반전도 별다른 굴곡도 없는 그들의 삶이 결국엔 읽는 이의 마음속에 묘한 파문 같은 걸 불러일으킨다. 게다가 이 작가는 우리 시대에 소설이 다루어야 할 '정치적으로 올바른' 지점이 어디인지에 대한 감각도 갖추고 있는 것으로 보였다.

윤해서의 「우리의 눈이 마주친다면」은 일종의 '애도문학'이다. 화자가 "잠기다"란 단어를 오래 들여다보며 음미하는 장면에서 세월호 참사를 떠올리지 않을 수는 없었다. 그런데 윤해서의 애도는 두 가지 점에서 주목을 요한다. 첫째, 자칫 과도하단 소릴 들어도 할 말이 없어 보이던 작가의 문장에 대한 자의식이 사회적인 사건과 조우하고 있다는 점. 둘째, 이 작품이 애도의 문학적 방식에 대해 던지는 질문이 예사롭지 않다는 점. 사회적 트라우마 앞에서 문학은 당연히 애도해야 한다. 그러나 문학은 문장으로 애도해야 한다. 윤해서의 「우리의 눈이 마주친다면」은 언어적 자의식과 사회적 트라우마가 만나는 절묘한 지점에 위치한 작품으로 읽혔다.

박민정의 「행복의 과학」은 후보작 열한 편 중 지적 상상력이 가장 돋보였다. 이즈음 전 지구적으로 문제가 되고 있는 소위 '신민족주의'의 문제를 일본의 한 신흥 종교를 소재 삼아 재조명하고 있는 작품이다. 그러나 단순한 탈(반)민족주의 서사에 머물지 않고, '책과 사회' '역사교육과 혐오주의' 같은 시사적이면서도 굵직한 문제의식들을 중첩시켜 다룬다는 점이 흥미로웠다. 주인공을 중심으로 사건들이 복잡하게 얽혀 있지만 워낙에 구성이 정교하고 문장이 정확해서 구성상의 결함을 찾기 힘든 잘 짜인 단편소설이기도 했다.

심사는 최종적으로 윤해서와 박민정의 작품 사이에서 오래 난항을 겪었다. '언어적 실험'과 '지적 상상력' 사이에서 심사위원들 사이에 이견이 없지는 않았다. 그러나 박민정의 「행복의 과학」을 수상작으로 결정한 후 후회하는 심사위원은 없었다.

한 해 동안 매달 〈이달의 소설〉과 문지문학상을 빛내준 작가들 모두에게 고맙다는 말을 전한다. **김형중(문학평론가)**

최근 1~2년 사이 문학이라는 이름 옆에는 항상 부정적인 말들이 따라다녔다. 철저히 자유롭고 급진적이어야 할 문학이 오히려 권력과 친근했고 나아가 파렴치한 폭력의 도구가 되기도 했다는 괴로운 사실들이 낱낱이 폭로되었기 때문이다. 표절 사태에서부터 #문단_내_성폭력 해시태그운동에 이르기까지 한국 문단의 부끄러운 민낯이 드러나면서, 최근 들어 우리가 문학이라는 이름과 함께 가장 많이 말해본 단어는 아마도 혁신 혹은 쇄신이 아닐까 싶다. 어떤 근본적인 변화가 필요하고 또 가능할 것인지 아직 확언하기는 힘들지만, 이러한 사정 속에서 문학상 심사가 마냥 즐거울 수만은 없었다는 사실을 먼저 고백해야 할 것 같다. 그럼에도 불구하고 선정의 과정이 한없이 침울하거나 지난하기만 했던 것은 아니다. 〈이달의 소설〉 선정작들을 다시 읽으며 어떤 형태로든 정치적인 것과 결속하려는 문학의 의지를 새삼 발견했기 때문이다. 여러 사태를 겪으며 문학을 읽는 눈이 확연히 달라졌기에 가능했던 발견일까. 꼭 그렇지만은 않다. 읽는 눈보다 쓰는 손이 훨씬 더딜 것임에도 불구하고, 달라져야 하는 것은 작품 그 자체이기보다는 문단이라는 제도 혹은 특정한 문인들임에도 불구하고, 최근의 소설들이 일상적인 차원에서 다양한 방식으로 정치적이고자 하는 의지를 드러낸다는 점은 주목할 만한 변화임에 틀림없다.

윤해서의 「우리의 눈이 마주친다면」은 애도에 관한 소설이다. 재난의 현장에서 많은 학생들이 희생되었고 그 현장에서 살아남은 남교사는 죄책감을 견디지 못하고 목숨을 끊은 듯하다. 살아남았지만 잘 살아내지 못한 것이다. 이 소설은 '그'를 회상하며 '그'의 죽음을 애도하는 쌍둥이 여동생의 이야기를 그린다. 서사를 만들기 위해 언어를 동원하기보다는 오히려 서사를 포기하며 언어 실험에 몰두해온 윤해서의 그간의 작품에 비해 이 소설은 비교적 잘 '읽힌다'. 그렇지만 그간의 어떤 작품에 비해서도 힘들게 읽힌다는 점이 이 소설의 아이러니다. 그것은 재현 불가능한 슬픔을 재현하고자 하는 시도 자체의 아이러니라 할 수 있다. '그'의 죄책감은 '그'를 죽게 만들었지만 '나'의 죄책감은 '나'를 어떻게 살게 할 것인가. 이 소설은 우리에게 당신은 왜 살아남았는지, 또 어떻게 남은 삶을 살아낼 것인지에 대해 묻는 듯하다. 이 질문이 세월호 사건 이후 우리 모두의 것이 되었다는 자명한 사실을 잊지 않게 하는 소설이기도 하다.

박민정의 「행복의 과학」은 여성 편집자 '하나'와 '수영'의 이야기를 중심으로, 일본의 넷우익과 혐한 문제를 다룬다. 젊은 세대의 우경화 혹은 극단적 혐오 정서의 팽배는 전 세계적 경향이라 할 수 있는바 그런 점에서 「행복의 과학」은 동시대의 정치적 사안을 정면 돌파하려는 작가의 패기가 엿보이는 소설이다. 이처럼 시의성 있는 민감한 소재를 다루면서 박민정은 그녀의 오랜 관심인 이른바 페미니즘적 시선을 놓지 않는다. 대학 시절의 '하나'가 남자 선배들에게서 겪었던 일상적 여성혐오는 물론 단지 "젊고 예쁜 한국 여자"라는 이유만으로 혐오 살해의 피해자가 된 "박 양"에 이르기까지, 「행복의 과학」은 '류'의 가족사와 '하나'의 가족사가 맞물리는 이야기 안에 이 같은 여성혐오의 사례들을 던져놓음으로써 여성혐오가 시대와 국경을 넘어 얼마나 은밀히 지속되어온 문제적 사태인지 깨닫도록 한다.

최은영의 「그 여름」은 레즈비언 소설이다. 열여덟에 만나 대학생이 되기까지 '이경'과 '수이'는 서로 환경의 차이 즉 계급의 차이를 견디며 만남을 이어가지만 '이경'에게 '은지'라는 새로운 상대가 생기며 관계는 일방적으로 종료된다. 「그 여름」은 동성애 소설이지만 최은영의 문장들을 통과한 소설 속 커플들의 만남과 헤어짐은 이성애 소설의 그것과 크게 다르지 않다. 보편적 방식으로 그려지는 동성애 서사의 정치성에 대해서는 이견이 존재할 수 있을 것이다. 주목할 것은 이 소설이 지금으로부터 15년 전인 2002년의 장면들을 회상하는 방식으로 씌어지고 있다는 점이다. 한 레즈비언 모임에서 상연되었던 연극에서는 50년의 시간을 함께 견디고 결혼식을 치르는 2052년의 할머니 레즈비언들이 등장한다. 이 연극을 보고 '이경'은 "50년 뒤에는 여자끼리도 결혼할 수 있을까…… 너무 늦은 건 아닌가 싶기도 하고, 다른 곳도 아닌 한국에서 그런 일이 일어날까 싶고……"라고 말하기도 했는데, 이 소설은 15년이 지난 지금 2002년의 사정과 크게 달라진 것이 과연 무엇일까라는 생각을 하게 만든다.

백수린의 「여행의 끝」은 아내가 죽고 홀로 남은 전직 교사 '종구'가 프랑스에 살고 있는 딸의 집을 방문했다 돌아오는 여정을 그린 소설이다. 설레는 마음으로 "예술의 나라며 선진국인 프랑스"로 향한 종구는 비행기가 착륙하자마자 인천공항보다도 작고 어두운 샤를 드골 공항을 보고 실망한다. 공부를 마치고 번듯한 직장에 다니고 있다고 생각했던 딸은 약국에서 화장품을 파는 보잘것없는 일을 하며 외국인 애인과 사귀고 있다. 교사로 퇴직한 한국의 평범한 남자 종구의 눈에 프랑스는 점점 "부도덕한 일들이 아무렇지 않게 벌어지는 나라"로 뒤바뀐다. 그곳에서 딸과 함께 기거하는 동안 종구는 "알 수 없는 서글픔"과

불안함 나아가 "자신의 인생 전체를 모욕당한 것만 같은 느낌"을 받는다. 한국으로 돌아오는 비행기에서 편안한 모국어 소리에 안도감을 느끼며 젊은 한국인 여승무원에게 화풀이처럼 역정을 내는 종구의 모습은 꽤나 익숙하게 다가온다. 〈이달의 소설〉 '선정의 말'에서 지적되었듯 "'평범하고 점잖은' 한국 아버지의 남성성이 어떻게 보수적 성도덕과 성차별주의, 인종차별주의와 내밀하게 연결되어 있는지 노골적으로 보여"(이경진)주는 소설이다. **조연정(문학평론가)**

문학과 사회의 관계를 그 어느 때보다도 절박하게 돌아보았던 한 해였다. 한편으로는 문학이 더는 문학장 바깥에까지 영향을 미치는 유의미한 담론 생산의 기제가 아니라는 현실을 인정해야 했고, 다른 한편으로는 문학이 불평등한 젠더 권력의 기제이자 성적 가해의 언어가 될 수 있다는 사실을 목도하면서, 문학이 사회에서 어떤 방식으로든 윤리적이고 비판적인 역할을 수행해왔고 앞으로도 그럴 수 있으리라는 오랜 믿음에 강한 의문을 던지지 않을 수 없었다. 후보작들을 읽으며 그런 오랜 믿음의 근거를 찾으려 한 것은 그래서 어쩌면 당연한 일이었지만, 현재 문학의 사회성 속에서 그 작품들이 점할 위치에 대해서도 좀 더 무겁게 고민하게 되는 것 역시 사실이었다. 이런 고민들 끝에 특별히 더 시선이 가는 소설들을 몇 편 언급해본다.

백수린의 「여행의 끝」은 최근 한국 사회에서 여러 방향으로 문제시되고 있는 한국 중장년층 남성의 보수성을 여행의 서사를 빌려 폭로하는 소설로 읽힌다. 작가는 여행이 진행됨에 따라 예민해지고 불안해지며 고독해지는 육십대 남성의 심리를 호의를 갖고 따라가는 듯 보이지만, 이 고독한 여행자의 억울한 마음이 권위주의와 가부장성, 인종주의에 기반한 그의 지극히 보수적이고 폭력적인 가치관에서 터져 나오는 것임을 실은 냉정하리만치 단호하게 말하고 있다.

윤해서의 「우리의 눈이 마주친다면」은 '세월호 이후의 문학'의 한 가지 가능성을 보여주는 작품이다. 세월호 참사와 같은 비극에 대해 윤리와 미학의 양측에서 온당하게 발화하기가 얼마나 어려운지를 생각해볼 때 이 작품은 좀더 특별한 주목을 요한다. "이 바다는 어디에서 갑자기. 이 바다가 왜 갑자기. 이 바다를 어쩌라고 갑자기"와 같이 문득 머릿속을 잠식해버리는 바다에 대한 묘사나 "잠기다"라는 단어에 배태된 죽음과 하강의 이미지를 풀어내는 문장들은 이 소설이 비극에서 남겨진 사람들의 언어화할 수 없는 슬픔을 언어화하는 데 어느 정도 성공하고 있다는 점을 증명해준다.

두 번이나 〈이달의 소설〉에 선정된 최은영은 사람의 마음을 움직이는 이야기꾼이라는 명성을 계속해서 확인해주는 듯하다. 「씬짜오, 씬짜오」와 「그 여름」 모두 쉽게 거부할 수 없는 정서의 여운을 깊이 남긴다. 이것은 사실 비평에서 주로 폄하의 의미로 사용되었던 '소녀 감성'이라 할 수도 있을 것이다. 그런데 이 '소녀 감성'이 때로는 개인의 역사적 부채 의식과, 때로는 퀴어 감성과 결합하면서 '윤리'라는 거창한 이름으로 불리기엔 지극히 일상적이면서 자연스러운 선한 마음을 자극하는 소설의 원천이 된다.

박솔뫼의 「우리의 사람들」은 소설의 윤리적 형식을 모색하는 과정 자체를 소설로 장면화한 소설론으로서의 소설로 읽힌다. 이 소설은 말하자면 소설의 연금술을 기다리는 백지와도 같은 하얗고 텅 빈 침대 위에서 씌어졌다. 달력의 한 해가 막 넘어가는 시간, 온양호텔의 어느 침대에 누워 현재의 '있음'에 가려져 흐릿해진 또 다른 '있을 법한' 가능성들에 손을 뻗어보는 '나'의 새해맞이 의례는 작가의 소설 쓰기에 대한 제법 거창한 의식으로 보인다. 여기에서 소설은 현재의 또 다른, 폐기될 뻔하고 잊힐 뻔한 그림자들을 소설의 미래 속에서 넉넉히 포용할 수 있기를, "깊고 가볍게" 믿는 새해의 기적과 같은 '겨울잠'에서 나온다. 이 소설이 모든 '있음'들을 다정히, 하지만 영원히 흔들어놓는 시제로 씌어진 것은 그래서이다.

박민정의 「행복의 과학」은 최근 한국 문학의 주요한 경향이라 할 수 있는 서사의 공간적 상상력보다는 역사와 계보의 문제에 대한 관심이 두드러지는 보기 드문 작품으로 보인다. 일본의 우익 이데올로기를 전파하는 신흥 종교인 행복의 과학을 중심으로, 한 축으로는 1980년대에 일본 남성과 그의 '현지처' 사이에서 태어난 '하나'의 이야기가, 다른 한 축으로는 그 일본 남성의 손자이자 행복의 과학에 입교했다 탈교한 '류'의 이야기가 전개된다. 이런 서로 다른 두 축의 이야기들은 모두 한국과 일본의 오랜 역사 문제를 비롯하여 최근 일본에서 다시 대두되는 민족주의와 넷우익, 혐한 문제의 퍼즐을 구성한다. 또한 "문학과 역사에의 혹독한 입문"의 열망으로 우익 종교에 빠진 류와, 팬픽을 윤문해주던 문학소녀였으나 비교문학을 전공하면서 문학과 멀어지고 현재는 초짜 편집자로서 류의 책 교정을 보고 있는 하나의 이야기는 오늘날 문학의 어떤 현실을 흥미롭게 보여주기도 한다. 그런데 사실 장편의 소재로 쓰여도 손색이 없는, 아니 사실 장편에 더 적합해 보이는 이 많은 이야기의 가닥들은 대하소설과 같은 기존 역사소설의 형식으로 묶여 있지 않다. 작가는 이야기의 덩어리를 계속 쪼개고 파편화시킨다. 그래서 그 파편을 다른 파편과 조금 맞추어주기도 하지만, 그 파편들이 매끄럽게 하나의 큰 그림으로 완성되는 것을 계속해서 지연시키고 방해

한다. 그래서 이 소설은 역사와 계보에 대한 관심에도 불구하고 결코 수직으로 깊어지지 않고 수평으로 넓어진다. 혹자는 이 소설의 밑재료가 버무려지다 만 느낌을 받을 수 있고, 하위 이야기들이 얼기설기 엮여 있어서 소설적 만듦새나 완성도가 떨어진다는 느낌을 받을 수도 있다. 하지만 이것이 어떤 시대의 중요한 경향으로 느껴지기도 한다. 응집이 아니라 분산, 수렴이 아니라 확장, 미니멀이 아니라 과잉의 감각으로 동시대의 문화적 정치적 퇴행의 복잡다단한 역사를 이야기하는 이 욕심 많은 소설이 이 시대와 가장 치열하게 호흡하고 있지 않은가 싶다. **이경진(문학평론가)**

심사를 위해 대상작들을 반복해서 읽으며 2016년에 발표된 작품들을 아우르는 키워드를 몇 개쯤 찾아보려 했다. 찾지 못했고 어쩌면 당연했지만 당연하다는 생각은 나중에 했다. 다만 지난가을 이후 어떤 독자들은 더는 전과 같은 방식으로 텍스트를 읽을 수 없게 되었고, 그런 독자의 한 명으로 나 역시 처음 〈이달의 소설〉을 선정할 때와는 다른 방식으로 작품들을 읽을 수밖에 없었다는 사실을 밝힌다.

최은미의 소설에서 생물학적 곤경에 처한 인물을 만나기는 어렵지 않다. 남자는 남자라는 이유로, 여자는 여자라는 이유로. 저마다의 덫에 걸린 이들이 만들어내는 상호 도륙의 지옥도를 최은미는 즐겨 그려왔다. 그때 생물학적으로 결정된 차이는 최은미의 인물들이 겪는 지옥의 양상을 다르게 만들어내지만, 그들이 만나 사건이 일어나는 장소는 상대적으로 무차별한 폭력의 장이었다(고 나는 생각했다). 「눈으로 만든 사람」이 다루는 지점은 조금 다르다. 시간상으로 "작은 작은아버지"의 성폭행은 수십 년 전에 벌어진 사건이지만, 강윤희에게 그것은 망가진 외음부의 면역 체계와 성조숙증 증상을 보이는 어린 딸의 모습으로 거듭 환기되는, 한 번도 중단된 적 없는 진행 중인 폭력이다. 그 시간 동안 명절이나 가족 행사에서 아무렇지 않게 그녀를 대하던 가해자의 때늦은 '참회'가 보여주는 '폭력적인 순진함'은 체현된 젠더 위계의 폭력성과 다를 바 없다. 그렇다면 최은미의 관심이 섹스에서 젠더로 옮겨갔다고 말할 수 있나. 말해도 되나. 글쎄. 아마 나는 최은미의 전작들을 다시 읽어야 할 것이다.

김엄지의 「예지 5」는 알파벳 대문자, 혹은 소문자로 지칭되는 회사원들의 무기력하기도 하고 강박적이기도 한 일상을 다루는 소설이다. 끊임없이 오해되고 오인되는 A는 거의 모든 현대 소설의 주인공들처럼 주체성의 위기(라는 말 자체가 시대착오적인 느낌이지만)에 직면한 인물이다. 흥미로운 것은 위기가 드러나는 방식이다. 소설의 첫머리에 직장 동료들과 술을 마시던 A는 호프집 화장실 앞에서 낯선 여자의 어깨를 만진다("거의 주물렀다"). 돌발 행동. 깜짝 놀란 A가 서둘러 사과하지만 그보다 놀란 여자는 이미 사라진 후다. 그때부터 A는 자신의 행동을 스스로에게 납득시키기 위해 골몰하는데, 소설의 후반부에 이르러 그는 자신이 여자를 만진 게 아니라 잡은 것이었다는 "깨달음"을 얻는다. 어지러워서. 하지만 정말 어지러웠던가? A는 확신할 수 없다(고작 맥주 두 잔에). 만약 A가 정말로 어지러웠다면 그것은 알코올이 아닌 낙차 때문이었을 것이다. 호모 소셜한 직장 분위기에 어울리지 못하는 그는 위계질서의 아래쪽으로 계속해서 밀려났고, 그것이 그에게 존재론적인 현기증을 불러일으켰을 것이다. 그런데 그게 중요한가? 이유야 어쨌건 그의 행동이 달라지는 건 아니다. 김엄지는 그렇게 생각하는 것 같고 나는 거기에 동의한다.

심사위원들은 최은영과 윤해서와 박민정의 작품을 두고 마지막까지 고심했다. 「씬짜오, 씬짜오」와 「그 여름」 두 편을 목록에 올린 최은영의 정치적 올바름(혹은 '투명함'). 「우리의 눈이 마주친다면」에서 윤해서가 언어에 대한 치밀한 자의식 속에서 수행하는 사회적 애도. 「행복의 과학」에서 박민정이 폭넓은 자료를 동원해 탐구하는 동아시아의 동시대성. 개개의 작품을 바라보는 심사위원들의 시선은 대개 엇비슷했는데, 다만 각자의 마음이 끌리는 지점이 조금씩 달랐다. 격렬한 논의가 이어졌지만 욕을 한다거나 서로의 얼굴에 주먹을 날리지는 않았고 수상작을 선정한 후에는 모두 만족했다. 내 경우, 제7회 문지문학상 수상 작품집 제목이 "행복의 과학"이 된다는 사실이 특히 좋았다. **금정연(서평가)**

후보작 중 최은미의 「눈으로 만든 사람」과 기준영의 「조이」는 외출하고 돌아온 이에게서 나는 바깥 냄새와 방 안에 묵묵히 배어 있던 집 냄새가 잘 섞인 소설이었다. 두 작품 다 사연을 품은 방문자가 등장하는데, 최은미의 방문자가 본의 아니게 집 안을 더욱 탁하게 만든다면, 기준영의 방문자는 의도치 않게 탁한 집 안에 새 숨을 불어넣는 역할을 한다. 소설이 하나의 공기를 고수하는 쾌적함을 목표로 할 필요는 없을 것이다. 두 소설을 나란히 놓고 각 작품에서 나는 냄새를 서로 주입시켜보니, 「눈으로 만든 사람」에는 "좋은 분인 거 같은데 편하지는 않더라"(「조이」) 같은 찝찝하고 예민한 기색이, 「조이」에는 "너무 웃기지 않니? 그렇게 귀한 아이였는데, 난 왜 이렇게 살고 있을까 ?"(「눈으로 만든 사람」) 같은 물정을 너무 알아버린 한탄이 읽고 싶은 향취로 작용했다. 한데 「눈으로 만든 사람」의 '원숙한 섬뜩함'과 「조이」의 '능통한 침잠함'은 매력이자 한계이기도 했다. 두 작품은 소설가의 내공이 생활자의 내공을 제어하는 경우와 효과, 생활자의 내공이 소설가의 내공을 검열하는 경우와 효과를 따져 묻게 했다. 가능한 일을 덧붙이기보다는 불가능한 일을 지워나가며 견디는 것이 인생임을 알아버린 이 소거의 소설가들이 지닌 내공. 내공은 딜레마로 다가왔다. 단단한 생활력으로 지어진 최은미와 기준영의 문장은 이야기를 안착시키는 데 제 기능을 하지만, 삶의 굉음을 감당하기 좋은 소음으로 튜닝한 듯했다. 도시적 삶에서 층간소음은 괴롭고 짜증나지만, 소설에선 층간소음이 마음껏 허용되어도 좋지 않을까. 소설이 낼 수 있는 음향과 여파는 무얼까. 두 작가가 건넨 고민거리를 뒤로한 채 선정작 후보로 마지막까지 거론된 세 작품을 다시 논했다. 대상작은 윤해서의 「우리의 눈이 마주친다면」, 최은영의 「그 여름」, 박민정의 「행복의 과학」이었다.

문학은 늘 애도와 밀착되어 있었지만 「우리의 눈이 마주친다면」은 애도의 음색에 신경을 기울인 점이 인상 깊었다. 묵독하기보단 낭독하고 싶어지는 이 작품은 '낭독 특정적 소설'이자 '라디오형 소설'이었다. 버성긴 언어를 만드는 실험을 하며, 문학의 심연 속에서 외로이 싸웠던 작가의 전사를 떠올려볼 때, 청취자로서의 독자를 품어주는 문장 속 감정의 온기, 소리의 세기는 사뭇 이색적으로 다가왔다. 비통하지만 고운 결을 잃지 않으려는 화자의 보이스는 헌법의 가치를 언급하는 데서 드러나듯, "주권자의 우울"(김홍중)을 의식하는 데까지 나아갔다. 다만 화자의 곱고 선한 결기가 작품 내내 애도하는 이 특유의 감상성과 비장미에 기대고 있지는 않았나 하는 아쉬움은 남았다. 비장미가 은은하게 나타나니 더욱 비장해보였다고 할까.

레즈비언 여성의 연애담을 다룬 최은영의 「그 여름」은 타인의 감정을 탁월하게 읽어내는 작가 특유의 공력이 잘 드러난 소설이었다. 어른의 사랑을 바라면서도 어른이 되길 두려워하는 최은영의 인물들이 쏟아내는 감정 지출은 이상하리만치 찌질하지 않았다. 모두가 취약한 존재임을 스스럼없이 인정하는 이 소설은 취약성의 순도를 솎아내려는 내 비의를 부끄럽게 만들었다. 마치 윤리적 소비를 주창하는 단체에서 파는 생협 콜라를 마신 듯한 건강한 청량감이 어김없이 풍겨져 나왔다. 다만 그 건강한 청량감이 언제든 질릴 수 있다는 두려움을 숨기진 않으련다. 이는 맑고 순한 언어의 위력이 언제까지 이어질까라는 의구심이라기보다는 취약한 인간이 취약한 인간을 만나 단단해지리라는 '취약성의 연대'를 골자로 하는 최은영의 소설이 봉착할 매너리즘에 대한 우려다.

박민정의 「행복의 과학」은 작품을 지탱하는 지적 상상력의 설계도가 열한 편의 후보작 중 가장 뛰어났다. 문장의 힘으로 지식을 이끌며 이야기를 전개하는 것인지, 이미 완고해진 지식의 어투로 문장을 끌고 나가며 이야기를 전개하는 것인지 설왕설래가 있었지만, 심사자들은 등단작부터 지금까지 사회를 향한 끈질긴 탐독의 열의를 놓지 않은 작가의 고집을 인정하는 데 이견이 없었다. 소설을 통해 세태의 문화정치학을 구현하려는 이 에너제틱한 소설가는 서브컬처로서의 종교문화, 한일 양국을 둘러싸고 벌어지는 과격화된 정치적 보수주의자의 재생산과 혐오 현상, '피해자성'에 대한 정의, 가족의 불가능성 등을 아우르며, '지금 소설을 읽어야 하는 이유'를 작품으로 보여줬다. 이 '뛰어드는' 소설가의 체력을 걱정하지 않는 이유는 세상이 엉망진창이기 때문이며, 앞으로도 그럴 것이기 때문이다. **김신식(산문가)**

제 7 회 문지문학상

수상 소감

나를 버린 아버지의 조국이다, 누군가의 결연한 말을 듣는데 그 말이 시적이라는 생각을 했다. 내가 싫어하는 단어가 두 개 들어 있다. 아버지, 조국. 애초에 「행복의 과학」은 이 문장에서 시작되었다. 「영원의 법」「신비의 법」「UFO학원의 비밀」, 이 크리피한 필름을 리뷰하는 시네필들의 좌담을 몇 번이고 돌려 들었다. 결국 어느 겨울날, 홋카이도 오타루역 앞에서 〈幸福の科学 · Happy Science〉 지부를 발견한다. 내가 7년째 글쓰기 수업을 하러 가는 산본역 앞에 있는 왕국회관을 볼 때의 기분과 별다르지 않았다. 그러나 이러한 정보들이 천천히 합쳐져 이상한 이야기 하나가 만들어졌다.

초고를 친구들과 돌려 보며, '이야기'와 '고백' 중 어떤 뉘앙스가 적합할지에 대해 고민했다. 부끄럽게도 나는 일본어를 읽을 줄도 쓸 줄도 말할 줄도 모른다. 그건 자랑도 아니고 자책도 아니다. 친구들은 실제로 '행복실현당'이 존재하지만 그들이 일본 참의원 통상선거에서 의석을 낸 적은 없다는 사실, 1991년 압구정동에 맥도날드 1호점은 존재했지만 소설에서와 같은 살인 사건은 없었다는 사실, 어떤 이의 성 기노시타(木下)는 박(朴)과 같은 방식으로 만들어졌으나 또 어떤 이의 성 기노시타는 그러하지 않다는 사실 등을 흥미로워했다.

그러나 몇 계절을 지나는 동안 내가 가장 오래 생각한 것은 '하나'라는 인물이다. 나를 버린 아버지의 조국이다,라는 말이 주는 매혹 덕분에 '현지처'의 딸을 상상할 수 있었다.

오랫동안 나는 내 소설이라는 물건이 나 자신의 지극한 취미이거나 과업을 넘어 과연 세상에 필요한 것일까에 대해 고민해왔다. 글을 쓰는 사람이라면 모두 초고를 완성하는 단계에서 이 글이 세상을 바꿀 수도 있지 않을까, 생각할지 모른다. 나의 고민은 그보다 훨씬 검소한 단계에서 지독하게 깊어졌다. 어쩌면 나약한 인간의 정념일 뿐이거나 그 현학적 취미의 전시가 아닐까. 전부 맞다. 그러나 이제 조심스럽게 그러나 분명히 확신한다. 필요하다. 내 소설 같은 소설도 세상에 필요하다.

그러나 이런 선언에 앞서 필요한 것은 쓰는 행위를 지속하는 자신이고, 쓰는 행위가 물건으로 가능하기까지 만들어지는 섬세한 조건들이다. 지면이 겨우 주어질 때마다 나는 그것을 기적 같은 일이라고 생각했다. 개인의 선언이란 언젠가 겸연쩍게 기적에 굴복해야 하는지도 모르지만 지금의 확신을 잊지 않을 것이다.

문학과지성사의 여러 분들께 감사드린다.

2017년

박민정

제7회 문지문학상 수상작

2016년 11월
이달의 소설

행복의 과학

박민정

박민정 1985년 서울에서 태어났다.
2009년 작가세계 신인상으로 등단했고, 소설집 『유령이 신체를 얻을 때』가 있다.

역자의 원고가 도착한 날, 하나는 처음으로 기노시타가 만든 광고를 봤다. 기노시타 히로무(木下廣務), 그의 이름을 검색해본 적은 있었다. 엄마의 일기장에 한글과 한자로 빼곡하게 적혀 있던 이름. 기노시타 히로무. 하나는 오랫동안 '목하광무'라고 읽히는 한자가 기노시타 히로무를 의미하는지 알지 못했다. 결국 검색엔진에 글자를 넣어보고 알게 된 것이다. 물론 무라카미 하루키가 '촌상춘수'로, 야마다 에이미가 '산전영미'로, 와타나베 준이치가 '도변순일'로 읽힐 수 있다는 것을 그보다 먼저 알게 되었지만.

도서관 청구기호에는 일본 저자 이름이 음독으로 표기되어 있다는 것을 하나는 대학 때 처음 알았다. 하나의 대학 선배들은 문학 전공자들답게 도스토옙스키를 '도 선생'이라 불렀고 그렇듯 무라카미 하루키를 '춘수 형'이라 불러대곤 했다. 그들만큼 먼 이름, 기노시타 히로무였다. 검색을 거듭한다면 그의 얼굴과 근황마저 알게 될 것 같다는 두려움에 당시 하나는 재빨리 인터넷을 닫았다.

그의 이름을 검색하면 'I love coke 1987'이 연관어로 떴다. 그의 역작이었다. 1987년 작 코카콜라 광고다. 일본 역대 최고의 광고라 불리는 작품이었다. 당시에는 확인하지 못했던 것이다. 하나도 기노시타가 유명한 CF감독이라는 것을 어릴 적부터 들어 알고 있었다. 누구도 하나에게 직접 말해준 적은 없었지만. 전부 어른들의 이야기를 엿들은 것이다. 외할아버지가 심란한 얼굴로 혀를 쯧쯧 차며 입에 올리던 '일본 양반'이 바로 그였으므로. 하나는 유튜브에서 총 일곱 편에 달하는 시리즈를 전부 감상했다. 이른바 OL(Office Lady)들, 품이 큰 여름 정장을 입고 단발머리를 한 젊은 여자들이 생기 있는 얼굴로 콜라를 마신다. 콜라병처럼 허리가 잘록한 여자가 수영복을 입고 물살을 헤치거나 분수대에서 솟구치는 물줄기에 얼굴을 파묻는다. 탄산이 터지는 소리를 노골적으로 넣은 것도 아닌데 모델의 얼굴에 바로 그것이 있다. 기모노를 입은 노인들, 고교 야구 선수들, 마루에 앉아 조부모의 사랑을 받는 어린아이. 모두 행복하다. 이런 시절이 실재했을까 싶을 정도로. 버블기의 일본이었다.

— 최고다.

하나는 하드 아이스크림의 빈 막대를 쪽쪽 빨며 중얼거렸다. 편집자 동료인 수영에게 말해주고 싶었다. 광고는 이렇게 만들어야 하는 것 아닌가요. 니시노미야의 관서학원대학을 졸업한 일본 유학파인 수영은 박수를 치며 호응할 것이다. 자신의 추천이 틀리지 않았다고 생각할 것이다. 류보다 먼저 히로무를 알아야 한다고, 히로무의 코카콜라에서 모든 것이 시작되었노라고, 비밀을 말해주듯 속삭이던 그녀였다. 하기야 애초에 『류의 이야기』 출간을 추천한 사람도 그녀였다. 이 기획에 관해 가장 잘 알고 있는 사람은 수영이라고도 할 수 있었다.

그러나 수영이 아닌 하나가 원고를 쥐고 있다. 『류의 이야기』가 일본에서 얼마나 엄청난 인기를 끌고 있는지, 정신을 차린 중2병 소년의 이야기가 오랜 불경기와 원전 폭발에 절망한 일본인들에게 어떤 열광을 불러일으키는지에 대해 앞장서 소개한 사람은 수영이었다. 해마다 수차례 일본에 다녀오는 사장은 열도 전역의 서점에서 오랫동안 베스트셀러를 차지했고, 드러그스토어와 편의점에서도 팔고 있는 『류의 이야기』에 대해 금시초문이었다. 하나를 포함한 직원들은 언제나 비즈니스 여행을 다녀오는 척 일본을 방문하는 사장의 주목적이 클럽과 스낵바라는 것을 이미 알고 있었다.

『竜のはなし—幸福の科学』

역자가 표지에 적어 보낸 원문의 제목이다. 『류의 이야기— 행복의 과학』. 저자 기노시타 류(木下竜). 그는 '목하용'이었다. "나는 옴의 후계에서 도망쳤다. 버블 최고의 감독 기노시타 상의 손자, 류 군의 고백!" 수영은 일본어로 한 번, 스스로 번역한 한국어로 한 번 그것을 읽었다. 일본판 띠지의 카피 문구라고 했다. 수영은 일본에서 출간된 『류의 이야기』를 여러 권 소장하고 있었다. 그가 또래 청소년들에게 큰 인기를 끌었기 때문에 중쇄할 때마다 달라진 프로필 사진과 거듭 과감해진 카피 문구를 담은 띠지도 알뜰하게 챙겨놓고 있었다. '옴의 후계'라는 자극적인 표현과 그의 조부인 기노시타 히로무와의 관계를 밝힌 카피는 가장 최근에 출시된 것이었다. 수영은 좋아하는 아이돌 연예인에 관해 늘어놓듯 지치지도 않고 틈만 나면 설명해주었다. 하나는 그녀의 설명을 꼼꼼히 메모했다.

키, 키, 키노코, 키, 키, 키노코, 도코노코 도코노코…… 오모챠노 챠챠챠, 오모챠노 챠챠챠, 챠챠챠 오모챠노 챠챠챠…… 뜻도 모르고 외던

노랫말이 다시 어디선가 들려오기 시작한다. 하나로서는 전부 거짓말 같다.

하나의 엄마는 꽤 오랫동안 일제 아줌마였다.

—'쩨'가 먹히는 것도 옛날이야기지. 언제 적 일제야. 일본 다녀온 사람들한테 선물 받는 것도 꺼린다더라. 나야 이럴 줄 모르고 그때 손 뗐지만.

그녀는 2001년까지, 일본에서 사 온 물건을 팔았다. 하나가 중학교에 입학한 해였다. 주요 고객이었던 사모님들이 약속이라도 한 듯 한순간에 가난해졌다. 그녀들을 만나러 이민 가방을 메고 종로에 갈 일이 없어졌다고 했다. 엄마가 오사카에 다녀올 때마다 사온 물건들, 화장품, 손가방, 식기, 부피가 작은 편의점 음식, 손수건, 스타킹 같은 잡다한 물건들을 방바닥에 펼쳐놓으면 하나도 마지못해 구경했다.

—사모님들이 이런 싸구려 물건들을 쓴다고?

하나는 언제나 궁금했다.

—그래도 이런 건 일본에서만 팔아. 처녀 때부터 일제 좋아하던 양반들이니까 이 맛을 못 잊지.

지극히 사소한 부분에서 일제 티가 났다. 물컵이든 커피 잔이든 밥그릇이든 젓가락이든 한국 제품보다 조금 작았다. 화장품에 딸려 있는 화장솜이나 티슈는 물론이고 값싼 빨대와 면봉 같은 일회용 제품도 일일이 소분해 밀봉했다. 뭐든 작고 깔끔했다. 습기에 강한 튼튼한 비닐로 만든 물병 가방. 음식의 간을 볼 때 따로 사용하는 자그마한 접시 같은 것도. 아직도 한국에는 그런 물건이 잘 없다. 청결과 절약을 강박적으로 중시하는 그런 일본인들의 습관이 한국에는 없다. 어릴 때 하나는 엄마가 일본 여행을 가는 것도 싫었고 일본 물건을 사 오는 것도 꼴 보기 싫었다. 그러나 이제 하나는 이해한다. 그녀가 순수한 마음으로 일제를 좋아했다는 것을.

그러나 간장 대신 쇼유를 쓰던 사모님들이 더는 비싼 값에 물건을 사주지 않으니 수지가 맞지 않아 일본에 갈 수 없다던 엄마의 말은 반은 거짓이었다. 그해 무렵부터 엄마는 자유로워진 것이다. 그녀가 오또상이라고 불렀던 기노시타에게서. 엄마의 일기도 그때 멈췄다. 하나는 한 번도 묻지 않았다. 기노시타가 살고 있는 곳이 오사카인가. 일본 간사이 지방 어디쯤이었나. 그래서 물건 떼어 온다는 핑계로 뻔질나게 오사카에 다녀왔던 거였나. 거기서 그를 만났나. 그렇다면 왜 한 번도 나를 데려가지 않았나. 그는 나의 오또 상이기도 했는데.

그러나 그렇게 불러본 적은 없다.

하나가 두 살 때 엄마는 기노시타와 완전히 헤어졌다. 1989년이었다. 1988년 사진에 기노시타가 등장한다. 배냇저고리를 입은 하나의 요람을 흔들고 있다. 제 몸까지 흔들었는지 흐릿하게 뭉개진 채로 그는 사진에 찍혀 있다. 다른 사진은 없는 걸 보니 한국에서 사진을 남기는 일에 거부감을 가진 모양이다. 하나는 당연히 그랬으리라고 생각했다. 그는 유명한 CF감독이었고, 일본에 이미 아들과 아내를 둔 유부남이었다. 하나는 대개의 아이들과는 다르게, 양공주라는 말보다 왜공주라는 말을 먼저 배웠다. 어느 날 술에 잔뜩 취한 외할아버지가 엄마에게 컵을 던지며 이 왜공주년아,라고 했기 때문이다. 하나는 어른들의 말을 엿들을 때마다 그게 무슨 뜻이냐고 묻지 않았다. 뜻을 알 수 없는 말은 애초에 너무 많았다. 1989년에 증발해버린 오또 상이 하나의 친부였으며 그자와 기노시타가 같은 사람이라는 것도 뒤늦게 알았다. 엄마의 인생에 관한 정보를 천천히 조합하며 자랐지만, 하나는 그것을 자신의 인생이라 여기지 않았다. 기노시타 히로무는 엄마의 남자일 뿐이었다. 1991년 그가 광고계에서 잠정 은퇴했고 이후의 소식이 알려지지 않았다는 것도, 하나에게는 배다른 오빠에 해당하는 그의 아들, 기노시타 미노루(木下實)의 아들 류가 작가로 인기를 끈다는 것도 모두 최근에 알게 되었다. 엄마는 항상 그를 '오또 상'이라고만 불렀다. 하나는 엄마의 성을 물려받아 '임하나'로 살고 있었다. 언젠가 상상해본 적은 있었다. 엄마와 내가 그의 호적에 입적했다면. 자신의 이름 '하나'가 일본어로는 '꽃'을 부르는 말이므로, '기노시타 하나(木下花)'로 살아갈 수 있었을까. 그런 상상을 하다 보면 전부 장난 같아서 웃음이 나왔다.

그러나 이제 와서 그는 나를 버린 아버지였노라, 이야기해야 하나. 원고 안에서 어린 류도 중2병에서 탈출했노라 고백하는데. 하나는 얄궂은 운명에 흥미를 느낄 뿐이었다. 기노시타 감독의 외동아들의 외동아들이라면 류는 하나의 조카가 되는 셈이었다. 이룸서재에 입사한 지 1년 만에 하나는 처음으로 책임편집을 맡았다. 그 책이 다름 아닌 히로무의 손자 류가 쓴 책이다. 하나는 수영에게 물었다.

—아직 스물두 살. 일본 나이로는 스무 살인데. 약관의 나이에 해외에 진출한 베스트셀러 저자란 말이죠?

—대단해. 그자만이 할 수 있는 일을 한 거야.

수영은 천재의 피는 타고나는 것 같다며 류를 칭찬했다. 하나는 수영에게 미안했다. 수영에게 자문을 구할 일이 많았다. 수영은 하나의 사수였고, 하나가 입사할 무렵부터 『류의 이야기』를 기획했다. 표상문화학을 전공한 수영은 일본 각계의 사정에 정통했다. 『류의 이야기』는 그저 그런 자서전적 에세이가 아니다. 그는 아이돌이 아니다. 지금 왜 일본에서 『류의 이야기』가 주목받는지 여러 층위에서 분석할 필요가 있다. 힘주어 말하는 수영은 류에 관해서라면 자신이 전문가라 할 수 있을 정도라고 했다.

—내가 기노시타 류 덕질만큼은 일본 중고교생 못지않게 했을 거야. 류 덕후잖아. 내가.

그녀가 농담할수록 하나는 죄책감이 들었다. 사장은 번역 마감을 한 달 앞두고 책임편집을 수영에서 하나로 변경했다. 마치 뭔가를 알고 있는 것처럼. 하나는 평생 동안 단 한 번도 자신이 일본인 아버지를 두었다는 사실을 밝힌 적 없었다. 사생아라는 사실 또한 물론이었다. 하나가 기노시타 가(家)의 관계자라는 것은 그녀 가족 외에 누구도 몰랐다. 기노시타 히로무가 뻔질나게 한국에 드나들던 시절 아파트에 소문이 났다고 했다. 단지에 일본 남자의 현지처가 산다는 말은 빠르게 퍼졌다. 아파트 단지 주민들은 하나를 업고 다니는 엄마를 대놓고 손가락질했다. 외인아파트에서처럼 살인이라도 날지 어떻게 알아? 드나드는 나이 든 남자가 일본인이라는 사실을 알고 난 후 주민들은 엄마를 벌레 보듯 했다. 그때야 고급 아파트에서 홀몸으로 젖먹이를 키우는 여자는 이웃들이 언제나 주시하는 관심의 대상이었고 그래서 그토록 소문이 빨리 퍼진 것이었겠지만. 지금 하나가 그의 방계가족이라는 사실이 드러날 길은 없다.

—선배, 죄송해요.

—아무 이유도 없다고 생각해?

수영은 모니터에서 얼굴을 돌리지 않은 채 소리 죽여 말했다.

—『류의 이야기』는 반드시 뜬다고. 한국에서도. 사장이 그렇게 만

들 거야. 자기 누나랑 처음으로 경쟁해서 이긴 거거든. 자기도 이제부터 『류의 이야기』에 목숨 걸 생각이나 해.

—그렇다면 누님네 회사에서도 이 책 출간을 탐냈다는 건가요?

—알 만한 사람은 다 알아. 『류의 이야기』를 노린 출판사는 한두 곳이 아니라고. 아마 엄청난 마케팅을 할 거야. 그런 물건을 자기한테 밀어준 거라고.

수영은 사실 그대로를 진술하는 듯 덤덤하게 말한 후 연필을 깎기 시작했다. 사무실에 널린 비품이 연필깎이였지만 수영은 언제나 커터로 직접 연필을 깎았다. 수영에게는 종이책을 사랑하는 지극한 마음이 있었고 자신의 일을 덕성스럽게 존경하는 태도가 있었다. 원고를 만지기 전 그녀는 가볍게 심호흡을 하고 언제나 가까운 곳에 놓아두는 커터를 들어 연필을 깎았다. 도토리를 까먹는 다람쥐를 보듯 하나는 그 모습을 뿌듯하게 바라봤다. 가만히 소리만 듣고 있어도 좋았다. 하나가 수영의 옆자리에 앉게 된 날 그녀는 하나의 연필도 깎아주었다. 앞으로 이런 건 자기가 직접 해, 이젠 안 해줄 거야,라는 말이 무슨 뜻인지 하나는 알았다. 그래도 가끔 아쉬웠다. 수영이 깎은 연필은 특별했다. 교정지를 가르는 가벼운 느낌이 좋았다. 행간을 지나다니는 흑연이 종이와 닿는 촉감이 유독 부드럽게 느껴졌다.

비염 증세가 심한 수영이 수시로 코를 훌쩍이는 소리가 들린다. 그녀는 종종 가슴이 답답해져 자기도 모르게 한숨을 쉰다고 했다. 사람들이 오해해서 한숨 쉬는 거 조심하려고 하는데 잘 안 돼, 수영은 때로 한숨을 크게 내쉬다가도 민망한 듯 얼른 그만둔다. 재채기를 크게 내지 않으려고 조심하는 그런 소리까지 들려올 정도로 수영과 하나는 가깝게 앉아 있다. 하나는 원고를 검토하며 때로 수영의 눈치를 살핀다. 수영의 모니터 옆에 하나가 선물한 스투키 화분이 있다. 수영은 가끔 일거리에서 눈을 떼고 스투키를 바라본다. 그러다 하나를 돌아보며 미소를 짓곤 한다. 그녀가 『류의 이야기』를 얼마나 공들여 준비했는지 하나는 알고 있다. 미안한 마음과는 별개로 류에 관한 이야기를 터놓고 나눌 사람은 수영밖에 없다. 수영은 자기 것을 하루아침에 빼앗겼는데도 여느 때와 다름없이 덤덤하게 일하고 있다. 하나로서는 짐작도 되지 않는 그런 경지에 오른 것 같다.

하나는 학부 시절 국내에 몇 없는 분과, 비교문학을 전공했다. 수능시험을 보기 백 일 전까지 하나는 공부라곤 해본 적이 없었다. 입학한 첫날 문제집을 펴놓고 공부하는 하나의 책상을 밟고 지나다니던 한 무리의 친구들을 사귀었기 때문이었다. 하나의 고교 시절은 행복했다. 다시없을 친구들을 만난 것 같았다. 좋아하는 가수의 콘서트에 날마다 쫓아다니며 찍어온 그들의 사진을 편집하고 그들의 팬픽을 쓰거나 관련된 상품을 만들어 파는 친구들이었다. 친구들은 하나가 자신들이 좋아하는 가수를 함께 좋아하지 않는데도 따돌리지 않았다. 오히려 친구들은 하나가 마치 그 가수라도 되는 양, 극진히 챙겨주기 일쑤였다. 넌 우리의 마지막 희망이야, 너까지 영업 성공하면 우리 목적 달성이야, 그런 말을 하곤 했지만 전부 농담일 뿐이었다. 하나는 친구들이 좋아서 관심도 없는 가수에 관한 정보를 날마다 수집했고, 친구들이 쓴 팬픽을 읽고 교정 교열을 해주었다. 책을 읽고 글을 쓰는 것을 좋아했던 하나가 섬세하게 고쳐준 친구들의 팬픽은 전국 팬클럽 사이에서 걸작으로 회자되었고 상상하지도 못할 만큼 비싼 금액에 팔렸다고 했다. 하나는 친구들과 함께 콘서트장 주변을 배회하거나 번화가의 맛집을 찾아다니고

백화점을 구경하는 등 즐거운 시간을 보냈다. 내신 성적이 좋지 않아도 야단치는 사람은 없었다. 엄마는 성적표에 관심도 없었고 교사들은 수업 시간에 소설을 읽는 하나를 오히려 칭찬해주었다. 넌 뭐가 되도 될 거다, 어떻게 이렇게 어려운 작품을 읽고 있니, 그들은 말했다.

행복한 시절이었다. 그런 시간을 다시 보낼 수 있을까. 하나는 가끔 회상했다. 교과 영역별 선택반영 제도 덕에 하나는 백 일 동안 공부해서 1등급을 받은 두 과목의 성적만으로 원하는 대학 문학부에 입학할 수 있었다. 비교문학과에 입학하면 좋아하는 문학 작품을 읽으며 자유롭게 공부할 수 있으리라 생각했던 것은 착각이었다. 선배들은 각종 소모임을 만들어두고 신입생에게 가입을 강요했고 스터디의 방향성을 엄격하게 제한했다. 학과의 주류가 독려하는 방향성에서 벗어나는 공부를 하면 아웃사이더 취급을 받았다. 영문과, 독문과, 불문과, 일문과, 역사학과, 사회학과의 협동학과 출신으로서 자기 정체성이 뚜렷한 학과가 되려면 학부생들부터 정신 차리고 열심히 공부해야 한다는 말을 입학한 날부터 귀에 못이 박히도록 들었다. 우린 식민지학과에서 벗어나야 해! 술자리에서 선배들은 독립투사처럼 주장하곤 했다. 하나는 그들이 우스웠다. 하나의 첫 남자친구도 독립투사였다. 그런 말투를 다들 어디에서 배워온 걸까 하나는 생각했다.

—너는 제2외국어로 뭘 공부했냐.

—일본어요.

—역시 제국의 언어였군. 그러기에 너는 아직도 일문학에 관심 있느냐?

—아뇨. 학교에서 여학생은 일본어, 남학생은 중국어로 선택의 여지가 없었을 뿐인데요.

—이상한 학교군. 그래도 일본어를 읽고 쓸 줄 아니 일문학에 관심을 가져보는 게 어떠냐?

—일본어 읽고 쓸 줄 몰라요. 제2외국어 공부는 하나도 안 했어요.

그는 한심하다는 듯 하나를 노려봤다. 현행 입시 제도의 문제점을 설파한 끝에 그는 하나에게 사귀자고 했다. 그가 학부에서 사귄 유일한 남자친구로 남아 다행이라고 하나는 훗날 생각했다. 그런 바보 같은 시작이 어디 있어. 마치 내가 너의 선생이 되어주겠다는 듯, 그는 근엄하게 교제를 제안했다. 그렇기에 하나는 사귀는 내내 그에게 가르침을 받는 기분에 사로잡혀야 했다. 그는 집요하게 일문학에 관심을 가져보라고 재촉했다. 싫어요, 일본 소설은. 사람 이름 헷갈린단 말이에요. 그는 하나를 꾸짖곤 했다. 문학을 한다는 사람이!

그때를 떠올리게 했다. 기노시타 류의 첫 단락은.

"학교에 가기 싫었고 나이브한 유토리에 화가 났습니다. 문학과 역사를 혹독하게 공부하고 싶었죠. 학교에서 하는 대로 유약한 방식이 아니라 좀더 제대로 말이죠."

'나이브한 유토리', 유토리를 비하하는 말이다. 한국에도 2002년 전후에 대학 입시를 치른 세대를 비하하는 단어가 있었다. 야간자율학습이나 과도한 경쟁을 강요받지 않았고 교과 영역별 선택반영 등의 혜택을 받은 하나 역시 넓은 범위에선 그 세대에 해당했다. 류가 중학교에 다니던 2008년경 일본도 그러했던 모양이었다. 나이브한 유토리에 화가 났다, 곱씹어 읽어볼수록 흥미로운 문장이었다. 류는 자신이 행복의 과학에 입교한 까닭이 바로 '나이브한 유토리'에 있다고 말하고 있다.

하나는 옆에 앉은 수영에게 메시지를 보냈다.

—선배, 유토리에 반감 갖는 아이들이 많은가요?

—글쎄. 자신들이 미시마 유키오가 말한 그 '문약유약' 취급받는다고 생각했을지도. 그런 애들이야 소수였을 수도 있지만. 유토리는 결국 실패했다고 봐야지. 한국에서의 '열린교육'같이. 다만 아직도 '국민개병' 시절처럼 전쟁에 소집되지 못한 젊은 녀석, 떳떳하지 못한 비국민, 뭐 그런 식으로 자기 세대를 비하하는 미친 아이들이 있다는 건 일본 사회의 특수성이라고 봐도 무방하지 않을까?

수영은 사무실을 둘러본 후 메시지에 답을 보내는 대신 하나를 마주 보며 설명해주었다. 그녀는 뭔가를 강조할 때, 특히 어떤 개념이나 명사를 강조할 때 쓰는 특유의 제스처를 하며 말했다. 양손 집게손가락과 가운뎃손가락을 동시에 구부렸다 펴 보이며 한참 이야기하던 수영이 다시 몸을 돌려 일에 몰두한다. 하나는 수영이 몸을 돌릴 때마다 움찔하고 눈치를 본다.

류는 1995년 오사카 효고 현 니시노미야에서 기노시타 미노루와 기노시타 가오루(木下かおる)의 아들로 태어났다. 13세 때인 2008년 인터넷을 통해 교주 오오카와 류호를 알게 되었고 그해 행복의 과학에 입교한다. 첫 단락에서 밝힌 대로 그가 행복의 과학에 매료된 첫번째 이유는 '문학과 역사에의 혹독한 입문' 때문이었다고 한다.

"나는 옴의 후계에서 도망쳤습니다. 그들이 무엇이라 말하든 이것만이 진실입니다. 그들은 반드시 현실적인 폭력을 저지를 겁니다. 폭력이라는 말보다는 폭행이라는 말이 더욱 어울릴까요."

하나는 번역 원고를 기다리는 동안 행복의 과학이라는 일본의 종교에 관해 공부해야 했다. 교주 오오카와 류호는 동경대 법학부 출신으로서 1986년 '행복의 과학'교를 설립했고, 2009년 종교정당 '행복실현당'을 창당한 인물이었다. 인류 행복의 사명을 가진 신 '엘 칸타아레'의 현신을 자부하는 그는 "구텐베르크는 성경의 영을 전달하기 위해 인쇄술을 개발했다. 그처럼 모든 과학기술은 영계의 메시지를 전달하기 위해 탄생하는 것이다. 영계라고 하는 신세계에 관심이 없으면 과학도 진보할 수 없다"와 같은 우스꽝스러운 말로 교리를 설파하지만 행복의 과학을 일반적인 사이비 종교로 치부하기에는 위험한 점이 많다. 그들은 자신들의 종교를 '출판과 독서의 종교'로 부를 만큼 출판에 관심이 많다. 연간 총 52권을 발간한 것으로 기네스 세계기록을 보유하고 있다. 그 주제 역시 역사, 정치, 경제, 국가론 등 다종다양하며 특히 출간되는 '이야기'들은 교리를 서사화하여 실제 역사 속 인물을 이데올로그로 등장시키곤 한다. 그런 그들이 주장하는 가장 현실적이고 또한 궁극적인 목표는 결국 일본 헌법 제9조의 개정이다. 군대와 공격권을 가져야 세계의 위협, 가령 '북핵' 같은 것으로부터 일본 국민을 지킬 수 있다고 주장하고, 동일한 당 기조를 내세우며 참의원 선거에 행복실현당 당원을 끝없이 내보내고 있다.

수영은 하나에게 행복의 과학에서 만든 애니메이션도 몇 편 보내주었다. 국내에서도 유명한 만화 「소년탐정 김전일」의 작가 사토 후미야가 열성 신도로서 작화를 맡은 작품도 있었다. 하나는 애니메이션 시리즈의 소제목을 보며 감탄했다. 「영원의 법」 「신비의 법」 「UFO학원의 비밀」, 그리고 류가 자신도 시나리오 작업에 참여했다고 밝힌 「노스트라다무스의 전율스러운 계시」 「헤르메스, 사랑은 바람처럼」 등이었다.

제목들로만 봐선 조금도 사이비 종교스럽지 않다.

하나는 애니메이션을 보며 생각했다. 류는 바로 그 점을 조심해야 한다고 원고 내내 이야기하고 있었다.

"겉으로만 보면 마치 학술 단체로 보일 정도로 멀쩡합니다. 학교에 가지 않고 집에 처박혀서 게임만 하던 당시 내 눈에도 그렇게 보였습니다. 당시의 나는 무척 심각한 상태였죠. 방 밖으로 나가지 않았고, 이대로 내가 될 것은 히키코모리밖에 없다, 방 밖에 괴물이라도 있는 양 나가지 못하는 코쿤이 되어버릴까 봐 두려웠습니다. 아버지는 나를 경멸했고, 어머니는 어쩐지 언제나 나를 두려워했습니다. 고작 중학생 꼬마인 아들의 눈치를 보느라 벌벌 떠는 모습이 한심했죠. 내가 사람을 죽이고 숨어 있는 것도 아닌데. 어머니가 방문 앞에 식사거리를 놓아두고 가면 미안하기는커녕 화가 났습니다. 이대로 괜찮다는 것인가? 자신의 아들이 방에 갇혀 사료처럼 주는 밥이나 받아먹으며 살아도 상관없다는 것인가? 스스로가 굳게 닫아버린 문을 열고 나갈 수 없다는 사실이 슬슬 무서워지는 겁니다. 뭘 하고 살아야 하지? 오직 학교에 가는 일밖에 없는 것인가? 그런데 학교를 생각하면 또 참을 수 없이 화가 났습니다. 내가 왜 수업 따위에 시간을 낭비해야 하지? 선생들이고 학생들이고 모두가 그토록 멍청한데. 선생들, 자신들은 학교라는 일터에서 일하는 노동자라는 말 따위나 하고. 역사 선생, 일본은 언제까지고 한국에 사죄해야 한다, 그런 말을 수업 시간마다 했죠. 그럼 우리 모두가 날 때부터 범죄자라는 거냐, 우리는 태어나기도 전부터 범죄의 유전자를 갖고 있었다는 거냐. 여러분, 나는 사춘기의 방황을 선생, 특히 역사 선생에게 돌리는 중이었습니다. 중2병의 시작이었죠. 학교에 가지 않은 지 일주일째 되던 날, 나는 게임을 그만두었습니다. 분명 나는 우등생이었습니다. 중학교에 입학할 당시만 하더라도 배치고사에서 1등을 해서 학생 대표로 선서를 하기도 했습니다. 내가 왜 이렇게 망가졌는지 알고 싶었습니다. 무작정 검색했습니다. 일본은 전범 국가인가. 동아시아의 근대화는 어떻게 가능했는가. 제국주의와 식민 지배. 일본 헌법 제9조. 그러면서 나는 자연스럽게 오오카와 류호의 웹페이지에 접속하게 되었습니다."

하나는 웅크리고 앉은 소년의 이미지를 머릿속에 그려보았다. 류의 프로필 사진은 원고와 함께 이미 도착해 있었다. 프로필 사진 속, 류는 정장을 입은 말쑥한 청년이다. 그러나 하나의 머릿속 류는 언제나, 방 밖에 나오지 못하는 중학생 소년이다. 며칠째 감지 않아 떡이 진 머리를 하고, 더러워진 여름 체육복을 입은 소년이 모니터에 얼굴을 처박고 있다. 이유는 알 수 없지만 학교가 마음에 들지 않아, 선생들은 죄다 멍청이야, 동급생들은 말할 것도 없지, 들어주는 이도 없는데 중얼거리는 류의 모습이 언젠가 본 것처럼 또렷하게 그려졌다. 아무도 없는 사무실에 어둠이 내려앉으면 하나는 웅크린 류의 이미지를 반복해서 떠올렸다.

하나는 번역 원고를 받은 날부터 매일 야근을 했다. 출간 일정은 빠듯했다. 사장은 날마다 하나를 호출했다. 자신이 『류의 이야기』에 얼마나 기대를 걸고 있는지 시끄럽게 떠들어댔다. 그간 쌓아온 모든 마케팅 역량을 이 책에 집중할 것이며, 하나가 언제나 그 점을 유념해야 한다는 것이었다.

—이거 일본식으로 말하면 청수사에서 목을 매는 심정으로 내는 겁니다. 알겠어요?

사장의 존댓말은 사람을 기분 나쁘게 만드는 데가 있었다. 전혀 존중하지 않으면서 형식만 존대를 하니 불쾌한 거라고 하나는 생각했다. 하나는 퇴근 준비를 마치고 스탠드 불을 내리며 생각했다. 이거 뭘 원하는 거지, 나에게. 그간 편집에 참여한 수많은 책과, 만났던 저자들을 하나씩 떠올려봤다. 류는 그들과 다름없다. 기노시타 류. 구글에서 단 한 번의 검색으로 쉽게 찾을 수 있는 사람이었다.

키, 키, 키노코……

하나는 떠오르는 노래를 가만히 불러보았다. 하나가 언젠가 소리 내어 그 노래를 불렀을 때 엄마는 몹시 당황했다. 하나, 그 노래 기억나? 오또 상이 가르쳐준 건데. 두 살 때. 그게 어떻게 기억나지? 그때 하나는 대꾸하지 않고 자리를 피했다. 지금 하나는 생각한다. 모든 일에 우연은 없다. 두 살 때 들은 노래를 기억할 아이는 없다. 이후로도 종종 엄마가 하나가 듣는 데서 그 노래를 불렀을 것이다.

류…… 알아?

하나는 엄마에게 전화를 걸어 묻고 싶었다.

출간을 2주 앞두고 사장은 간사이 여행을 다녀왔다. 『류의 이야기』 초판 출간 덕분에 메이저로 급부상한 교토 출판사 이케보노의 사장을 만나고, 성지순례를 하듯 오사카와 니시노미야에 다녀왔다고 했다. 류의 고향이다. 저자 류를 만날 것도 아니면서 그곳에 왜 다녀오는 거지? 하나는 사장의 그런 취미가 팬시하다고 생각했다. 사장은 직원들에게 로이스 초콜릿과 도쿄바나나 빵을 한 개씩 돌렸다. 그런 후 사장은 하나가 아닌 수영을 방으로 따로 불렀다. 수영은 손가락으로 자신을 가리키며 어리둥절한 표정을 짓다가 사장의 방으로 갔다.

사장의 방에 다녀온 수영의 손에는 자주색 벨벳 앨범이 들려 있었다. 관서학원대학. 앨범 표지에 적힌 글자는 하나에게도 쉽게 읽히는 한자였다. 수영에게 동료들이 한마디씩 했다. 어이, 그게 관서학교 졸업 앨범이구나? 좀 보여줘 봐, 왁자지껄 떠드는데 수영은 입을 굳게 다

물고 있었다. 표정을 지운 얼굴. 하나는 그게 수영이 가진 특징적인 얼굴이라는 것을 알고 있었다. 수영의 기분이 좋지 않다. 그것도 몹시. 수영은 지금 사장을 증오하고 있다. 새삼스러운 감정은 아니겠지만 자주 치받는 감정 또한 아니다. 무슨 일일까. 하나는 평소보다 더욱 행동을 조심하며 자리에 앉는 수영의 눈치를 봤다. 수영은 하나가 눈치를 보고 있다는 것을 곧잘 눈치챈다.

—뭐, 이케보노 출판이랑 통화하라고.

별일 아니라는 듯 수영이 운을 뗐다. 이케보노를 담당하는 직원이 급한 휴가를 받아 자리를 비웠기 때문이었다.

—사장이 관서대학에서 직접 가져왔대. 내가 예전에 귀국 일정 때문에 졸업 앨범 못 챙겼던 이야기했던 걸 기억하고. 웃겨. 그런 건 기막히게 잘해.

하나는 고개를 끄덕였다. 수영은 자기 몫의 초콜릿과 빵을 하나에게 밀어 주었다.

—이것도 자기가 먹어. 사장이 만날 불러대는데 파이팅해야지. 왜 그런 물건을 하나 씨에게 밀어 줬겠어. 잘하라고 그러는 거야. 앞으로.

하나는 힘없이 고개를 끄덕인 후 열세 살의 류를 만나러 간다.

"어쨌거나 당시에는 행복의 과학 덕분에, 다시 햇살 속으로, 사람들 안으로 돌아갈 수 있게 되었습니다. 일주일에 세 번이나 하는 역사 수업과 문학 세미나에 참석하려면 아무래도 바깥으로 나가야 했으니까요. 그들은 나에게 학교에 제대로 출석하라고 꾸짖었습니다. 중학교도 졸업 못 한 쓰레기가 될 참이냐, 무서운 말로 경고를 하곤 했죠. 건강한 육체에 건강한 정신이 깃든다. 언젠가 책에서 읽은 말인데 좋아서 여기저기 써놓곤 했습니다. 종교단체의 역사 선생이 첫 수업 시간에 그 말을 했기 때문에 나는 그를 신뢰하게 되었습니다. 그 말을 실천하고 살아가기 위해 규칙적인 식습관을 갖고 운동을 하기 시작했고요. 「노스트라다무스의 전율스러운 계시」와 「헤르메스, 사랑은 바람처럼」의 시나리오 작업에도 참여하기 시작했습니다. 그들은 나를 천재소년이라고 칭찬해주곤 했죠. 무엇보다 나는 그들로부터 역사를 달리 배우기 시작했습니다. 강건한 방식으로 일본 근대사를 공부하기 시작했다는 겁니다. 학교에서 하는 나약한 방식이 아닌. 여러분, 그런데 도대체 뭐가 문제냐는 거죠? 대체 왜 배교를 하고 세간에 그들이 위험한 집단임을 설파하고 다니는지 알 수 없다는 거죠?"

『류의 이야기』는 총 2장으로 이루어졌다. 제2장의 제목은 '역사 수업의 비밀'이었다. 하나도 수영도 원고 전체를 몇 번이고 반복해서 읽었다. 하나는 이 이야기의 결말을 알고 있다. 열세 살 류가 당시에는 몰랐을 결말을. 역사 수업이란 결국 행복의 과학 이데올로기를 전파하기 위한 수단이었다. 원고의 처음과 끝을 왕복하며 어느 시점에서는 반드시 스릴러 영화를 보는 관객이 된 기분이 들었다. 류, 검색을 그만둬. 그 페이지에 접속해서는 안 돼. 둘러봤으면 그만 나와. 안 돼, 왜 메일을 보내는 거야? 류, 지금이라도 늦지 않았어. 전화번호를 바꾸면 그만이잖아? 다시 학교에 적응해서 잘 지내면서 왜 여전히 그곳엘 가는 거야?

—나도 그런 생각을 여러 번 했었지.

수영은 커피를 마시며 말했다. 수영과 하나는 오랜만에 함께 식사를 했다. 1년 가까이 날마다 함께 식사를 했는데 최근 들어 뜸해진 터였다. 하나는 빵으로 점심을 때우곤 했는데, 그러면서도 지금 바쁘다고 유세하나 싶어 수영의 눈치를 봤다. 하나는 수영에게 먼저 함께 식사할 것을 제안했다. 그동안 제가 너무 바쁜 척했나 봐요, 식사도 못할 만큼 바쁜 건 아닌데. 하나의 말에 수영은 목젖이 보일 만큼 입을 벌리고 웃으며 자신은 그런 생각은 해보지도 않았다고 말했다. 식사 후 커피를 마시며 수영이 『류의 이야기』를 처음 읽었을 때 이야기를 들려줬다.

—스물일곱에 유학을 갔어. 늦은 나이에 유학 가는 것도 세상에 미안할 참인데, 직전에 후쿠시마에서 사고가 나서 부모님 반대가 너무 심한 거야. 어차피 나는 간사이로 가는 거니까, 거긴 사고 난 데서 한국보다 더 멀다고 둘러대긴 했는데. 왜 하필 내가 유학 가는 시점에 그런 큰 사고가 나는 건지 너무 화가 나더라고, 솔직히. 문부성 장학생으로 가는 거지만 모아놓은 돈도 별로 없는데 현지 생활하는 것도 힘들고. 학교에서 만난 한국 유학생 애들, 다 정서에 안 맞는 애들뿐이고. 스타벅스나 돈키호테에서 알바하는 걸 자랑하는 그런 애들이고. 전부 한심하다고 생각해서 공부만 했어. 어느 날 드러그스토어에서 『류의 이야기』를 발견했어. 그땐 초판이 출간된 지 두 달밖에 지나지 않았을 때였는데도 엄청나게 팔리고 있었어. 관심을 안 가지려고 해도 안 가질 수가 없었지. 텔레비전에도 나올 정도였으니까. 그땐 여드름투성이에 말라깽이인 고등학생이 뭐가 대단해서 저 난리라는 거야,란 생각뿐이었어.

수영은 입안에 얼음을 털어 넣으며 덧붙였다.

—나는 류가 마음에 들어. 우리 저자라서가 아니라.

그 말을 한 수영은 피식 웃었다.

—너무 지독한 농담인가? 하나 씨, 일본 뉴스도 좀 보고 그래. 이번에 참의원 통상선거에서 행복실현당원이 당선된 거 알아? 사장이 오사카 다녀와서 그 이야기부터 하더라. 호텔에서 뉴스로 봤대. 당선된 자가 당원들이랑 같이 반자이 삼창하는 거. 의석수는 하나지만 이거 엄청난 거야. 사장은 우리 책에 영향 있을까 봐 걱정 반 기대 반이지.

—기대는 왜요?

—류가 그들을 옴의 후계라고 하는 거, 그들이 계속 의석수 확보에 실패했을 경우에 정말 옴진리교처럼 생화학 테러를 할지도 모른다고 본 건데. 옴 트라우마가 아직도 엄청난 일본에서 그런 자들에게 표를 줬다는 거, 이걸 어떻게 설명해야 할까?

수영은 하나에게 몸을 바짝 당겼다.

—사장 무시할 사람 못 돼. 이런 것도 기막히게 잘 알아온다고.

나에게는 자격이 없는 것 같아요. 선배.

하나는 몇 번이고 그런 말을 생각한다. 원고에는 거개 낯선 개념마다 역자 주가 달려 있었다. 각주가 달려 있지 않은데 이해가 안 되는 일본어 표현이 덜컥 나오면 하나는 당황했다. 이런 경우에는 내가 부족한 것이다, 하나로서는 그렇게 생각할 수밖에 없었다. 수영이라면 알았을 텐데, 생각 끝에는 이 책은 역시 수영이 맡아 편집했어야 한다는 결론이 내려졌다. 언제나처럼 '오토코쿠미'라는 낯선 글자 앞에서 하나는 한참을 망설였다. 항상 그랬듯 수영에게 자문을 구하고 싶었지만 하루 종일 수영은 자리에 앉을 틈도 없이 너무 바빴다. 한참을 검색해도 나오는 결과는 비슷했다. 한때 큰 인기를 끈 일본 보이그룹의 유닛밖에 없었는데, 류가 사용하는 오토코쿠미의 맥락은 그것이 아니었다.

"입교한 지 한 달 후부터 나는 주요 업무를 맡았습니다. 개인 블로그와 커뮤니티, 뉴스 댓글 등 웹페이지 여론을 장악(역자는 각주를 다는 대신 메모를 붙여 원어를 병기하고 '참여'라는 단어와 '장악'이라는 단어 중에 무엇을 써야 할지 한참을 고민했다고 말했다. 류는 자신의 초창기 인터넷 활동은 넷우익의 그것과는 구분되어야 한다고 주장하고 있다는 말과 더불어)

하는 일이었죠. 그때 그들은 나에게 아무런 지시도 내리지 않았습니다. 너의 솔직한 의견을 피력하라는 말만 했을 뿐이었죠. 그러므로 그때 나는 순전히 진심에서 우러나오는 글만 작성했습니다. 연약한 역사의식과 피해의식, 죄책감과 정치적 올바름에 대한 강박에 사로잡힌 인간들을 경멸했고 그들과 밤새 대화했으며 또 싸웠습니다. 나는 생산적인 토론에 참여하고 있다고 굳게 믿었습니다. 정말이지 당시에 내가 가장 경멸했던 인간들이 있다면 '피해자 코스프레'를 하는 자들이었죠. 논리가 부족해지면 울상을 하고 폭력, 약자, 반성 같은 말을 들먹이는 자들 말이에요. 특히 일련의 피해자 무리에 기생하는 자들을 나는 참아줄 수가 없었어요. 여러분, 익숙한 모습이죠?"

—출간 얼마 안 남았네. 보도자료 준비해야겠다.

창밖이 어두워진 즈음에야 수영은 자리에 앉았다. 하나는 피곤한 와중에도 자신의 안부를 물어주는 수영이 고마웠다. 하나는 힐끗거리며 수영의 안색을 살폈다. 뭔가에 하루 종일 시달렸는지 매우 지쳐 보였다. 에어컨으로도, 책상에 놓아둔 선풍기로도 열기가 가시지 않는지 수영은 스마트폰에 미니선풍기를 연결해 얼굴에 바람을 쐬고 있었다. 어느새 사무실에는 수영과 하나밖에 없었다. 모두 정시 퇴근을 했거나 외부 미팅을 하러 나간 참이었다. 드문 일이었다. 수영은 감추지 않고 한숨을 쉬었다. 땅이 꺼지도록 한숨을 쉬는 모습에 하나는 위안을 받았다. 사람들이 오해할까 봐 한숨 쉬는 걸 조심하는 수영이라면, 지금 그녀는 하나를 믿고 있다는 것이었다. 하나는 그렇게 생각하고 싶었다.

—선배.

—왜?

—류는 설명하지 않네요.

—뭘?

—오토코쿠미 형들이 한 일이 정확히 뭔지에 대해서요.

수영은 양팔을 뻗으며 의자에 깊숙이 몸을 파묻었다. 하나의 말에 대답하는 대신 수영은 피식거리며 웃었다. 하나는 자신을 빤히 바라보며 실실 웃는 수영이 신경 쓰였다. 하나는 곧 기분이 나빠져서 수영에게서 몸을 돌렸다. 수영의 행동 때문에 기분이 나쁘다고 여겨진 것은 처음이었다. 순간 모욕당한 것처럼 머릿속이 멍해지고 몸이 떨리기까지 했다.

—하나 씨. 역자가 실수한 거야. 연락해서 개념 정리해달라고 해. 그런데 일이 너무 늦게 진행되는 거 아냐?

하나는 대답하지 않았다. 이건 분명한 모욕이라는 생각만 자꾸 드는 까닭을 알 수 없었다. 툭툭 던지듯 말하는 수영의 화법을 하나는 잘 알고 있었다. 하나가 질문을 던졌을 때 얼른 대답하지 않고 가만히 그녀를 바라보거나 피식 웃는 등의 행동도 자주 보아온 것이었다. 그런데 왜 이렇게 기분이 나쁜 건지 하나는 도무지 알 수 없었다.

—하나 씨. 아까 사장이 내 앞에서, 하나 씨를 린짱이라고 부르더라. 우리 린짱한테 맡겨두었으니까. 『류의 이야기』는. 이러는 거야, 미친 새끼.

하나는 수영을 노려보았다. 수영은 하나를 보고 있지 않았다. 평소 구독하는 두 권의 일본 패션잡지를 뒤적이며 수영은 덤덤하게 말했다.

—하나 씨도 나중에 사장이랑 일본 여행 한번 가. 돈 다 대주니까 편해. 아, 둘이서만 가라는 거 아니고, 직원들 한번 우르르 데리고 갈 때. 나는 갈 때마다 물건들을 잔뜩 사는데 사장이 남자 직원들 짐꾼으로 부려주기까지 해. 왜 예쁜 거, 한국에는 없을까. 이렇게 작고 튼튼한

물건. 은은한 파스텔 톤 가진 물건. 이런 파우치. 그런 생각했었다. 예전부터. 왜 「베르사이유의 장미」 같은 만화가 한국에는 없나. 버블 때 만화 봤어? 애니메이션 배경음악까지 오페라로 웅장하게 작곡하는 그런 거. 왜 디즈니랜드가 서울에는 없나. 요즘에도 그런 생각한다. 아무리 일본이 망했다지만. 코카콜라 광고 봤지? 한국에서도 그와 똑같은 광고가 나왔지. 그런데 항의를 받은 거야. 한국의 직장은 그와 같이 자유롭거나 행복하지 않다고. 왜 우리에겐 OL이라는 말이 어울리지 않을까. 한때 한국과 일본은 한 나라인 행세를 했는데 왜 우리에겐 저런 물건이 없을까.

—버블 때라고 OL들이 자유롭고 행복했겠어요? 그건 광고 이미지일 뿐이죠.

하나는 대꾸하며 원고를 정리해 가방에 넣었다. 오늘따라 술에 취한 듯 두서없이 지껄이는 수영이 불편했다. 수영은 탕비실에서 꺼내 온 캔맥주를 따고 있었다. 본 적 없는 기이한 행동이었다. 상대방의 심기를 슬슬 건드리는 수영의 저의를 알 수 없어 하나는 겁이 났다. 급기야 수영은 하나의 가방을 빼앗으며 자리에 앉기를 권했다. 수영이 한껏 치켜든 턱을 꺼덕대며 앉기를 명령하는데 하나는 흠칫 놀라 그대로 자리에 앉았다.

—오늘 같이 마시려고. 자기는 이제 엄청 바빠질 거야. 『류의 이야기』 담당이잖아. 곧 일본 가서 류도 만나게 될 거야. 그런데 말야…… 행복의 과학 출판사는 심심찮게 오오카와 류호라는 미친놈 책을 내줘야 하니 그 직원들은 얼마나 똥줄이 탈까. 당연히 전부 '행복의 과학'교 신도들일 테고, 교주의 책을 편집하는 일이 대체 어떤 일일까. 우린 상상이나 할 수 있을까.

하나의 머릿속에 어떤 생각이 스쳤다.

—선배, 히로무의 코카콜라에서 시작되었다는 게 무슨 뜻이에요? 선배는 뭔가 알고 있나요? 히로무에 관해서.

—기노시타 히로무? 코카콜라 감독?

—그의 가족사에 대해 알고 있나요?

—누구 말하는 거야? 류, 히로무?

—히로무의 코카콜라와 류의 행복의 과학, 두 사실 간의 관계요.

—최근에 밝혀진 거야. 히로무와 류의 관계는. 나라고 알겠어?

—선배는 뭐든 알잖아요.

—뭐 그야 그렇지. 알아? 니시노미야. 한신 고시엔 구장이 있는 곳이야.

—저는 모르죠.

—나는 관서학원대학 야구부 매니저까지 했다고. 그때 한신 고시엔 구장에 우리 사장실 들락거리듯 다녔어. 그 수많은 일본 야구만화의 배경이 된 그곳에.

—선배, 아무도 안 사귀고 공부만 했다면서. 야구부 매니저도 했어요?

수영은 아직 맥주가 남아 있는 캔을 손으로 우그러뜨리며 말했다.

—무슨 말이 하고 싶은 거야?

—선배, 망상이 너무 심한 거 아니에요?

그 말을 뱉은 순간 하나는 결코 예전으로 돌아갈 수 없겠다고 생각했다. 그런 말을 씹어뱉게 하는 분노의 기원이 어디에 있는지 지금으로서는 도무지 알 수 없었다. 하나는 덜덜 떨리는 자기 몸을 붙들어 진정하게 하고 싶었다. 그러나 고작 오른팔로 왼팔을 붙든 채 발끝에 힘을 주고 위태롭게 온몸을 지탱하는 것밖에는 할 수 없었다. 수영은 그런 하나를 보며 한숨을 쉬었다.

—왜 그래? 하나 씨.

—선배, 난 그의 가족이에요.

—그러니 누구?

—기노시타 류요.

—하나 씨, 정신 차려. 나는 당신보다 훨씬 더 오래 덕질을 했지만 그만큼 빠지지는 않았어.

—선배, 나는 기노시타 히로무의 딸이라고요. 우리 엄마가 그의 현지처였어요. 류의 아버지가 나의 배다른 형제란 말이에요. 본 적은 없지만. 물론 이번 원고 맡기 전에는 그가 기노시타의 손자인 줄 몰랐어요. 그래요. 선배 말대로 나중에 류를 만나게 된다면 그 아이를 자세히 들여다볼 생각이에요. 내 어릴 적 사진에 찍힌 오또 상, 기노시타와 닮은 구석이 있는지.

수영은 대꾸하지 않고 그저 눈을 가늘게 뜨고 하나를 바라볼 뿐이었다. 수영은 내내 끌어안고 있던 하나의 가방을 내주며 말했다.

—하나 씨, 망상이 너무 심한 거 아니야?

하나는 할 말을 잃고 멍하니 수영을 쳐다봤다. 수영은 한숨을 쉬며 책상을 정리하기 시작했다.

—우린 다 미쳐가고 있어, 업무 스트레스가 사람을 미치게 하는 거라고…… 또짱, 온나가 데키타……?

수영은 일본어로도 중얼거렸다. 하나로서는 그 뜻을 짐작조차 할 수 없는 말이었다. 너는 참 결기 있게 일본어를 공부하지 않는구나, 그런 말이 떠오르면 하나는 아직도 걷잡을 수 없이 화가 났다. 보도블록을 구두 굽으로 쿵쿵 찧으며 하나는 화를 냈다. 네가 뭘 안다고. 하나는 마음속으로 옛 남자친구에게 소리를 질렀다.

다음 날 수영은 출근하지 않았다. 하나는 누구에게도 수영의 안부를 묻지 않았다. 하나에게는 눈앞을 막아서는 시급한 일이 많았다. 표지 디자이너와 연락을 했고, 마케팅 팀과 수없이 연락을 주고받았으며, 역자에게 추가 사항을 재촉했다. 역자는 류가 원고에서 쓰고 있는 '오토코쿠미'가 무엇인지, 그들의 활동이 무엇인지를 정리해서 보내주었다.

"오토코쿠미(男組), 남자 조직이라는 뜻입니다. 재일 한국인의 특권을 용납하지 않는 모임, 이른바 '재특회'가 코리안타운에서 헤이트스피치 시위를 할 때마다 쫓아가서 물리적으로 그들을 방해하는 카운터스 행동대원들이죠. 도로를 점거하고 몸으로 부딪치면서, 물리적 폭력으로 혐오에 저항하는 시민단체인 셈입니다. 조직한 자는 전직 야쿠자 출신으로서, 자신은 집회에서 폭력을 사용해서 감옥에 끌려가더라도 상관없다고 말합니다. 조직원들 중에는 교수도 있고 학생들도 있습니다. 류가 행복의 과학에 매료되었을 때처럼 오토코쿠미 형들에게 매료된 까닭이 '헬멧에 쇠파이프, 죽창을 든 전공투의 환신 같아서였다'라고 쓴 맥락은 여기에 있는 것이죠. 류 자신이 가진 결기에 대한 지극한 취미가 교주와 신도들에게서 오토코쿠미에게로 옮겨 갔다고 볼 수 있겠습니다."

결기. 그 단어를 본 하나는 한숨을 쉬었다. 옛 남자친구의 표현은 확실히 잘못된 것이다. 결기란 어떤 행동을 할 때 쓰는 말이지, 하지 않을 때 쓰는 말이 아니라고. 하나는 얼굴을 찌푸렸다. 류는 그들과의 첫 만남을 이렇게 이야기하고 있다.

"그때 나는 진심으로 자이니치를 경멸했습니다. 왜 특혜를 받아야 하는가. 일본 사회에 속해 동등한 구성원으로 살아가기를 원하면서 왜 결정적 순간에는 언제나 약자연하는가. 그런 태도, 옳지 않다고 여겨졌습니다. 70년 전, 옛날 옛적 고릿적 시절 일을 두고 언제까지나 사죄를 요청할 것인지. 2010년 오오카와 류호의 가두연설에서 나는 선봉에 서서 외쳤습니다. 언제까지나 우리가 범죄자들의 자손이라고 몰아붙일 셈이냐! 피해망상에서 벗어나라! 교복을 입고 용감하게 앞에 서서 외치는 나에게 군중은 박수를 보내주었죠. 그때 내 팔을 붙들며 정신 차려, 바보야, 뇌까리는 자가 있었습니다. 그의 이름은 밝힐 수 없습니다. 그가 오토코쿠미의 조직원이라는 것밖에는."

하나는 점심 식사를 대신하기 위해 편의점에서 빵과 우유를 사 왔다. 유세하는 것처럼 보일까 봐 쓸데없이 눈치를 볼 때마다, 그런 하나를 눈치채고 웃으며 말을 걸던 수영이 생각났다. 하나 씨, 오늘은 왜 빵으로 때워? 왜,라는 말을 할 때 눈살을 찌푸리며 눈을 동그랗게 뜨던 수영의 표정이 선명하게 기억났다. 진심으로 걱정하는 얼굴이었다. 하나는 수영에게 연락하고 싶었다. 결국 선배가 나를 걱정하고 있다는 걸 알아요. 나쁜 의도가 없다는 걸 나는 알고 있어요. 문자메시지를 작성하다 하나는 전부 지워버렸다. 순정한 선의에서 우러나오는 사과처럼 보이려고 애를 썼지만 전부 시비조의 말로만 느껴졌다.

하나는 가슴이 답답해질 때마다 더욱 집중해서 일을 하려고 노력했다. 지금은 『류의 이야기』에만 온전히 집중할 때다…… 하나는 주문을 외듯 다짐했다. 하나는 류의 결말을 생각했다. 류가 오토코쿠미 형에게 1991년 서울 살인 사건에 대해 듣고, 옴진리교의 사린가스 테러 사건에 대해 제대로 알고 나서 종교에서 도망칠 때까지 자신이 그토록 강건하게 다짐했던 것이 무엇인지. "스스로의 취미가 현실적 폭력에 가담하는 먹잇감이 되지 않도록 정신 차리고 공부합시다. 제대로." 류의 마지막 문장이었다. 하나는 연필을 깎으며 1991년이라는 연도가 왜 낯설게 느껴지지 않는지에 대해 생각했다. 집중력이 흐트러지고 있다. 그녀의 말대로 망상이 심해지고 있다. 하나는 자신에게 진단을 내렸다.

수영은 인터넷으로 NNN24를 시청하고 있었다. 집에 있을 때면 데스크톱에 항상 틀어두는 일본의 24시간 뉴스채널이었다. 기노시타 류가 인터뷰에 응하고 있었다. 수영으로서는 충분히 짐작할 수 있었던 사태였다. 참의원 통상선거 후, 류의 이야기는 일본에서 새로운 국면을 맞았다. 류가 정신 나간 사이비 종교 집단이자 특히 '옴의 후계'로 명명했던 행복의 과학 정당에서 의원을 배출한 후, 여론은 류에게 불리해지고 있었다. 기자는 류에게 질문했다. "블로그에 올린 글, 어떻게 된 겁니까? 행복실현당에서 의석을 확보했을 경우 터뜨리겠다고 예전부터 계획한 겁니까?" 류는 찌푸린 채 얼른 대답하지 않았다. "기노시타 상을 신봉하는 수많은 청소년들이 있는 시점에서, 스스로의 폭로를 책임질 수 있습니까?" 류는 고개를 끄덕이며 말했다. "저는 오로지 책임질 수 있는 말만 합니다."

수영은 류의 블로그에 접속해보았다. 과거에는 수없이 접속해서 그의 흔적을 좇아가곤 했다. 수영은 아직도 몇 년 전 우연히 류의 게시물에서 본 말, "또짱, 온나가 데키타?"를 잊지 않고 있었다. '아빠, 여자가 생겼어? 히로무 감독처럼 당신도? 결국 그런 자인가?' 류의 블로그를 찾는 팬은 여전히 많았고, 사흘이 멀다 하고 게시물을 업데이트하던 류의 블로그는 일주일 전에 멈춰 있었다. 가장 최근에 올린 글의 조회수와 댓글 수는 얼른 읽히지도 않을 만큼 엄청났다. 수영은 기자가 운운한 블로그 게시물이 바로 그것임을 알 수 있었다. 수영은 언뜻 보기에는 마치 시처럼 읽히는 류의 글을 천천히 읽어 내려갔다.

기노시타 가(家)의 후예로서.

아비가 살인자라는 걸 알고 난 후였죠.

어떻게 그냥 바뀔 수가 있었겠어요.

그런 충격이 없다면 바뀔 수 있을까요.

어머니가 왜 까닭 없이 나를 두려워했는지.

마치 내가 기노시타의 자손이라는 것 자체가 두렵다는 것처럼요.

1991년 서울 살인 사건의 기노시타 미노루가 다름 아닌 내 아비였다는 걸.

형은 1991년에 서울에서 한국 여성을 특정 증오한 살인 사건이 벌어졌다고만 이야기해주었습니다.

그런데 웬일인지 남 일 같지가 않더군요.

알고 싶었습니다.

그 이야기를 들은 후 나는 날마다 도서관에 갔습니다.

도서관에 하루 종일 붙어 있었습니다. 1991년 뉴스를 모은 아카이빙북을 전부 뒤져봤습니다.

그때 1991년 서울, 압구정동 맥도날드 앞에서 일어난 살인 사건.

고교 야구부원으로서 한국에 친선 경기를 온 기노시타 미노루가 대한민국 충청남도 부여군 출신 박 양을 살해했다고.

어쩐지 아버지에 관한 정보보다는 피해자 박 양에 관한 정보가 많았습니다.

시골 출신으로서 서울의 공단에서 기숙사 생활을 하던 여공이었다고요.

고향집에 돈을 부치는 효녀였다고 했습니다. 그 대목에서 나는 비웃었죠.

멍청이들. 어쩌라는 거냐.

난생 처음 압구정동 번화가에 간 날이었다는 겁니다.

햄버거를 처음 먹어보는 거라며 기뻐했다고 맥도날드 종업원이 진술했답니다.

밀크쉐이크 세트를 주문해서 먹고 나오던 길.

거기서 살인마 기노시타 미노루를 만난 겁니다.

아버지는 그날 아침 구입한 식칼을 그녀의 복부를 향해 마구 휘둘렀고, 박 양은 저항도 한 번 해보지 못하고 즉사했습니다.

기노시타 미노루는 즉시 한국 경찰에 체포되었고 곧 일본으로 넘겨졌습니다.

그는 살인 사건의 가해자였지만 만 18세가 되기 전이었고 기묘한 '정상 참작'을 통해 감형이 거듭됩니다.

법정에서 기노시타 미노루는 진술합니다.

"내 아버지 기노시타 히로무에게 가족이 있었습니다. 한국 여자와 그녀가 낳은 딸이었습니다. 한국 광고기획사와 공조하고 있다며 아버지는 몹시 자주 한국 출장을 떠났고, 한번 가면 보름 넘게 돌아오지 않을 때도 있었습니다. 어느 날 통곡하는 어머니를 달래 물어보았습니다. 어머니는 말해주었죠. 네 아버지에게 혼외 자식이 있다. 한국 여자가 낳은 아이라더구나. 아버지는 훌륭한 사람, 똑똑한 사람이었고 든든한 가장이었는데, 그런 추잡한 짓을 했다더군요. 친선 경기를 앞두고 나는 번민에 휩싸였습니다. 한국으로 떠나기 일주일 전이었습니다. 아버지가 기생 관광이나 다닌 그런 인간이라는 걸 믿을 수가 없었고요."

내 아버지, 기노시타 미노루의 진술은 여기까지입니다.

당신들이 알고 있는 버블 최고의 감독 기노시타 히로무도 그런 자였습니다.

더구나 그 아들은, 아버지에게 한국 처가 있다는 사실에 분개해 젊고 예쁜 한국 여자를 살해했다는 겁니다.

이런 멍청한 자식.

그런 그는 나의 아버지가 되었습니다.

악랄한 것보다 더욱 참기 어려운 멍청한 아버지가요.

그러나 기노시타 미노루의 구질구질한 변명을 읽는 중에도 계속 마음에 걸리는 것이 있었습니다.

그것이 무엇인지 나는 한참을 생각한 후 알아차렸습니다.

피해자 박 양.

박(朴), 처음 보는 성이었습니다.

나는 그날 노트에 부모와 내가 가진 성, 기노시타(木下)를 적어보았습니다.

끝도 없이.

왜?

朴과 木下가 왜 닮아 있었는지 나는 알지 못합니다.

아버지는 끝까지 말해주지 않았어요.

결혼하기 전 어머니의 성이 아라이(新井)였다는 것도.

그건 신라의 우물이란 뜻으로, 한국 밀양 박씨의 시조와 연관이 있다는 것도.

어쩌면 자신이, 그토록 경멸했던 자이니치일지도 모른다는 생각에 나는 두려웠습니다.

아버지 자신도 모르고 있을 수도 있다는 생각과 함께요.

결국 나는 살인범의 유전자를 물려받고 태어났습니다.

일본 국민으로서 여러분은 범죄자의 자손이 아닙니다.

모든 일본인이 전범은 아니니까요.

하지만 나는 범죄자의 아들입니다.

『류의 이야기』가 한국에서 출간을 준비 중이라고 들었습니다.

내 아버지 대신 피해자 박 양에게 사죄를 구합니다.

『류의 이야기』, 한국에서의 출간을 진심으로 환영합니다.

수영은 마지막 문장만 옮겨 적었고, 그것을 번역했다. 류가 한국 출간 기념 작가의 말을 작성하기를 거부했다는 소식을 사장은 수영에게만 따로 전해 주었다. 하나가 일본어를 읽고 쓰지 못한다는 사실이 수영에게는 더없이 다행스럽게 여겨졌다. 하나 씨. 영원히 알지 마. 쓸데없는 사실들은 몰라도 그만이야. 수영은 휴가가 끝나고 사무실에 복귀하면 하나에게 꼭 점심 도시락을 챙겨 주리라 마음먹었다. 예전부터 마음먹었지만 실행하지 못한 것이었다. 수영은 회사 근처에 개업한 도시락 전문점 광고지를 찬찬히 훑어보며 그간 파악한 하나의 음식 취향을 고려해 신중하게 메뉴를 고르는 중이었다.

* 소설에 등장하는 종교 행복의 과학에 관한 주요 정보는 박규태의 논문 「〈행복의 과학〉 연구: 영계(靈界) 사상과 네오-내셔널리즘을 중심으로」(『종교문화비평』 27호, 2015, pp. 307~55)에서 참고했습니다.

인 터 뷰

박민정 X 김신식

김신식 이번 작품과 소설집 『유령이 신체를 얻을 때』(민음사, 2014)를 다시 읽으면서 떠올려본 질문입니다. 평소에 「신비한 TV 서프라이즈」나 '히스토리 채널', 「그것이 알고 싶다」 등을 잘 챙겨 보시는 편인지요? 사회적 사건, 역사적 일화들을 잘 고른다는 인상을 받았습니다.

박민정 물론 잘 챙겨 보는 작품들입니다만 소설을 쓰기 위해 보진 않아요. 저에게는 과거 「그것이 알고 싶다」의 사건을 표절했다는 이야기를 들은 아픈 기억이 있습니다. 사건을 표절하는 이야기라는 것 자체가 이후 제게 하나의 화두가 되었고요. 사건이 이야기에 미치는 영향에 대해서도 늘 고민하고 있습니다.

김신식 주인공인 편집자 하나는 비교문학을, 동료 편집자인 수영은 표상문화학을 전공했습니다. 박민정 작가의 작품을 읽으면 특히 소설 속에서 여러 학문 분과에 대한 구체적인 관심을 자주 발견합니다. 저는 이를 다종다양한 학문과 지적 작업을 수렴하고 정리하는 데 특화된 '문화연구자들의 화법'이라고 부르곤 하는데요. 작가님은 소설가의 이력치곤 인상적인 문화연구를 전공하신 걸로 알고 있습니다. 문화연구를 공부한 것이 소설 속 학문 분과를 그려내는 데 영향을 주었다고 볼 수 있을까요.

박민정 1번 질문에 대한 답변과 마찬가지로 소설을 쓰기 위해 공부했던 것은 아닙니다. 하지만 어릴 때부터 지금까지 소설 쓰는 사람에게는 그 무엇이든 소설 공부가 된다고 생각합니다. 제가 전공했던 '문화연구'는 현대문화연구소의 이론기획하에 마르크스주의, 페미니즘, 정신분석, 이데올로기론 등을 소개하지만 한국 대학의 온전한 분과로 자리 잡지도 못했고, 더구나 언젠가부터 '문화콘텐츠' 따위가 유행하게 된 한국 사회에서는 더욱이 공부할 여건이 마땅치 않다고 여깁니다. 아직도 제가 대학원에서 문화연구를 공부했다고 하면 (제대로 공부했다고 생각하지도 않고 졸업만 했을 뿐이지만요) 문화콘텐츠나 미디어콘텐츠, 하여간 그 상업적인 '콘텐츠' 공부를 했다고 생각하는 사람들이 많습니다. 저는 어느 한 시기에 학제 간 연구에 몸담은 것도 사실이고, 지금도 깊은 관심을 갖고 있지만, 다양한 정보를 얻었을 뿐이라고 생각해요. 사실 모든 소설가들은 잡학의 꾸러미를 이고 지고 다니는 사람들이 아닐까요.

김신식 행복의 과학이란 실제 종교와 연관된 서사가 전개되는 가운데, 주인공 하나가 연루된 기노시타 류와의 혈연관계와 그 내력이 서사의 한 축으로 등장합니다. '행복의 과학'교가 등장하는 경제적, 사회적 배경인 재팬 버블과 내셔널리즘, 혐한이란 축 그리고 '하나-류'의 가족사를 그려내는 축을 동시에 가져가다 보니, '행복의 과학'교가 가진 다채로운 사회적 특성이 가족사에 조금 희석된 건 아닐까 생각했습니다. 작가님이 좀더 주안점을 두고픈 서사의 축은 무엇인지요.

박민정 소설은 종교를 둘러싼 이야기지만 제가 주안점을 두고 있는 부분은 무엇보다 '하나-류'의 가족사입니다. 그것이 행복의 과학이라는 종교와 무관하지 않다고 봅니다. 하나는 설정상 재팬 버블의 상징과 같은 코카콜라 광고 감독의 사생아입니다. 하나의 어머니는 1980년대 후반에 현지처였고요. 한편 류를 통해 할아버지, 아버지, 아들로 이어지는 삼대의 이야기가 있는데 특히 일본과 한국의 가족주의, 증오도 사랑도 가족 내부로 향하는 그 정서를 '삼대'라는 문화를 통해 풀어볼 만하다고 생각했습니다. 류가 '행복의 과학'교에 빠지거나 탈출하게 되는 계기 모두 아버지에 있다고 봤습니다. 류의 아버지는 1991년 살인 사건의 주인공이기도 하고, 그 시기는 버블이 마감되던 시기이기도 하므로 소설 속 버블의 시작과 끝에 전부 어떤 여성이 있어요. 잘나가던 한때를 말해주는 '현지처'가 있고, 1991년에 살해당한 여공 박 양이 있습니다. '행복의 과학'교가 경유하는 네오 내셔널리즘은 당연히 정치경제적 조건과 맞물리고요. 그러므로 유토리 세대 소년이 '행복의 과학'교에 심취해 넷우익이 되는 데 거슬러 올라가면 삼대를 통과하는 가족사가 있다고 봤습니다. 단편 「행복의 과학」은 제목 그대로 그게 왜 '행복의 과학'교를 통해 드러나는지에 주목했지만 곧 새로운 작품을 통해 삼대의 가족사에 좀더 집중해볼 생각입니다.

김신식 1991년에 대해 묻고 싶습니다. 작가님의 이전 작 「굿바이 플리즈 리턴」엔 1991년이 가족의 불화와 붕괴가 아로새겨진 시기로 나옵니다. 이번 작품에서 류가 알게 된 (류의 아버지가 연루된) 압구정동 맥도날드 살인 사건은 1991년에 일어납니다. 아시다시피 1991년은 한국의 대표적인 3대 미제 사건 중 이형호 군 유괴 사건, 개구리소년 실종 사건이 일어난 해이기도 합니다. 작품을 쓰시면서 혹시 1991년에 어떤 강조점을 심어놓으신 걸까 궁금했습니다.

박민정 두 작품에 공통적으로 1991년이 등장한다는 것을 방금 알았습니다. 그러나 당연히 1991년이 제게는 중요한 시기입니다. 개인적으로는 초등학교에 입학하기 전, "아빠는 부자야, 엄마는 예뻐, 아기는 행복해, 랄랄라"의 시절인데, 얄궂게도 1991년 이후 실제로 가정에 파산과 교통사고 등이 있기도 했지만 이듬해 한국에서는 이른바 문민정부가 들어서고 표면적으로는 나쁜 놈들 전성시대가 마감되는 듯 보였다는 점이 흥미롭습니다. 저는 어릴 때 어른들의 대화를 유난히 귀 기울여 듣곤 했는데, 김영삼 대통령 당선 후에는 주변에 '망했다'를 외치던 어른들뿐이었습니다. 그래서 저는 정말 망한 걸까 생각했는데 중고등학교에 가서 역사 공부를 하고 존경하는 전교조 선생님들을 만나 87년 6월 민주항쟁과 80년 광주민주화운동도 자세히 듣고 하니 내가 살아온 요람은 부동산 투기를 하던 나쁜 놈들의 세계 위에 있더라는 거예요. 이런 식이다 보니 1991년이 상징적으로는 우리 집은 망했지만 세상은 나아져가던 시기처럼 느껴지곤 했습니다. 모든 창작자가 그렇겠지만 자기가 존재는 했지만 엄밀히는 무의식의 살덩어리에 불과했던 그 시절에 대해, 그러니까 내 앞 세대의 이야기에 대해 도전해보고 싶은 마음 같은 것이 제게도 있습니다. 마침 「행복의 과학」에서 1991년은 재팬 버블이 붕괴하는 시점입니다.

김신식 일본 사회는 종교에 대한 논의가 서브컬처로도 간주되는 토양이 있다고 봅니다. 그러다 보니 특정 종교가 생기는 데 개입되는 정치적·경제적·사회적 배경을 두텁게 알게 되고요. 또 종교의 창시자나 신도를 둘러싼 흥미로운 이야깃거리를 많이 접하게 되는 듯합니다. 본 소설 덕분에 '행복의 과학'교와 창시자인 오오카와 류호에 대해 관심이 생겼습니다. '출판과 독서의 종교'라는 소개가 눈길이 가더군요. 혹시 작가님이 특별히 주목하시는 (사회문제와 맞닿은) 한국 사회의 종교성이 있다면.

박민정 일본이 출판 강국이라는 것은 잘 알려져 있지만 편집노동자들의 현실에 대해서는 대부분 모르는 것도, 사이비 종교가 이데올로기를 전파하는 수단이 활발한 출판이라는 것도 흥미로웠습니다. 말 그대로 교주의 책을 수십 권씩 편집해야 하는 곳이 행복의 과학 출판사겠죠. 한국 사회의 주목할 만한 종교성이라 하면 당연히 한국 기독교를 개성 있게 만드는 정치적 보수주의가 아닐까요? 한국 기독교, 특히 개신교의 문제가 워낙 심각하기는 하지만 한국적 샤머니즘에도 관심이 있습니다.

김신식 소설 내 주요 인물인 류가 행복의 과학에 입교한 뒤 "피해자 코스프레"를 하는 이들을 혐오했던 대목이 나오는데요. 넓게 보면 등단작인 「생시몽 백작의 사생활」부터 「행복의 과학」까지, 작가님은 사회가 구조화하는 '피해자성'에 대해 지속적으로 고민하며 목소리를 내고 있다 생각했습니다. 한국 사회 안에서 우리가 더욱 고민해볼 피해자성은 무엇일까요.

박민정 한국 사회가 구조하는 잘못된 피해자성이 너무나 많고 또한 시급하겠지만 우선 소설 속 인물 류가 왜곡하는 부분만 이야기를 드리면, 류는 "피해자 코스프레"를 하는 이들을 혐오한다고 합니다. "피해자 코스프레"를 가해자성을 가진 인물이 내뱉을 때, 그만큼 마법 같은 단어가 또 있을까요. 그 말을 내뱉는 사람의 타락을 보여주는 마법 같은 조어라고 생각합니다. 일본 소년이지만 일베의 정서를 참고해서 만든 인물입니다. 동아시아 청소년들이 '역사를 강건하게 공부하는 방식'을 넷우익을 경유해 주장한다는 것이 제게는 흥미로우며 괴로운 사실입니다. 실제로 제가 만났던 고등학생들 중에도 그런 아이들이 많았는데, 피해자의 목소리를 지나치게 두려워하죠. 그들이 생각하는 피해자의 연약함과 역사의 강건함이 대척에 있다고 믿고 싶은 듯합니다. 피해자가 자기 이야기를 할 때, 피해 입었다는 사실을 말하는 것을 '징징댄다'고 치부하지만 외려 너무나 두려운 나머지 피해자성을 스너프필름처럼 수단화하는 거죠. 일베가 무엇을 두려워하고 무엇을 도덕의 최전선으로 삼았는지를 보면 분명한 것처럼요. 굳이 넷우익으로 대상화할 것도 없이 한국 사회와 문화는 전반적으로 정말이지 피해자를 두려워하는 분위기라고 생각합니다. 연약하고 징징대고 예민하고 과하다고들 하면서요. 특히 여성의 목소리를 그렇게 치부하는데, 남성이 이룩해온 이런저런 역사와 전통 아래 감수성의 일대 변혁이 일어나지 않고서는 피해자의 말을 온전히 들을 귀는 없을 겁니다.

2016년 3월

이달의 소설

지속되는 호의

구병모

구 병 모 2008년 『위저드 베이커리』로 작품 활동을 시작했다.
소설집 『그것이 나만은 아니기를』 『빨간 구두당』, 장편소설 『방주로 오세요』 『한 스푼의 시간』 등이 있다.

저 혼자 촐랑대다 물을 밟고 미끄러진 어린이가 타일 바닥에 무릎을 찧었을 때 그게 하필 자기 옆에서 일어난 일이라면, 건전한 심신을 지닌 누구든 손 내밀어 일으켜줄 터였다. 숭고한 인류애씩이나 필요한 일이 아닌 데다 순간 머릿속에 떠올리고 투영할 친자식이나 조카가 없더라도 마찬가지였다. 더구나 넘어진 어린이가 제 발목 옆에서 울음을 터뜨리기 시작했다면 사람들의 시선은 당연히 집중될 테고, 앞뒤 사정 모르는 이들이 넘겨짚을 친분과 인과를 생각하자면 내키지 않더라도 그리할 터였다. 구찌 장지갑을 겨드랑이에 끼고 카운터 앞에 줄을 선 저 여인과 넘어진 아이는 모녀 관계인가 보다—그런데 왜 넘어진 아이를 남이 흘린 과자 부스러기 보듯 내려다보고만 있지—어쩌면 아이는 그녀가 넘어뜨렸거나 최소한 그녀의 발에 걸려 넘어졌는지도—비정한 무개념 여성—으로 이어지는 판단을 고려하면 말이다. 순간적으로 망막에 찍힌 장면은 행간이 지워지고 문맥이 잘린 채 전염 증식하여 SNS라는 구천을 떠도는 각종 사진들과 마찬가지로, 그 자리 그 순간에 영원히 결박된다.

그러므로 아가 괜찮니, 하고 서영은 쭈그리고 앉아선 아가와는 도무지 거리가 먼 — 아홉 살이나 열 살쯤, 상휘 또래겠다 — 여자아이의 거뭇하고 두툼한 손목을 조심스럽게 잡아 일으킬 때 이미 별다른 기대는 하지 않았음에도 막상 고개 든 얼굴을 보고 소스라쳤다. 큰 얼굴에 눈 코 입이 중앙을 향해 모여 불룩 솟은 볼살 안으로 파묻히기 직전인 경도 비만의 아이. 여덟 팔 자를 뒤집은 모양으로 터진 솔기처럼 보이는 작은 눈구멍 사이에 눈동자로 추정되는 검은 실밥이 드러났다. 두개골에 금이 갈까 겁나도록 꽉 끼는 수영모 바깥으로 어깨 길이 머리카락이 비어져 나온 모습은 버려진 싸구려 소파의 내장을 채운 석면 유리솜을 떠올리게 했으며 그 착용 상태가 수중 위생에 도움이 될 리 만무했다. 검게 탄 피부는 군데군데 껍질이 벗어져서 덜 구워진 채 오븐 아래로 떨어뜨린 빵 반죽 같았다.

그러나 남의 집 귀한 자식에 대해 짧은 순간 마음속으로나마 외모와 특징을 일별하고 품평할 필요는 없으며 그것이 무례하다는 사실을 모르지 않았으므로, 서영은 곧 아이에게 힘껏 미소를 지어 보였고 눈높이를 맞추어가면서 더러운 무릎을 털어주었다. 털어보았자 구정물이나 밀릴 뿐이지만 그런 작은 성의를 보이는 시늉조차 내지 않기가 민망한 순간이 있는 법. 매점이고 어디고 온 바닥은 저마다 물에 젖은 이들이 슬리퍼나 맨발로 밟고 다녀 물바다에 젖은 흙투성이였다. 주인이 내킬 때마다 대걸레로 훔쳐내긴 하지만 아이들은 무언가를 집어 먹거나 마시고 나면 또 화장실에 가야 하므로 끊임없이 물 안팎을 들락거리니 대걸레 한 개로 감당할 범위가 아니었다.

빼가 나갔거나 인대가 늘어난 게 아니라면 이제 가던 길 가고 네

일 보라는 뜻으로 서영은 아이의 어깨를 가볍게 두드려주었는데 그 동작은 손바닥의 다정하고도 은근한 압력으로 상대를 제 앞에서 돌려세우기 위한, 서둘러 떠나보내려는 손짓이었다. 그러나 아이는 어쩌자는 노릇인지 서영을 빤히 올려다보며 그 자리를 뜨지 않는 것이었다. 실밥 내지는 쥐가 갉다 뱉은 한 톨의 흑미 같던 검은자위가, 서영의 동작을 따라 움직이기 시작하자 곧 지방질로 언덕을 이룬 살갗에서 꿈틀대는 벌레처럼 보였다. 이 아이가 뭔가 할 말이 있어 이러나, 설마 상훠네 반 친구라도 되나 싶지만 가족끼리 단출히 떠나온 여름휴가지에서 누군가 아는 아이를 만날 리 없으니 속으로 당황스러워만 할 때, 마침 줄을 섰던 이들이 모두 빠져나가고 서영은 아이스커피와 오렌지주스를 주문했다. 그러는 동안 옆을 지켜선 아이의 눈길이 계속 느껴지니 서영은 자기도 모르게 조심스레 물었다. 얘, 너도 뭔가 마실래? 서영이 상호 불쾌하지 않을 만큼의 선의를 갖고 적절한 거리를 유지하며 관계 맺는 같은 반 학부형들의 자녀라면, 보통 장난스러운 표정으로 기운차게 고개를 가로젓거나 예의 바른 미소와 함께 고개를 꾸벅하곤 했는데, 난생처음 보는 아이가 천연덕스럽게 손가락으로 브이를 그리며 서영의 눈앞에 내밀더니

"두 개."

서영이 반문할 틈을 주지 않고 부연하기를,

"남동생 있는데."

이쯤 해선 황당하기가 중고교 시절에도 당해본 적 없는 삥을 뜯기는 느낌이었지만, 뒤에 줄지어 선 예닐곱 명의 타인을 배려하여 서영은 아이와 합리적인 협상을 포기하고 서둘러 주스 두 병을 더 주문했다. 5천 원 추가. 삑, 카드 긁는 소리를 듣는 서영의 심정은 그러자 뭐 까짓

거,에 가까웠다. 옷깃만 스쳐도 인연이라는데 내 손으로 일으켜준 아이에게 그 정도 선심 못 쓸까 봐서. 그러나 낚아채듯 주스를 받아 든 아이가 잘 먹겠다는 인사는커녕 키득거리며 양손에 나눠 들고 뛰어나가는 등을 바라보곤 서영은 뭔가 속았다는 느낌이 들었다. 애당초 저 아이는 왜 매점에 들어왔던 걸까, 물에서 놀다 제 부모를 찾으러 나온 게 아니란 말인가. 그러나 당장 눈앞에서 뭔가 반짝이거나 흔들릴 때 원래 목적을 잊는 경우란 산만한 아이들에게 흔한 일이니 서영은 혀나 한번 차고 잊자며 고개를 돌렸다. 잠깐이나마 세상에 존재하는 모든 타인을 애틋하게 여기는 넉넉한 마음과 우아한 포즈가 공중에 싱겁게 흩어졌다.

파라솔 테이블로 돌아와 규진과 상휘 앞에 각각 커피와 주스를 내려놓았다. 또래보다 몸이 작은 상휘는 호텔에서 빌려온 비치타월을 머리부터 뒤집어쓰니 이불에 파묻힌 신생아처럼 보였다. 규진은 커피를 한 모금 마시고 중전차 포신 같은 렌즈를 정성스럽게 닦았다.

"벌써 덮어쓰고 떠네. 어설프게 물에 담그고 나오면 더 추울 텐데."

그러나 입장한 지 한 시간도 안 되어 도로 나갈 수는 없었다. 3인 가족 입장료와 파라솔, 튜브 대여료까지 관광지 개인업자들의 관습대로 모두 현금박치기였고 만만한 가격이 아니었다. 무엇보다 상휘는 자신의 취향과 무관하게 물에 들어가서 몸을 움직일 필요가 있었다. 한창 뛰어놀아 마땅하다고 여겨지는 열 살인 것이다.

1백 미터 앞은 해수욕장이었다. 가족과 친구 단위의 피서객들로 백사장에는 돗자리 한 장 펼칠 자리도 여의치 않았고 그 여의치 않음을 호시탐탐 노리는 바가지 상혼들이 해변을 지분거리는 파도처럼 넘실댔다. 상휘는 키 큰 어른들 사이에서 부대끼다 넘어졌다. 발꿈치 한 번 까졌을 뿐인데 모래는 더 이상 밟기 싫다고 도리질했다. 바다에 들어서서 두어 발짝만 앞으로 나아가도 바닥이 닿지 않을 것만 같아 겁난다고 그랬다. 튜브를 준대도 믿을 수 없다고 정색했다. 튜브에 잘 보이지 않는 바늘구멍이라도 났거나 튜브에 낀 채로 파도에 쓸려 가면 어쩌느냐고 반문했다. 대체 어디서 무슨 영화를 봤는지 모를 일. 그 와중에 비키니와 래시가드를 입은 젊은 남녀들은 뛰어노는 아이들과 부딪칠 때마다 자신들의 위락에 거치적거리는 징글징글한 어린것들을 향해 선글라스 너머로 눈살을 찌푸렸다.

그래서 옮겨온 자리가 여기, 궁궐을 흉내 낸 외관에 제반 시설을 갖춘 거대 워터파크가 아니라, 노는 터에 고무바닥을 깔아 만든 임시 야외 물놀이장이었다. 둘레엔 망사를 담장처럼 대강 쳐서 영역을 표시한 뒤 두껍고 단단한 텐트 원단으로 만든 중심 풀장을 놓고 보조로 영유아용 수심의 에어풀장 두 개를 나란히 늘어놓았다. 중심 풀장은 어른의 허리까지 차오르는 수심이어서 풀장의 네 벽을 이룬 하얀 텐트 원단에 검정과 빨강 유성매직으로 "다이빙 절대 엄금"이라 적혔다. 탈의실도 따로 없고 남녀 구별 샤워장이라고 해놓은 곳으로 들어가보니 천막으로 사방을 가렸을 뿐 바닥 한가운데에 고무호스를 이은 수도꼭지가 하나 꽂혀 있었으며, 호스 끝자락으로는 갈색 김장 다라이에 가득한 찬물 위로 바가지 한 개가 유유히 떠돌았다.

바다를 코앞에 두고서 휴가철 2주일만 반짝 운영하는 조악한 간이 수영장이라니, 김새기 딱 좋은 그림이었지만 인파가 적고 비슷한 처지의 가족들만 있으니 심신은 차라리 평화로웠다. 아이들은 백사장 곳곳에 부조리하고 무신경하게 투척된 담배꽁초나 술병 조각을 밟을 위험이 없었으며, 젊은 남녀들 또한 시끄럽게 울어대는 애새끼들과 그것을 무책임하게 방기하는 철면피 부모들로 인해 자신들의 위락이 방해받는다는 피해의식에 사로잡히지 않아도 되었다.

상휘는 빈 주스 병을 내려놓고 다시 풀장으로 들어갔다. 서영이 지갑과 전화기를 백에 던져 넣고 뒤를 따랐다. 똑바로 섰을 때 제 겨드랑이까지 차오르는 수면조차 상휘는 몸서리를 쳤다. 그러면서도 네댓 살 아이들이 들어간 보조 에어풀장으로 옮겨 가겠다는 소리는 하지 않았다. 이제 상휘도 초등학교 3학년, 어린 동생들이 노는 데에 함께 몸을 담그면 웃음거리가 된다는 자각 정도는 있었다. 태어났을 때부터 병약하여 자라서도 움직이는 걸 싫어하는 아이가 이제 와 물에 발 좀 적셔보겠다 한 것만도 큰 결심이니 굳이 바다를 고집하지 않고 이 허접한 풀장에나마 들이길 잘했다며 서영은 스스로 위로했다.

상휘가 뭘 모를 때부터 자연스럽게, 으레 그런 법이라도 있는 것처럼 물에 밀어 넣었어야 했다. 상휘 친구들은 이르면 다섯 살, 늦어도 여덟 살부터 어린이 전용 실내수영 센터에 다녔다. 상휘가 어린이집에 다니기 시작한 뒤부터 기초 체력과 안전의식 및 리더십 함양을 운운하는 수영 과외 전단지가 사흘돌이로 우편함에 꽂혔고, 서영은 안 그래도 병치레가 잦은 아이에게 보약 한 제 더 지어 먹이는 일에 신경 쓰던 무렵이라 시간표와 담당 강사를 자세히 알아보나 어쩌나 망설이다 때를 놓치는 바람에, 반드시 어린이 네 명이 한 조를 짜 와야 받아주는 수영 그룹에 등록하지 못했다. 서영은 다니던 회사에서 제법 큰 기획을 마무리하던 중이었고 딱히 피치를 올리지 않더라도 일상이 월화수목금금금이었으므로 간간이 안면을 텄던 아이엄마들 사이에 자연스럽게 녹아들지 못했다. 어느 날 그들은 서영을 제외하고 화요일 정오에 커피숍에 모여 그룹을 짰으며, 누구의 탓도 아니지만 상휘는 홀수로 남았고, 그때 서영은 이대로 가다간 아이가 어디를 가서도 깍두기가 되리라는 예감이 들었다.

몇 제의 보약이 상휘의 살과 키를 극적으로 늘리지는 못했지만, 초등학교 입학을 계기로 서영이 퇴사하여 밀착 관리한 보람이 있어 아이는 조금쯤 밝아지고 손아귀에 힘이 붙었다. 이로써 어디서든 깍두기 신세만은 면할 수 있다고 생각하고 싶었으며 남들 앞에서는 중심부의 활기를 누리는 척했지만 일은 그리 쉽지 않았다. 서영의 퇴사가 이미 너무 늦게 이루어진 까닭으로 상휘는 또래 집단과 학교에서 벌어지는 최소한의 일상생활 외에 다른 것들 — 특히 활발하고 역동적인 부분까지 공유할 수는 없었다. 학기 중 토요일 오전 8시의 축구교실, 여름방학의 수영교실, 겨울방학의 스키캠프. 약체로 태어나 느지막하게 자라나며 나지막한 목소리를 지닌 아이를 눈이나 잔디나 물에 합류시켜 친구들과 뛰어놀게 하려면, 평소 넉넉한 통장 잔고를 확보했어야 함은 물론 다른 학부형들과 끊임없이 교류하고 무리를 지어 발품을 팔았어야 했다. 아이에게 자신의 의지라는 것이 없을 무렵부터 남들 하는 대로 어린이 태권도장에 밀어 넣고, 바람 불면 언제 아이가 쓰러질까 전전긍긍하면서도 양어깨에 가방을 주렁주렁 매달아 그 뒤를 부지런히 따라다녔어야 했다. 바쁜 맞벌이 부부들이 보상심리로 일정한 치환을 기대하며 종종 저지르곤 하는 패착대로, 금전적 투자로써 어느 정도의 해결이 가능한 유기농 식음료나 북유럽산 원목 교구 따위나 검색할 게 아니라. 서영이 자신의 입지를 다지지도 버리지도 못하면서 어설픈 경력을 쌓아나가다 내면의 고갈을 견디지 못하고 성채의 건설을 포기하는 동안 아이의 관계 구축과 성장에 필요한 최적의 시간은 지나가버렸다. 이제 상휘는 고만고만한 경제력과 지적 수준을 지닌 학급 아이들 틈에서 자신만의 템포로 천천히 자라야 할 터였다. 그것이 비록, 자유형을 구사하는 또래들 틈에서 튜브를 끼고 천천히 물속을 걷는 일이라도.

어디로 움직여도 발이 확실히 풀장 바닥에 닿으니 상휘 얼굴에는 어느새 안도가 피어났다. 물에 잠길 높이가 아니니 실은 튜브를 낄 필요도 없었다. 튜브는 한참 더 어리고 키 작은 아이들을 위한 것이었다. 그러나 상휘의 움직임은 바로 옆 에어풀장의 네댓 살 영유아들보다 조심스러웠다. 물에 띄워놓은 대형 오리 보트에 예닐곱 먹은 아이들이 올라타다 뒤집혔고, 아이들은 물속 깊이 머리를 담갔다 빠져나와선 서로에게 물을 튀기면서 악을 썼으며, 나중에는 일행이든 생면부지의 타인이든 가리지 않았다. 휴양지에서 물이나 눈싸움 등으로 낯모르던 또래끼리 일시적인 놀이 무리가 형성되는 수도 종종 있겠지만 상휘는 그런 무리에서 멀찌감치 떨어져 있었는데 태도만 보자면 갓 쓰고 도포까지 입은 채로 물속에 들어앉은 양반의 풍자화 같았다. 지금 자신이 이곳에 있는 이유가 오로지 필요한 만큼 물을 느끼고 물과 조금이라도 친해지기 위해서인 듯, 물과 신중한 악수를 나누며 물을 탐색하고 적당한 거리를 두며 함부로 물속에 머리를 디밀지 않는다…… 살아 움직이는 상대를 대할 때처럼. 다치지 않을 만큼만 다가가며 숨 쉴 수 있을 정도로만 빠져들기. 상대에게 자신의 모두를 내맡기지 않기. 무엇보다 상대를 온몸으로 느끼지 않기.

서영은 상휘의 뒤를 따라 물속에 들어가 천천히 앞으로 걸어 나갔다. 허리께에서 찰랑거리는 물살은 깊이도 감촉도 바다에 비해 싱거웠다. 얕은 에어풀장에서는 서너 명의 엄마 아빠가 티셔츠와 반바지 차림으로 함께 물에 들어가 유아의 양손을 잡고 뒷걸음질하면서 흐뭇한 미소를 만면에 띠고 있었다. 하품으로 찡그리는 눈살마저 넘치는 생명력과 사랑스러움의 증거인 시절. 엄마 아빠에게 의지한 채 발로 두어 번 물장구만 쳐도 물개의 유영으로 간주되는 유아기였다. 그러나 서영은 이제 와 열 살 상휘의 양손을 잡고 걸음마를 떼듯 저런 흉내를 내기엔 너무 늦었다는 사실을 알고 있었으므로 말없이 3보 정도 간격을 두고 걷기만 했다. 가끔 말을 걸어 상휘를 뒤돌아보게 하거나 손으로 가볍게 물 뿌리는 시늉을 하거나 튜브를 손끝으로 미는 등 장난도 쳐보았지만 금세 시들해졌다. 상휘도 이 도넛 모양의 아기 튜브 따위는 벗어던지고 까맣게 탄 다른 아이들처럼 오리 보트에 기어 올라가서 그 위를 방방 뛰고 놀면 얼마나 좋을까, 뛰다 제풀에 물에 떨어지고 웃음소리가 물방울처럼 부서지고 몸에 힘이 붙어서…… 순간 첨벙, 소리와 함께 서영의 머리부터 물이 끼얹어졌다. 어떤 장난꾸러기들이 마침 보트에서 실랑이를 하다 두 놈이 동시에 물에 빠진 것이다. 그중 한 놈이 떨어지면서 팔을 휘젓다가 서영의 얼굴을 쳤다. 정통으로 부딪치지 않은 걸 다행으로 여기며 서영은 물에 동동 뜬 안경을 집어 흔들었다. 상휘가 다치기 전에 다른 쪽으로 피해야겠다.

상휘 튜브를 슬슬 밀어 모서리로 보내려는데 코앞에서 갑자기 오소리 같기도 하고 너구리처럼도 생긴 거대한 형체가 물속에서 위로 쑥 솟아오르며 소리를 질렀다. 깜짝 놀라 몸을 뒤로 젖히는 바람에 아슬아슬하게 턱은 다치지 않았지만 대신 서영은 자빠져 물속에 머리끝까지 빠지고 말았다. 앞뒤 가리지 않고 본능적으로 상휘의 튜브를 붙잡아서 몸을 간신히 일으키는데 눈과 코가 매웠고 귓속에서도 너끈히 한 바가지쯤 이르는 물이 출렁거렸다.

성공한 장난에 대해 득의양양한 웃음을 터뜨리며, 공짜 음료수를 신나라 낚아채 갔던 아까 그 여자아이가 양손 엄지를 볼에 깊이 찌른 채 손바닥을 펄럭이고 있었다. 서영의 눈썹마다 매달린 물방울 때문에, 그 애의 벌어진 입 사이로 날름거리는 암적색 혓바닥은 이 세상 생물의 것이 아닌 듯 기괴하게 흔들렸다. 서영이 도리질하며 안경을 바로 쓰자 비로소 사람의 형태와 윤곽이 잡혔다. 서영은 상휘를 가로막고 서서 아이를 향해 미소를 띠었다.

"왜…… 그러니? 무슨 일?"

어쩌면 아이는 뒤늦게 잘 마셨습니다, 한마디를 하러 온 것일지도 모른다. 동네 수영장 아닌 본격 관광지였으니 당연히 보호자와 함께 왔을 테고, 양식 있는 어른이라면 이제라도 인사하고 오라며 등을 떠밀었을지도…… 그보다 애초 낯선 사람이 준 음료수를 마시지도 못하게 했을 테지만. 어쨌든 중요한 사실은 이제 서로 볼일은 끝났다는 거였다.

서영은 아까 매점에서의 경험으로 보아 뭔가 제대로 된 호응이 그 애 입에서 나오리라곤 기대하지 않았지만, 역시 그 애는 대답 대신 튀어나온 앞니 사이를 우악스럽게 비집고 나오는 괴성과 함께 갑자기 손으로 수영장 물을 퍼 서영을 향해 거푸 뿌리기 시작했다. 한 번, 두 번, 세…… 거듭되는 동안 그 애는 물속에서 걸음을 옮기며 점점 상휘 쪽으로 접근했고, 서영이 상휘의 튜브를 가리고 서서 그 물을 죄다 맞는 동안 상휘는 발장구를 쳐서 모서리 쪽으로 피신했다.

서영은 대형 워터파크는커녕 모든 종류의 실내수영장에 가본 적 없으므로, 이런 물놀이장에서 모르는 사람들끼리 조금 흥이 난다 하여 서로를 향해 물을 퍼부으며 웃음을 터뜨리는 일에 익숙지 않았다. 그저 휴양지라 가능한 이벤트의 일종으로, 아직 내남 구분이 덜 되는 사회화 도중의 아이들끼리가 아니면 서로에게 작업을 걸었다가 이튿날 관계를 청산하려는 스물 남짓의 남녀나 그러겠지, 막연히 짐작할 뿐이었다. 그렇다면 지금 이 아이는 다가오는 모양을 보자니 상휘에게 작업 비슷하게 들어오려던 걸 엄마가 훼방 놓았는지도 모르는데, 상휘의 평소 성격상 물을 뒤집어씌우면서 접근하는 걸 좋다고 한데 어울려줄 리도 만무했다. 그 점에 관한 한 남녀도 또래도 불문, 설령 비스크돌이 다가와 그랬더라도 결과는 다르지 않았을 것이다. 여전히 이마를 타고 흘러내리는 물을 손등으로 훔쳐내지만 당혹스러운 빛마저 같이 닦아내지는 못한 채로 그러나 침착하고도 다정한 음성을 유지하며 서영은 말했다.

"자, 이제 그만……"

들은 체 만 체 아이는 바로 옆에 떠다니던 누구 건지도 모를 비치볼을 집어 서영에게 세차게 던졌다. 안경다리를 맞고 튕겨 나간 비치볼을 집어 오더니 다시 던지고…… 또 던졌다. 던지면서 터뜨리는 웃음소리가 온 장기의 내벽을 긁고 튀어나오는 듯, 아이는 몸을 뒤틀었다. 계속 얼굴을 맞히던 공을 이번에는 서영이 얼결에 잡았다. 암만해도 놀아달라는 뜻 같았다. 서영은 난처했지만 한숨 섞인 미소를 띠며, 혼자 잘 노는 상휘를 돌아본 다음 여자아이와 공을 대여섯 번 주고받았다. 서영은 아이가 잡기 편하게 건네주었지만 아이는 작정한 듯 서영의 얼굴에 맞히기를 반복했다.

다음번 공이 왔을 때 또 다른 무리에서 어떤 아이가 자기네 공을 돌려달라 말했고, 서영은 안심하며 원주인에게 공을 넘겼다. 피할 수 없는 채무를 이행하듯 지속해온 놀이로부터 이제 안녕이었다. 그러나 눈앞의 여자애는 아직 자기가 받아야 할 공이 남아 있다는 듯 버티고 섰다. 서영은 중단된 놀이를 아쉬워하는 아이의 심정을 이해해보려 애썼다.

"자, 동생 있다고 했지? 누나가 가서 돌봐줘야지."

그 말이 끝나기가 무섭게 여자아이는 키득거리며 손가락으로 서영의 등 뒤를 가리켰는데 서영이 돌아보기도 전에 등덜미에 물이 퍼부어졌다. 서영은 비명을 지르며 자기도 모르게 팔을 크게 휘둘렀으나 천만다행으로 상대의 얼굴만 빗맞혔다. 일별한 자리에는 여자아이와 거의 똑같이 생겼지만 그보다 키 작고 짧은 고수머리 돼지가 웃음인지 신음인지 모를 소리를 두툼한 입술 밖으로 거푸 터뜨리며 서영에게 수차례 물을 뿌리고 섰다. 고개를 암만 돌려보아도 제 앞뒤로 떡살에 찍어낸 듯한 얼굴이 포위했으므로, 서영은 울화에 앞서 이 기괴한 데칼코마니에 실소가 터졌다. 아이가 둘로 늘어나자 상휘가 느낄 신변에의 위협도 두 배로 뛰었다. 남매는 서영의 어깨너머로 고개를 기웃거리며 호시탐탐 상휘도 노리는 듯했다. 상휘는 그 아이들이 즐겁지 않은 방식으로 다가오는 것을 기민하게 알아차리고 엄마 등 뒤로 계속 도망 다녔다.

이런 상황에서 분별 있는 어른이 할 일이라면, 잘 타일러 쫓아 보낼밖에.

"자, 이제 그만. 여기 있는 친구는 좀 천천히 혼자 놀고 싶다니까 나중에 보자."

말은 그랬지만 서영은 그 나중이라는 것을 굳이 챙기고 싶은 마음이 없었다.

"너희들 엄마는 어디 계시니?"

평소 어른들이 남의 집 아이들에게 '너희 엄마'의 소재를 묻는 것은 실로 그 행방이 궁금해서가 아니라 그저 입말에 불과한데, 서영은 지금만큼은 일부러 풀장 옆에 늘어선 파라솔 탁자들을 둘러보며 이중 누가 이 아이들의 보호자인지 목을 빼어 넘겨다보는 시늉을 했다. 선을 그어야 한다, 두껍고 진한 실선을. 나는 너희들 엄마가 아니고 내 아이만 상대하기에도 벅차며 너희들까지 데리고 놀아줄 수 없음을. 상휘가 좀더 어렸을 적에는 아파트 단지 내 놀이터에서 장난과 폭력의 미묘한 차이를 구별 못 하는 아이들에게 이렇게 물으며 주위를 둘러보면 어디선가 그 엄마가 다가와 예 전데요? 나서곤 했다. 자진 신고를 하면서 정색한 얼굴로 한 톤 높은 음성에 눈으로는 서영의 입성을 살피며, 제 새끼 해코지라도 안 당하나 상황을 파악했다. 그렇게 다가오는 사람은 보통, 누군가와 수다를 떨거나 통화를 하면서 제 새끼가 남들을 괴롭히고 다니는 걸 못 본 척하다가, 정작 가까이 와서는 도리어 이쪽에서 먼저 시비를 걸기라도 했다는 듯 우리 애한테 무슨 볼일이시죠? 묻곤 하는 법이었다. 그저 물어나 봤을 뿐 별일 아니라는 뜻으로 어깨를 으쓱해 보이면 상대방은 이쪽을 위아래로 훑어보곤 제 새끼의 손목을 끌어당겨 총총 걸음을 옮겼으므로, 귀찮은 아이를 쫓아 보내는 데에는 그 부모를 소환하는 게 제일이었다.

"엄마 없는데. 아빠 있는데."

서영의 미간에 주름이 잡혔다. 갈수록 태산이었다. 남매 중 누나가 손가락으로 반대쪽 파라솔 하나를 가리켰다. 부모들이 올려둔 겉옷과 수건과 기저귀 가방으로 번잡한 파라솔 탁자와는 달리 홀로 동떨어진 자리에, 샌들과 선글라스와 반바지 차림의 남성이 스마트폰 삼매경의 자세로 물에는 눈길도 주지 않고 있었다. 안경다리는 그 남자의 얼굴살을 용케 버텨냈고, 풀어 헤쳐진 앞섶 사이로 볼록 튀어나온 상복부는 내장 비만을 의심케 했다. 아이들이 어떻게 노는지 관심 밖인 듯한 저이가 정말 아빠가 맞을까? 그러나 탁자 위 단출한 짐 옆으로 아까 서영이 사준 주스 병이 두 개 빈 채로 넘어져 있었으므로 여자애가 아무나 찍어다 손가락질한 게 아님은 분명했으며 엄마가 없다는 말은 그저 지금 이 자리에 함께 오지 않았음에 불과할지도 몰랐다. 그러거나 말거나 여기를 바라봐주지 않고 제 볼일만 열심인 남자의 주의를 어떻게 끌어서 아이들을 현명하게 떼어낸단 말인가? 서영은 회사를 그만둔 뒤로 모르는 사람에게 스스럼없이 말을 걸거나 따져 묻는 일이 줄어든 반면 상사나 거래처 눈치를 보던 습관만은 한번 배어든 채 이염된 셔츠처럼 그대로 몸에 남은 까닭에, 상대방이 못 알아채는 선에서 소극적인 보복 정도나 할까 면전에서 목소리에 날을 세우지는 못했다. 여기요, 거기 선글라스 아버님, 그쪽 아이들 좀 챙겨주시면 안 될까요…… 소리가 하수구를 막은 머리카락처럼 목에 걸렸다. 어쩌면 그는 안경알이 까매서 확인은 안 되지만 시종 이쪽으로 시선을 주었을지도 몰랐다. 제 새끼들이 남의 집 엄마를 들볶는 현장을 목격하고도 귀찮기도 한 데다 뭐 알아서들 하겠지, 싶어 못 본 척했을지도. 만약 그 옆에 엄마라는 자가 함께 있었다면, 새끼가 부모의 거울이라는 점을 감안했을 때, '그저 아이들이 놀다가 그럴 수도 있지 별걸 갖고 다……' 운운하리라는 생각이 들자 서영은 지레 부아가 끓었지만 실제로 그런 반응을 대한들 쌈닭 기질은 애당초 없으니 뭐라 대꾸할지 알 수 없었다.

다른 건 몰라도 이 남매가 상휘와 놀고 싶어서 여태 곁을 맴도는 거라면 이해가 가기는 했다. 아주 어릴 때부터 상휘가 가만 앉아만 있어도 사람들이 지나가다 한 번쯤 돌아보곤 했다. 어릴 때야 단지 아기라는 이유만으로 흐뭇한 미소를 자주 받았지만, 좀더 자라고 얼굴 윤곽이 나온 뒤에도 그랬다. 저런 아이를 낳았으면 좋겠다고 속삭이는 신혼부부의 눈길을 받아봤고, 시민공원에서는 벤치에 나란히 앉아 주스를 마시는데 출사 나온 동호인들이 바디와 합쳐 천만 원은 될 법한 렌즈를 들어 보이며 아이를 찍어도 되겠냐고 묻기도 했으며, 진위를 파악할 수 없으나 무슨 엔터테인먼트라며 명함을 주고 간 이도 있었다. 어른이 그 정도이니 좋고 싫은 것, 예쁘고 미운 것에 민감하며 본능에 충실한 어린이들을 좋게 헤아려야만…… 한다고 서영이 생각하기가 무섭게 남매는 번갈아 두어 번씩 더 물을 퍼부은 뒤 혀를 날름거리곤 반대편으로 헤엄쳐 갔다.

상휘가 물에 좀더 익숙해지면 셋이 같이 놀게 해줄까 싶은 마음도 아주 없지는 않았다. 그러나 자유형은 거뜬하고 잠수도 곧잘 하는 저 남매를, 물에 뜨지도 못하는 상휘가 감당할 법하지 않았다. 서영은 고개를 저어 물기를 마저 털었다. 여자애는 그저 한번 다가와보았을 뿐이다. 아까 매점에서 본, 익숙한 얼굴의 아줌마에게. 마침 엄마가 동행하지 않았다 하니 엄마 또래의 여성에게 치대고 싶은 충동도 이해할 수 있었다. 그러니 웬만큼 어른 된 도리로 감안하고 잠깐의 불편이나 불쾌쯤 용인하자…… 그나저나 저 아비라는 사람은 스마트폰에서 눈을 뗄 줄 모른다. 몇 번 흘끔거릴수록 퉁퉁 부은 얼굴이며 거무튀튀한 피부가 더욱 그 남매의 아비가 맞다는 확신이 섰다. 우려스럽도록 살찐 사람들을 대할 때, 서영은 그들이 자기 관리를 게을리한 결과일 뿐이라는 편견을 드러내선 안 된다는 당위쯤 잘 알고 있었다. 그것이 비록 학습된 인지상정에 불과하더라도. 그러나 남매의 아비는 저 폼 나 보이는 선글라스만 벗으면 그 아래에서, 사람들의 선입견을 충실히 반영한 은둔형 외톨이의 상상도가 튀어나올 것만 같았다. 벽에는 일본 거유 소녀들의 그림으로 도배하고, 제 손 같은 동족의 족발이나 치킨을 뜯으며, 게임기 속 여신과의 연애에 푹 빠져 현실을 잊는 거구의 여드름투성이 안경쟁이. 체구나 피부가 어쨌든 스마트폰 아니라 책이라도 들여다보고 있었다면 좀 달리 보였을지도 모르나, 놀러 와서 책 읽을 남자 같으면 애당초 제 새끼들이 남에게 민폐를 끼치고 돌아다니도록 내버려두지도 않았으리라며 서영은 피식 웃었다.

모서리를 박차고 반대쪽까지 물살을 저어 가면서 오리 보트를 아슬아슬 피해 갔을 때, 상휘가 다소 난처하다는 듯한 웃음이 섞인 비명을 터뜨리며 외쳤다. 엄마 조심! 나 막아줘! 아니 도망쳐! 이미 늦었다. 어느새 물살을 빠르게 헤치고 여자애가 또다시 다가와선 서영의 정강이를 물속에서 거푸 꼬집었다. 이번엔 그 동생도 가세하여 뒤에서 종아리를 꼬집어댔다. 물의 압력 때문에 손놀림은 자유롭지 않았고 그리 아프지는 않았지만, 그 연속된 손질 자체가 환형의 거머리 떼를 떠올리게 하는 바람에 서영은 오전에 삼킨 국숫발이 속에서 곤두섰다. 서영은 어디까지나 우아하고 상냥한 음색을 유지했다.

"얘들아, 이제 그만, 그만해라. 위험하다."

동시에 돼지머리 두 개가 은행나무 교자상에서 탈출해온 듯 물속에서 나란히 튀어 오르더니 개구리 울음주머니처럼 부풀린 볼 속에 머금었던 물을 서영의 얼굴과 가슴에 뿜어댔고, 서영이 손으로 얼굴을 가리며 몸서리를 쳐댔지만 아이들을 떼어내기엔 역부족이었다.

그때 풀장 가두리로 다가온 규진이 휘파람을 불었다.

"상휘랑 엄마 둘이 이쪽 보고 브이."

서영은 이때다 싶어 아이들로부터 고개를 홱 돌리고 규진 있는 데로 걸음을 옮김으로써, 자신은 할 만큼 했으며 너희들과 더 이상 상대하고 싶지 않다는 의사를 분명히 표했다. 규진은 이제야 그 빌어먹을 렌즈 손질 및 장착을 마친 모양이었다. 서영은 일부러 톤을 높여 밝은 목소리로 아무 말이나 던졌다.

"가방 잘 잠그고 왔지? 바로 근처라고 막 열어놓고 돌아다니면 안 돼요. 자기도 사진만 찍지 말고 같이 그냥 들어오지그래."

친절한 말로 대꾸해주기도 한두 마디, 이제는 가족끼리 즐길 시간으로 정했으니 너희도 너희 아빠를 끌고 와서 물에 빠뜨리든 무얼 하든 마음대로 하라는 의도를⋯⋯ 저 아이들이 알아먹었을 리는 없지만 그때 남매 중 동생 돼지가 끼룩거리며 서영을 밀치고 상휘 앞을 가로막더니 규진이 갖다 댄 렌즈를 향해 후랑크 소시지 같은 손가락을 브이 자로 높이 들어 보였다.

"나 찍어줘!"

규진은 어깨를 움찔하며 파인더에서 눈을 떼곤 난데없는 방해꾼을 향해 어색한 미소를 지어 보였다.

"너희 아빠나 엄마께 부탁하는 게 좋겠다."

"나 찍어줘, 나!"

동생은 포기하지 않고 물에서 펄쩍펄쩍 뛰어오르며 소리쳤고, 그 바람에 물살이 출렁이면서 상휘는 몇 걸음 뒤로 밀려났다.

"미안. 이건 필름이 들어 있어서, 너에게 금방 뽑아줄 수 없거든."

서영은 헛웃음을 터뜨리며 고개를 저었다. 대여섯 살짜리 정신머리 없는 사내아이가 필름카메라가 뭔지 알기나 하겠냐고 뭐하러 일일이 설명까지⋯⋯ 그때 그의 말을 듣는 둥 마는 둥하며 계속 괴성을 지르다 웃다 하던 동생 돼지가 딴엔 보복이랍시고 두 손을 휘둘러 풀장 바깥의 규진에게로 물을 뿌렸다. 규진이 반사적으로 몸을 틀어 어깨로 막아보려 했으나 이미 렌즈가 젖은 뒤였다.

"어쩜 좋아! 그 렌즈 비싼 거 아니야? 어디 봐, 물 많이 들어갔어?"

서영은 과장된 포즈와 함께 남매의 아빠만이 아니라 인근에 둘러앉은 모든 부모들이 들을 수 있을 만큼 큰 소리로 외치며 그쪽 파라솔을 힐끔거렸는데, 아빠 돼지는 아까 봤을 때 없던 이어폰을 어느새 꽂고 여전히 스마트폰 조작 중이었고, 후텁지근하기만 할 뿐 잔뜩 흐린 날씨에 선글라스도 벗지 않고 있었다. 저래서야 화면이 보이긴 하나? 거북목이나 되어버려라. 서영은 울음을 터뜨리기 직전의 얼굴로 규진을 바라보았으나 그는 눈치도 없이 손사래를 쳤다.

"이 정도는 괜찮아. 분해해서 닦으면 되겠지. 애들이 모르고 그런 건데 뭐."

"말려도 소용없으면 어떡하고?"

"됐어. 싸구려 중고에다, 어쩔 수 없지."

"아니 좀, 말이 되는 소리를, 아무리 싸다고 중고라고, 남의 물건 망가뜨려놓고 그냥 넘어가는 법은 없지? 게다가 지금 구하기도 힘든 모델이라면 그게 어디 한두 푼으로 퉁칠 일이냐고."

"아이고 됐네요. 먼 데까지 기분 좋게 놀러 와서 공연히 얼굴 찌푸리면 쓰나."

서영은 상휘가 튜브를 제대로 끼고 노는지 다시 한 번 돌아보고 확인한 다음 풀장 밖으로 기어 나갔다. 규진에게 손짓하여 구석으로—실은 아빠 돼지 가까이 끌고 가선 발음마다 세심한 주의를 기울이며 힘주어 말했다. 자신은 최대한의 호의를 보였고 저 아이들이 그것을 권리로 착각해서는 곤란하며 누가 자기의 부모인지도 헛갈려서는 재미없다고. 가끔씩 선글라스 돼지를 힐끔 내려다보고 때론 턱짓이나 손짓도 해가면서 그가 노이즈 소거 전용 이어폰을 꽂았다 한들 도저히 듣지 않을 수 없을 만큼 크고 분명하게 설명했다. 지금까지 상휘를 돌보아야 할 피 같은 시간과 여력을 소비해가며 저 아이들의 의아한 요구나 기대에 나름대로 부응해주었지만, 수영장 물에 섞인 두 아이의 타액을 머리와 몸에 맞은 것까지 귀엽게 보아 넘길 도리는 없다. 아이들의 아빠라는 자는 이쪽이 얼마나 난처하든지 거들떠보지도 않고 있으며, 보호자가 없지도 않은 아이들이 타인에게 용인 가능한 수준을 넘어선 장난을 걸고 있는데 이 아빠도 알 건 알아야 한다. 입장료를 지불하고 새끼들을 물에 밀어 넣은 걸로 역할을 다했다는 듯 방관하는 이 아빠가, 자기 새끼들이 비록 악의에서가 아니더라도 타인을 못살게 군다는 사실 정도는 인지해야 하며 그건 렌즈나 몇 푼짜리 주스의 문제가 아니라고.

"지금도 봐, 이렇게 코앞에서 내가 거의 고래고래 소리를 지르고 있는데 들은 척도 안 해. 제 새끼 얘기인 줄 전혀 모르거나 알아도 모른 척하거나 둘 중 하나야. 저 반대쪽 앉은 사람들한테까지도 다 들릴 텐데."

그러고 보니 각자의 아이들을 물에 넣어놓고 담소를 나누던 맞은편 파라솔의 부모들이, 서영의 목소리가 점점 커지자 어느덧 무슨 일인가 하고 고갯짓과 함께 이쪽을 유심히 건너다보는 듯했다. 규진은 손가락을 입에 대고 서영의 어깨를 두드렸다.

"됐어, 됐어. 안 그래도 내가 아까부터 다 봤어. 그래 주의 좀 돌려볼까 하고 온 거지. 하지만 이런 데까지 와서 어른들끼리 싸우면 애들 퍽이나 보기 좋겠네. 관두자고. 그냥 우리가 장소를 옮기든지 하자. 응?"

"누가 어른들끼리 멱살이라도 잡재. 어른이 신경 안 쓰고 내버려둘 거 같으면 애들한테 직접 주의라도 주는 게 맞지. 너희 이러는 거 정말 아니다, 한마디를 왜 못해. 이 사람 지금 태도 보니까 내가 한번 쥐 잡듯이 잡아야 비로소 누가 제 새끼들 기죽이나 하고 벌떡 일어나지 않겠어? 당신이 못 하면 내가 할 거야. 이것들이 어디……"

그때 한꺼번에 네댓 명이 달라붙어 난리를 치던 오리보트가 다시 뒤집혀 사방에서 풍덩 소리가 웃음과 비명에 어울려 퍼졌다. 서영은 그 결에 상휘가 누군가와 부딪쳐 나가떨어지지나 않았나 고개를 빼어 오리보트 너머를 살폈는데 어째선지 상휘도, 돼지들도 보이지 않았다. 수많은 아이들의 머리가 점멸하는 전구처럼 눈앞을 스쳐 지나갔지만 그 안에 상휘의 머리가 없었다. 문득 주인 없이 물에 동동 뜬 노랑색 어린이 튜브 한 개가 눈에 띄었다. 무슨 일이 일어났는지 머리로 생각하기도 전에 서영은 이미 물에 뛰어들어 개떼 같은 아이들을 밀치며 나아가고 있었다. 사방을 휘둘러보았다. 설마 조금 전 보트가 뒤집히면서…… 서영은 물에 얼굴을 담그고 풀장 바닥을 둘러보았으나 까부는 아이들의 다리만 허우적거렸다. 풀장의 끝에서 끝으로 서너 번을 더 왕복하며 비슷한 또래의 아이가 보이면 어깨를 잡아채서 얼굴을 확인했다. 아이들이 깜짝 놀라 짜증을 내거나 외마디소리를 질렀고 그 애들의 부모들이 파라솔에서 일어나며 저 여자 뭐 하냐고 고함치기 시작했다. 서영은 개의치 않고 이어서 풀장을 헤집다시피 돌아다녔다. 물살의 압력이 아이들의 왁자한 지껄임을 실어 날라 서영의 심장에 난폭하게 적재했다. 보트가 넘어지고 수면이 한번 크게 흔들렸을 뿐인데, 부부가 고작 두어마디 대화를 나누던 틈에 사라진 아이-들이라니 해도해도 너무나 진부하지 않은가. 눈앞의 장면은 현실의 폐곡선을 벗어나 허구를 지나치더니 착오의 범주로 주저앉았다. 직전까지 서영이 견지했던 모든 정당성과 명백함은 순식간에 무용지물이 되었다.

서영이 그러는 동안 규진은 그들 가족의 짐을 놓아둔 파라솔을 살폈으나 상휘의 슬리퍼와 수건은 그대로 남아 있었다. 이어서 샤워장으로 가보았으나 거기 있는 거라곤 거대한 김장 다라이 한 개뿐이었다.

매점으로 뛰었다. 앉아서 무언가를 먹는 아이들을 하나하나 살폈다. 입구까지 가서 주인에게 두 명의 남자아이와 한 명의 여자아이 또는 단 한 명의 남자아이를 본 적 있는지 물었으나 그러는 동안에도 수시로 드나드는 아이들의 머릿수로 보나 빈도로 보나, 설령 조금 전에 목격했더라도 기억하라는 건 무리였다.

“나 바깥 화장실 한번 살피고 올게!”

서영이 듣거나 말거나 규진은 일러놓고 해변으로 달렸다. 어쩌면 상휘는 급히 오줌이 마려워 엄마에게 말할 타이밍을 놓친 채 튜브만 벗어놓고 화장실로 뛰었을지 모르고, 아이들이란 워낙 한 놈이 가면 다른 놈들이 줄줄이 따라가기도 흔한 법이었다. 한철 반짝 펼쳤다 접는 임시 물놀이장에는 화장실이 따로 없어 필요할 땐 해수욕장에서도 2백 미터가량 떨어진 공원 화장실을 써야 했다. 개중엔 멀리까지 나가기가 번거로워 아이 손목을 잡고 코앞 편의점이나 커피숍에 무턱대고 들어가 화장실을 쓰게 해달라는 부모들도 많았지만, 물건을 사지도 않고 남의 영업장에 딸린 화장실만 찾는 건 방광이나 대장이 터지기 5초 전의 응급상황이 아닌 다음에야 매우 무례하며 개념 없는 일이라고 어릴 때부터 상휘에게 일러왔다. 그들 부부가 평소 솔선하는 모습을 보아온 상휘는 최소한 염치가 뭔지 알고 남에게 폐를 끼치지 않는 착하고 고지식한 아이로 자랐다. 식당에서는 자기 자리를 벗어나지 않아서, 다른 아이들이 뛰어다니다 남들 상에 머리를 찧거나 쟁반 든 종업원과 부딪쳐서 그릇을 깨먹고 울고 싸우고 난리가 나든지 말든지 상휘가 앉은 자리는 무풍지대였다. 기본적으로 허약 체질에 온순함이 겹치면서 누군가를 배려하는 정도를 넘어 남의 눈치를 보기까지 하니 오히려 아이답지 않다며 조부모가 염려할 정도였고, 그러고 보면 저가 내키지 않아도 그 애들이 같이 가달래서 마냥 그 먼 데까지 끌려갔을지도 모른다는 생각에 미치자 규진의 발이 빨라졌다. 마감이 형편없는 삼선슬리퍼에 계속 쓸리는 발등에서는 어느덧 피가 흐르고 있었다.

남자 화장실은 비교적 한산했다. 일렬로 늘어선 변기 앞에는 어른들뿐이었고 양변기가 있는 칸마다 문이 활짝 열려 있어서 상휘도 그 남매 중 동생 아이도 없다는 사실쯤 쉽게 알 수 있었다. 규진이 다짜고짜 여자 화장실로 쳐들어가자 비키니에 망사 카디건을 걸친 여남은 명의 여성들이 거울을 보다 말고 비명을 질러댔다. 어린 여자애 하나, 남자애 둘이 함께 들어오지 않았느냐고 소리치는 말을 아무도 듣지 않고 손에 집히는 대로 비누나 휴지를 그에게 던졌다.

쫓겨 나온 규진은 되는대로 백사장을 뛰어 가로지르면서 상휘와 체구가 비슷한 어린 남자애들만 보이면 쫓아가 어깨를 붙들었다. 마흔 중반의 남성이 뜬금없이 불러 세워선 가쁜 숨을 헐떡이기까지 하는 모습은 누가 봐도 수상쩍었고, 그 부모들이 규진의 손을 쳐내며 항의했다. 모두가 검정이나 감색 등 비슷하게 어두운 톤의 래시가드 차림이었고 동그란 뒤통수들이 닮았다. 사람들이 움직이는 모습은 천천히 흘러가는 무한 연쇄 고리 같았고 그들의 웃음과 떠드는 목소리는 아스라해져서 마침내는 어른과 아이, 남자와 여자가 구별되지 않았으며, 걸음을 떼어놓을 때마다 푹푹 빠지는 무거운 발목에 감겨오는 모래의 감촉은 이질적이었다. 아이의 이름을 무작정 부르는 혀끝에서 소리와 발음은 미끄러지다 흩어져 발아래 모래에 섞여들었고 이 백사장은 어디서 끝나는지 알 수 없었다. 어쩌면 그 남매가 한눈파는 제 부모들을 놀래주자는 장난에 상휘는 못 이겨서 가담했을지 모르고, 다시 물놀이장으로 돌아가면 어느 기둥 뒤에서인가 튀어나온 아이들이 놀랐지 메롱 손가락질할 것이 틀림없으며, 서영은 다행스러우면서도 짜증을 감추지 못하는 목소리로, 당신 왜 이제 돌아와 애들 찾았어…… 그러나 서영의 연락을 받을 전화기를 가방에 두고 왔다는 데 생각이 미치자 규진은 뒤돌아 달리기 시작했다. 광활한 해변을 가로지르는데도 그는 자신이 팽팽하고 비좁은 혈관을 타고 흐르는 한 개의 적혈구처럼만 느껴졌다.

서영은 건너편 부모들의 핀잔과 볼멘소리를 뒤로하고 그때까지도 영화를 보는지 게임을 하는지 모를 선글라스 돼지에게 성큼성큼 다가갔다.

"저기요, 잠깐만요."

그가 팔꿈치를 걸치고 앉은 파라솔 테이블을 손으로 서너 번 두드렸으나 선글라스는 잡상인 내지는 도를 믿으세요를 대하듯 곁눈질도 하지 않았고, 서영은 남의 집 경우 있고 품위 있는 가장에게 웬만해선 쓰지 않을 호칭을 마침내 내뱉었다.

"이봐요 아저씨! 여기 좀 보시라고요."

테이블을 두드리는 손에 점점 힘이 들어가자 그 진동에 빈 음료수 병들이 쓰러져 구르더니 바닥에 떨어지면서 산산조각이 났다. 유리 파열음이 퍼지는 순간 까불던 아이들이나 파라솔 부모들 사이에 정적이 흘렀고 모두 서영을 돌아보았다. 전후 사정을 모르면 누가 봐도 가만 앉아 있는 아저씨에게 공연히 시비를 터는 아줌마의 모습이었다. 조각 중 일부는 선글라스 남자의 발목을 그어 피가 살짝 비쳤는데도 그는 여전히 고개를 들지 않았으므로 서영은 이제 온몸에 한기가 들기 시작했다. 이자는 정말로 아이들 아빠가 맞나를 넘어 현실에 존재하는 자가 맞나, 뼈와 살로 이루어져 있으며 청각과 촉각이 있는…… 서영은 자신이 알던 상식과 최소한의 물질 운동 법칙에 균열이 생기는 것을 느꼈다. 다 떠나서 반사작용이라는 게 없어? 어떻게 곁눈질조차 없을 수 있어? 눈이 보이고 귀가 들리는 사람이라면…… 하다못해 촉각이 있다면. 이곳이 꿈속이 아니라면.

"아저씨네 애들이 없어졌다고요, 제 말 들려요? 그 애들 없어지든지 말든지 나랑 아무 상관도 없는데 애들이 내 자식까지 끼고 어디 간 것 같다니까? 같이 가서 좀 찾아보자니까? 아저씨네 어디 호텔 묵어요? 애들 엄마는 어디 있고요?"

지금은 무엇보다 상휘를 찾는 게 우선이라 서영은 주스까지 살뜰히 챙겨 먹인 당신네 애들이 우리에게 물을 뿌리고 침을 뱉었다느니, 다리를 꼬집고 사진기를 못 쓰게 만들었다는 구차하고 치사하며 시시콜콜한 이야기는 꺼내지 않았다. 그럼으로써 타인과 시비를 가릴 적에 흔히 잃기 마련인 최소한의 현명함과 양식만은 지켜냈다고 믿었지만, 누구라도 이 상황을 줄곧 지켜보았다면 이 남자를 한 대 쳐서 선글라스를 깨먹지 않고는 배길 수 없을 터였다. 어느새 물놀이장 주인이 옆으로 다가와 흩어진 유리 조각을 쓸며 지나가고 있었다. 미끄럼 방지를 위한 요철이 있는 고무바닥이어서 유리 조각은 말끔히 쓸리지 않았고, 더 큰 대걸레가 있어야겠다느니 중얼거리던 끝에 주인이 뭐라고 욕을 지껄이고 있었다. 한편 인구 밀도가 높은 반대쪽 파라솔에서는 부모들이 이쪽을 흘끔거리며 불평했다. 저게 뭔 일이래, 그저 어디 잠깐 놀다 오나 보지, 뭘 저리 유난을…… 아이들은 다시 물놀이를 즐기기 시작했다. 서영에게는 그 모든 장면이 원래의 속도와 부피를 잃은 채 잼과 같은 감촉으로 자신의 피부를 훑고 슬로모션으로 지나가면서 자신과는 별개로 존재하는 다른 차원의 세계에서 벌어지는 일로 느껴졌다. 부패한 암죽처럼 흘러내리는 현실, 흩어지는 윤곽, 한낮의 악몽.

“아 그, 빌어먹을 이어폰 좀 빼고 사람이 말을 하면 좀 들으라고!”

그러면서도 서영은 선뜻 손을 뻗어 이어폰을 잡아채지 못했는데, 그건 그 순간 남자가 휘두르는 솥뚜껑에 맞고 나가떨어질 것만 같은 두려움이 생겨서가 아니라, 내민 손에 아무것도 닿지 않거나 그나마 눈앞에 있던 형상마저 영원히 규명되지 않고 사라질 것만 같아서였다. 외침은 자기 귓속에서만 웅웅 울리는 것 같았고, 이제는 건너편 파라솔의 부모들마저 이쪽에 관심을 주지 않았으며, 서영은 자신이 티브이 화면 안에 난데없이 뛰어들어 혼자 겉도는 불청객처럼만 느껴졌다. 아이들 또한 거기 처음부터 존재하지 않았다는 듯 눈앞의 모든 것들이 시치미를 떼고 있었다. 외부에서 돌아가는 모든 작위적인 조명은 믿을 수 없고 현실의 각도는 기울어졌으니, 자신이 여기 선명히 존재하는 물질임을 확인하기 위해서는 규진을 도로 불러와야 했다. 무엇보다 상휘를 찾아야 했다.

지퍼가 훤히 열린 보따리에 던져둔 지갑이니 휴대전화를 챙길 경황도 없이 서영은 물놀이장 밖으로 뛰쳐나갔다. 소란과 열기로, 그 어느 때보다 활발한 현실로 들끓는 해수욕장을 향해 달렸다.

맞은편에 홀로 달려 돌아오는 규진의 모습이 보였다. 규진은 마주 달려오는 서영의 등 뒤로 신기루처럼 흐릿한 물놀이장을 보았고, 두 사람의 거리는 좀체 줄어들지 않았다.

인 터 뷰

구 병 모 X 이 수 형

이수형 2016년 〈이달의 소설〉 일정이 시작되는 3월에 「지속되는 호의」를 첫 선정작으로 발표하게 된 것을 기쁘게 생각합니다. 2015년에 『그것이 나만은 아니기를』(문학과지성사, 2015)로 오늘의 작가상을 수상하신 것도 축하드립니다. '2015년 오늘의 작가상'은 기존 문학상 심사 방식과 달리 인터넷 서점을 통한 독자 투표를 진행한 것으로 널리 기사화되기도 했습니다. 소설을 쓰는 작가로서 독자와의 관계가 무엇보다 중요하리라고 생각합니다. 독자와의 관계에 대한 작가로서의 생각과 같은 일반적인 차원에서부터 문학적 평가나 문학상 심사에서 독자의 위상이나 역할과 같은 구체적인 사안에 이르기까지 구병모 작가의 견해를 경청하고 싶습니다.

구병모 고맙습니다. 이 질문을 주시기 전까지 저는 작가-독자 관계를 저 자신의 글쓰기와 밀착되게 고찰해본 적이 없었습니다. 말하자면 그런 고민을 필요로 할 때, 롤랑 바르트가 언급한 '저자의 죽음과 독자의 탄생' 대목을 피상적으로 복습하는 데 지나지 않았던 것 같습니다. 어쩌면 의도적 회피에 가깝습니다. 너무나 모호하고 복잡한 관계여서 왠지 깊이 들어가면 다칠 것 같았던 거겠지요. 작가에게 독자는 분명 각별합니다. 동시에 작가는 독자에게서 끝없이 도주해야 합니다. 작가-독자뿐만 아니라 세상에 존재하는 긴장 관계의 상당수가, 긍정/부정을 막론하고 그런 속성이 있지 않나 싶습니다. 도망치고 붙들리고, 도망치는 자는 붙잡아주기를 원하면서 꼭 아슬아슬하게 붙잡힐 만큼의 거리나 장소로 도망치고, 붙잡은 자는 곧 손에 쥔 것에 흥미를 잃고 놓아버리고. 정박과 탈출과 집행유예의 삼각형을 이루는 것 같습니다. 일단 저는 소설 자체만 놓고 봤을 때 지금은 어설픈 도주 단계에 있습니다.

'오늘의 작가상'에 관해서는, 독자 투표라는 방식 자체는 매우 고무적인 시도였는데, 이미 각종 미디어를 통해 알려진 바대로 저는 독자 투표 당시 상위권에 들어 있지 않았고, 인터넷의 개방성과 손쉬운 클릭이라는 행위로 인해 반드시 책을 읽은 분들만 표를 던지는 게 아니라는 문제점 또한 예상 가능합니다. 그러니 그 투표는 독자들이 대체로 이러한 것을 선호하더라, 지금 어떤 작가가 회자되며 어떤 제목과 표지에 꽂히더라는 지표 정도로 활용될 것입니다. 장기적으로 내다봤을 때는 그런 참고로도 유의미하다고 보는데, 2016년부터는 독자 참여 범위를 더 늘린 것으로 압니다.

이수형 「지속되는 호의」는 『그것이 나만은 아니기를』의 문제의식의 연장 선상에 있는 것으로 읽을 수도 있습니다. 일상적인, 그래서 지루하지만 예상 가능했던 주인공의 삶에 뭔가가 침입합니다. 본문 중의 표현에 의하면, "직전까지 서영이 견지했던 모든 정당성과 명백함은 순식간에 무용지물이 되었다"는 것입니다. 다른 인터뷰를 통해서도 이미 여러 차례 답변을 주셨지만, 이런 종류의 사건이 갖는 무게는 얼마나 될까요? 혹시 실제로 겪거나 주위에서 목격한 경우도 있나요?

구병모 10년 전 입원실에서 링거 꽂고 있을 때였는데, 열린 문 밖에서 수간호사님이 다른 환자에게 또박또박 설명하는 게 들려왔습니다. "열이 나는 건 몸에 염증이 있다는 거고, 염증이 있다는 건 내 몸에 내 몸 아닌 게 들어와서 문제가 됐다는 뜻이에요. 알아들으셨어요?" 저도 불명열 체질이어서 귀를 쫑긋하고 들었는데, 내용은 대충 수술을 한 환자가 열이 안 내려간다는 거였고, 안 그래도 배 가른 상처를 수술용 실밥(=내 몸 아닌 것)으로 꿰맸으니 염증이 나는 것이며, 그래서 항생제를 놓는 거니까 참으라는, 뭐 그런 상식적인 얘기였습니다.

그러니까 내 몸 밖에 있는 거라면 뭐든지 침입자로 간주해도 무방하고, 언제든 그것이 작은 염증을 일으킬 수 있고. 그런데 이게 알고 봤더니 슈퍼 박테리아라면. 항생제도 안 듣고. 처음에는 작은 염증이었는데 나중에 가서는 조직이 막 괴사합니다. 사람이 일상에서 겪을 수 있는 모든 사소한 순간에 이런 위협이 도사리고 있다고 생각합니다. 그 무게는 솜털 같지만…… 시작은 미약하나 끝은 창대하지요. 실제로 '작은 것의 침입'이란 사람들이 살아가면서 대부분 알게 모르게 겪습니다. 가령 자기 자식도 몸속에 별 탈 없이 있었을 때는 제 몸의 일부인데, 바깥으로 낳아놓고 탯줄 끊는 순간 타자가 되어버립니다. 그 타자가 자라나고 살아가면서 내 몸과 정신에 염증을 일으키지 않으리라는 보장은, 없습니다.

이수형 전작 「이창」에는 같은 아파트 단지에서 부모에 의한 아동 학대가 발생하고 있다고 의심하던 주인공이 이와 관련된 게시물을 인터넷에 올리자 "백 개의 댓글이 달렸다고 치면 그중 여든 개가 나더러 오지랖을 넘어선 편집증이 의심되니 정신과에 가보라는 내용이었고"라는 서술이 나옵니다. 「이창」도 그렇지만 「지속되는 호의」에서도 타인과의 상호작용이 잘 드러나지 않고 주인공의 시선과 독백이 서술의 대부분을 차지하고 있기 때문에, 주인공의 자아에 한정된 폐쇄적인 분위기가 느껴지기도 합니다. 이 역시 본문 중의 표현에 의하면, "서영은 선뜻 손을 뻗어 이어폰을 잡아채지 못했는데, 그건 그 순간 남자가 휘두르는 솥뚜껑에 맞고 나가떨어질 것만 같은 두려움이 생겨서가 아니라, 내민 손에 아무것도 닿지 않거나 그나마 눈앞에 있던 형상마저 영원히 규명되지 않고 사라질 것만 같아서였다"는 것입니다.

문제의 원인이자 책임을 추궁해야 할 남자 앞에서 주인공이 주저하는 것은 무슨 이유에서일까요? 자신의 삶에서 예상치 못한 것의 침입을 받은 주인공이 그 사실을 쉽게 인정하지 못한다는 뜻으로 이해할 수 있을까요? 아니면 주인공의 현실 감각에 다소 문제가 있다는 뜻일까요? 물론 어느 쪽으로도 해석이 가능하겠지만, 그에 따라 작품의 의미가 좌우될 수도 있다고 생각합니다.

구병모 이런 경험 많이들 있습니다. 분명히 사람한테 얘기하는 것 같은데, 이게 지금 내가 사람 귀에 대고 얘기하는 게 맞는 건지, 아니면 개 소말 닭한테 외치는 건지, 이도 저도 아니면 벽 두드리는지 장지문을 뜯는 건지. 처음에는 그 대상이 문제라고 여기다가, 다음으론 자신이 돌아버린 게 아닌지를 심각하게 고민하게 되고, 나중 가면 소통의 총체적 불가능성을 깨닫기에 이릅니다. 사소한 불통이 누적되면 눈앞에 명백히 드러나는 현실마저 믿을 수 없게 되어서, 그저 관통 가능한 홀로그램으로 간주하는 게 차라리 편한 순간도 있을 겁니다. 형상은 갖추었는데 건드리면 부서지거나 증발하는 현실은, 한 개인에게 더 이상 현실로 기능하지 못합니다. 현실에 거부당한 끝에 고작 현실의 연속에 불과한 장면에서 지레 몸을 움츠리게 되죠. 그러니 주인공의 현실 감각이 파탄에 이른 것은 어떤 원인 제공에 뒤따른 결과라고 볼 수 있습니다.

2016년 4월
이달의 소설

종말기 의료

양선형

양 선 형 1990년 광주에서 태어났다.
2014년 문학과사회 신인문학상으로 등단했다.

마르쿠스 폰 브뤼케, 일명 마르코, 일명 아쉐, 재를 뒤집어쓴 채 차갑게 식은 화형대에서 솟아난 회색인은 사방이 기복 없이 온통 하얀 현대식 병원의 침실에서 깨어난다.[1)]

어떤 막연한 생각으로 소설의 첫머리를 여는 일이 지속되고 있다. 가로막힌 생각을 굴착하기 위해서, 빳빳하게 굳어버린 생각의 하반신을 주물러대는 행위를 되풀이하고 있는 것이다. 이렇게 쓰자. 세계는 망해버렸다. 세계는 인간의 것이 아니게 되었다. 그것은 "적색 맨션"의 것, 피어오르는 먼지구름의 것, 조각난 입방체들의 것이다.

그는 방금까지 자신이 앉아 있었던 자리를 어떨떨한 표정으로 내려다본다. 휠체어는 비어 있다. 그는 별안간 휠체어 뒤편으로 물러선다. 어수룩한 행동이다. 줄곧 기다려왔던 행동이다. 그간 그의 삶이란

1) 알랭 로브그리예, 『되풀이』, 이상해 옮김, 북폴리오, 2003.

비좁은 달걀판에서 옴짝달싹할 수 없는 달걀의 신세였다. 그런 기분이었지. 줄곧 그러했다. 아무튼 그는 오늘 아주 오랜만에 휠체어에서 일어섰다. 그는 양손을 호주머니 안으로 가져간다. 연이어 생각한다. 내가 이렇게 수월한 방식으로 휠체어를 벗어날 수 있었다면 휠체어와 결부된 내 삶이란 대체 무엇이었단 말인가. 누가 나를 휠체어에 앉히고 또 일으켰나. 이는 말 그대로 기적인 것이다. 그는 금세 감격스러운 기분이 된다.

기적은 갑작스럽다. 그는 안다. 기적이란 오로지 시간 바깥에서 날아드는 법이다. 그는 호주머니에서 양손을 꺼낸 뒤 그것을 공손하게 맞잡는다. 그의 다리가 가벼이 흔들린다. 그는 이때까지 무언가를 간절히 희구해본 기억이 없다. 기도를 해본 이력도 없다. 그는 삶을 내던졌다. 내던질 만한 삶이 아직도 남아 있냐는 물음으로. 혹은 베란다에 앉아 멍하니 창밖을 응시했다. 맨션 아래로 간선도로가 보였다. 도로는 교통체증에 시달리고 있었다. 신경질적인 경적, 꾸물거리며 굴다리를 향해 진입하는 차량들. 기적, 그것이 맨션 아래의 혼잡한 도로를 주파해 이곳에까지 도달하게 된 걸까?

지금 베란다로 통하는 미닫이 창문에는 땡땡이 커튼이 쳐져 있다. 커튼 밑단에 들러붙은 그림자가 방사형으로 팽창한다. 커튼이 들썩거리며 벌어진다. 그림자는 복면을 쓰고 있다. 쥐색 벙어리장갑을 끼고 있다. 그것은 선 채로 휘청거리고, 그의 시선이 돌아 나가는 거실 한가운데로 난데없이 모습을 감춘다. 그는 제로 상태의 인간이다. 세계로부터 인간을 제하고도 좀처럼 제명되지가 않는 인간이다. 그는 뒷걸음질한다. 어눌하고 조심스러운 동작이다. 순간 바닥이 기울어진다. 발끝이 전방을 향해 내몰린다. 그는 균형을 잃고 제자리에 나자빠진다. 자빠져서 잠시간 일어나지 못한다. "바닥을 짚는" "짚고 일어서는", 그러한 행위의 순번을 내내 잊고 지냈기 때문이다. 물론 잠시간이다. 기적은 다녀갔고 발끝의 감각은 회복되었다. 그는 세계라는 제로섬 게임의 최후 생존자다. 그래, 그럴 수 있다.

*

그는 그녀의 이름을 부른다. 나직하게 부른다. 그녀는 집에 없다. 그러나 그는 이제 그녀 없이도 삶의 여러 자질구레한 일들을 해결할 수 있다. 가령 그는 소변이 마렵다. 소변이 마렵다면 화장실에 가면 된다. 그녀에게 소변이 마려워, 등등의 부끄러운 욕구를 고백하지 않아도 좋다. 문을 열고, "문턱을 넘어", 변기 앞에서 바지를 내리면 된다. 그는 그렇게 해본다. 가능하다. 그의 면전에 무한히 가능한 세계가 펼쳐져 있다. 그는 자신에게 벌어진 이러한 기적을 여러 사람들에게 떠들어대고 싶다. 들을 사람이 많을수록 좋을 것이다. 그러나 그는 오래도록 어떤 사람과도 연락하지 않았다. 한마디로 이 소식을 전할 사람이 없다. 그는 오직 그녀와 살았다. 다리의 기능을 되찾은 걸 알면 그녀는 놀랄 것이다. 하기야 놀라기는 하겠지. 그다음엔? 그녀는 기뻐할까? 아니면……

그는 곰곰이 상상해본다. 아무래도 기뻐하지는 않을 것 같다. 오히려 아쉽다는 기색을 내보일지도 모른다. 이제 네겐 내가 필요치 않아. 자유로워지렴. 그는 고아가 된다. 때때로 자유로워진다는 말은 고아가 된다는 말과 흡사하니까. 그가 피랍된 사람의 심경으로 휠체어에 앉아 생각했던 것, 그것은, 네가 범인이야, 네가 내게 족처럼 놓여날 수 없는 삶의 선고를 종용했던 거야, 나는 네가 함부로 엎지를 수 있는 술잔이 아니야, 이러한 생각들이었다. 그 밖의 것? 그는 긴 시간 생존했다. 죽음의 위기를 겪지도 않았다. 그는 그녀가 마련한 재활과 복지의 희생자였다. 널 사랑해. 그녀의 발바닥이 시야를 끝없이 가로지르고…… 가로질러서…… 시야의 외곽으로 미끄러진다. 휠체어에 앉은 그의 시선이 전방을 바라보는 각도에서, 좌우로 45도가량…… 그것이 그에게 허락된 권리의 영토이다. 그런데 영토,라는 말은 무엇인가. 권리,라는 말은? 그가 정말 그것을 소유하기나 했던가.

그는 입을 다물고 있다. 휠체어에 앉아 낑낑, 소리를 내면 그녀가 왔다. 그는 입술을 힘주어 맞붙인다. 낑낑,은 종종 배가 고파,라는 뜻이 된다. 그녀는 속속들이 알아듣는다. 무언가가 불편하면 그는 입술을 꾹 깨물며 소리를 낸다. 그는 자신이 원하는 것이 무엇인지 정확하게 자각하지 못한다. 낑낑,은 일종의 기계적 반응이다. 낑낑,이 삶의 허황된 다음을 부추기고 있다. 그녀가 부엌 싱크대에 놓인 스테인리스 식판을 들어 올린다. 식판의 오목한 공란에 각기 종류가 다른 반찬들이 담겨 있다. 시래기로 끓인 국밥이 있다. 그는 국밥을 떠먹는다. 떠먹으면서 식판을 바라본다. 판판한 식판에 점차 그의 얼굴이 비친다. 가물가물한 얼굴, 윤곽이 벙벙하게 희석된 얼굴이다. 표면에 미세한 흠집들이 있다. 그는 수저로 식판을 긁어댄다. 그는 그에게 매 끼니 주어지는 식사를 거절할 수 없다.

입을 다무는 일, 그것은 침을 흘리지 않기 위해서이다. 그녀는 그에게 종이컵 하나를 가져다준다. 여기에 침을 뱉어라. 흘리지 말고 뱉어라. 물론 그녀가 이렇게 말하지는 않았다. 그녀는 매우 다감한 사람이니까. 부드럽게 말했겠지. 눈치를 살피면서. 여하튼 당시의 그에겐 침을 뱉을 수 있는 능력이 없었다. 침은 턱밑으로 미지근하고 투명하게 흘러내린 뒤, 마비된 허벅지 위로 뚝뚝 떨어진다. 그것은 바지 위에서 둥글게 번진다. 동심원을 그리면서, 게으른 물감처럼. 그녀는 매번 말한다. 수치심에 지지 마세요. 생활을 포기하지 마세요. 나를 위해서라도. 당신 마음 깊숙이 자리한 죽음의 인상을 적출하세요. 그는 마음속으로 되뇐다. 당신은 내가 그 명령을 수행할 수 있는 역량을 갖추고 있다고 생각합니까? 당신은 저를 과대평가하고 있군요. 당신에겐 저를 방기하는 일이 그토록 어렵고 고통스러운 일인 모양입니다……

그는 내려다본다. 그의 주위로 드리워진 그림자는 수목의 가느다란 나뭇가지들이 꼬아놓은 복잡한 그물망이다. 그는 휠체어 위에 말없이 앉아 있다. 일렁이는 그림자들의 움직임을 주시하고 있다. 이파리들이 바람에 휩쓸리면 그는 쨍쨍한 태양 아래 노출된다. 그림자가 되돌아오면 그는 후덥지근한 그늘 안에 사로잡힌다. 그는 생각한다. 그녀가 여기 있으라고 했지. "가만히" 있으라고. "가만히"가 거하는 장소는 아파트 단지 내부에 조성된 소규모 유원지다. 유원지 주위로 망연히 올려다보아야 하는 맨션들이 있다. 고층의 맨션들은 그에게 그림자를 내뻗고 있는 수목들보다도 무성하고 거대하며, 어지럼증을 자아내고, 층간의 수를 헤아릴 수 없을 만큼, 칸칸이 독립적인 생활의 목록들을 무화시킬 만큼 까마득한 마루들이다. 아이들이 유원지를 부리나케 뛰어간다. 그는 흐느적거리는 노인들을 본다. 신경이 곤두선 어머니들, 낡은 전역모를 쓴 남자들을 본다. 그는 앉은뱅이다. 그는 속수무책이다. 그는 이유가 없고 문득 정신을 놓아버린다. 생물 태양이 그의 앉은뱅이 뒷목에 빨대를 꽂고 있는 것이다.

*

그는 단 한 번도 (그의 명료하지 못한 기억에 의하면) 혼자 힘으로 현관을 나서본 전력이 없다. 거짓말이다. 아주 어린 시절, 그러니까 그것이 기억인지 꿈의 침몰한 잔해인지 모를 시절에, 그는 현관을 나섰고, 계단들, 그 깎아지른 낭떠러지들을 어정거리며 내려갔고, 당시 그는 자신의 신체를 온전히 통제하진 못했지만 적어도 몸을 제어하는 방법들을 차근차근 배워나가고 있었다. 배움의 기회를 빼앗긴 다음부턴 그 기회를 돌려받을 수 없었다.

신체에 관한 무지는 결정적이다. 그에게도 머리가 있고, 그에게도 절지된 관목(灌木)처럼 딱딱하게 말라붙은 손바닥이 있다. 그는 휠체어 팔걸이에 양 팔꿈치를 맞붙인 채 뭉툭한 손가락을 꼼지락거린다. 그에게도 그런 능력이 있고, 그는 닭목처럼 뾰족한 손끝으로 휠체어 바퀴를 도미노의 첫 피스를 쓰러뜨리듯 가볍게 밀어내는 방식으로 여기에서 저기로, 마치 최후의 이주를 달성하듯, 나아갈 수 있다. “문턱”이 존재하지 않는다면 말이다. 그는 상반신 아래서 벌어지는 일들을 모른다. 하반신은 소금에 절인 배추처럼 삭아 있고, 녹아버린 관절은 지나치게 물렁하여 틀에 넣어 굳힌 젤라틴 같다. 세계가 충분히 평평해진다면 좋겠다. 한없이 전진하고 가로지르고 되돌아갈 수 있을 만큼, 그녀의 보살핌이 필요치 않도록, 그렇다면 이미 장애는 제거된 것이다. 그는 구태여 양손으로 바퀴를 밀치지 않아도 될 것이다. 평평한 세계가, 유약을 바른 미끄럽고 유려한 세계가 그가 탄 휠체어를 저절로 끌어갈 것이기 때문이다.

앞으로는 그러한 세계를 바라지 않아도 좋다. 그는 기적의 주인공이 되었다. 그는 휠체어에서 일어섰고, 휠체어란 그에게 터무니없이 무용한 물건이 되었다. 휠체어는 뭐랄까, 고대의 장난감 같다. 그는 정말로 그렇게 생각한다. 그는 걷는다. 엄밀히 말해 집 안을 맴돈다. 그는 걸음마다 솟아나는 생활의 활기를 체험하고 있다. 마치 이 순간 세계와 그 자신이 진정으로 "발바닥"을 마주 대고 있는 것 같다. 그는 간다. 직접 간다. 얼쩡거리며, 절뚝거리듯 서투른 걸음걸이로, 걸을 수 있다는 사실에 최대한의 의미를 부여하면서 간다. 멀쩡한 다리를 즐기면서, 넘실거리듯 어깨춤을 추면서, 살랑살랑 엉덩이를 흔들면서, 홀로 자축의 온갖 무리한 동작들을 반복하면서, 잠들던 침실, 부엌, 현관, 그녀의 냄새가 배어 있는 안방으로 향하고, 베란다로 통하는 미닫이 창문 앞, 땡땡이 커튼이 절멸한 인간의 무상한 세계를 감추고 있는 그곳, 그곳에서, 차렷 자세를 취하려는 것처럼 갑작스레 멈춰 선다.

그는 곧 제 손으로 커튼을 걷고 창밖의 풍광과 조우하게 될 것이다. 풍광은 그에게 경악스러운 기분을 불러일으킬 것이다. 그에게 벌어진 모든 기적을 압도하면서, 일어난 기적을 한낱 희망의 파훼된 잿빛 부스러기로 해체하면서, 연이어 예고되지 않은 두려움이 그의 온몸을 점령할 것이다. 그는 떡 입을 벌린 채 도무지 입을 다물 생각을 하지 못할 것이다. 침이 흐르고 침을 들이마실 경황을 잃어버릴 것이다. 그러나 그는 아직 종말의 이미지에 노출되지 않았다. 거듭 강조하자면 세계는 망해버렸다. 세계는 인간의 것이 아니게 되었다. 왜 세계는 인간을 포기하면서 그를 함께 내버리지 않았나. 말하자면 그는 왜 "아직"도 사라지지를 못하는가.

지금, "아직"이 마련한 최후의 휴지(休止) 속으로 그녀가 입장하고 있다. 맨션 로비에서 엘리베이터를 탄 그녀는 엘리베이터가 떠오르는 와중의 둔중한 무중력 상태를 가만가만 느끼며 상단 모서리에서 순차적으로 숫자를 달리하는 전광판을 멍하니 주시하고 있었다. 예감이 좋지 않다. 그녀는 엘리베이터 안을 초조하게 배회한다. 무슨 일이 일어날 것만 같은데, 엘리베이터를 운반하는 와이어가 뚝 끊어져버릴 것만 같은데, 아니면 갑작스레 엘리베이터가 멈추고 철문이 열리며 피로 칠갑한 비닐 에이프런을 두른 도살자가 나타난다거나, 도륙된 머리들이 도살자가 승차한 층간의 심부에 가득 쌓여 있다거나, 이런 상상은 좀처럼 종잡을 수 없고 끝이 나지도 않는데, 다행히 그러한 일은 벌어지지 않고 있다.

집에 도착한 그녀는 열쇠로 대문의 잠금을 풀고 현관을 향해 들어선다. 그를 부른다. 그는 집에 없다. 거실은 적막하다. 그는 마치 외출한 것 같다. 외출……,이라니. 그것은 불가능하다. 휠체어는 거실 한복판에 텅 빈 채로 방치되어 있다. 뿐만 아니라 거무튀튀한 빛깔로 녹슬어 있다. 휠체어는 고물상에 처박힌 리어카 같다. 이상한 일이다. 그녀는 휠체어를 향해 다가선다. 거무튀튀하게 산화된 휠체어는 마치 백 년쯤 전부터 그곳에 방치되어 있던 것 같다. 백 년……, 그것이 가당키나 한 일인가. 그녀는 눈을 의심한다. 휠체어를 제외한 집 안의 정황은 평소와 다름없다. 오직 휠체어만이 시간의 폐차장에서 막 끌려 나온 모양새로 거실 정중앙에 우두커니 내팽개쳐져 있는 것이다.

녹슨 휠체어 뒤편으로 미닫이 창문이 있고, 미닫이 창문에는 여전히 땡땡이 커튼이 쳐져 있다. 커튼 뒤쪽에서 덜컹거리는 소리가 들린다. 맨션에 머리를 찍어대는 바람이 우우 흐느끼고, 그것은 마치 유령 같고, 활공하는 손바닥 유령들이 모가지밖에 없는 공동주택들의 길쭉한 외벽에 새빨간 페인트를 바르고 있다. 그녀는 어스름한 거실에 홀로 있다. 용도 폐기된 휠체어와 함께 있다. 그녀는 휠체어 손잡이를 힘주어 쥐어본다. 손안에 녹이 묻는다. 그녀는 걱정이 된다. 그는 정말 휠체어를 버리고 스스로의 힘으로 집을 떠나갔을까? 기어서, 골반이 빠진 연체동물처럼? 아니면 누가 그를 납치했을까? 어떤 이유로? 손에 묻어난 녹은 사실 타버린 그가 남긴 그을음이나 재 가루가 아닐까? 그러한 일을 "자연 발화"라고 한다던데…… 그녀는 여전히 무엇도 확신할 수 없다.

그녀는 휠체어를 밀쳐본다. 지금 휠체어는 닻을 내린 정물 같다. 바퀴가 움직이지 않고, 그녀는 휠체어 앞에서 기나긴 무력감에 사로잡혀 있다. 어제, 바로 어제까지만 해도 그녀는 휠체어에 그를 태운 채 동네를 산책했다. 불투명한 맨션의 창문들은 하나같이 더러운 수조를 연상시켰다. 그는 간혹 어설픈 손가락으로 어딘가를 가리켰다. 손가락이 지시하는 방향은 대개 울타리에 가로막혀 있거나 산책로로 어울리지 않는 장소였다. 그는 말이 없었다. 그들을 둘러싼 맨션은 종일 같은 자리에 서서 벌을 받고 있는 것처럼 보였는데, 또한 그녀는, '당신이 무슨 생각을 하고 있는지 모르겠다. 당신에게도 박약에 휩쓸리지 않은 의식의 뒤꿈치라는 것이 존재하는지 전혀 모르겠다', 등등의 나쁜 생각에 시달리고 있었다. 이게 다 백 년 전의 일이라고 하니 모든 기억이 멀어지고, 아스라해지고, 그녀가 매우 어리거나 태어나지 않았거나 늙고 쇠약하고 이미 죽은 사람처럼 여겨져 정말 휠체어의 바퀴가 백 년 동안 녹슬고 망가진 건지 그녀가 휠체어를 밀칠 만한 힘을 상실한 건지 잘 모르겠다. 세계에서 인간이 증발하고, 헛헛한 의식이 먼지구름처럼 대기 위로 흩어지는 것만 같다.

*

그는 커튼을 걷고 창밖으로 드러난 세계를 본다. 창밖엔 무엇이 있나. 어떻게 서술해야 폐허의 삐뚤빼뚤한 능선을 온전히 박리할 수 있나. 그것은 물어뜯는다. 나눠서 처분한다. 헐값에 팔아버린다. 그것은 나열하고 그것은 넘어뜨린다. 그것은 잡아 빼면 줄줄이 끌려오는 파열의 포말들이다. 그는 본다. 그녀의 턱밑, 길거리, 야외 변소, 음울한 국공립 초등학교의 먼지 쌓인 청소함들, 판서가 금지된 칠판들, 녹색 안개를 퍼뜨리며 날아가는 공중 로켓, 자물쇠가 빠진 과거와 미래의 조립식 창고들, 망해버린 양장점의 정중한 마네킹, 차단기를 내린 지하 주차장들, 봉안된 납빛 유골들, 옥상에서 발사되는 자축용 축포, 연석을 넘나드는 오토바이들, 나선 뿌리를 더듬는 파란 빛깔의 소년들과 엉덩이가 바닥까지 처진 늙은이들의 무리, 굴종하는 골격들, 어기적거리는 행렬, 망치를 휘두르는 풍향계들, 타액과 음악, 피떡이 된 돌담들과 돌담 난간에 박힌 월담 방지 파편들, 자위용 침실, 사체의 생태에서 폭등하는 능청스러운 사면발니들, 공사장의 가설 숙소, 소녀가 억류된 굴뚝, 오물이 모여드는 저지대, 첨벙거리는 헛것 태양, 부러진 삽자루들, 막 용접된 함석 몽둥이 위에서 서서히 식어가는 깜부기 빛, 색색으로 해어진 정글복들, 뇌 속의 탄환, 누유, 누적되는 정욕의 흡혈 거머리들, 고갈, 짓밟힌 잔디들, 목욕하는 갈빗대, 폐기 정유가 흘러드는 구덩이, 웅덩이를 건너뛰는 구겨진 발목의 고무장화들, 손가락을 꼽듯이, 버려진 거치대마다 수북하게 겹쳐진 자전거, 너덜거리는 광고 전단, 비존재의 건더기들, 분뇨, 기흉 발작, 치매, 공황장애에 시달리는 쇠약한 "민무늬 뱀"들, 드럼통, 난파선, 의자를 겁박한 전봇대, 모퉁이를 돌면 나타나는 홍성거리는 술집들과 지퍼를 내린 중년 여성의 등짝, 울먹거리며 엎질러지는 혓바닥들, 돌담에 눌어붙은 검질긴 젤리들과 맨홀의 둘레로 삐져나온 싸구려 신(神)의 검은 소맷부리, 대형 병원의 청회색 복도에서 울리는 수다스러운 비명들, 전극이 빠진 의료용 변압기들, 지하에 붙박여 있는 이형(異形) 철근들, 상하수도 시설, 꿈틀거리며 밀려가는 강물의 아무개 살점들, 치아를 살살 녹이는 고형 악취, 생식하는 신체, 분열의 행간에서 찐득하게 새어 나오는 젓갈들, 개들이 탐닉하는 헌신짝, 낙수로 빈속을 채우는 얼빠진 청동상들, 거짓 물체들, 빛을 단속하는 창문과 창문 뒤에서 내다보는 사람들, 내다보지 않는 사람들, 고적한 길거리를 휘청휘청 걸어가는 남자, 남자 앞을 막아서는 헬멧을 쓴 남자들, 번쩍 터지는 외눈박이들, 쫓겨난 흥분, 장착된 성기, 소년의 마른 어깨에서 연이어 미끄러지는 헝겊 가방끈…… 소년은 존재하지 않는다. 어머니는 존재하지 않는다. 여자가 존재하지 않고, 남자가 존재하지 않고, 그것들 모두가 존재하지 않고, 밤은 존재하지 않고, 장대에 꿰인 낯, 포로가 된 낯, 마스크를 착용한 낯은 존재하고, 궤멸된 세계는 존재한다. 얻어맞은 세계는 존재한다. 피랍된 세계는 존재한다. 파리한 조각상은 존재한다. 뒤집힌 하늘을 가로지르는 비행기, 열 개가 훌쩍 넘어가는 잘린 발가락들은 존재한다.

그는 단정하고 냉담하다. 겉보기엔 그렇다. 가교가 무너져 있다. 들끓는 아스팔트 위로 흙더미가 용솟음친 자리들이 있고, 일렬로 찌그러진 승용차들이 차폐된 채 멎어 있다. 압착된 차량마다 연기가 피어오르고, 스키드 마크의 흐트러진 실선들이 차량들 주위를 어질어질하게 에워싸고 있다. 공중은 전체적으로 혼탁한 먼지에 짓눌려 있다. 두부가 깨진 맨션들 아래로 괴사한 콘크리트의 잔해들이 해안의 테트라포드처럼 간격 없이 쌓여 있다. 창틀이 쟁쟁하다. 무언가 쪼개지는 소리, 으깨어지는 소리, 떨어져서 산산이 부서지는 소리가 들리고, 그러한 소리들은 또한 들리지 않고, 귀가 먹먹해지고, 그것이 들리거나 들리지 않는다는 사실이 문제가 되는 것은 아니다. 창틀이 거칠게 덜컹거린다. 균열은 서서히, 그러나 끈질기게 광경을 집어삼킨다. 폐허는 포화 상태이고, 뽑힌 가로수들은 더 이상 일어서지 못하며, 고집스럽게 입을 다물고 있던 주거 용적들은 지하의 내막을 장엄하게 개방해준다. 불 꺼진 편의점 옥상으로 박살 난 비행체가 박혀 있다. 아스팔트 아래의 엄폐된 침실에서 다리가 일곱인 벌레들이 범람하고, 벌레들에 의해 뒤덮인 콘크리트 위에서 잡스러운 악다구니가 벌어진다. 터진 파이프가 물보라를 토해내고, 물먹은 암석들이 빠르게 어두워지며, 수면 아래까지 늘어진 전선들에서 불꽃이 탁탁 일어난다. 전류가 흘러든 암석들이 부르르 진동하고, 밀봉된 쓰레기들, 토사에 버무려진 쓰레기들이 저절로 기립한다. 불활성, 어스름, 녹황색 스모그가 폐허의 짓이겨진 곡면을 희끄무레한 명암으로 누그러뜨리고 있다. 차가운 수술대 위에 개복 수술을 받은 지구가 누워 있다. 그는 샅샅이 본다. 아스팔트 중앙에 거대한 구멍이 있고, 구멍 아래로 우우 통곡하는 지하 주차장의 빈 동(洞)들이 있고, 꺼져드는 구멍의 테두리가 점차 넓어지는 와중이다. 황폐한 덤불들이 삭막하게 갈라진 시가지의 곡벽들을 우글거리며 봉합하고 있다. 부유물들은 어디든 내걸리고, 외부로 삐져나온 신경병적인 쇠파이프들이 떠다니는 유실물들의 날갯죽지를 갈기갈기 찢어버린다. 폐허의 능선으로 말할 것 같으면 암석의 파도가 무수히 덧붙여져 잔해 그것이 원래 위치했던 자리를 복원할 수가 없는 형국이다. 세계는 잔해를 알리바이로 어딘가 비밀스러운 곳으로 물러날 권리를 획득한 모양이다. 여기서 인간은 당신이 당신의 와이셔츠 위에 튄 붉은 얼룩을 지우기 위해 화장실에 가서 얼룩을 세숫비누로 박박 문질러대는 속도로 사라져버렸다. 혹은 그것은 당신의 자율신경계 틈새에서 지금도 하얗게 사그라지는 부재의 잔상이 소각되지 않고 지속되는 필름의 트랙으로, 트랙이 싣고 가는 운동의 악무한을 투사하는 백색 칸막이들이 여기 좌초된 채 쪼개진 빛과 분화된 볼륨을 집어던지는 사유의 빈손처럼. 없지 않음으로 이야기할 수밖에 없는 있지 않음처럼. 그것은 모든 과정을 앞지르면서 당도한 실상이며, 생각의 하반신을 잘게 부수면서 도착한 훗날의 생각, 시간이 와해된 훗날과 훗날, 한계를 갱신하는 생각과 미래로 날아가는 세계의 교착 지점, "적색 맨션", 부서진 입방체, 흐트러진 먼지구름의 세계이다.

그는 기적과 함께 찾아온 이러한 악몽을 무연한 표정으로 응시하고 있다. 다리에 힘이 풀리고, 무릎이 후들거리고, 그러나 그는 아직 창문 앞에 서서 무언가 다른 생각을 시도해보고 있다. 세계는 꿈이고, 그의 기적은 꿈이 아니다. 기적은 꿈이고, 세계는 꿈이 아니다. 그는 그러한 괴이한 깨달음들을 결사적으로 부정한다. 불우한 안간힘들이 그의 골반 아래에서 각개격파를 당하고 있다. 그는 지금도 자신이 맥없이 쓰러지거나 고꾸라지지 않고 창밖의 광경을 내려다볼 수 있다는 사실에 약간 기분이 좋다. 약간, 비록 약간이지만. '보기엔 저래도 저 아래에는 아직 살아남은 사람들이 있을지도 몰라. 그 사람들에게 가서 말해야지. 저는 원래 심신이 닳아버린 불구에 병신이었어요. 유일하게 슬픈 게 있다면 저를 돌봐주던 그녀를 영영 잃어버렸다는 사실인데요. 그녀는 저보다 먼저 죽는 것을 항상 두려워했지요. 그 몰골로 늙어갈 제가 무진장 안쓰러웠

던 모양인데……, 보세요. 저는 그녀 없이도 이렇게 잘 살아가고 있지 않습니까.'

생각의 탄갱에서 되풀이되는 의식의 삽질은 무엇인가. 그것은 무슨 의미를 지니고 있고 그것은 또 무슨 비의미를 지니고 있지 않은가. 그곳에서 젓가락도 없이 도시락을 까먹는 일은 무엇인가. 그는 무엇을 목격할 수 있나. 상상의 박리다매로, 돌무더기, 돌무더기, 돌무더기들 사이로, 돌무더기 틈새로 포자를 내리는 균체, 만발한 덩이버섯의 비틀린 화환들을 상대로, 그는 무엇을 발견해야 하고 눈을 가늘게 뜬 채 어떤 초월적인 환영과 마주해야만 하는가. 어떤 내재적인 외양간을 구축해야만 하는가. 가령 그는 볼 수 있다. 붕괴된 맨션들 사이로 한 채의 붉은 망루가 솟아난다. 한 동의 "적색 맨션"이 자라난다. 자라나는 것이 아니다. 그것은 애초부터 거기 있었던 것, 단지 시가지를 감도는 먼지구름들에 의해 여태껏 발각되지 않았을 따름이다. 그는 믿을 수 있다. 암석들과 폭침된 여타 맨션들 사이로 "적색 맨션"의 형상은 너무나 분명하고, 적색, 적색이라면 말라비틀어진 녹음의 빛깔, 그것은 창밖에서 꿈틀꿈틀 부어오르는 "여섯번째 손가락", 수산양의 음경, 도깨비의 산문(山門), 부감하는 새들의 한가로움을 쏘아 떨어뜨리는, 혹은 견실하고 위생적인 생물의 눈동자에 전근대적 질병들을 수혈하는 감염성 주사기, 지금껏 박살 나지 않은 맨션이 존재한다는 사실이 참 신비롭구나. 신비로워서 만지고만 싶구나. 이것은 망상인가 망상이 아닌가. 망상이면 또 어떤가. 그는 "적색 맨션"을 향해 눈을 부라린다. 모래바람이 헐거운 창문으로 우르르 부딪친다. 그는 시선을 거둬들이지 않는다. '대문을 열고 밖으로 나서면 나는 죽는 건가. 먼지구름을 마시고 콜록콜록 기침을 하며, 예컨대 나의 흉부가 한밤의 모래사장이 되는 건가. 그곳에 발을

디디면 나의 발바닥, 나의 기적적인 발바닥이 참 서늘할 것이다.'

*

그녀는 그를 기다린다. 그녀는 전기밥솥에 밥을 안치고, 으레 그래왔던 것처럼 식판의 각 공란에 무치거나 볶은 찬들을 나눈다. 찬이 정갈하게 담긴 식판은 녹슨 휠체어의 다용도 받침대 위에 놓여 있다. 만약 이곳이 백 년 후……, 혹은 백 년 전의 거실이라면, 그녀는 계속해서 그를 기다리고 있다. 기다리기만 한다. 창문을 닫아놓고, 땡땡이 커튼을 쳐둔 채, 녹슨 휠체어에서 풍기는 매캐한 냄새를 맡으며, 그녀는 아무쪼록 그가 무사하기를 빈다. 그녀는 자신이 그에게 매우 모진 인간이었다고 생각하고, 그가 자신으로 인해 상처를 받았으면 어쩌나, 내내 함께 있어주지 못한 자신을 책망해본다.

그리고 그녀는 아무것도 하지 않는다. 이번에 그녀는 거실 벽에 등짝을 기댄 채 앉아 있다. 리모컨을 쥐고서 말이다. 그녀의 눈앞엔 꺼진 텔레비전이 있고, 깜깜한 브라운관에 비친 자신, 희붐한 음영으로 윤곽이 흐릿해진 자신이 있다. 미진한 움직임, 혹은 몇 가지 사소한 자세들의 불안한 교차. 그녀는 대체로 얼떨떨하게 침묵한다. 어쨌든 그녀의 눈에 들어온 그녀 자신의 모습이 그렇다.

한편 그는 걷는다. 베란다를 등지고, 휠체어를 지나, 현관에서 슬리퍼를 신고, 대문을 열고, 가로로 이어진 맨션 복도를 통과해(복도 난간에서 맨션 아래를 내려다보지 않고), 닫힌 엘리베이터 앞에 도착한다. 버튼을 누른다. 난간 아래로 허물어진 굴다리가 있고, 몇 대의 덤프트럭들이 무너진 돌무더기들 사이에 매몰되어 있다. 완만한 시멘트 구릉이 좌초

된 굴다리 틈새로 봉긋하게 솟아 있다. 그는 엘리베이터의 층수를 표시하는 전광판을 본다. 전광판은 아무런 숫자도 표시하지 않는다. 전기가 나가버렸기 때문이다. 엘리베이터에서 등을 돌리고 곧이어 그는 비상계단으로 통하는 철문을 연다. 철문이 삐걱거리는 소리를 낸다. 이윽고 계단, 계단, 계단들이다. 곰팡이 냄새가 나는 정신의 지루한 하향이다.

그가 계단을 내려가는 동안 그녀는 무엇을 하나? 잔반이 식어간다. 찌개가 혼탁해지고, 식판의 세 홈에 나누어놓은 반찬들이 거무스름해진다. 오징어초무침이 굳어간다. 배추겉절이가 쉬어간다. 정신의 빈틈에서 막 생성된 초파리들이 밀폐된 거실 안을 정신없이 날아다닌다. 그녀는 시선으로 초파리들의 움직임을 좇는다. 거짓말이다. 눈앞에 주어진 것들, 시각적인 효과들, 안구를 쥐어짜는 머릿속 망상들, 매듭을 산출하는 윙윙거리는 궤적들. 그러나 그녀는 자신의 시야 속으로 들어온 그 어떤 대상도 쉬이 자각하지 못한다. 정신의 둔화에 어울리는 가장 나긋한 정황은 어떤 걸까? 가령 그녀가 앉아 있고, 앉아 있고, 엉덩이가 따갑고, 그녀는 흐르는 시간을 거의 느끼지 못하고, 앉아 있고, 그야말로 자신의 엉덩이를 결사적으로 수호하는 사람처럼, 넋을 놓은 채로, 경미한 고독과 함께.

계단은 끝이 없고 어쩌면 영원히 이어질 수도 있다. 그는 종말을 향해 반송되었다. 그와 그녀 사이에 백 년가량의 간극이 있다. 간극은 계단의 개수만큼 무한히 길어질 수 있다. 그와 그녀는 동시적으로 서술될 수 있다. 그녀는 마지막까지 아무것도 하지 않을 수도, 그는 마지막까지 내려가는 행위를 그만두지 못할 수도 있다. 어쨌든 그는 제 걸음을 포기하지 않는다. 계단이 출현하면 계단이라는 장애를 넘어뜨려야 한다. 그는 한다. 오랫동안 한 걸음도 떼지 못했기 때문에, 앞지르면 다시 앞서가는 두 다리의 움직임 자체가 매우 경쟁적으로 여겨지기까지 한다.

그녀가 그를 진정으로 걱정했다면 벌써 그를 찾아 동네를 들쑤시고 다녔겠지. 그러나 그녀는 내내 제자리에 있다. '더 잘해줬어야 됐는데. 잘해주고 잘해줘서 그가 불편을 느끼지 못하게끔. 내가 그의 입이 되고 발이 되고 눈이 되고. 내가 대신 걷고 내가 대신 자줬어야 됐는데.' 그녀는 생각한다. '헛꿈은 그만 꾸고 다음 일을 고민해보자. 다음, 내게도 그런 시간이 주어진다면 말이야.'

'내가 이미 한 번 죽었고 죽어버린 몸이고 이곳이 내 죽음을 딛고 일어선 세계라면 나는 어떻게 죽지? 피로가 재활의 의지를 압도한다면? 나의 삶이 나를 에워싼 육체의 유해에 불과하다면? 나는 누워 있거나 제한적으로 앉아 있지. 식사를 하고 침을 흘리지만 말을 하거나 노래를 불러보았던 기억은 없고. 나는 나를 의식하지만 의식에 흘레붙은 독사의 모가지를 단숨에 틀어쥐지는 못하지. 나는 그녀 없이는 죽지도 못하지만 그녀가 나를 살게 해주는 것은 결코 아니지. 나는 나를 어떻게 해버릴 수 없고 그녀라면 나를 어떻게 해버릴 수 있겠지만 그녀가 어떻게 해버리는 사람은 내가 아니지. 절대로 내가 되지 못하지.'

그는 생각하면서 기분이 좋다. 그것이 지나가버린 생각이라는 것이 기쁘고, 지나가버린 생각을 지나치게 지나치면서 그는 퇴락한 계단을 뛰어 내려간다. 그의 다리가 경박하게 쟁강거린다. 층수가 낮아질수록 전방이 캄캄해진다. 먼지의 밀도가 상승한다. 한 치 앞을 분간할 수 없다. 이때 그는 발에 맞닿는 바닥의 딱딱한 감각에 제 몸 전부를 의탁하고, 계단의 칸칸이 일정한 높낮이를 갖는다는 사실을 전적으로 신뢰하고 있다. 어쩌면 믿음이란 그런 정도의 기대이고, 먼지 구덩이 속에서 빠르게 교차하는 왼발과 오른발에 불과할지도 모른다. 그는 계단을 빠져나간다. 숨을 고르며 맨션 로비에 도달한다.

그녀는 여태 거실에서 그를 회상하고 있다. 그는 끔찍한 외모의 소유자였다. 이목구비는 그야말로 억지로 붙여놓은 모양새였다. 그녀는 종종 그를 눕혔고 그는 아장거리듯 짧은 팔을 뒤흔들었다. 그녀는 그의 옷을 벗겼다. 그녀에게도 그녀가 기억하지 못하는 그의 표정이 있었다. 그녀는 그를 욕실로 데려갔다. 그는 저항하지 않았지만 무거웠다. 무거웠기에 욕조에 집어넣을 수도 없었다. 그는 욕실의 타일 바닥에 그를 앉혔다. 그는 침을 흘렸다. 타액이 샤워 호스에서 쏟아진 물줄기를 타고 떠내려갔다. 목욕을 마친 후 그는 한동안 발가벗은 채 거실에 드러누워 있었다. 몸을 말리기 위해서였고, 그녀는 한 차례 그를 뒤집었다. 이후 그는 부쩍 위축되어 있었다. 그것은 매일의 일과였다. …… '그의 존엄에서는 입욕제 냄새가 난다.' …… '언제나 향긋하지는 않지만 말이다.' …… 그녀는 회상을 마친다. 그가 떠난 휠체어에 앉는다. 짤막하게 흐느낀다.

*

시가지에서는 인기척을 찾을 수 없다. 인기척을 발굴하는 일 자체가 무용할 지경이다. 무너진 콘크리트 축대를 밟자 암석을 뒤덮고 있던 벌레들이 수십 갈래로 흩어져간다. 매연이 지독하다. 그는 돌멩이를 쥐고, 던지고, 스모그 아래로 풍덩 가라앉는 돌멩이를 바라다본다. 그는 통과한다. 흉물스럽게 절단된 전선들, 철거된 상가, 출처를 알 수 없는 옷가지들이며 무질서하게 널브러진 유류품들 사이를, 걷어차면 날아가

둔탁한 소리를 내는 돌멩이들 사이로, 그러나 여전히 전방을 가로막는 허물어진 맨션들, 시가지 외부로 밀려나온 쇠꼬챙이들, 지금도 진행 중인 붕괴의 위험천만한 기울기들을 향해. 그는 손바닥으로 입을 틀어막은 채 "아무도" 없는, 정작 자신은 그러한 "아무도"에 해당되지 않는 시가지를 걸어간다.

분화구에서는 유황 냄새가 난다. 그는 우묵하게 파인 분화구를 우회하고, 도넛 모양으로 겹쳐진 암석들 사이를 가벼이 건너뛴다. 멀리 그의 목적지인 "적색 맨션"이 어슴푸레하다. 그것은 시가지 한복판에 홀연히 서 있다. 좀처럼 가까워지지도 않는다. 그는 소리친다. 그는 폐허를 등반한다. 눈앞의 봉분이 아래로 꺼져든다. 그는 균형을 잡기 위해 팔을 널찍하게 펼친다. 비탈 아래로 조각난 암석들이 굴러떨어진다. 이곳엔 202동이 있었고 204동이 있었지…… 공원이 있었던 것도 같고…… 맞은편 교각 위에서는 차량들의 행렬이 교통 체증을 앓고 있었지……, 얼마나 변변찮은 세계였는지. 그는 쉬이 장소를 특정할 수 없는 동네 어귀를 지나고 있다. 이곳은 그곳쯤이 아닐까……, 헛된 추측을 남발하면서 말이다.

"적색 맨션"은 그의 걸음마다 조금씩 뒷걸음질하고, 그를 골리듯 물러서면서도 시야에서 사라질 만큼 멀리 가버리진 않는다. 그런 느낌이다. 그는 약이 오른다. "적색 맨션"이란 단지 구덩이 위로 펄펄 피어나는 먼지의 환영에 불과할지도 모른다. 신기루나 오로라, 섬광의 관(管) 속을 회오리치는 관념의 분해된 입자들인지도. 하늘은 어둡다. 구름은 때에 절은 걸레 같다. 그는 세계의 실상을 서서히 깨닫고 있다. 그러나 이러한 깨달음이란 그가 체험한 기적만큼 선연하지는 못하다.

그만두자.

삽자루가 부러져버린다.

파헤쳐진 무덤 안에서 생환한 도살자는 에이프런 차림에 물기로 번들거리는 수술용 장갑을 착용하고 있다. 도살자가 있는 장소는 내벽에 광택을 발라 굳힌 어느 콘크리트 큐브이다. 어마어마한 몸집의 황소가 큐브 천장의 사슬에 수직으로 결박되어 있다. 흙빛 머리가 무성의하게 제작된 경극용 가면 같다. 가죽은 윤기가 흐르지 않는다. 튀어나온 혓바닥이 파랗고, 어슷하게 자란 뿔이 토막으로 잘려 있다. 어쨌든 황소는 평온한 표정이다. 여느 황소들과 마찬가지로. 도살자의 허리가 죽은 황소의 뒷발에 차일 때마다 달랑거리는 창자들이 갈라진 단면으로 구불구불 삐져나온다. 도살자는 거구(巨軀) 황소의 배 속에서 내장을 들어내는 작업을 진행하는 와중이다. 복부에 꼬챙이 모양의 끌개를 집어넣은 다음, 그것을 앞뒤로 뒤흔드는 것이다. 뒤섞인 살점이 장화 밑창으로 질펀하게 짓밟힌다.

처음엔 아주 날렵하고 뾰족한 연장을 사용해야 한다. 단번에 짐승의 목숨을 빼앗을 수 있도록, 고통 없이, 빠른 처방으로. 그다음엔 끌개나 정을 사용해 짐승을 뜯고 부수고, 몽둥이질을 한다. 도살자는 실외로 나간다. 눈부신 날씨, 따가운 빛, 쾌청한 하늘. 도살자는 유원지의 공용 개수대에서 에이프런을 빤다. 미간을 찡그린 아이들이 개수대 옆을 종종거리며 지나간다. 아이들은 기가 질려 있다. 석탄 찌꺼기며 기름때가 묻은 아이들의 얼굴에서 움푹 꺼진 눈두덩이 샛노랗게 멍들어 있다. 그는 아이들을 향해 다가간다. 정수리를 쓰다듬는다. 아이들은 소심하고 온순하다. 아이들의 맨발은 그들이 밟고 있는 공원의 진흙과 거의 분간되지 않는다. 몇몇 아이로 말할 것 같으면 머리에 깁스를 두른 채 목발을 짚고 있는데, 목발 끄트머리가 진흙 구덩이에 빠져 도무지 옴짝

달싹할 수 없는 처지이다. 도살자는 앞장선 아이에게 제 요대에 차고 있던 발골용 단검을 쥐여준다.

"자, 이걸로 날 찔러봐." 그는 진지하게 말한다. 실실거리며 말하진 않는다. 그러나 아이들의 입장에서 그는 실없이 농을 하고 있는 사람으로 보일지도 모른다. "이런 일도 해봐야지." 아이는 주저하다 단검을 떨어뜨리고, 단검은 진흙 아래로 더디게 가라앉는다.

그때 그들 옆으로 군용 트럭 한 대가 지나간다. 진흙에 바큇자국이 팬다. 트럭 짐칸으로 깃발이 나부끼고, 깃발 아래로 덕지덕지 겹쳐진 인간의 사체들이 부패한 짚단처럼 한가득 쌓여 있다. 사체들은 모두 진흙이 발린 알몸들이며, 고깃덩어리들이다. 깃발이 펄럭거린다. 아이들이 트럭을 가리킨다. 왜소한 손가락들이 트럭이 나아가는 방향으로 흐른다. 경례. 반복. 그는 한다. 그을린 마후라 바깥으로 배기가스가 뭉게뭉게 피어오른다.

"쉿!"

그는 울기 직전의 아이들을 진정시킨다.

어느 날 도살자는 죽은 황소의 무덤 앞으로 간다. 황혼 무렵이다. 무덤 측면의 갈아엎어진 자리로 이가 빠진 삽 한 자루가 꽂혀 있다. 도살자의 삽이다. 그는 황소를 도살하고, 관을 짜고, 땅을 갈고, 소를 매장하며, 포획한 황소를 발골 현장인 콘크리트 큐브로 운반하고, 황소를 한갓 정육된 고깃덩어리들로 해체하며, 무덤을 파고, 무덤 아래 좀처럼 파묻혀지지 않는 자신을 대신 파묻는다. 그런 기분이다. 그는 한 마리의 짐승을 도축하는 일에 하루의 절반을 소모한다. 약속한 시간이 되면 시신을 운반했던 군용 트럭이 도착해 해체된 황소를 전부 싣고 간다. 매장할 주검이 남아나지 않는 것이다. 그는 다시 황소의 무덤을 짓는다. 이때 무덤 아래 매장된 것은 황소가 아니다. 세계엔 인간의 사체가 널려 있다. 그는 세계가 종말에 이르길 꿈꾸고, 밀폐된 콘크리트 큐브 안에서 그러한 일을 상상하는 것은 아주 쉬운 일이다.

도살자는 수레의 적재함으로 황소를 인도한다. 황소는 빈사 상태에 빠져 있다. 엉덩이에 최루액을 주사한 다음부터다. 거품을 물고 있는 황소는 제 의식을 저버리기는커녕 집요한 시선으로 전방을 응시한다. 가여운 얼굴이다. 도살자가 수레를 밀고 간다. 그가 나아가는 지대는 아직 사후 처리가 이루어지지 않은 날것의 천변이다. 수면에는 익사자들이 허우적거리고, 총탄에 맞은 군인들의 해골이 무성한 수풀 사이로 휑하니 굴러다닌다. 악취가 코끝을 마비시킨다. 강어귀에 즐비한 사체들은 서로를 끌어안고 있고 동시에 개개의 고독 속에서 잠자코 누워 있다. 무수한 사체들을 목격했지만 기억에 남는 얼굴은 없다. 무수한 돌멩이들을 목도했지만 기억에 남는 돌멩이가 없는 것처럼. 수레가 지나가면 사체들은 짓밟힌다. 으스러져 진물이 배어나지만 아무런 소리도 내지 못한다. 시간이 완전히 빠져나간 사체들은 육체 범벅이다. 그것들은 쉬이 섞이고 헝클어지며 내외를 구별할 수 없다. 그것들을 그냥 육체,라고 부르는 일이 나쁜가. 도살자는 생각한다. '내가 얼마나 많은 육체들을 도축했으며,

또한 되팔았는데!'

"적색 맨션"은 스모그에 둘러싸여 있고 스모그는 마치 맨션을 호위하는 것처럼 보인다. 맨션은 그림자로 세워진 벽이다. 피고름에 절은 탈지면이다. 빗금으로 빼곡한 칠판이다. 그 벽 안쪽에도 거주하는 사람들이 있다면 그들은 스모그에 휩싸인 세계를 관람한다. "적색 맨션"을 마주한 도살자는 달랑거리는 에이프런의 매듭을 정갈하게 교차시킨다.

맨션 창밖을 내다보는 사람들은 불만이 많다. 불만의 계기는 엇비슷하다. 하품이 맨션의 지층들을 무덤처럼 뚱뚱하게 부풀리고 있다. 그가 허리춤에서 연장을 꺼내든다. 칼끝이 구부러진 작달막한 단검이다. 도살자가 팔목을 허공으로 두어 번 휘젓는다. 맨션의 목숨이 경각으로 치닫는다. 도살자가 맨션을 향해 단검을 겨눈다! 그것을 내리꽂는다! "적색 맨션"은 졸지에 사경을 헤매버린다. 맨션의 급소가 경직된 근육으로 인해 불룩하게 솟아오른다. 도살자가 박힌 단검을 비틀어 뽑는다.

비실비실한 "적색 맨션"은 지금 거세된 황소나 다름없는 몰골이다. "적색 맨션"을 취급하는 그의 동작은 몇 획이 채 되지 않는다. 그는 여태껏 도살을 주저해본 적도, 제 생업을 후회해본 기억도 없다. 맨션은 서서히 창백해지고, 이내 딱딱하게 괴사하기 시작하며, 그는 맨션이 완전히 굳어버리기까지의 짤막한 시간을 놓치지 않는다. 맨션 안쪽은 증기를 지피는 창자들, 생물의 내적 운동을 모사하는 기묘한 육체 실린더들이 가득하다. 창자들은 비대하고 사이사이로 지방이 끼어 있다. 증기에서 타버린 그리스 냄새가 난다. 창자들을 결속하는 수관(水管)들은 가느다란 인공단백질을 꼬아 만든 중층적이고 조직적인 행렬인데, 수관에 끌개를 걸고 그것을 바깥쪽으로 당기면 수관에 매달린 창자들이 대번에 끌려 나온다.

창자들을 모두 제거한 도살자는 이번엔 척추를 중심으로 맨션을 두 갈래로 해부한다. 피가 덜 빠진 맨션은 단검을 박을 때마다 움찔거리고 환부로 야윈 핏물을 찔끔찔끔 내비친다. 이때 그는 한 명의 인간을 해치려는 마음이지만 어디까지나 한 마리의 짐승을 도축하려는 태도를 유지한다. 태도는 그의 숙명이다. 원망 속에서 분개의 내압 속에서 상심과 상심이 키워낸 만개한 자의식 속에서 그는 육체의 규격을 측

량하고, 그것을 어지간히도 망각하지 못하는 사람이다. 칼날이 낙하한다. 도막 난 맨션의 부위들이 콘크리트 큐브의 철제 테이블 위로 척척 쌓인다. 도살자는 테이블 앞에서 칼날을 두들긴다. 이윽고 맨션은 아주 잘게 다져져서 혼미한 더미가 되고 그것의 까마득한 형상을 모두 잃어버린다. 높게 치솟아 있고 먼지구름에 속해 있고 그래서 좀처럼 정체를 헤아릴 수 없던 "적색 맨션"이 무릎을 꿇고, 무릎을 잃고, 물큰한 건더기로, 비존재의 점액으로, 환란의 조작된 육체들로, 스멀스멀 누그러지는 것이다.

작업을 마친 도살자가 지저분한 육체들이 산재한 도마 위로 칼날을 내리박는다. 마스크를 벗고, 에이프런을 벗고, 도살자는 방금 다져진 고깃덩이들이 운반될 군용 트럭을 기다리고 있다. 침착하게, 거칠게 뛰는 심장이 정상 궤도를 회복하길 바라면서, 도살자는 큐브 모서리에 쭈그려 앉아 숨을 고른다. 큐브는 썰렁하다. 도살자의 숨소리가 나긋나긋한 간격으로 잦아든다. 도살자는 눈을 감은 채 자신의 호흡을 듣고 있다. 엿듣고 있다. 찌그러진 타원형으로, 부옇게 흩어지는 입김을 상상하고 있다. 메아리. "적색 맨션"은 간데없이 희미해진다.

*

그는 멈춘다. 무너진 야외에서 그는 더 할 일이 없다. 온갖 출구에 버젓이도 고무패킹이 씌워진 생각들이 좀처럼 진척될 기미를 보이지 않는 것이다. 지금 기적은 기적이 아니라 불청객 같기도 하고, 그저 멍청할 따름이어서 눈치가 없는 것처럼도 여겨지는데……, 만일 기적이 도래하지 않았다면 어땠을까? 좀더 문제적인 생각들, 문제적인 망상들을, 아무래도 "적색 맨션"보다야 그럴싸한 환영의 칸막이를 제작하지는 않았을까? 휠체어에 앉아 손장난을 하고 있지는 않았을까. 번개에 맞은 듯 쨍한 느낌의 손장난들을, 왼손이 오른손을 압류하는 그러한 체험들을 말이다. 그는 발등으로 돌멩이를 뒤집어본다. 물론 아무런 글씨도 써져 있지 않다. 그것은 암시의 조각보가 아니다. 수수께끼가 아니다. 그것이 무엇이든.

백 년……(그러나 이러한 시간의 "사용"이 대체 무슨 의미를 지니고 있는가?)의 간격 바깥에서 그녀는 떠올린다. 아슬아슬한 기억이다. 그때 그녀는 동떨어진 거리에서……, 예컨대 전봇대 뒤에 숨어 휠체어 너머로 한 발도 떼지 못하는 그를 바라보고 있었다. 대낮의 유원지였다. 유원지에서는 개들 — 시추나 요크셔테리어, 스피츠 들 — 이 뛰어다녔고 아이들의 빽빽거리는 웃음소리가 들려왔다. 몇몇 아이들이 인공호수 가운데서 물장난을 치고 있었다. 가로수의 새파란 이파리들이 휠체어 주위를 자욱하게 에워싸고 있었다. 이때 그는 잿빛 그늘 아래서, 그러니까 가로수의 그늘이 아니라 오로지 그만의 함몰된 잿빛 그늘 아래서, 무언가 기이한 목표에 열심이었다. 얼굴의 복잡한 근육들이 벌어진 입과 비죽 불거진 혀를 향해 팽팽하게 비뚤어진 채였다.

그가 짓는 표정은 인간이라면 지을 수도 따라할 수도 없는 표정이었다. 그러니까 그가 정말 인간이라면, 침을 질질 흘리면서, 제 얼굴을 무슨 버려진 기저귀처럼 취급하면서, 저다지도 괴상한 표정을 지을 수는 없는 법이다. 아이들이 그를 봤다면 금방이지 울음을 터뜨릴 만한 표정이다. 악취가 나지 않아도 자연스레 악취의 순간을 불러들이는 표정이다. 물론 그녀는 이러한 생각들을 구체적으로 떠올리지는 않았고, 그저 그가 안타까웠으며, 안타까움의 와중에 서둘러 통과하게 되는 이러한 생각들을 모두 외면할 수는 없었다. 그녀는 여전히 전봇대 뒤에 있었는데, 내놓은 자식을 우두커니 지켜보는 사람처럼, 말하자면 내놓은 자식을 영영 내치기 위해 내놓은 자식의 마지막 종적들을 불안스레 수집하고 있는 사람이었다고 할까.

이파리들이 나부꼈다. 덤벙덤벙 스쳐가는 이파리들과 허공을 휘젓는 나뭇가지들이 그의 이마를 무던히도 쓰다듬고 있었다. 그의 혀가 점점 더 길어졌고, 위쪽으로 곤두섰고, 끊어질 것처럼 당겨진 혀뿌리가 훤히 내다보였다. 이때 그는 무언가를 시도하고 있었는데, 말하자면 그의 혀는 눈앞을 횡행하는 이파리들을 부지런히 쫓아다니며 그것을 낚아채려는 시도를 되풀이하고 있었다. 그는 손을 전혀 쓰지 않은 상태로, 대략 입술, 혀, 쳐든 턱만으로 한 잎의 이파리을 향해 집요한 "건드리기" "맞붙이기" "만지기" "빨기" 등등을 수행하는 와중이었다. 이파리는 쉬이 붙들리지 않았다. 이파리들은 혀의 부질없는 열정과 무관하게 이리저리 흔들릴 따름, 좀처럼 그에게 "맛보기"를 허락하지 않았다.

"맛보기"가 여러 차례 좌절되는 와중에도 그는 그러한 시도를 멈추지 않고 있었다. 그녀는 그의 "맛보기"를 응원했다. 그녀는 이파리가 어서 그의 입속으로 빨려들길 바랐다. 그가 제 욕망의 주인이 되기를, 욕망을 손에(입에?) 넣기를 간절히 희망했던 것이다. 일순간 그녀는 현기증을 느꼈다. 그녀는 그를 이해할 수 없었고, 그의 미혹, 그의 강박관념, 그의 관능에 무지했다. 혀가 이파리를 잡아챌 때의 감각, 그의 설렘, 씹히는 이파리, 이파리의 시큼털털한 맛. 그러한 것들은 상상만으로 거북한 느낌을 불러일으켰다. 그가 그러한 "맛보기"를 통해 닿으려는 목적에는 뭔가 음험하고 비밀스러운 구석이 있었고, 혹은 그렇게 여겨졌고, 그것은 전적으로 그가 머무르는 휠체어를 초과하는 무엇이었다. 적어도 그녀에겐 그렇게 생각되었다.

그녀는 뒷걸음질했다. 그녀는 자신이 그로부터 도망치고 있음을 알았고, 이러한 자각을 의식하면서도 그녀는 걸음을 멈추지 않았다. 그녀는 내팽개쳤다. 그를, 그녀를 붙잡는 망설임들을, 횔체어와 결부된 시절들을 말이다. 어느새 그녀는 유원지를 벗어나고 있었다. 맨션들이 몰려오면 그녀는 침착하게 맨션들의 구획을 돌아 나갔다. 맨션들은 어디에나 있었는데, 또한 맨션들 사이로 자라나는 길들이 그녀를 이끌었다. 그녀는 넘어지지 않았고 그녀가 넘어질 수 있었더라면, 그녀에게도 그러한 "문턱"이 존재했다면 그녀는 다시금 그에게 돌아갔을 것이다. 자신의 선택을 반성하면서, 그에게 돌아가 백 번이고 제 잘못을 고백했을 것이다. 그러나 그러한 일은 일어나지 않았다. 뛰는 와중에 올려다본 맨션들은 죄다 선글라스를 끼고 있었다. 그녀는 그녀를 내려다보는 눈동자들을 상상할 수 없었다.

*

어떤 막연한 생각으로 소설의 똥구멍에 접속하는 일이다. 도박에 가까운, 허묘에 가까운, 그저 곤란한 상태의 무제한적 폭로에 지나지 않는, 지금도 선불리 되돌아오는 좌불안석의 고립된 의자들을 통해, 그것을 굴착하면 영문 모를 시절에 당도하고 이렇게 쓴다. 세계는 망해버렸다. 돌멩이들의 역사를 거슬러갈 수 없다. 굴을 파면 다시 굴, 굴이 깊어지면 깊어진 굴, 곤히 잠든 삽을 일으켜 내벽에 박는다면 삽을 깨워 그곳에 박는 자세, 중첩된 자세들이 무려 한 질이다. 그는 같은 자리에서 자신의 자세에 열심이다. 그것을 철회할 생각도 없다. 세계에는 조난당할 인간이 남아 있지 않다. 그리고 기적, 기적을 추종하는 불구의 가능성들은 제 눈먼 이빨에 몰두한다. 긴장한 채, 수캐처럼 뾰족하게 곤두서서, 깨물기 좋은 시간의 발목이 아직도 실재하기라도 하듯이 말이다.

도살자에 의해 해체된 "적색 맨션"을 바라보다가

이제 그의 의식 속에서는 좀더 분명하고 확연한 모습이 떠오르는데, 그것은 생선과 동물 내장을 집어 먹는 사람들, 본 적은 없지만, 그들은 피가 줄줄 흐르는 긴 창자를 잘근잘근 씹고 있거나 간을, 간, 간, 간. 간이라니, 그러나 그러한 장면은 허구이고, 우연은 의지가 없으며, 거짓말을 너희 나라 말로 뭐라고 하니, 실마리 사이로 삐져나온 얇은 실을 겨우 붙들며, 기억의 아궁이에 불을 지피면서[2)]

달궈진 아궁이 속으로 제 발을 묻어보다가,

불가해한 원망에 휩싸인 도살자가 대문을 열어젖히고 거실로 돌입하는 상상, 아니면 복도 쪽으로 뚫린 창문을 타 넘은 도살자가 신체가 봉랍된 그를 향해 성큼 다가온 뒤 낫이나 그에 준하는 흉기를 휘두르며, 그에게 말할 기회를 주지도 않고, 도살자 또한 아무 말도 할 수가 없고, 적어도 변명이라도 할 수 있다면 양쪽 모두에게나 이로운 일이었겠지만 도살자의 흉기가 가리키는 그곳에 여지없이 사로잡힌 그는 두려워하거나 겁에 질리지도 않고, 그를 해치기 위해 찾아온 도살자를 기꺼이 영접할 수 있는 사람처럼, 그러나 마중을 위한 어떤 요령도 체득하지 못한 사람처럼, 휠체어에 앉아 도살자가 쥐고 있는 날붙이의 끄트머리를 히죽거리며 응시하고 있을 따름으로 그의 시선에 날붙이가 미지

2) 민병훈의 소설 「임무위스키」를 변형했다.

근하게 녹아버리고 도살자의 얼굴이 기이한 모멸감으로 붉게 부어오르는 가운데 도살자는 그의 불능을 견딜 수가 없고,

이때

휠체어에 앉은 그로 말할 것 같으면 제 엉덩이가 휠체어 좌석으로부터 몇 밀리미터씩 미끄러지는 중으로 말하자면 그에겐 그런 정도의 위험만이 생존에 관련한 유일한 고난이자 시련인 것이다, 그는 도살자의 위협에 아랑곳하지 않고 제 신체를 갈무리하는 일에 여념이 없다, 어느새 히죽거림을 거두어들인 그는 여전히 그저 약간 배가 고픈 사람처럼 보일 정도로 매우 고분고분하고 온화한 표정인데 상황의 심각성을 전혀 깨닫지 못한 모양으로, 물론 깨달았다면 그것이 더 이상한 일이었겠지, 휠체어를 향해 다가간 도살자는 부쩍 가늘어진 흉기를 들이밀며 묻는다,

나를 아느냐고, 나의 출전, 나의 욕망을 아느냐고, 그는 묵묵부답으로, 묵묵부답 속에서 아무것도 고민하지 않고 있다, 생각이라는 것을 할 수 없는 사람인 거다, 마비된 기관은 비단 다리만이 아닌 거다, 그런 생각이 든다, 도살자의 흉기가 그의 가슴 정중앙으로 다가선다, 귓전으로 도살자의 후덥지근한 호흡이 지나간다, 도살자의 흉기가 그의 가슴을 꿰뚫는다, 이내 흉기는 그의 가슴에 붙박인 채 도무지 빠지지를 않는다, 별안간 날붙이가 뚝 부러져버리는 거다, 무슨 플라스틱 장난감처럼, 놀랍고 황당할 따름으로, 순간 엎드려 휠체어의 발가락을 쩝쩝 빨아대기 시작하는 도살자, 관능, 박약, 회로들, 탈진한 연통들, 불가피한 자동기계들.

마침내 그녀는 그를 잊어버린다. 그녀가 그를 잊어버린다 해도 그는 존재하는데, 예컨대 그녀는 그녀 자신이 의식하지 못하는 순간에도

계속해서 그를 기다리는 중으로, …… '마치 삶이 어떤 난해한 꼭짓점을 위해 존재하는 것처럼.' …… 그는 돌아간다. 그녀의 망각 속을, 황폐한 교각 아래를, 이제는 전후좌우가 캄캄해진 눈앞, 단지 넘어지지 않는다면 기필코 당도할 수밖에 없는 다리의 역능에 촉각을 곤두세우며, 혼곤한 걸음걸이에서 파행의 재미를 찾는 산책자처럼, 신경계에 항정신성을 투여한 중환자의 분발처럼, 고갈된 기적의 불씨를 간신히 되살리면서, 그는 로비의 엘리베이터 앞에 다다른다. 전광판의 숫자가 줄어든다. 엘리베이터가 열린다. 부러진 단검을 움켜쥔 도살자가 씩씩거리며 엘리베이터를 빠져나온다. 엘리베이터에 탑승한 그는 그녀의 안부를 잠시 걱정해본다. 닫히는 문틈으로 맨션 로비를 황급히 빠져나가는 도살자의 모습이 보인다.

그는 현관을 향해 들어선다. 거실에는 여전히 휠체어가 있다. 애착이 가는, 그러나 다시는 앉고 싶지 않은 휠체어다. 그녀는 돌아오지 않을 것이다. 폐허의 세계에서 잔해들의 일부가 될 것이다. 폐허를 역광으로 그림자가 도드라진다. 그림자를 역광으로 폐허가 도드라지거나. 오늘은 종일 걸었다. 감격스러운 일도 불행했던 일도 있었다. 그는 그녀가 그립지 않다. 그리움이라면 넌더리가 난다. 그는 휠체어에 자신을 앉힌다. 폐허가 복원되고 눈앞이 분명해진다. 무릎이 얼얼하다. 다리가 세차게 요동친다. 그는 그녀에게 자신의 기적을 보여줄 수 없다. 입안에 침이 고인다. 머리털이 빠진다. 텅 빈 두상이다. 그는 깡마른 폭포처럼 걷는다. 잠을 누설하듯 걷는다. 그녀가 휠체어에 태운 그의 시신을 천변으로 운반해도 좋다. 그를 굶겨도 좋다. 지퍼를 내려도 좋다. 성기가 없어도 좋다. 자아가 없어도 좋다. 절멸을 전시하거나 위조하는 세계가 그를 간과해도 좋다. 만장처럼 날리는 폐허가 그를 누락해도 좋다. 그는 있다. 그는 앉아 있다. 그렇게 보인다. 그는 단위가 아니다. 묶음이 아니다. 소설은 나아가지 않는다. 인물은 사람처럼 걸어보지 못한다. 이제 그는 그녀가 돌보는 한 대의 의자이다. 의자 위에는 아무도 앉아 있지 않다. 세계는 인간이 결박된 한 대의 휠체어이다. 나는 저지당한다. 그는 떠내려간다.

인 터 뷰

양 선 형 X 이 경 진

이경진 “어떤 막연한 생각으로 소설의 첫머리를 여는 일이 지속되고 있다”라는 문장으로 당신의 소설 「종말기 의료」는 시작합니다. 저 역시 ‘막연한’ 질문으로 인터뷰의 첫머리를 열어보고자 합니다. 당신이 쓰는 소설은 우리가 보통 ‘현실’이라 부르는 것에 단단하게 발을 디디고 있지 않는데요. 또 우리가 ‘경험’이라 부르는 것에서도 출발하지 않습니다. 당신은 소설 쓰기를 어떻게 시작하나요?

양선형 먼저 〈이달의 소설〉에 선정해주셔서 감사하다는 말을 드리고 싶습니다. 질문해주신 바를 쭉 읽어보았는데 뭔가 장황하게 대답하고 싶은 질문들이 있습니다. 장황하게 서술해도 제 생각을 전달할 수 없겠다는 생각도 함께 드네요. 저는 그냥 씁니다. 그것은 시작의 막막함을 저질러버리는 순간과 비슷한데요. 제 입장에서 소설이란 일종의 함정입니다. 이 함정은 ‘경험’과 ‘현실’에 에러를 일으키려고 작정을 한 것처럼 보이구요. 스스로 판 함정 때문에 자가당착에 빠지거나 미끄러져 고립되거나 함정을 넘어서고 작위적으로 메워버리기도 하면서 소설 쓰기가 진행되는 것 같아요. 「종말기 의료」의 첫 문장은 이 소설을 시작하며 제가 가졌던 심경을 그대로 서술한 것입니다.

이경진 「종말기 의료」는 ‘최후의 인간’의 머릿속을 들여다보는 소설입니다. 그 인간은 세계가 종말을 맞이하면서 부자유의 상태에서 ‘기적’처럼 해방됩니다. 그런데 이러한 소설의 서사는 ‘보통의’ 파국적 서사와 달리 우리가 살고 있는 현실 세계에 대한 알레고리로 여겨지기보다는, 뭐랄까, 소설 쓰기에 대한 알레고리라는 인상을 받았습니다. 그러니까 소설 쓰기의 무력함, 파국성을 관념적으로 문장으로 풀어내고 있다는 느낌입니다. 당신의 다른 소설들도 파국적인 세계에 천착하고 있는 듯한데, 그 세계가 당신에게 매력적으로 다가오는 이유가 있을 것 같습니다.

양선형 저는 알레고리를 만들어보려다 알레고리에 실패하고 '이 알레고리가 다 무슨 소용인가'라고 생각하면서 소설을 완성하는 것 같습니다. 알레고리로 읽어주셨다면 다행입니다. 저는 파국의 세계가 매력적이라고 느껴본 적이 없습니다. 다만 저는 제가 그러한 환경에 속해 있다고 느낍니다. 저는 제가 쓰는 텍스트에 직접적으로 영향을 받습니다. 영향을 고의적으로 종용하기도 하지요. 문장을 잇거나 생각을 해보거나 이미지를 떠올리면 자의식, 그림자, 망상, 거짓 의미, 수틀린 기획, 고독, 불행 등등이 격화됩니다. 그러면 그것들을 써야 한다는 필연성이 생깁니다. 모든 작가분들이 그러하듯 작자인 제게 소설 쓰기는 사유의 과정에 가깝습니다. 이 사유는 철학적인 사유나 서사, 윤리적인 사유도 아닌 것 같고, 뭔가가 이루어지고 가로막히며 돌아 나가고 깨지고 깨뜨리고 때로는 허무하게 사라지는 사유의 지속 자체, 욕망이나 강박관념들입니다. 소설을 쓰는 일엔 답도 기대도 없지만 제겐 그것을 지속하는 일이 정말 중요합니다. 그런 의미에서 삶과 소설 쓰기가 다르지 않다고 생각하고 있습니다.

이경진 당신의 소설에는 '고딕체'로 씌어진 내적 독백이 자주 등장합니다. 그런데 가끔 이 때문에 갸우뚱할 때가 있는데요. 「종말기 의료」에서 그 느낌이 더했던 것 같습니다. 소설 자체가 대화에 전혀 기대지 않고 진행되기 때문에 크게 보면 서술자의 독백과 다름없어 보이고, 또 이미 '그'와 '그녀'에 집중하여 그들의 내면을 서술하고 있기에, '내적 독백'을 굳이 다른 서체로 표시하면서 강조하는 이유가 무엇일까 궁금했습니다. 사실 그냥 해석에 맡겨둬도 되는 것을 아까부터 물어본다는 느낌이 들지만, 그래도 당신의 말을 듣고 싶네요.

양선형 솔직하게 말씀드리면 처음 개인게시판에 일기를 쓸 때부터 이와 유사한 짓을 했는데요. 고딩 때였고 '내적 독백'을 연출하기 위한 허세였고요. 지금은 이 짓을 한 시간이 너무 오래되어서 말릴 수가 없는 느낌이네요. 저는 고딕체를 통해 서술의 행간에 칸막이와 유사한 빗금 치기를 수행하고 있다고 느낍니다. 저는 연습을 하고 있습니다. 연습을 하는 까닭은 제가 앞으로 쓰게 될 미래의 소설을 위해서인데요. 저는 이 연습이 충분히 무르익을 때까지 이 짓을 줄곧 해버려서 어지럽고 불필요한 빗금과 칸막이들로밖에 도달할 수 없는 정념이나 무슨 사변에 다다르고픈 비전이랄까 하는 게 있는 것 같습니다. 행위와 목적이 전도된 것 같은데요. 제가 소설을 생각하는 방식이 대개 이렇습니다.

이경진 「종말기 의료」는 알랭 로브그리예를 제사로 인용하는데, 누보로망소설에 관심이 있는지요? 혹은 습작 시기에 그런 반(反)소설 쓰기의 전통에 영향을 받았나요? 당신의 소설은 로브그리예의 소설처럼 소설 쓰기에 대한 소설로서, 자신이 쓰고 있는 소설을 계속해서 교란시키고픈 욕망을 동력으로 삼아 진행되는 듯한 인상을 줍니다. 그런 점에서 당신의 소설은 분명 한국 문학에서 여전히 '새롭다'라고 말할 수 있을 것 같다는 생각이 듭니다. 질문이 많았는데 여기에 더 이어서 묻자면, 당신의 소설이 한국 소설의 어떤 전통을 의식하면서 그것을 의도적으로 비껴가려고 노력한 결과라고 봐도 될까요? 당신이 쓰기 싫은 소설은 어떤 종류의 것일까요?

양선형 누보로망 계열에 속하는 낱낱의 작가들에 대한 자의적인 판단은 있습니다. 그건 그 계열에 속하지 않는 작가들에 대한 호불호와 별다르지 않습니다. 예를 들어 저는 로브그리예나 뷔토르의 소설은 많이 좋아하는데 시몽은 어렵고 뒤라스는 별로라고 생각하거든요(뒤라스의 영화는 좋아하는 것 같습니다). 반(反)소설의 전통은 여러 소설들에서 학습하긴 했는데, 막상 내가 반소설을 쓰고 있구나,라고 스스로 생각하면 제 소설이 영원히 망해버릴 것 같은 인상이 드네요. "자신이 쓰고 싶은 소설을 계속해서 교란시키고픈 욕망"은 물론 크고, "한국 소설의 어떤 전통을 의식하면서 그것을 의도적으로 비껴가려고 노력한 결과"이긴 합니다만 그것들은 제게 뭔가를 쓰기 위한 불가피한 과정처럼 이해돼요. "쓰기 싫은 소설"에 대해서는 다음과 같이 답하고 싶어요. 저는 문학 덕후이고 좀 맥락 없는 독서를 했습니다. 제가 사랑하는 책들은 제 신념과 내면을 갈아엎는 일에 열중하는 것 같아요. 또 저는 제가 사랑하는 친구들의 슬픔과 부자유를 여러 차례 목도했습니다. 저는 저를 포함한 인간 전반을 싫어합니다. 저는 문학에 대한 비뚤어진 관점을 가지고 있습니다. 잠재적인 온갖 상태가 그러하듯 그것을 설명하는 일은 매우 어려운데요. 어쨌든 저는 이 관점을 포기하고 싶지 않습니다.

2016년 5월

이달의 소설

© 전창훈

눈으로 만든 사람

최은미

최 은 미 1978년 인제에서 태어났다.
2008년 현대문학 신인상으로 등단했고, 소설집 『너무 아름다운 꿈』 『목련정전』이 있다.

한겨울이었다. 소년이 살던 집에서 아기가 태어났다.

소년은 마당에서 눈을 뭉치다 아기 울음소리를 들었다. 갓 태어난 아기를 건너다보며 소년이 물었다.

"만져봐도 되나요?"

어른들은 3일만 기다리라고 했다. 3일 뒤 아기를 만져본 소년이 말했다.

"안아보고 싶어요."

어른들은 7일만 기다리라고 했다. 7일이 지났을 때 소년은 어디선가 포대기를 꺼내 왔다.

"업어줄래요. 업어주고 싶어요."

어른들은 한 달이 지나야 업을 수 있다고 말했다. 소년은 손가락을 꼽으며 한 달이 지나가길 기다렸다. 매일같이 눈이 내렸다. 소년은 썰매를 타고 들어와 언 손을 녹이며 잠든 아기를 들여다보았다. 소년은 아기의 동그란 얼굴을 그리며 해가 질 때까지 눈사람을 만들었다.

마침내 한 달이 되었을 때 어른들은 약속대로 소년의 등에 아기를 업혀주었다. 소년은 어쩔 줄을 몰라 했다. 소년은 볼이 빨개져서 물었다.

"애기한테 저는 뭐예요?"

어른들이 말했다.

"삼촌."

*

백은호와 백아영은 나란히 앉아 있었다.

앉아 있으면 둘은 뒷모습이 닮아 보였다. 양쪽 귀에서 목을 지나 어깨에 이르는 선이 왠지 모르게 비슷했다. '피가 전혀 안 섞인 남남'은 아닐지도 모른다는 생각이 들 만큼, 둘은 딱 그만큼 비슷했다.

앉아 있는 곳이 식탁일 때 백은호와 백아영은 하루 동안 있었던 일에 대해 얘기를 나누었다. 앉아 있는 곳이 병원 대기실일 때는 진료가 끝나고 무엇을 먹을지를 얘기했다. 영화가 상영 중인 극장에 앉아서도 둘은 끊임없이 소곤댔다. 얘기를 하는 쪽은 주로 백아영이었지만 백은호의 리액션도 그에 못지않았다.

새 식구가 오던 주말, 백은호와 백아영은 결혼식장에 앉아 있었다. 둘은 신랑 쪽 하객이었다. 백은호와 백아영이 앉은 테이블에는 둘과는 성이 다른 일가족들이 자리를 채우고 있었다. 대부분 강씨 성을 가진 사람들이었다. 강씨들은 저희들끼리 떠들다 가끔씩 백은호에게 무언가를 물었다. 그때마다 백은호는 멋쩍게 웃었다. 백아영이 백은호의 어깨에 머리를 기대자 강씨 중 한 명이 낄낄댔다. 백아영은 자신보다 어려 보이는 강 씨를 무례하다는 듯 쳐다보다 다시 백은호에게 몸을 기댔다.

백은호 오른편에 앉은 강윤희는 피곤한 표정으로 눈을 감고 있었다. 막 입장을 시작한 이날의 신랑은 강윤희의 큰 작은아버지의 장남이었다. 강윤희보다 한 살이 어린 그는 어렸을 때 주먹도끼처럼 생긴 돌로 강윤희의 정강이를 찌른 적이 있었다.

강윤희는 아버지의 또 다른 남동생 가족이 모여 있는 테이블로 시선을 돌렸다. 강윤희의 아버지는 남동생이 둘이었다. 강윤희 남매들은 아버지 바로 밑의 남동생을 큰 작은아버지, 아버지와 터울이 많이 진 막내 남동생을 작은 작은아버지라고 불렀다. 강윤희는 결혼식장에 도착하면서부터 작은 작은아버지 옆에 붙어 있는 한 소년을 보고 있었다.

"안녕하세요, 누나." 소년은 식장에 도착한 강윤희에게 그렇게 말하며 다가왔다. 식 중간중간 소년과 강윤희는 눈이 자주 마주쳤다. 그때마다 소년은 무언가를 감추고 싶다는 듯 쑥스럽게 웃었다. 강윤희는 당황스러웠다. 소년은 강윤희 아버지의 막내 남동생의 아들이었고, 강윤희의 기억 속에선 병약한 남자아이일 뿐이었다. 몇 년 사이에 이렇게 성인 남자에 가까운 모습을 하고 있을 줄 알았다면 강윤희는 작은 작은어머니의 부탁을 거절했을 것이다.

식장을 나서기 전, 강윤희 앞으로 작은 작은아버지가 다가왔다.

"우리 민서 잘 부탁한다."

그러면서 그가 강윤희의 손을 모아 잡았다.

아버지의 아주 어린 동생이었던 남자. 강윤희는 강중식을 무표정하게 바라보다 슬그머니 손을 뺐다. 곧 쉰이 되는 강중식은 열 살 이상 터울인 형들과 비슷한 연배로 보일 정도로 급속히 늙어가는 중이었다. 머리는 신경을 안 쓴 새치로 엉켜 있었고 얼굴빛은 검고 탁했다. 몸 어딘가에서 지속적으로 통증을 느끼는 사람처럼 미간에 항상 힘을 주고 있었고 눈언저리가 붉었다. 차려입은 양복만 아니라면 세탁기에서 탈수되다 나온 것처럼 엉망인 모습이었다.

강윤희는 강중식 옆에 선 소년을 착잡한 마음으로 바라보았다. 강윤희는 자신의 부모에게 해마다 여행권과 항공권을 보내오던 강중식을 떠올렸다. 강중식이 사업을 말아먹기 이전의 일이었다. 딸아이 돌잔치 때 강중식한테 받았던 금반지도 떠올렸다. 강중식의 부인인 작은 작은어머니가 자신의 어머니를 간호해주었던 일도 떠올렸다. 그보다 더 오래전, 강윤희 남매들을 데리고 냇가에서 물고기를 잡아주던 강중식을, 스케이트와 자전거를 가르쳐주던 강중식을, 세균 범벅인 이물질을 강윤희의 질 속에 넣고 휘젓던 강중식을, 할머니 장례식 때 목 놓아 울던 강중식을 떠올렸다.

"걱정 마세요, 작은아버지."

강윤희는 강중식에게 그렇게 말했다. 강윤희는 엘리베이터를 탔다. 백은호와 백아영이 따라 탔고, 강중식의 아들 강민서가 커다란 배낭을 메고 뒤이어 탔다. 백아영이 호기심 어린 눈으로 강민서를 쳐다보자 강민서가 백아영을 보고 웃었다.

*

저녁마다 하는 백은호와 백아영의 인사법은 이랬다.

백은호가 현관문을 연다. 거실에서 놀던 백아영이 백은호에게 달려간다. 백아영을 번쩍 안아 올리며 백은호가 묻는다. "우리 아영이 누구 딸?" 백은호의 목에 팔을 두르며 백아영이 대답한다. "아빠아아아아 딸." 백은호가 다시 묻는다. "진짜?" 그러곤 둘이 동시에 "까르르르르",

웃음을 터뜨린다.

백은호와 백아영은 매일같이 그 의식을 되풀이했다. 우리 아영이 누구 딸? 아빠 딸. 진짜? 까르르르르. 우리 아영이 누구 딸? 아빠 딸. 진짜? 까르르르르. 강윤희가 옆에 있어도 둘은 아랑곳하지 않았다.

강민서가 그들 집에 머물기로 한 기한은 보름 정도였다. 한겨울이었지만 좀처럼 눈이 오지 않았고 기온도 포근했다. 백아영과 강윤희는 겨울방학 중이었기 때문에 집에 머무는 시간이 많았다. 백은호는 혼자만 일을 하러 가는 게 억울하다는 듯 투덜대며 출근했다가 부리나케 퇴근했다. 방학 때는 그나마 강윤희가 저녁을 해주기 때문이었다.

강민서가 오고 며칠 뒤, 강윤희는 마음먹고 장을 봐 와 낮부터 육수를 내고 백태를 불렸다. 무를 손질해 채를 썰고, 겨울 미역을 데치고, 피꼬막 두 팩을 뜯어 해감하고는 알배기 배추에서 작고 여린 잎들을 골라냈다. 강윤희는 배춧잎 위에 굴을 올려 전을 부쳤다. 꽈리고추를 찌면서 양념장을 만들고 명절 선물로 들어왔던 슈퍼곡물세트를 풀어 귀리를 불렸다. 강윤희가 재료를 직접 손질해 작정하고 요리를 하는 것은 1년에 딱 두 번, 방학이 시작될 때 하는 이벤트 같은 것이었다. 백은호와 백아영이 환호를 하며 식탁으로 달려들었다.

"민서 오빠가 와서 너무 좋아."

백아영이 강민서의 팔을 잡고 자기 옆자리에 앉혔다.

"오빠가 아니라 삼촌이라고 불러야지."

"오촌이잖아." 백아영이 입을 내밀었다.

"어쨌든 오빠는 아니야."

강민서가 강윤희 손에 있는 수저를 받아 식탁에 놓았다.

"잘 먹겠습니다, 누나."

그렇게 말하고 강민서가 식탁에 앉았다. 강윤희의 직장에서 강민서 또래의 중학생 아이들은 강윤희를 선생님이라고 불렀다. 자신의 학생이 아닌 그 또래의 아이를 보는 것도, 그 또래에게 누나라고 불리는 것도 강윤희에겐 낯선 일이었다.

"엄마, 왜 비지찌개에 고기가 없어? 할머니는 맨날 고기 넣어주신단 말이야." "비지찌개엔 차돌박이 잘게 썰어 넣은 게 딱인데." 짐작대로 백아영과 백은호가 한마디씩 했다. "귀리가 이렇게 커?" "차라리 현미밥을 줘, 엄마."

그러나 강윤희에겐 백씨들의 투덜거림이 들리지 않았다. 강윤희는 자신이 차린 밥과 찌개와 찬을 집중해서 먹고 있는 강민서를 보고 있었다. 꽈리고추를 꼭지까지 말끔히 비틀어 먹고, 배추굴전을 한입씩 아삭아삭 씹어 먹고, 피꼬막을 껍질에 붙은 양념 한 방울까지 알뜰히 빨아 먹는 강민서를 강윤희는 침도 안 삼키고 보았다. 자신이 만든 음식을 이렇게 정성스레 씹어 먹는 사람을 처음 본다는 듯이. 비지찌개를 조심스럽게 불며 먹는 강민서의 콧등에 땀이 맺혀 있었다. 다 먹은 꼬막 껍데기가 한쪽에 가지런히 포개져 있는 것이 보였다.

"민서 삼촌은 이게 다 맛있어?"

백아영이 신기한지 강민서에게 물었다.

"처남 먹는 거 보니까 딱 윤희 누나 취향인데? 처남, 또 뭐 좋아해? 누나가 요새 방학이라 시간이 많거든. 그치 누나?"

누나, 누나, 하는 백은호에게 강윤희가 눈을 흘겼다. 그 둘을 보던 백아영이 손으로 입을 가리며 강민서에게 말했다.

"민서 삼촌, 내가 비밀 얘기해줄까?"

"뭔데?"

"우리 엄마랑 아빠 사귄다."

강민서는 잠시 멍하게 있더니 "좋겠다" 하면서 수줍게 웃었다.

"우리 반 김유빈네 아빠는 44세인데 우리 아빠는 34세야. 우리 엄마는 37세. 옛날에 아빠가 엄마한테 누나라고 불렀대. 근데 할머니한테 혼나서 이제는 그렇게 안 불러. 그치 아빠?"

백은호가 고개를 끄덕끄덕했다. 백아영은 다시 강민서 쪽으로 몸을 돌렸다.

"민서 삼촌, 내가 비밀 얘기 하나 더 해줄까?"

"뭔데?"

"우리 반 강연찬네 할아버지가 강감찬이래."

"우와, 진짜?"

백아영은 강민서의 리액션이 마음에 들었는지 다 들리는 비밀 얘기를 몇 가지 더 했다. 백은호는 강민서의 음식 취향을 정말로 알고 싶은지 닭발 얘기를 꺼냈다. 뭔가 자신과 죽이 맞는 걸 찾아내고 싶은 표정이었다.

백은호와 백아영은 닭발볶음을 심하게 좋아했다. 강윤희가 반찬가게에서 반찬과 국을 배달시켜 먹는 걸 본 강윤희의 시어머니는 수시로 백은호와 백아영의 입맛에 맞는 반찬들을 해 날랐다. 일주일에 한 번은 곰솥에 닭발을 가득 볶아서 들고 왔고, 백은호와 백아영은 비닐장갑을 끼고 앉아 그 많은 닭발을 순식간에 해치웠다. 입술이 벌게지도록 닭의 어느 한 부위만을 집중적으로 뜯어 먹고 있는 부녀를 보고 있으면 강윤희는 입이 안 다물어질 때가 많았다. 백은호는 그렇게 먹어도 살이 찌지 않았다. 키도 몸집도 원래 작은 편이었고 언제나 가뿐한 듯 발걸음이 가벼웠다. 처음 봤을 때 강윤희는 백은호가 식욕에도 성욕에도 어느 정도 초연한 몸을 가졌다고 생각했다. 자신이 좋아하는 것을 열과 성을 다해 즐기면서도 몸의 욕구에 휘둘리지 않는 사람. 어쩌면 그렇게 생각했기 때문에 백은호에게 끌렸는지도 몰랐다. 문제는 백아영이었다. 식성은 백은호와 같은데 체질은 백은호와 달랐다. 먹는 만큼 잘 크는 것까진 좋았지만 어느 순간부터는 백아영이 먹는 것들이 백아영의 몸에 다른 변화를 가져오기 시작한 것이다.

"처남 좋아하는 것 좀더 얘기해봐. 궁금하다."

닭발 얘기에 별 반응이 없자 백은호가 또 물었다.

"오늘 누나가 해준 거요. 이거 다 제가 좋아하는 것들이에요. 무생채도 정말 맛있어요."

"강윤희 누나가 다른 건 몰라도 무생채 하나는 진짜 잘 무치지."

"저 꽈리고추 들어간 건 다 좋아하거든요. 멸치 볶을 때랑 어묵 볶을 때랑 감자 조릴 때 엄마가 항상 꽈리고추 넣어서 해주셨어요. 봄 되면 도라지무침도 많이 먹었는데."

"맞아. 꽃소금 뿌린 오이에, 식초랑 고춧가루 넣고 빨갛게 무쳐서. 도라지무침은 누룽지랑 먹으면 참 맛있었는데."

강윤희가 말하자 강민서가 신이 난 듯 말을 이었다.

"동치미 국물에 메밀국수 말아 먹으면 정말 맛있잖아요. 배추에 메밀가루 반죽 묻혀서 구워 먹는 것도 맛있는데. 무만 조린 무조림도 맛있고, 상추겉절이도 정말 좋아해요. 아, 다시마부각도 있다. 설탕 많이 몰려 있는 쪽만 잘라 먹고 그랬는데. 겨울엔 매콤하게 한 두부조림도 많이 먹었어요."

"맞아. 고춧가루랑 들기름이랑 마늘 넣고."

"누나도 고들빼기김치 좋아해요? 저는 고들빼기김치랑 고추장아

찌 중에 하나만 있어도 밥 한 그릇 다 먹을 수 있어요."

"옛날엔 할머니가 곰취 직접 뜯어다 곰취장아찌도 담가주셨는데."

"아, 아빠한테 들었어요."

강민서의 입에서 아빠라는 말이 나오자 강윤희는 멈칫했다. 아까부터 이어지던 익숙하면서도 찝찝한 느낌의 정체를 그제야 알 것 같았다. 지금까지 강민서의 입에서 나온 음식들은 오래전 강윤희가 강중식과 같은 밥상에서 먹던 음식들이었다. 조부모가 생존해 있던 시절, 그 밑에서 같이 살면서 같이 먹어온 음식들. 강윤희는 자신의 할머니와 강민서의 할머니가 같은 사람이라는 사실이 새삼 놀라웠다.

강윤희는 식탁에서 일어나 냉장고에서 한약을 꺼내 중탕했다.

"국은? 국은 뭐 좋아하는데?"

백은호가 턱을 괴고 묻다가 등을 세웠다.

"설마 배추된장국 좋아해? 아, 강윤희 씨가 자기가 좋아하는 국이라고 가끔 배추된장국 해주거든. 근데 군대에서 먹던 똥국이랑 맛이 정말 너무 똑같아."

똥국이라는 말에 백아영이 "똥국이래, 똥국이래" 하며 배를 잡고 웃었다.

"근데…… 제가 제일 좋아하는 음식은 따로 있어요."

강민서가 말했다.

"잠깐. 내가 맞춰볼게. 아, 나 알 거 같아."

백은호가 손을 휘젓다가 멈췄다.

"김치만두! 만두 맞지?"

강민서가 웃으며 고개를 끄덕였다.

"우리 윤희 누나도 김치만두 킬러야. 김치만두랑 동치미만 넣어주면 토굴에서 한겨울은 그냥 날걸?"

백은호가 으쓱해하며 말했다.

"아빠, 왜 민서 삼촌한테만 물어. 나한테도 물어봐. 응?"

"안 물어도 다 아는데?"

"우리도 하나씩 얘기하기 해. 응?"

백아영이 졸랐다.

"좋아. 양지머리 두 줌 넣은 육개장."

"그럼 난…… 등갈비 넣은 김치찌개."

"홍두깨살이랑 같이 볶은 호박나물."

"눈꽃치킨!"

"대패삼겹살!"

둘은 볼을 부비고 뽀뽀를 해대며 자기들끼리 음식 이름 대기를 더 이어갔다. 강민서가 빈 그릇과 수저를 싱크대 개수대에 갖다 놓으며 "잘 먹었습니다, 누나" 했다.

강윤희는 따뜻하게 데워진 한약을 따르고 백아영을 불렀다. 백아영이 인상을 쓰면서 몸을 꼬다가 마지못해 한약을 먹었다. 백아영이 먹는 한약의 이름은 '초경지연탕'이었다.

*

초경을 늦춰준다는 한약을 여덟 살인 백아영에게 먹이게 되기까지, 강윤희의 가족에겐 가을부터 시작된 지난 몇 달이 고난의 시간이었다. 여름방학이 끝나고 아침저녁으로 서늘해질 무렵 백아영은 가슴이 아프다는 말을 했다. 몸도 굼떠졌고 불안한지 군것질에 집착하는 행동도 보였다. 담임을 맡은 학급이 생기면서 강윤희는 퇴근 시간이 지난해보다 늦었고 퇴근을 하고 나면 저녁 할 힘조차 없을 때가 많았다. 강윤희는 스스로 하는 습관을 들인다는 이유로, 혹은 너무 지쳐서 백아영이 머리를 감거나 샤워를 할 때도 도와주지 않았다.

강윤희가 백아영의 몸의 변화를 안 건 백아영이 가슴이 아프다고 한 지 한 달이 지나서였다. 백아영의 가슴에 멍울이 잡혔다. 가슴에 멍울이 생긴다는 건 2년 이내에 생리가 시작될 수도 있다는 얘기였다. 그건 강윤희가 중학교 때 겪었던 몸의 변화들이었다. 겨우 여덟 살인 아이한테서 일어날 수 있는 일들이 아니었다.

백아영의 두피에서 냄새가 나기 시작한 것도 그즈음부터였다. 아이 혼자 머리를 어설프게 감아서가 아니었다. 강윤희가 몇 번씩 씻기고 헹구어줘도 백아영의 두피엔 기름이 끼면서 그동안 나지 않던 냄새가 났다. 그 냄새를 뭐라 말할 수 있을까. 더 이상 아이의 냄새라고 할 수 없는, 암컷 동물의 털에서 나는 것 같은 냄새였다.

강윤희는 백아영의 증상들을 검색했고, 그게 성조숙증 증상과 거의 일치한다는 걸 알게 되었다. 강윤희는 바로 인근 대학병원의 소아내분비 전문의에게 진료 예약을 했다. 병원 대기실 의자에서 진료를 기다리는 동안 강윤희는 성조숙증인지 아닌지를 알려고 온 백아영 또래의 수많은 여자아이들을 보았다.

그날 백아영은 소변 검사와 피 검사를 하고, 손목 엑스레이를 찍고, 가슴과 자궁 초음파 검사, 성장판 검사를 했다. 그러고 나서 15분 간격으로 피를 여섯 번 더 뽑았다. 어려서부터 주사라면 자지러지던 백아영은 주삿바늘이 계속 들어가자 두려움에 차서 꺽꺽거리며 몸을 비틀었다. 이제는 작은 몸도 아니어서 강윤희와 백은호는 백아영을 붙잡고 진정시키느라 진땀을 뺐다. 그들은 검사 과정에서 이미 기진맥진한 상태가 되었다.

내분비 전문의는 백아영의 황체형성호르몬 수치가 높기 때문에 성호르몬 억제 주사를 4주 간격으로 맞아야 된다는 진단을 내렸다. 성조숙증 확진 판정이었다. 강윤희는 인터넷에 떠도는 병의 원인과 치료 부작용에 대해 몇 가지를 물었지만 되돌아온 답은 "꼭 그렇지는 않습니다"였다. "그럼 그럴 수도 있다는 얘긴가요?" 물었지만 의사도 이런 사태의 영문을 모르겠다는 얼굴이었다. 강윤희와 백은호가 그날 새롭게 알게 된 것은 성호르몬 억제 주사를 맞는 아이들이 성장호르몬 주사 치료를 함께한다는 사실이었다. 성장이 너무 빨라 억제제를 투여하면서, 억제제 때문에 성장이 늦을까 다시 성장 치료를 하는 것이었다. "선택사항이시고, 의료보험 안 되세요." 성장 치료에 대해 이렇게 설명한 간호사는 서둘러 다음 환자를 불렀다. 간호사도 의사도 너무 바빠 보였다. 접수와 대기, 진료, 수납을 위해 빠르게 돌아가는 소아내분비과 앞은 컨베이어 벨트와 다를 바가 없었다.

백은호는 백아영에게 성호르몬 억제제를 투여하는 것을 반대했다. 주사 맞을 때마다 발작에 가깝게 우는 백아영을 도저히 볼 수 없으며, 잘 자라고 있는 아이한테 호르몬제를 인위적으로 투여하는 것은 못 할 짓이라는 것이었다. 성조숙증 치료 시기를 놓치면 성장판이 일찍 닫혀 최종 성인 신장이 작아진다. 강윤희는 키 얘기를 하며 백은호를 설득했다. 백은호는 식이요법과 운동 얘기를 했다. 백은호의 입에서 식이요법이라는 말이 나왔을 때 강윤희는 포크를 집어 던질 뻔했다.

"너는 모르는 거야, 모르는 체하는 거야?"

백은호가 안 먹고는 못 사는 소와 돼지와 닭 들이 자연스럽게 살다 죽지 못한 인위적인 고기라는 것을 백은호는 속 시원히 인정하려 들지 않았다. 수세에 몰리면 백은호는 키에 매달리는 강윤희를 공격했다. 자식의 전시 가치에 집착하는 욕망 덩어리라는 것이었다. 키가 큰 남자가 아니라 키가 작은 남자가 그런 말을 하니 전혀 설득력이 없었다. 병원에 다녀온 뒤 강윤희와 백은호는 자주 다투었다. "이게 다 고기 때문이야"라는 강윤희의 말은 "이게 다 너 때문이야" 혹은 "어머니 때문이야"라는 말로 백은호에게 입력되었다.

고기의 여러 부위를 그에 맞는 조리법으로 꾸준히 먹어야 한다는 시어머니의 믿음은 너무도 확고하고 오래된 전통이어서 강윤희 자신도 알게 모르게 길들여진 상태였다. 자라나는 아이에게 고기를 먹이지 않는 건 아이를 영양 결핍에 이르게 하는 방임에 가깝다는 시어머니의 생각을 강윤희도 온전히 부정하지 못했다. 그러나 고기를 먹이지 않는 것보다 더 힘든 건 해롭지 않은 고기를 먹이는 일이었다. 어려서부터 성호르몬제를 맞고 번식을 반복한 초식동물들의 고기를 백아영은 아기 때부터 먹어왔던 것이다.

강윤희의 화살은 시어머니도 백은호도 뚫지 못했다. 화살은 백아영한테로 날아갔다.

강윤희는 백아영이 하는 것들을 사사건건 금지시켰다. 심심하면 먹던 우유와 두유도 못 먹게 했고 일주일에 한 번은 시켜 먹던 치킨, 피자도 끊었다. 환경호르몬 덩어리라는 플라스틱 장난감과 문구점에서 산 조잡한 액세서리도 다 내버렸고 강윤희의 화장품이나 매니큐어에 백아영을 얼씬도 못 하게 했다. 성적 자극을 차단해야 한다는 얘기를 들었기 때문에 같이 보던 인기 드라마에서 불시에 키스신이 나왔을 때는 백아영을 방으로 쫓아버렸다. 학원 앞에서 친구 엄마에게 닭강정을 사달라고 조르는 백아영을 본 날, 강윤희는 주방 구석에 백아영을 몰아넣고 밤이 될 때까지 다그치고 닦달했다. 강윤희의 목소리가 높아지자 백아영은 무릎을 꿇고 두 손바닥을 비비면서 강윤희에게 빌기 시작했다. 너무 울어 나오지도 않는 목소리로 백아영은 잘못했다고, 용서해달라고 손을 떨며 빌었다. 세 살 때 어린이집 후유증 때문에 보였던 행동을 백아영은 5년 만에 다시 하고 있었다. 강윤희는 그걸 보고 아무 말도 하지 못했다.

태어나면서부터 당연하게 먹어오던 것, 갖고 놀던 것을 갑자기 금지당하는 게 백아영에게 어떤 의미인지 강윤희는 알지 못했다. 백아영은 성조숙증의 '성' 자만 들어도 긴장하며 강윤희의 눈치를 봤다. 멍울이 아픈지 가슴을 만지다가도 강윤희만 보면 팔을 내리며 어깨를 움츠렸다. 자신의 증상 때문에 부모가 다투고, 그 증상에 누구보다 강윤희가 예민하게 반응한다는 걸 백아영이 모를 리 없었다.

어느 날 저녁, 강윤희는 백아영이 안 쓰던 얼굴 근육을 쓰는 걸 발견했다. 백아영은 입과 코를 얼굴 한쪽으로 빠르게 밀었다 되돌렸다. 백아영은 처음엔 아무도 안 보는 데서만 그런 행동을 하더니 점점 자주, 밥을 먹을 때도 멈추지 못하고 얼굴 근육을 틀기 시작했다. 백아영의 곧은 얼굴선이 번개처럼 뒤틀렸다 돌아오는 것을 볼 때마다 강윤희는 세상이 하얗게 꺼지는 것 같았다.

강윤희는 백아영을 데리고 소아정신과에 갔다. 심리적 압박으로 인한 틱 증상이라고 했다. 소아정신과에서는 일시적으로 근육을 마비시키는 주사 치료를 권했다. 강윤희는 백아영의 손을 잡고 조용히 병원을 걸어 나왔다.

그날 밤, 강윤희는 잠든 백아영의 얼굴을 보며 소리 죽여 울었다.

이제야 모든 피로에서 놓여났다는 듯 백아영은 평온하게 잠들어 있었다. 강윤희는 무엇이든 복스럽게 잘 먹는 아이였던 백아영을 떠올렸다. 그게 강윤희와 백은호 부부에게 얼마나 큰 기쁨을 주었던지도. 인터넷에서 볼풀공 한 박스를 배달시켰던 날, 강윤희와 백은호는 욕조에 물을 받아 볼풀공을 채워 넣고 밤이 깊도록 공을 하나하나 씻었다. 백아영이 그걸 재미있게 가지고 노는 상상만으로도 둘은 피곤한 줄 몰랐다. 백아영의 기저귀를 갈면서 무심히 주고받던 말들. "은호야, 물티슈 어디 있어?" "응, 트리케라톱스 옆에." 강윤희는 그 시간들을 생각했다. 생각하고 또 생각했다.

강윤희와 백은호는 주사 치료와 자연 치료의 타협점으로 결국 한약 치료를 택했다. 별다른 대안이 없었다. 정신과에는 백아영 대신 강윤희가 다니기 시작했다. 강윤희가 정신과 치료를 시작하자 신기하게도 백아영의 틱 증상이 완화되었다. 강윤희는 매일 밤 씨탈정 두 알을 먹고 잠들었고 낮이 되면 전보다 날카롭지 않은 상태로 백아영을 대하게 되었다. 적어도 강민서가 오기 전까지는, 강윤희는 씨탈정의 영향권 아래 있었다.

*

강민서는 서재 방을 썼다. 서재라고는 했지만 컴퓨터 책상 한 대에 책장 몇 개, 잡동사니가 놓여 있는 방이었다. 강민서는 그 방에서 백아영의 동화책들을 읽으며 시간을 보냈다. 커다란 판형의 그림책을 앞에 놓고 반복해 읽기도 하고 숨은그림찾기 책을 펼쳐놓고 보다가 피곤하면 이불을 깔고 잠깐씩 눕기도 했다. 눈을 감고 누워 있는 강민서는 창백하고 커다랬다. 강윤희는 강민서가 감기에 걸리지 않도록 온도와 습도에 신경을 쓰며 방을 살폈다.

백아영이 학원에서 돌아오면 백아영과 강민서는 같이 거실에 앉아 컬러링북을 색칠하거나 주사위 게임을 했다. 백아영은 처음엔 백은호에게 하듯이 강민서의 목에 올라타고 팔에 매달리며 몸으로 놀고 싶어 했지만 강윤희가 백은호 외에는 어떤 남자 사람과도 몸을 접촉하지 못하도록 세뇌했기 때문에 곧 포기했다.

강윤희의 작은 작은어머니는 하루에 한 번씩 전화를 해 고맙다고, 미안하다고 말했다. 강중식의 상황이 얼마나 좋지 않은지를 얘기했고, 마지막에는 강민서 얘기를 하면서 눈물을 흘렸다. 강윤희가 방학 중인 걸 아는 백은호의 여동생도 수시로 전화를 걸었다. 임신 중인 백은호의 여동생은 백아영이 성조숙증 진단을 받자 그 소식을 백은호의 사촌들에게까지 퍼뜨린 장본인이었다. "언니, 태아보험 들려고 하는데요, 설계사가 요즘엔 성조숙증이 많다고 보장 항목에 추가하라는데 해야겠죠?" "언니, 오메가쓰리는 꼭 먹어야겠죠?" "언니, 애 낳기가 무서워요." "언니, 우리 아기 나중에 아영이처럼 되면 어떡해요."

방학 때가 되면 강윤희는 그동안 못 본 드라마를 몰아서 보거나 운동을 하거나 백아영의 친구들을 불러 간식을 만들어주거나 했다. 그러나 이번 겨울에는 어느 것에도 집중하지 못했다. 강윤희는 멍한 상태로 식탁에 앉아 백아영과 강민서를 쳐다보았다. 둘은 나란히 앉아 종이접기를 하고 있었다. 백아영과 조근조근 놀아주는 강민서의 다정하고 낮은 목소리, 눈빛, 말투와 행동을 보면서 강윤희는 작은 작은어머니의 성정을 떠올렸다. 그러다 보면 눈앞이 흐려지면서 몸이 나른해졌다. 겨울 오후는 짧았다. 차는 계속 식었고, 곧 물러갈 오후 빛이 거실 끝에 고여서 어른거렸다. 식탁에 앉아 잠깐 졸다가 일어나면 백아영과 강민서는 여전히 종이접기를 하고 있었고, 또 잠깐 졸다 고개를 들면 어느새 창밖이 어두워져 강윤희는 서둘러 블라인드를 내렸다. 저녁 준비를 하려고 찬물에 손을 씻으면 그제야 정신이 돌아왔다. 그러면 다른 누구도 아닌 강중식의 아들이 자신의 집에 머물고 있다는 사실이 소름이 되어 올라왔다.

"윤희야."

백아영과 강민서가 잠들고 난 시간, 백은호가 강윤희를 불렀다.

"윤희 누나."

대답이 없자 백은호가 다시 강윤희를 불렀다. 위로가 필요하거나 무언가 얻어낼 것이 있을 때 백은호는 누나라는 호칭을 꺼냈다.

"민서 있을 때까진 내가 아영이 옆에서 잘 거라고 했잖아. 잘 자."

"그러지 말고 우리 심야영화 보러 가자. 아영이 깨더라도 처남 있잖아. 오랜만에 둘이서만 데이트 좀 하자. 응?"

강윤희는 수건을 개다가 몸을 돌려 백은호를 보았다.

"저 둘만 두고 나가자고?"

"……"

"가슴이 나오기 시작하는 여덟 살 여자애를 열여섯 살 남자애랑 같이?"

"너 왜 그래 또."

"은호야, 내 말 좀 들어봐. 내가 며칠 동안 계속 봤는데 말이야, 민서가 자꾸 우리 아영이 가슴을 쳐다보는 것 같아. 초경지연탕을 먹는데도 아영이 가슴 멍울이 안 없어져. 불안해 죽겠어. 우리 그냥 주사 맞힐까?"

"그만해. 그동안 처남 지켜보고도 몰라?"

"모르겠어."

강윤희는 서랍장에 머리를 기댔다.

"아무것도 모르겠어. 정말 모르겠어."

백은호는 강윤희 옆에 한참 말없이 앉아 있더니 패딩을 주워 입고 담배를 피우러 나갔다. 백은호가 성관계 패턴을 회복하기를 원한다는 걸 강윤희는 알고 있었다. 그렇지만 둘은 피임법에 대해 타협을 못 본 상태였다. 몇 해 전부터 강윤희는 그때그때 하는 피임이 아니라 안정적이고 영구적인 피임을 원했다. 백아영이 어느 정도 자라자 안전한 피임의 울타리 안에서 이전보다 왕성하게 규칙적인 성생활을 하고 싶어진 시기가 온 것이다. 멸균이 안 돼 있는 콘돔 때문에 후유증도 겪고 있는 상태였다. 강윤희는 백은호에게 정관수술을 제안했다. 백은호는 거절했다. 다른 건 다 해도 그것만은 하고 싶지 않다고, 백은호는 아이같이 싫다고만 했다. 강윤희는 수술을 하기 싫어하는 백은호를 이해할 것 같으면서도 이해할 수가 없었다.

"좋아. 그럼 피임 시술은 내 몸에다 할게. 대신에……"

"대신에."

"넌 담배를 끊어."

"야, 강윤희. 넌 어떻게 이런 걸로 거래를 하려고 해?"

"너랑 내가 하는 것 중에 거래 아닌 게 있어?"

"난 아니야. 난 정말 너를 사랑하고, 아영이를 사랑해."

백은호는 억울해하는 순진한 개 같았다.

애연가였던 강윤희와 백은호가 어렵게 담배를 끊은 건 신혼 초였다. 백은호가 함께 담배를 끊자고 했을 때, 그리고 실제로 둘이 함께 담배를 끊었을 때 강윤희는 그게 둘의 미래를 위한 의식이자 약속이라고 느꼈다. 힘든 결심을 해준 백은호가 강윤희는 진심으로 고마웠다. 그러나 백아영이 네 살이 될 무렵 백은호는 상의도 없이 다시 담배를 피우기 시작했다. 일이 힘들다는 변명을 했지만 강윤희에게 그건 명백한 배신이었다. 백아영의 어린이집, 유치원, 학교 친구들이 몰려 사는 아파트 단지 안에서 강윤희는 백은호처럼 자유롭게 담배를 피울 수도 없었다.

본격적인 피임 얘기가 나오면서부터 강윤희와 백은호는 오히려 성관계가 뜸해졌다. 강윤희가 느끼기에 백은호는 배신에 대해 진심으로 사과할 생각도, 피임 방법에 대해 양보할 생각도 없어 보였다. 그런 상태로 성관계가 회복되기만을 바라는 백은호가 강윤희는 뻔뻔하게 느껴졌다.

그러나 강윤희가 가장 외로운 순간은 자신이 왜 그토록 완전한 피임을 원하는지 백은호에게 이해받지 못한다고 느낄 때였다. 백아영이 성조숙증 진단을 받았을 때도, 틱 증상이 왔을 때도 아무도 자신만큼 문제를 심각하게 받아들이지 않는다고 강윤희는 생각했다. 강윤희는 아무것도 믿을 수 없는 세상 한가운데서 혼자서만 노를 젓고 혼자서만 책임지며 혼자서만 비난받는 것 같았다.

강윤희는 베란다로 나가 창문을 열었다. 겨울바람이 가슴골로 들어와도 몸은 시원해지지 않았다. 식구들이 모두 잠들고 앞 동의 불빛도 거의 꺼진 밤이 되면 강윤희는 술을 들고 베란다로 나가 한참씩 찬바람을 쐬었다. 그러고 있으면 백아영의 문제에서도 백은호와의 관계에서도 도망치고 싶어졌다. 모든 걸 놓아버리고 몸을 쓰는 데에만 열중하고 싶은 충동이 밀려왔다. 성격이나 직업이나 가치관 같은 것을 따지지 않고 강윤희라는 여자의 몸 자체에 관심이 있는 남자. 강윤희는 그런 남자와의 원 없는 섹스를 꿈꾸었다. 그 남자는 백은호만 아니면 되는 어떤 남자였고, 강윤희에게 현실적인 피임의 문제는 오직 백은호와만 연결이 되었으므로, 피임을 안 해도 상관없을 것만 같은 그런 남자였다. 오르가슴의 느낌은 자위로도 충분했지만 씨탈정을 복용한 뒤로 강윤희는 자위를 해도 오르가슴에 이르지 못했다. 그럴 땐 먹는 것으로 해결했는데 술일 때가 대부분이었다.

"안 추워요, 누나?"

새벽이 가까운 듯했다. 컴컴한 거실 쪽에서 누군가 강윤희에게 말을 걸었다. 베란다 문을 닫고 들어가자 강민서의 희끄무레한 얼굴이 보였다. 안방 쪽에서 백은호가 낮게 코 고는 소리가 들려왔다. 강윤희는 빈 와인 잔을 식탁에 놓고 술을 조금 더 따랐다.

"누나, 제가 달걀찜 해드릴까요?"

강민서가 맞은편에 와 앉으며 말했다.

"너 그런 것도 할 줄 아니?"

"아빠 술 드실 때 가끔 해드렸어요."

"넌 니네 아빠랑 친하니?"

'니네 아빠'라는 말에 강민서의 동공이 조금 커졌다. 가까이서 보니 생각보다 눈이 큰 아이였다. 집에서도 항상 목을 가리는 티를 입고 있는 강민서를 보면서 강윤희는 손으로 자신의 목을 한 번 쓸었다.

"아빠한테 누나 어렸을 때 얘기 많이 들었어요."

"니네 아빠가 내 얘기를 해? 뭐라고?"

"어려서부터 야무지고 예뻤다고요. 누나가 태어났을 때 집안의 경사였대요. 부서질까 날아갈까, 다들 그런 마음으로 누나를 돌봤다고. 갓난아기인 누나가 한쪽에서 자고 있는 것만으로도 집안사람들이 다

행복했대요."

"진짜? 니네 아빠가 그런 말을 했어?"

강윤희는 식탁을 치면서 미친 듯이 웃기 시작했다. 강민서가 재빠르게 팔을 뻗어 쓰러지려는 술잔을 잡았다. 강윤희는 눈물이 맺힐 때까지 웃음을 멈추지 않았다.

"너무 웃기지 않니? 그렇게 귀한 아이였는데, 난 왜 이렇게 살고 있을까?"

강민서의 눈이 다시 조금 커졌다.

"누나가 왜요. 전 이다음에 누나처럼 살고 싶어요. 착한 사람이랑 결혼해서 예쁜 딸 낳고. 열심히 일하면서."

"그래?"

"저한테 이다음이 있다면요."

"......"

강윤희가 말이 없자 강민서가 눈사람 얘기를 꺼냈다.

"어렸을 때 엄마랑 둘이 큰집에 간 적이 있는데 그때 누나가 저한테 눈사람을 만들어줬어요. 기억나요?"

강윤희는 기억나지 않았다.

"누나가 봉지에 흑미를 들고 와서 눈사람 머리 위에 다닥다닥 붙이는 거예요. 머리카락 심어주는 거라고 하면서. 까까머리 같기도 하고 밤톨 같기도 하고. 저는 그 눈사람이 정말 좋았어요."

강민서가 고백하듯 말했다.

"그다음부터는 저도 눈사람 만들 때 항상 흑미를 썼어요. 누나가 중학교 선생님 됐단 얘기 듣고는 누나 반 애들을 부러워한 적도 있어요."

강윤희는 흐흐흐흣, 웃으면서 고개를 젖혔다. 그러고는 숨을 크게 한 번 내뿜었다.

"누나가 애들한테 어떤 수업을 할까, 혼자서 막 궁금해하고 그랬어요."

"흣."

"지금도 궁금해요."

"그래? 읊어줄까? 열이 어떻게 이동하는지, 물은 어떻게 순환하는지, 화학 반응에서의 규칙성이라든지, 태양계의 구조, 무성 유성생식을 하는 지구 것들에 대한 얘기. 뭐 그런 거? 구름은 어떻게 만들어지는지, 빛은 어떻게 굴절되는지, 소화와 순환과 호흡과 배설의 관계, 세포분열의 원리라든가, 원자의 내부는 어떤지, 빛의 합성으로 어떤 그림을 그릴 수 있는지, 태양이 지구한테 어떤 존재인지, 인간들은 왜 이러고 사는지……"

강윤희는 혼잣말처럼 웅얼거렸다.

"모르면서 그냥 떠드는 거지. 난 사실 중학생 애들을 싫어해."

"누나."

"응?"

"우리 그냥 너구리 끓여 먹을까요?"

"앉아 있어. 내가 끓여줄게."

강윤희는 싱크대에서 냄비를 꺼내 물을 받다가 뒤를 돌아보았다. 목티를 입은 창백한 강민서가 식탁에 바위처럼 앉아 이쪽을 보고 있었다.

"근데 너 너구리 같은 거 먹어도 돼?"

"괜찮아요."

강민서가 이번엔 웃지 않고 말했다.

"위암은 아닌걸요."

*

눈도 오지 않고 춥지도 않은 날이 이어졌다. 겨울 용품 업체들이 울상을 짓고 있다는 소식이 들려왔고 채널을 돌리다 보면 홈쇼핑 쇼호스트들이 어색하게 웃으며 라쿤 털 패딩을 판매하고 있었다. "엄청난 추위가 한 번은 온다는 얘기가 있죠?" 그들은 더워 보이는 패딩을 입고 그렇게 말했다. 눈을 볼 수 없어서인지 강민서가 와 있어서인지 백아영은 다른 때와 달리 눈썰매를 타러 가자고 조르지 않았다.

강민서가 정밀 검사를 하던 날은 작은 작은어머니가 올라와 강민서를 병원으로 데려갔다. 그날은 하루 종일 강민서가 집에 없었다. 자기 어머니보다 훌쩍 커버린 키로 작은 작은어머니의 손을 잡고 가는 강민서를 보면서 강윤희는 10여 년 전을 떠올렸다. 어느 날 강윤희는 강중식의 어린 아들이 아프다는 소식을 들었다. 보름째 열이 나고 있지만 근처 대학병원에서도 원인을 찾지 못한다고 했다. 강민서는 열이 시작되고 3주째에 신촌 세브란스 병원에 가서야 소아림프종 진단을 받았다. 3년째 임용고시 준비 중이던 강윤희는 강민서가 항암 치료를 하는 동안 두어 번 병원에 찾아간 적이 있었다. 강윤희가 가면 강민서는 맥도날드에 가자고 졸랐다. 강윤희의 기억 속에 있는 것은 눈사람이 아니라 환자복을 입고 맥도날드 피규어 진열대로 뛰어가던 다섯 살 강민서의 모습이었다. 테이블에 피규어를 늘어놓고 신이 나 하던, 부은 목과 몸에서 일어나는 일들이 불편해 내내 칭얼대면서도 피규어만은 손에 꼭 쥐고 있던 강민서의 모습. 강민서는 항암 치료 끝에 초등학교 입학 전에 완치 판정을 받았다. 몸이 다시 안 좋아진 것은 강중식의 사업이 틀어진 최근이었다. 암이 얼마만큼 재발해 어디로 전이가 됐는지에 따라 이제 강민서의 삶은 모든 것이 달라질 것이다.

며칠 뒤, 백아영을 학원에 보내놓고 강윤희는 친정 엄마에게 전화를 했다.

"너는 꼭 뭐 물어볼 때만 전화하지."

친정 엄마가 투정 섞인 핀잔을 했다. 강윤희는 자신이 지금까지 친정엄마에게 물었던 것들을 떠올렸다. 어떤 콩은 밥을 해도 왜 계속 딱딱한지, 잡채에 마늘을 넣어야 하는지 말아야 하는지, 녹말가루는 뜨거운 물에 풀어야 하는지 찬물에 풀어야 하는지. 하지만 강윤희가 정말로 묻고 싶은 것은 그런 것들이 아니었다. 엄마는 어떻게 세상을 믿을 수 있었던 것인지 강윤희는 궁금했다. 어떤 믿음이 열한 살 딸과 스물세 살 시동생 둘만 남겨놓고 여행을 갈 수 있게 했던 것인지. 강윤희는 살아생전에 그런 얘기들을 엄마와 할 수 있는 날이 올까 생각했다. 외음부의 면역 체계에는 이상이 생겼고 백아영을 임신 중일 때 빼고는 소염진통제와 항생제를 달고 살아왔다는 걸 백은호조차 알지 못했다. 이 세상에 강윤희의 말을 들어줄 사람은 정신과 의사밖에는 없을지도 몰랐다.

강윤희는 친정 엄마가 말한 대로 밀가루를 수제비 반죽보다 약간 되게 반죽해 비닐에 싸두고 신김치를 썰었다. 쫑쫑 썰라고 했기 때문에 쫑쫑쫑 썰었다. 두부를 힘주어 짜고, 숙주나물을 데쳐 넣고, 파와 마늘을 다져 넣었다. 강윤희는 반죽해놓은 밀가루를 치대고 길게 말아서 피 하나 크기만큼 잘라놓았다. 교자상을 펴고 밀대를 꺼내놓자 백아영과 강민서가 달려들었다. 강민서는 여러 번 해보았는지 밀대를 쓱쓱 움직여 만두피를 보름달처럼 만들어놓았다. 백아영은 자기도 해보겠다며 밀대를 밀었지만 생각처럼 되지 않는지 끙끙댔다. 손목을 어떻게 돌리고 어느 쪽으로 얼마만큼 힘을 줘야 하는지 강민서가 다시 시범을 보였다. 강민서의 손이 전날보다 많이 부어 있었다. 만두소를 넣은 양푼에 숟가락 세 개를 꽂고 그들은 만두를 빚기 시작했다. 둥글게도 만들고 길게도 만들었다. 반죽을 조그맣게 떼어 귀도 붙이고 꼬리도 붙였다. 백아영은 중간중간 백은호에게 전화를 걸어 자기가 만두를 얼마나 멋지게 빚고 있는지 중계했다. 나만 빼고 이러기야, 하는 백은호의 약 오른 목소리가 들렸다.

"누나. 오늘 밤부터 많이 추워진대요."

강민서가 만두소를 뜨며 말했다.

"엄마. 최강 추위가 온대. 완전 최강."

강윤희는 밖을 내다보았다. 그때까지만 해도 눈은 오지 않았다.

"민서 삼촌. 만두 빚으면서 울기 놀이 할래? 내가 이름을 대면 삼촌이 소리를 내는 거야."

"좋아."

"강아지."

"멍멍."

"고양이."

"야옹."

"소."

"음메."

"돼지."

"꿀꿀."

"하마."

"……"

"헤헤헤, 어렵지?"

백아영이 머리카락에 밀가루를 묻히고 웃다가 다시 문제를 냈다.

"그럼 공룡은 어떻게 울게?"

"키우우우우웅."

"오오. 소라는 어떻게 울게?"

"철썩철썩."

"그럼 우리 엄마는 어떻게 울게?"

잠시 정적이 이어졌다. 강민서가 강윤희의 눈을 보고 있었다. 강민서의 시선이 주는 기이한 힘이 공간을 채워왔다. 이상하게도 그 잠깐 사이에 강윤희는 위로를 받고 있는 것 같았다.

백아영이 환호를 하며 일어섰다. 강윤희와 강민서는 밖을 보았다. 거짓말처럼 함박눈이 내리고 있었다. 셋은 만두를 내팽개치고 베란다로 달려갔다. 언제부터 내렸는지 벌써 눈이 꽤 쌓여 있었다. 장갑을 끼고 나와 눈사람을 만드는 아이들도 보였다.

강윤희는 백아영과 강민서의 떼를 이기지 못하고 밖으로 나가는 걸 허락했다. 강윤희가 양쪽 귀에 마스크를 걸어주는 동안 강민서는 상체를 숙이고 가만히 있었다. 강윤희는 목도리를 겹겹이 둘러주면서 감기에 걸리면 안 된다고 신신당부를 했다. 백아영과 강민서는 그날 페트병만 한 작은 눈사람을 만들어서 들고 들어왔다.

강민서는 당연히 줘야 하지 않겠느냐는 듯 강윤희에게 두 손을 내밀었다. 강윤희는 그 위에 흑미를 쏟아주었다. 강민서와 백아영은 흑미로 눈사람의 머리카락을 빼곡하게 심고 눈 코 입도 흑미로 완성했다. 강윤희는 화분받침에 눈사람을 올려 베란다에 놔두고 혹시라도 녹을까 봐 바깥문을 열어두었다. 그러나 문을 열어둘 필요도 없이 그날 밤부터 한파가 시작됐다.

눈이 내린 그대로 세상이 얼어붙었다. 체감온도 영하 30도의 한파는 며칠 동안이나 계속됐다. 세탁기와 수도가 얼고, 한강이 얼고, 티브이에서는 얼음이 떠다니는 서해 바다의 모습이 방송됐다.

한파 특보 3일째, 강민서의 검사 결과가 나왔다. 집이 병원 인근인 강윤희가 강민서를 태우고 병원에 먼저 도착했고, 뒤이어 작은 작은어머니와 강중식이 왔다. 결과를 듣고 작은 작은어머니와 강민서가 입원 절차를 밟는 동안 강중식이 옥외 휴게실로 강윤희를 불렀다. 다른 때 같으면 벤치 여기저기에 보였을 사람들이 한파 때문인지 한 사람도 보이지 않았다.

"민서가 그러더구나. 윤희 누나네 있는 동안 좋았다고."

강중식이 말했다. 추워도 너무 추워서 강윤희는 몸이 굳는 것 같았다.

"……다 내 잘못이다."

강중식은 갑자기 어깨를 떨더니 그렇게 말했다. 림프절에서 시작된 강민서의 암은 간과 척수로 전이가 되었다고 했다. 예후가 좋지 않은 듯했다. 이제 강민서는 끝을 알 수 없는 항암 치료와 방사선 치료 속으로 다시 들어가야 했다.

"다 내 죄야……"

강중식은 그렇게 말하면서 흐느끼기 시작했다. 벤치 끝에 걸터앉은 늙은 강중식이 몸을 공벌레처럼 만 채 울고 있었다.

"그때 내가, 그때 내가 너한테……"

강윤희는 '그때'라는 말을 잘못 들었다고 생각했다.

"그래도 윤희야."

강중식이 강윤희 쪽으로 몸을 돌렸다.

"그래도 나는……"

"……"

"손가락밖에는 안 넣었다."

그러면서 강중식은 다시 울기 시작했다. 지푸라기라도 잡고 싶다는 듯이. 그 일이 없던 일이 되면 강민서의 병이 나을 수 있다는 듯이. 최악까지 가진 않았는데 이런 형벌은 억울하다는 듯이. 그러나 강윤희가 놀란 것은 그런 것들 때문이 아니었다. 강중식이 아직 그 일을 기억하고 있다는 사실 때문이었다. 어쩌면 혼자 꾼 나쁜 꿈이 아닐까 생각한 적도 있었다. 몸의 증상을 빼면 그만큼 그 일은 현실감이 없었다. 20년이 훨씬 넘는 시간 동안 사촌들의 결혼식과 조부모의 장례식과 온갖 집안 대소사 속에서 강중식은 아무렇지 않게 강윤희를 대했던 것이다.

강윤희는 강민서의 짐이 빠져나간 서재 방문을 잠갔다. 그러곤 대부분의 시간을 소파에 멍하니 앉아 보냈다. 티브이에서는 폭설로 항공기가 결항돼 공항에 발이 묶인 사람들이 나왔다. 국립공원과 도로가 통제되고, 비닐하우스와 축사가 붕괴되고, 고깃배가 얼음 한가운데에 갇혀 있는 모습이 보였다. 갑자기 긴급재난문자가 오면 강윤희는 깜짝 놀라 베란다로 나갔다. 그러면 강민서가 만들고 간 눈사람이 까만 흑미를 머리에 이고 꽁꽁 언 채 서 있었다.

역대급 기록을 세웠다는 한파 특보는 5일 만에 해제됐다. 주말이 지나고 백아영은 강윤희보다 일주일 먼저 개학을 했다. 백아영을 학교에 보내고 빈집에 혼자 앉아 있으면 어디선가 주사위가 굴러가는 소리, 색종이를 접었다 펴는 소리, 강아지와 트리케라톱스와 소가 우는 것 같은 소리가 들려왔다. 강윤희의 친정에 있는 앨범 속에는 오래된 사진이 하나 있었다. 강윤희는 그 사진을 생각하고 있었다. 한 소년이 갓난아기를 업고 있는 사진이었다. 소년은 허리를 직각으로 꺾고서 쩔쩔매고 있었다. 아기가 흘러내릴까 봐 양팔에 힘을 주어 뒤를 받치고, 그 와중에도 등에 매달린 아기를 보려고 고개와 눈동자를 뒤쪽으로 한껏 돌리고 있었다. 여차하면 아기를 받으려고 소년 옆에 바짝 붙어 있는 아기엄마가 보였고, 환호를 하는지 말리는지 모를 손들이 보였다. 강윤희는 그 포대기의 무늬를 기억하고 있었다. 분홍색 빗금이 누빔 결을 따라 전체에 퍼져 있고 띠 부분엔 흰색 땡땡이가 박혀 있었다. 그 포대기는 강윤희의 동생들이 태어날 때까지 계속 쓰이다 언제 사라졌는지 모르게 사라졌지만, 친정에 보관돼 있는 옛날 사진들 속에 아직도 소품처럼 남아 있었다.

한파가 수그러들고 얼었던 세탁기는 다시 작동됐다. 푹한 날이 하루 이틀 이어졌다. 강윤희는 며칠 묵은 빨래를 돌리고 집 안의 문들을 하나하나 열었다.

베란다로 나갔을 때 강윤희는 눈사람을 세워놓았던 화분받침에서 물이 넘칠 듯 말 듯 찰랑이고 있는 것을 보았다. 그 물 위에 흑미가 빼곡히 떠 있었다.

강윤희는 왠지 그걸 보고 있기가 힘들어 다른 일들에 집중했다. 출근이 시작되면 한동안 손대지 못할 집안일들을 하루에 하나씩 해치웠다. 일주일은 금세 갔다.

주말이 되었을 때 강윤희는 베란다로 나가 다시 화분받침 앞으로 갔다. 찰랑거리던 물은 다 증발되고 화분받침에는 습기를 머금은 흑미들만 까맣게 모여 있었다.

강윤희는 백아영을 베란다로 불렀다. 흑미만 남은 화분받침을 건네자 백아영은 베란다에 주저앉아서 울기 시작했다. 강민서가 더 이상 집에 없다는 걸 그제야 실감한 듯 백아영은 민서 삼촌을 부르며 울음을 멈추지 않았다. 당장 민서 삼촌을 보러 가겠다며 떼를 썼고, 눈사람을 살려내라면서 강윤희의 가슴을 때렸다.

"아영아. 민서 삼촌이랑 니가 만든 눈사람, 없어진 거 아니야. 그냥 모습이 변한 거야."

"너무해. 너무해."

백아영은 오후가 되어서야 진정이 됐다. 강윤희는 백아영과 함께 흑미를 드라이어로 말려 유리병에 담았다. 그리고 냉장고에 넣었다. 냉동실에는 강민서가 빚어놓고 간 김치만두가 남아 있었다. 강윤희는 다음 해 겨울에도 강민서와 교자상에 둘러앉아 만두를 빚을 수 있을까 생각했다. 그런 날이 다시 온다고 해도, 그때까지 강민서가 견뎌야 하는 시간들에 대해 강윤희는 알 수 없었다.

강윤희는 출근을 해 다시 중학생 아이들과 지냈다. 강윤희가 담임을 맡은 중학교 2학년 아이들한테서는 하루에도 소소한 사건 사고가 끊이지 않았다. 이 애랑 저 애가 헤어지면 다음 날은 저 애랑 그 애가 사귀고, 그 애는 다시 이 애에게 고백하고, 울고, 먹고, 깔깔대고, 복도에서 키스를 하고, 교실에서 허리를 감고, 다시 울고, 뛰고, 강윤희를 부르고, 강윤희에게서 도망갔다. 그 아이들을 보며 강윤희는 언젠가는 중학생이 될 백아영을 상상했다. 그러면 암울한 기분이 되었다.

어느 날 새벽엔 백은호가 자고 있는 강윤희를 깨웠다. 백은호는 강윤희의 어깨를 잡더니 나쁜 꿈을 꾸었느냐고 물었다. 강윤희는 침대 끝에서 몸을 구부린 채로 땀을 흘리고 있었다. 강윤희는 백은호의 팔을 잡았다.

"은호야. 아영이가 나한테 자꾸 잘못했다고 비는 꿈을 꿔. 제발 용서해달라고…… 엄마 미안해, 엄마 미안해, 그러면서 자꾸 빌어. 그게 내 악몽이야."

강윤희는 백은호한테 기대 조금 울었다. 백은호는 강윤희를 엎드리게 하더니 땀에 젖은 상의를 벗겼다. 그러고는 마른 수건을 갖고 와 강윤희의 등을 닦았다. 백은호는 수건을 내려놓고 천천히 강윤희의 등을 안마했다. 강윤희는 혼몽한 채로 엎드려서 고르게 숨을 내쉬었다. 잠시 뒤 강윤희의 등엔 손 대신 백은호의 입술이 와 닿았다. 조금씩 빨라지는 호흡을 느끼면서 강윤희는 엎드려 있을 때 백은호가 들어오는 걸 자신이 얼마나 좋아했었는지를 떠올렸다. 백은호의 배가 강윤희의 등에 밀착되면 위치상 바로 귓가에 백은호의 숨소리가 들렸다. 숨소리를 느끼다 보면 어느새 백은호가 미끄러져 들어와 두 팔에 강윤희를 가둔 채 몸을 움직였다. 등이 점점 뜨거워지는 것을 느끼고 강윤희는 그게 회상이 아니라 실제 상황임을 깨달았다. 백은호의 팔이 강윤희 눈앞으로 길게 뻗어 나와 이불을 움켜쥐고 있었다. 귀에 닿는 백은호의 호흡이 가빴다. 땀에 젖은 백은호의 배가 뒤에서 빠르게 마찰하고 있었다. 미처 어찌할 새도 없이 강윤희는 그곳의 근육이 수축하기 시작하는 걸 느꼈다. 곧이어 강윤희의 몸속에서 울음과도 같은 소리가 폭발했다. 강윤희가 백은호의 팔을 무는 동시에 백은호는 사정했다. 백은호의 몸속에 있던 2억 마리의 정자가 강윤희의 몸속으로 들어오는 순간이었다.

그날 피임을 하지 않았다는 걸 강윤희와 백은호는 아침이 되어서야 알았다.

인 터 뷰

최 은 미 X 강 동 호

강동호 반갑습니다. 두번째 소설집 『목련정전』(문학과지성사, 2015)을 출간한 지 어느덧 꽤 시간이 흘렀네요. 지금쯤이면 두번째 책과 심정적으로도 거리를 둘 수 있는 시점인 것 같은데, 작가로서의 소회나 근황 등이 궁금합니다.

최은미 안녕하세요. 반갑습니다. 두번째 소설집이 나오고 나서 첫번째 소설집과 두번째 소설집을 같이 돌아볼 수 있는 시간이 있었는데요. 저한텐 두 책이 하나의 긴 선처럼 느껴졌어요. 제 소설들에 따라다녔던 몇 개의 단어들에 대해서도 곱씹어보게 됐고, 나를 변하게 하는 것들에 대한 생각, 또 어떻게 해도 변할 수 없는 지점에 대해서도 생각해보게 됐고요. 얼마 전에는 몇 년 동안 헬hell 속에 갇혀 있는 사진이었던 페이스북 프로필 사진을 바꾸었고, 지금은 장편을 쓰면서 지내고 있습니다.

강동호 본격적으로 「눈으로 만든 사람」에 대한 질문을 드릴까 합니다. 주인공 강윤희는 어린 시절 겪었던 폭력의 트라우마로부터 벗어나지 못하는 인물입니다. 그런데 공교롭게도 그녀의 트라우마는 자신의 딸인 백아영과 사실상 아무런 죄가 없는 강민서에 대한 폭력으로 변형이 되어 표출됩니다. 독회 과정에서 최은미 작가의 작품이 생물학적 결정론을 연상시킨다는 지적도 있었는데요, 아마도 누군가로부터 겪은 폭력이 반성적 경험의 토대가 되기보다 끝없는 폭력의 대물림으로 이어질 것이라는 비관주의가 소설에서 발견되기 때문이라고 짐작해봅니다. 일종의 비극적 운명론이라고나 할까요?

최은미 강윤희는 강민서가 강중식의 아들이므로 강중식과 똑같은 짓을 할 수도 있다는 생각을 한편에 가지고 있는 인물입니다. 그러나 제가 이 소설에서 비중을 두고 싶었던 것은 강윤희의 편견 자체보다 그것이 흔들리는 과정이었습니다. 강민서가 그 역할을 해주길 바랐어요. 강윤희가 성적인 부분에 있어 딸에게 보이는 과민함이나 억압은 강윤희가 겪은 일과 뗄 수 없는 부분이 있지만, 그것이 어쩔 수 없는 대물림이나 비관론으로만 받아들여지지는 않기를 이 소설에서는 바랐어요. 이 모든 일들이 일어난 곳이 가족이라는 폐쇄적인 관계 속에서라는 것, 그래서 더욱 강윤희가 상처를 극복할 수 없었다는 것, 그것을 강중식이 강윤희를 대하는 태도를 통해 조금이나마 드러내고 싶었어요. 하지만 마지막 장면을 쓰고 나서는 이 소설이 그렇게 읽힐 수도 있겠다고 생각했습니다. 저는 생물학적 특성이나 관계로부터 자유로울 수 없는 인물들의 이야기에 관심이 있어요. 제 소설이 생물학적 결정론을 연상시킨다면 그건 제가 인물들의 공포를 위해서든 다른 가능성을 찾기 위해서든 그럴 만한 상황을 소설 속에 끌어오기 때문일 것입니다. 인간들이 왜 이러고 사는지를 설명하는 수많은 틀들이 있지만 사람의 행동은 어떤 걸로도 다 설명되어지지 않는 지점이 있다고 믿어요. 많은 소설들이 그런 이유로 씌어지고 읽히는 것이겠지요.

강동호 소설이 주로 강윤희에 초점을 맞추고 있기 때문에 그런지 상대적으로 강중식이라는 인물이 겪었을 복잡한 심리가 본격적으로 그려지지는 않은 것 같습니다. 그래도 궁금해지더군요. 아들 강민서가 겪는 불행을 자신이 과거에 행한 죄와 연결시키는 강중식의 심리는 충분히 이해가 되지만, 왜 갑자기 항변하듯 강윤희에게 자신의 죄를 고백해야 했을까요? 어쩌면 끝내 과거를 언급하고 싶지 않았을지도 모르는데요.

최은미 어쩌면 강중식은 강윤희의 짐작보다 훨씬 큰 죄책감 속에서 살았을 수도 있겠지요. 하지만 강중식의 마음 상태에 대해서는 별로 그리고 싶지 않았어요. 중요한 건 일대일로 마주했을 때 강중식의 말이 강윤희에게 어떤 식으로 표현되느냐라고 생각했습니다. 강윤희에게 전달되는 건 그것이니까요. 병원 옥외 휴게실에서 강중식은 왜 안 하느니만 못한 변명과 자기방어를 했을까요. 강민서를 위해서? 자신을 위해서? 어쨌든 강윤희를 위해서는 아닌 것 같아요.

강동호 개인적으로 느끼기에, 소설에서 가장 매력적인 인물이자 동화적인 캐릭터가 강민서가 아닐까 싶었습니다. 섬세하면서도 굳건한 영혼의 소유자라고나 할까요? 어쩌면 최은미 작가가 바라보는 현실 인식은 기본적으로 강윤희와 강중식 사이의 관계에 기반을 두고 있는 것 같지만, 다른 한편으로는 강민서와 백아영이라는 아름다우면서 꿈과 같은 관계, 폭력의 사슬로부터 벗어날 수 있는 관계에 대한 희망을 잃지 않고 있다는 생각도 들더군요. 상처와 고통이 난무하는 이 지옥과 같은 삶에서 벗어나는 것은 근본적으로 불가능하겠지만, 한편으로는 곧 녹아버릴 눈사람 같은 희망을 바라보면서 살아가야 하는 것이 인간의 숙명일까 하는 생각도 듭니다. 이것 역시 더 근본적인 비극일 수 있겠지만요.

최은미 강민서는 저도 가장 애정을 가지고 그렸던 인물인데 매력적으로 다가갔다니 기쁩니다. 강민서와 백아영과 강윤희가 함께 있는 장면을 그릴 때 참 좋았어요. 그 부분이 없었다면 이 소설을 쓰는 게 얼마나 힘들었을까 싶습니다. 아마도 강윤희와 백아영은 오랜 시간이 지나도 강민서와 함께 보냈던 시간을 잊지 않을 거라는 생각이 듭니다. 강민서가 머물고 갔던 그 보름이, 강윤희에게 작은 변화를 주었기를 진심으로 바라면서 썼어요.

강동호 마지막으로 어떤 작품들을 써나갈 계획인지 질문드리고 싶습니다.

최은미 당분간은 쓰고 있는 장편에 집중할 듯한데요, 단편의 인물들을 그리면서 느꼈던 무력감을 조금은 이겨내고 싶다는 생각으로 쓰고 있습니다.

2016년 6월
이달의 소설

씬짜오, 씬짜오

최은영

최은영 1984년 광명에서 태어났다.
2013년 작가세계 신인상으로 등단했고, 소설집 『쇼코의 미소』가 있다.

1995년 1월, 우리는 다시 독일로 돌아왔다. 1992년에서 93년까지 베를린에서 살다 한국으로 돌아온 지 겨우 1년이 지나서였다. 우리가 도착한 곳은 플라우엔이라고 불리는, 5년 전까지만 해도 동독 지역이었던 작은 도시였다. 버려진 건물들, 황량한 공원, 술냄새를 풍기며 전차 정류장에 앉아 있던 남자들…… 그곳은 내가 알던 독일의 모습과 거리가 멀었다.

호 아저씨의 저녁 초대를 받은 날, 엄마는 평소에는 입지 않던 예쁜 투피스를 꺼내 다려 입고 화사하게 화장했다. 말 꼬리처럼 껑충 묶은 내 머리를 풀어 짱짱한 디스코머리로 땋고 결혼식 때 입는 검은색 코르덴 원피스를 입게 했다. 두 살짜리 동생에게도 새 옷을 입혔다. 오랜만에 화장을 한 엄마의 모습이 어린 내 눈에는 꽤나 예뻐 보였다. 엄마는 건물 유리창을 몇 번이나 보며 자기 모습을 점검했다. 플라우엔에 온 지 세 달 만에 다른 집에 초대받은 것이어서 기분 좋은 긴장감을 느끼는 것 같았다.

“씬짜오.” 엄마는 현관 앞으로 나온 응웬 아줌마에게 외워둔 베트남어로 인사했다. 나도 따라 “씬짜오” 하고 인사하자 응웬 아줌마는 반갑게 웃었다. 아줌마는 오래 만나지 못했던 친구들을 만난 것처럼 우리를 환영해줬다. 부엌에는 호 아저씨가 있었다. 볼이 붉고 얼굴에 아이 같은 장난기가 어려 있던 아저씨가 나는 한눈에 좋아졌다. 아저씨는 아빠와 같은 회사에서 일하는 동료였고, 내가 아저씨 아들 투이와 같은 반이 된 것을 알고는 우리 가족을 아저씨네로 초대했다.

호 아저씨의 요리는 담백하고 편안했다. 음식을 두고 편안하다고 말할 수 있는 것인지는 모르겠지만 내게 아저씨의 요리는 그 말로밖에 설명이 안 된다. 토마토를 넣어 뭉근하게 끓인 고깃국, 향긋한 쌀밥, 구운 새우, 야채볶음과 반으로 자른 라임을 뿌려 먹는 짭조름한 튀김만두의 맛이 그랬다.

밥을 다 먹고 나서 어른들은 술을 마시기 시작했고, 나는 투이를 따라 책장 쪽으로 갔다. “내가 여섯 살 때부터 모은 거야.” 투이는 만화책을 골라줬는데 모두 스누피 시리즈였다.

“저기서 읽을래?” 투이가 좌식 소파를 가리켰다. 스웨이드 재질의 소파는 부드럽고 푹신했다. 나는 손등으로 소파를 쓰다듬으며 만화를 읽기 시작했다. 우드스탁과 나란히 개집 지붕에 앉아 노닥거리는 스누피는 꼭 투이처럼 보였다. 학교에서 본 투이는 그런 애였으니까. 그 애는 모두와 잘 지내고 항상 명랑했다. 키가 큰 애든, 작은 애든, 활발한 애든, 내성적인 애든 모두 투이를 좋아하는 것처럼 보였다.

“넌 얘 닮았어.” 투이가 우드스탁을 가리키며 웃었다. “너 처음 봤을 때 우드스탁인 줄 알았어.” 내가 작고 못생겨서 그렇게 말하나 싶었지만 악의 없는 얼굴로 천진하게 웃는 그 애에게 화를 낼 수는 없었다.

“나 너 겨울에 봤었어. 주말 벼룩시장에서.” 투이가 말했다.

“걔가 나라는 걸 어떻게 아냐?”

“공원 맞은편에서도 봤어. 거기 너희 집 아니야?”

“그게 뭐.”

나는 다시 만화책으로 눈길을 돌렸다. 우리 집 창문으로 그 애를 훔쳐본 일이 부끄러워졌다. 투이와 한 반이라는 것을 알았을 때 몰래 반가워했던 마음까지도 그 애가 다 알고 있을 것 같았다.

독일에서의 일은 이제 뿌연 유리창으로 보는 바깥 풍경처럼 희미하다. 그런데도 처음 투이네 집을 방문했을 때를 떠올리면 그때 느꼈던 감정이 생생히 되살아난다. 투이네 식구 모두가 우리를 반갑게 맞아주던 일, 그 환대에 기뻐하던 엄마의 모습, 어떤 조건도 없이 받아들여졌다는 따뜻한 기분과 우리 두 가족이 같은 공간에 모여 음식을 나눠 먹던 공기를 기억한다. 어떻게 그렇게 여러 사람의 마음이 호의로 이어질 수 있었는지 나는 모른다. 고작 한 명의 타인과도 제대로 연결되지 못하는 어른이 된 나로서는 그때의 일들이 기이하게까지 느껴진다.

플라우엔에서 보낸 첫번째 여름, 엄마는 건조한 날씨 때문에 고생했다. 하얀 각질이 뱀 비늘처럼 팔다리를 덮었고 자다가도 몸을 긁느라 몇 번이나 일어난다고 했다.

“저도 처음 독일 왔을 때 그랬어요. 한국도 여름이 습하죠? 여기는 반대니까. 뭘 발라도 건조하더라구요.”

응웬 아줌마는 엄마에게 직접 만든 크림을 줬다. 샤워한 후에 꾸준히 바르면 가려움이 줄어들 거라고. 엄마는 아줌마의 크림 덕분에 남은 여름을 수월하게 보낼 수 있었다. 아줌마는 우리가 말하지 않아도 어디가 불편한지 알고 있었고, 배관공을 부르거나 집주인과 이야기해야 할 때도 나서서 일을 해결해줬다. 무엇보다도 그녀는 두 살짜리 아이를 붙들고 하루 종일 집에 고립되어 있던 엄마의 유일한 말동무가 되어주었다. 엄마를 보면 홀로 투이를 키워야 했던 시간이 떠오른다고, 혼자 그렇게 오래 있으면 자연히 어두운 생각에 빠지게 된다고, 이야기하고 싶으면 언제든지 전화하라고 했다.

투이네 가족과 우리 가족은 적어도 일주일에 한 번은 같이 저녁을 먹었다. 한 번은 투이네 집에서, 한 번은 우리 집에서 먹는 식이었고 초여름이 되어 낮이 길어지자 토요일 이른 저녁부터 일요일 새벽까지 함께 시간을 보냈다. 같이 밥을 먹고, 어른들은 어른들끼리 카드놀이를 하고, 우리들은 지그소 퍼즐을 하거나 만화책을 읽었다. 그때는 몰랐지만 지금 와 생각해보면 투이네 가족도, 우리 가족도 서로 말고는 그렇게 가까운 이들이 없었던 셈이다.

술을 많이 마신 날이면 어른들은 돌아가며 노래를 불렀다. 엄마는 한국 노래를, 응웬 아줌마 부부는 베트남 노래를 불렀다. 뜻도 알아듣지 못할 노래의 후렴구를 어설프게 따라 하려는 엄마를 보고 웃음을 터뜨리던 어른들의 모습이 생각난다.

"너희 아빠와는 말이 통하지 않아." 엄마는 종종 내게 그렇게 말했다. 둘은 서로를 투명인간처럼 대했다. 밥을 먹을 때도, 텔레비전을 볼 때도, 드라이브를 할 때도 그랬다. 그런 행동이 어린 나에게 어떤 상처를 줬는지 그들은 끝내 이해하지 못했을 것이다.

엄마와 아빠는 같은 대학 독문과에서 만나 오래 연애한 커플이었다고 했다. 경쟁적으로 서로의 존재를 무시하는 그 두 사람이 한때는 서로를 끔찍이 사랑했었다는 사실을 그때의 나는 이해할 수 없었다. 언젠가 엄마 아빠가 얼굴을 마주 보고 이야기할 수 있기를, 아무 미움 없이 평범한 이야기들을 할 수 있기를, 결코 헤어지지 않기를 나는 매일 빌었다.

투이네 가족과의 저녁 식사 시간이 좋았던 것도 그런 이유 때문이었다. 투이 가족과 함께 있을 때 엄마와 아빠는 가끔 서로를 보며 웃기도 했고, 투이 가족에게 서로에 대한 이야기를 자연스레 하기도 했다. 담배를 피우러 발코니로 나가는 아빠가 엄마의 어깨를 툭 치는 것을 본 적도 있었다. 술에 취해 웃으며 말하는 아빠를 선선히 바라보던 엄마의 눈빛이 기억난다. 우리 식구끼리만 있을 때는 상상할 수 없는 일이었다. 엄마가 그렇게 잘 웃는 모습을 나는 그전에도, 그 후에도 보지 못했다.

엄마 그때 참 예뻤어, 언젠가 내가 그렇게 얘기했을 때 엄마는 그 시절이 잘 기억나지 않는다고, 그래도 그렇게 말해줘서 고맙다고 말했다.

본격적인 여름에 들어서자 밤 10시가 넘어도 대기에는 초저녁처럼 희미한 빛이 남아 있었다. 빛이 조금씩 줄어들면서 눈앞의 풍경이 푸른빛에 잠길 때의 모습을 나는 좋아했다. 거실 창문으로 밤바람이 불어오고, 부엌에서는 어른들의 말소리와 웃음소리가 들려오고, 그 시간이 되면 꼭 입을 벌리고 잠들었던 투이의 얼굴을 볼 때, 푸른빛의 채도가 점점 낮아지고 가로등 불빛이 하나둘씩 켜질 때면, 나는 내가 언젠가 이 시간을 그리워할지도 모른다고 생각했다.

투이와 나는 같이 빵이나 우유 심부름을 다니곤 했다. 심부름을 가는 길에 그 애는 보이지 않을 만큼 멀리 뛰어갔다가 다시 내 쪽으로 돌아왔다. 처음에는 투이를 쫓아가려고 했지만 그 애가 다시 돌아온다는 걸 알고는 나도 내 속도대로 걸었다. 보이지 않았다가 다시 내게 달려오는 그 애의 얼굴을 볼 때면 웃음이 났다. 투이는 나와 눈이 마주치면 고개를 활짝 뒤로 젖히고 더 우스꽝스러운 포즈로 달렸다.

심부름을 다녀오는 길에 우리는 찻길을 사이에 두고 맞은편에서 걸어갔다. 둘이 붙어 다니면 같은 반 애들이 놀릴지도 모른다는 염려 때문이었다. "우드스탁!" 그 애는 우리 둘만 있을 땐 나를 꼭 우드스탁이라고 불렀다. 시간이 지날수록 그 호칭은 나를 꽤나 들뜨게 했다. 그 누구도 빈번한 전학으로 스쳐 지나가는 나에게 별명을 붙여주지 않았으니까.

투이네 동네 골목까지 들어오고서야 우리는 나란히 걸었다. 그럴 때 투이에게서는 볕에 달구어진 동전 냄새 같기도, 양파 냄새 같기도 한 땀냄새가 났다. 별다른 이야기를 나눈 건 아니었지만 그렇게 함께 걷는 것만으로도 마음이 부드러워지는 기분이었다.

투이는 그 나이 또래 특유의 어그러짐이 없었다. 학교에서 있었던 일을 응웬 아줌마에게 종알종알 다 이야기했고 다른 사람을 신경 쓰지 않고 노래를 부르거나 즉흥 연극을 해 모두를 웃게 했다. 나는 동생을 대하듯이 그 애에게 말하곤 했는데, 가끔은 아무렇지 않은 듯 깊은 속마음을 말하기도 했다. 내가 무슨 말을 해도 투이 같은 어린애가 이해할 수 없으리라고 생각해서였다. 투이는 내 말을 별로 신경 쓰지 않는 것처럼 보였다. 그랬구나, 그랬었냐. 그런 무심한 대답을 듣고 있노라면 그 애에게 말하기 전의 억눌린 감정이 조금은 풀어지는 것 같았다.

"우리 엄마 아빠는 서로를 제일 싫어해." 그날도 나는 아무렇지 않게 웃으며 말했다. 투이는 걸음을 멈추고 가만히 서서 나를 쳐다봤다. 꼭 화가 난 것처럼 보였다. 의외의 반응이어서 무슨 말을 해야 할지 알 수 없었다.

"넌 왜 그런 얘길 하면서 웃어?" 투이는 그 말을 하고는 앞으로 성큼성큼 걸어갔다. 여느 때처럼 다시 내 쪽으로 돌아오리라고 생각했지만 그 애는 그렇게 하지 않았다. 당시에는 조금 당황했을 뿐 그 일에 대해 깊이 생각하지는 않았었다. 하지만 고등학교 시절, 야자를 마치고 운동장을 가로질러 갈 때면 "넌 왜 그런 얘길 하면서 웃어?"라고 말하던 투이의 어린 얼굴이 생각나곤 했다. 나는 그 애를 조금도 알지 못했었어. 유년을 다 지나고 나서야 나는 그 애를 다르게 기억하기 시작했다.

"독일에 처음 왔을 때," 아줌마는 크게 웃으며 말했다. "너무 추웠어요. 아무리 껴입어도 벌벌 떨리는 거야. 아직도 그래요. 투이야 여기서 태어났으니까 아무렇지 않겠지만 난 이상하게 아직도 여기 겨울이 적응 안 돼. 난생처음 눈 봤을 때 얼마나 놀랐는지. 너무 예뻐서 춥다 춥다 하면서도 손이 다 얼도록 눈을 만지고 놀았어요."

엄마는 웃으며 말하는 응웬 아줌마의 얼굴을 물끄러미 쳐다봤다. 같이 웃어야 하는데 웃음이 나오지 않아 당황하던 엄마의 얼굴을 기억한다. 아줌마는 고생한 이야기를 할 때마다 과장되게 웃으면서 말했고 그럴 때면 엄마는 애써 같이 웃으려 노력했다.

아줌마는 엄마가 사랑이 많고, 다른 사람의 마음에 공감해주는 능력을 타고났다고 말했다. 세상에는 엄마처럼 섬세한 사람들이 더 많아져야 한다면서, 엄마는 아파하지 못하는 사람들을 위해 대신 아파하는 사람이라고 말했다.

엄마와 함께 있을 때도 아줌마는 엄마에 대한 칭찬을 잘했다. 웃는 모습이 예뻐서 함께 있으면 방이 다 환해지는 것 같다, 두상이 동그라니 예쁘다, 걸음걸이가 사뿐하다, 옷맵시가 좋다, 앞니가 귀엽다, 듣기에 참 좋은 목소리다…… 아줌마는 이런 이야기를 망설이지 않고 했고 그럴 때면 엄마는 얼굴을 붉혔다. 아줌마의 말을 듣고 있노라면 나도 몰랐던 엄마의 좋은 부분이 눈에 들어왔고 엄마가 내 엄마라는 사실이 자랑스러워졌다. 아줌마와 엄마는 하루가 멀다 하고 서로의 집을 오갔다. 엄마는 김을 좋아하는 아줌마를 위해 한국에서 가져온 김을 구워 갖다줬고, 아줌마는 단 음식을 좋아하는 엄마에게 쌀푸딩을 만들어줬다.

플라우엔에서 맞은 두번째 겨울에 나는 거의 매일 투이네 집에 들렀다. 우리 집은 오래된 라디에이터 때문에 언제나 냉골이었지만 투이네 집은 온몸이 노곤해질 정도로 기분 좋게 따뜻했고, 투이네 식구들과 함께 지내는 쪽이 집에 있는 것보다 편해서였다.

응웬 아줌마는 나에게 많은 것을 물어봤다. 한국에서 다니던 학교는 어땠는지, 베를린에서의 생활은 만족스러웠는지, 바다에 가보았는지, 한국의 바다는 어떤 색인지, 가장 좋아하는 독일 음식은 무엇인지. 아줌마의 질문은 공부는 잘하냐, 왜 이렇게 키가 작냐, 커서 뭐할 거냐 물어대는 다른 어른들의 것과는 달랐다. 진심 어린 관심을 받고 있다는 기쁨에 나는 두 볼이 빨갛게 달아오를 때까지 아줌마 앞에서 떠들어댔다.

"이름 한자로 써볼래?" 내가 이름을 한자로 쓰자 아줌마는 웃으며 말했다. "이럴 줄 알았지. 나랑 같은 성씨구나." 아줌마는 '나라 이름 원(阮)' 자를 쓰고는 '응웬'이라고 읽었다. 호 아저씨의 '호'는 '되 호(胡)' 자였고, '투이'라는 이름은 '푸를 취(翠)' 자를 썼다. "넌 내 어릴 적 친구를 많이 닮았다. 그 애 성씨도 응웬이었지. 같은 마을에 살았던 친구였다." 아줌마는 슬프게 웃어 보였다. 무척 좋아하는 것들에 대해 이야기할 때 그녀는 그런 표정을 짓곤 했다. 세 살이 된 내 동생 다연이를 볼 때도 그랬었다. 시간이 지날수록 그 표정은 나를 아프게 했는데, 아줌마의 행복이라는 것이 슬픔과 너무 가까이 붙어 있는 것처럼 보여서였다.

언젠가 아줌마에게 어린 시절 사진을 보여달라고 한 적이 있었다. 그녀는 고개를 저었다. "다 잃어버렸지. 한 장이라도 남아 있으면 좋았을 텐데." 내가 이유를 묻자 그녀는 내 머리를 쓰다듬기만 했다. "사진만 잃어버린 게 아니었단다." 그녀는 내게 아주 작은 목소리로 말했다. 그 말이 무슨 뜻인지 정확히 알지는 못했지만 그 말을 하는 아줌마의 떨리는 마음이 내게도 그대로 전해져 두려워졌다.

투이네 집에서 유일하게 접근이 어려웠던 곳은 서재였다. 누가 그러지 말라고 한 것도 아니었지만 문이 항상 닫혀 있어 들어가볼 생각을 하지 못했던 것 같다. 서재 문이 활짝 열려 있던 날, 나는 끌리듯이 그 방으로 들어갔다. 문 바로 옆으로 작은 제단이 보였다.

제단은 나무 장식장 위에 꾸며져 있었다. 기둥과 지붕으로 이루어진 집 모양의 조형물 아래로 다섯 개의 액자와 모래와 재가 든 향로가 보였다. 액자마다 한 사람 한 사람의 흑백사진이 들어 있었고 향로에는 끝까지 타버렸거나 중간에 꺼진 보라색 향들이 몇 개 꽂혀 있었다. 향로 옆으로 종이에 싸인 향과 작은 성냥갑이 보였다. 그런 향로는 이전에도 봤었지만, 향로 뒤에 죽은 사람 사진을 둔 것을 본 건 그때가 처음이었다. 나는 겁이 나 사진을 똑바로 쳐다보지도 못하고 뒤돌아섰다.

사진 속 다섯 사람은 가족처럼 보였다. 내 기억이 맞는다면 노인은 한 명밖에 없었고 내 또래의 여자아이, 다연이 또래의 아기 사진도 있었다. 힐끗 훑어봤을 뿐이지만 그 사람들의 얼굴이 내 등 뒤에 달라붙기라도 한 것처럼 신경이 쓰였다.

나는 그들이 누구인지, 무슨 까닭으로 투이네 집 제단에 안치돼 있는지 알고 싶었다. 왜 응웬 아줌마나 투이가 나에게 제단을 보여주지 않았는지도 궁금했지만, 막연한 두려움 때문에 누구에게도 그 일에 대해 말하지 못했다.

2차 세계대전에 대해 배우던 시간에 나는 투이로부터 뜻밖의 이야기를 들었다. 가을 학기가 시작될 무렵이었다.

"다행히 2차 대전 이후로 이처럼 대규모의 살상이 일어난 전쟁은 없었단다." 투이가 손을 들어 선생님의 말을 끊었다. "아닌데요." 그게 투이의 첫마디였다.

"뭐가 아니라는 거지?"

"베트남에서 전쟁으로 사람들이 많이 죽었어요. 저희 할아버지, 할머니, 고모, 이모, 삼촌 모두 다 죽었대요. 군인들이 와서 그냥 죽였대요. 아이들도 다 죽였다고. 마을이 없어졌다고 했어요. 저희 엄마가 얘기하는 걸 들었어요." 투이가 말했다.

"그래. 투이 말이 맞다. 베트남전에 대해 너희는 들어본 적 없을 거야. 투이가 더 얘기해볼래?" 선생님은 투이가 자기 의견을 말했다는 것에 만족해했지만, 그 애는 반사적으로 말한 것처럼 보였다. 투이의 얼굴이 곧 울 것처럼 붉어졌기 때문이다. 그 애는 무슨 말을 하려다가 입을 다물고 고개를 숙였다.

"투이, 더 말해봐. 우리들도 모두 알아야 하잖아." 그 애는 고개를 저었다. 나는 그 모든 상황이 부당하게 느껴졌지만 당시에는 그 감정의 원인에 대해 알지 못했다. 그때 반장 잉가가 손을 들었다. "베트남은 전쟁으로 미국을 이긴 유일한 나라예요. 미군만 6만 명이 죽었고 군인 아닌 베트남 사람도 2백만 명 죽었대요. 텔레비전에서 봤어요. 미군이 비행기로 폭탄을 떨어뜨리고 나무를 죽이는 약도 뿌렸고요." 반장의 얼굴에 자랑스러운 미소가 떠올랐다. 나는 빨갛게 달아오른 투이의 작은 귀를 바라봤다.

선생님은 반장의 말이 정확하다고 칭찬하고는 미국이 베트남전에 참전한 배경과 전쟁 과정에 대해 설명했다. 그리고 그 일이 미국 정부의 실책이었고, 미국으로서는 아무런 득도 보지 못한 전쟁이었다고 결론 내렸다. 투이가 말하고 싶었던 건 그런 게 아니었으리라고, 그 애를 앞에 두고 그런 식의 설명을 하는 건 가슴 아픈 일이라고 말하고 싶었지만 어쩐지 입을 열 수 없었던 기억이 난다. 투이는 분명 교실에 있었지만 그 순간만큼은 그곳에 없는 사람으로 취급된 것 같았다. 나는 등을 구부리고 앉아 있는 그 애의 뒷모습을 바라봤다. 너희들은 투이의 마음을 조금도 짐작하지 못하겠지, 독일 애들에게 희미한 분노마저 느꼈던 기억도.

그날 저녁 우리는 투이네 집 식탁에 모여 호 아저씨가 만든 국수와 만두를 먹고 있었다. 이야기가 어떻게 그쪽으로 흘러갔는지는 잘 기억나지 않는다.

나는 예쁘지도 않았고, 특별히 잘하는 것도 하나 없는 열세 살짜리 여자애였다. 열한 살 때 동생이 태어난 이후로는 무슨 일을 하든 애처럼 굴지 말라는 말을 들었다. 존재감이 없는 아이들이 보통 그렇듯 어른들에게 인정받고자 하는 욕구는 컸다.

일본의 식민 통치에 대한 이야기가 나왔을 때, 어른들의 말에 동요한 것은 그런 이유에서였다. 드디어 나도 한마디할 수 있는 기회가 왔다고 생각했다. 한국의 역사에 대해서라면 투이네 식구들보다 내가 더 잘 아니까, 아는 척을 한다면 엄마 아빠가 꽤나 뿌듯하게 생각해줄 것 같았다.

"한국은 다른 나라를 침략한 적 없어요." 나는 그 말을 하고 동의를 구하기 위해 엄마 아빠를 쳐다봤다. 아빠는 아무 얘기도 못 들었다는 듯이 내 쪽으로 눈을 돌리지 않았고, 엄마는 조용히 하라는 투의 눈빛을 보냈다. "국물이 짜지는 않은지 모르겠네." 호 아저씨가 말을 돌렸다. 모두들 내 말을 무시하는 것 같아 서운했다. "정말이에요. 우린 정말 아무도 해치지 않았어요." 내가 말했다. 한국은 선한 나라라는 인상을 남기고 싶었고, 어른들의 대화에 자연스레 참여해서 칭찬받고 싶었다. 난 맞은편에 앉은 아빠에게 인정을 구하는 눈빛을 보냈다.

"넌 어른들 말하는 데 끼어들지 마. 네가 대체 뭘 안다고 떠드는 거냐!" 아빠가 한국어로 소리쳤다. 모두들 젓가락질을 멈추고 나를 봤다. 투이네 식구들 앞에서 아빠에게 그런 식으로 야단맞은 것이 부끄럽고 억울해서 귀가 먹먹해지고 눈에 눈물이 고였다. 얼굴이 화끈거렸다. 나는 마지막 용기를 쥐어짜서 독일어로 말했다. "한국에서 그렇게 배웠는데. 우린 아무에게도 잘못한 게 없다고. 우린 당하기만 했다고. 선생님이 그렇게 말했는데……"

"한국 군인들이 죽였다고 했어." 투이가 말했다. 작은 목소리였지만 식탁의 분위기를 얼려버리기에는 충분했다. "그들이 엄마 가족 모두를 다 죽였다고 했어. 할머니도, 아기였던 이모까지도 그냥 다 죽였다고 했어. 엄마 고향에는 한국군 증오비가 있대." 어떻게 네가 그런 말을 할 수 있느냐고 힐난하는 말투였지만 나는 그 애가 무슨 말을 하는지

도무지 이해할 수 없었다.

"투이 넌 함부로 말하지 마라." 그 말을 하고 아줌마는 나를 봤다. "넌 신경 쓸 것 없어. 너와는 관계없는 일이야." 응웬 아줌마의 말은 투이의 말이 사실이라는 걸 확인시켜줄 뿐이었다. "정말로 신경 쓸 일 아니야." 어린 마음에 혹여 상처를 입었을까 걱정하는 아줌마의 두 눈, 내가 결코 잊지 못할 얼굴. 투이의 말이 진실이라는 걸 나는 응웬 아줌마의 그 얼굴을 보고 이해했다. 그때 내가 상처를 받았다면 그건 응웬 아줌마의 상처에 대한 가책 때문이었을 것이다. "네가 태어나기도 전에 일어난 일이야." 아줌마가 속삭였다.

"저는 정말 몰랐어요." 엄마가 말했다. "응웬 씨가 겪었던 일, 저는 아무것도 모르지만 그래도 죄송하다고 말씀드리고 싶어요. 죄송합니다." 엄마는 호 아저씨와 응웬 아줌마에게 고개 숙였다.

"저는 모든 걸 제 눈으로 다 봤답니다. 투이 나이 때였죠." 그렇게 말하고 호 아저씨는 붉어진 눈시울로 애써 웃었다. "하지만 그렇게 말씀해주셔서 감사합니다." 호 아저씨는 거기까지 말하고 힘껏 웃어 보였다. 응웬 아줌마는 호 아저씨에게 베트남어로 속삭이듯이 이야기했다. 알아들을 수 없었지만 분명 마음을 다독이는 말이었을 것이다. 그 말의 진동이 내 마음까지 위로하는 것 같았으니까.

아빠는 엄마와 호 아저씨의 대화를 못 들은 것처럼 맥주만 마시고 있었다.

"당신도 무슨 말 좀 해봐." 엄마가 한국어로 아빠에게 말했다.

"내가 무슨 얘길 해? 그럼, 우리가 잘못했다고 말해야 돼? 왜 당신이 나서서 미안하다고 말해? 당신이 뭔데?" 아빠가 한국어로 받아쳤다.

"당신은 항상 이런 식이야. 죽어도 미안하다는 말을 못해, 안 해. 그게 그렇게 어려운 일이야? 내가 응웬 씨였으면 처음부터 우리 가족 만나지도 않았을 거야."

아빠는 식탁 의자에 걸친 카디건에 팔을 넣었다. "저녁 잘 먹었습니다." 아빠는 잠시 망설이다가 입을 열었다. "저희 형도 그 전쟁에서 죽었습니다. 그때 형 나이 스물이었죠. 용병일 뿐이었어요." 아빠는 누구의 눈도 마주치지 않으려는 듯 바닥을 보면서 말했다.

"그들은 아기와 노인 들을 죽였어요." 응웬 아줌마가 말했다.

"누가 베트콩인지 누가 민간인인지 알아볼 수 없는 상황이었겠죠." 아빠는 여전히 응웬 아줌마의 눈을 피하며 말했다.

"태어난 지 고작 일주일 된 아기도 베트콩으로 보였을까요. 거동도 못하는 노인도 베트콩으로 보였을까요."

"전쟁이었습니다."

"전쟁요? 그건 그저 구역질 나는 학살일 뿐이었어요." 응웬 아줌마가 말했다. 어떤 감정도 담기지 않은 사무적인 말투였다.

"그래서 제가 무슨 말을 하길 바라시는 겁니까? 저도 형을 잃었다구요. 이미 끝난 일 아닙니까? 잘못했다고 빌고 또 빌어야 하는 일이라고 생각하세요?"

"당신 제정신이야?" 엄마가 말했다.

응웬 아줌마는 자리에서 일어나 천천히 서재로 걸어 들어갔다. 조심히 닫히던 문소리. 나는 겁에 질렸지만 차마 서재로 따라 들어가지는 못했다. 엄마는 동생을 안고 자리에서 일어났다. "정말 죄송합니다." 엄마는 호 아저씨에게 고개를 숙였다. "투이야, 미안하다." 엄마는 그 말을 하고 밖으로 나갔다. 나는 기저귀 가방과 카디건을 들고 엄마를 따라 나갔다.

'그건 그저 구역질 나는 학살일 뿐이었어요.' 그 말을 하던 응웬 아줌마의 웃음기 없는 얼굴이 자려고 누운 내 얼굴 위로 떠올랐다. 그 말을 할 때 아줌마는 우리와 다른 곳에 있었다. 내가 아무리 상상하려고 해도 상상할 수 없는 장소와 시간에 아줌마는 내몰려 있었다. 그녀의 말은 아빠를 설득하려는 말도 아니었고, 자신을 방어하고자 하는 말도 아니었다. 그 말은 아빠를 향한 것이 아니라 그간, 그 일을 겪은 이후로 애써 살아온 응웬 아줌마 자신에 대한 쓴웃음이었던 것 같다. 그녀는 아빠의 태도에 실망조차 하지 않았던 것이다. 어차피 당신들은 이해하지 못할 테니까,라는 마음이 그날 밤, 아줌마와 우리 사이를 안전하게 갈라놓았다. 그건 서로를 미워하고 싶지도, 서로로 인해 더는 다치고 싶지도 않은 어른들의 평범한 선택이었다.

엄마는 투이네 식구와의 관계를 회복하기 위해 노력했다. 열세 살이었던 나조차도 투이네 가족과는 이미 돌이킬 수 없게 되었다고 직감했지만 엄마의 생각은 달랐다. 엄마는 나와 동생을 데리고 몇 번이나 응웬 아줌마를 찾아갔다. 겉으로 달라진 건 없었다. 아줌마는 우리들에게 차와 간식을 내놓았고 우리는 예전처럼 이런저런 이야기를 나눴다. 그런데도 나는 어쩐지 아줌마가 그 시간을 그저 견디고 있다는 느낌을 받았다. 엄마는 어색함을 이겨내려는 듯이 평소보다 더 많은 말을 했다. 그럴 때 엄마의 부정확한 독일어는 자주 부서졌고 당황한 엄마의 문장은 어떤 의미도 만들어내지 못했다. 서로 연결되지 못하는 단어들은 부유했고 시제와 성(性), 수(數)가 일치하지 않는 문장은 꾸며낸 유머처럼 들리기까지 했다. 엄마의 말을 듣는 아줌마는 지쳐 보였다. 아무리 아줌마가 마음을 감추려고 노력했다고 하더라도 눈치챌 수밖에 없는 표정이었다.

겨울 코트를 입기 시작했을 즈음부터 엄마는 아줌마를 찾아가지도, 아줌마에 관한 이야기도 더 이상 하지 않았다. 늘 투이네 식구와 함께 했던 토요일 저녁 시간은 우리 가족끼리 어색하게 앉아 텔레비전을 보는 시간으로 변했다. 그즈음에는 해도 짧아져서 6시만 돼도 사위가 컴컴해졌고 8시면 나는 방으로 들어가야 했다. 쉽게 잠들 수 없는 밤이었다. 나는 가만히 누워 엄마가 식탁 의자를 끄는 소리, 한국의 누군가에게 속삭이듯 전화하는 소리를 들었다. 새벽에 화장실을 가려고 밖에 나갔을 때 식탁 의자에 앉아 멍하니 벽을 보고 있던 엄마의 모습을 본 적도 있었다. 내가 나와 있는 줄도 모르고 무언가를 골똘히 생각하다 나를 보고 깜짝 놀라던, 그리고 안심하라는 듯이 눈가를 떨며 애써 웃던 그 얼굴을.

엄마는 반쯤 쓴 립스틱과 파운데이션을 쓰레기통에 던져 넣었고, 아끼던 투피스와 원피스를 의류수거함에 버렸다. 일요일이면 어떻게든 짐을 싸서 근처 숲으로, 벼룩시장으로, 꽃시장으로 나들이 다니던 사람이 동생 방에서 벽만 보고 누워 있었다. 전에는 아빠의 말과 행동을 지적하면서 싸움을 걸거나 아빠의 말을 맞받아쳤을 상황에서 엄마는 그저 침묵했다. 밥을 몰아 먹었고 손끝이 빨개지도록 뜨개질을 했다.

그즈음 나는 엄마가 깊이 잘 때 동생 방 쓰레기통을 뒤졌다. 그 속에는 사진들이 찢긴 채 버려져 있었다. 아직 아기인 나를 안고 있는 엄마와 그 곁에서 웃고 있는 아빠의 사진, 만삭인 엄마의 배를 내가 만져보는 사진…… 테이프로 붙여보지도 못할 만큼 잘게 찢긴 사진 조각들. 나는 다연이 옆에 누워 잠을 자는 엄마의 얼굴을 가만히 바라봤다. 엄마가 너무 멀리 있는 것 같아, 더 멀리 가버릴 것 같아 두려웠다.

엄마는 내게 정사각형 모양의 선물 박스를 건넸다. 투이네 식구를 위한 선물이니, 투이에게 박스를 전해달라고 부탁했다. 나는 박스를 부엌 창턱 위에 올려놓았다. 박스는 초록과 노랑의 체크무늬 포장지에 빨간 리본으로 장식되어 있었다.

몇 안 되는 가구가 빠져나가고, 대부분의 세간을 우편으로 부친 탓에 우리들은 빈집에 몰래 들어와 사는 사람들처럼 지냈다. 바닥에 신문지를 깔아놓고 샌드위치를 먹고 밤에는 침낭에 들어가 잤다. 2년 새에 키가 많이 자라 독일에서 입던 옷은 모두 수거함에 버려졌다. 독일에 계속 머무르고 싶지도 않았지만 그렇다고 한국으로 돌아가고 싶지도 않았다. 한 달이 지나면 나는 한국에서 중학생이 될 터였다. 귀밑 3센티미터로 머리카락을 자르고 교복을 입고 조회시간에 열을 맞춰 운동장에 서 있는 내 모습이 잘 상상되지 않았다. 그건 분명 두려운 변화였지만 그때 내가 느꼈던 감정은 두려움보다는 오히려 체념에 가까웠다.

눈이 많이 오는 날이었다. 공원에 쌓인 눈이 녹아 얼 새도 없이 계속 새로운 눈이 쌓였고, 사람들은 그나마 눈이 치워진 공원 사잇길로 걸어 다녔다. 나는 옷가지를 넣은 이민 가방을 깔고 앉아 바깥 풍경을 바라봤다. 처음 투이를 본 것도 이 창을 통해서였었지. 까불거리며 지그재그로 뛰어다니던 그 애의 모습이 떠올라 코가 찡해졌다. 곧 해가 질 시간이었고, 공원에 쌓인 눈은 푸르스름하게 보였다.

그때 창밖으로 검은색 파카를 입고 앞머리를 길게 기른 남자애의 모습이 보였다. 그 애는 보폭을 크게 해서 한 걸음 한 걸음을 내디뎠다. 얼굴이 잘 보이지는 않았지만 분명 개구지게 웃고 있으리란 걸 알 수 있었다. 남자애는 창 쪽으로 몸을 틀어 나를 올려다보더니 팔을 쭉 뻗어 손을 흔들었다. 투이였다. 나는 엄마가 준 선물 박스를 들고 1층으로 내려가 길을 건넜다.

투이가 서 있던 자리에는 그 애의 발자국만 남아 있었다. 나는 한동안 그곳에 서서 사방을 둘러봤다. 얼마나 그렇게 서 있었을까. 멀리서 허겁지겁 달려오는 투이의 모습이 보였다. 그 애는 내 코앞까지 와서 깔깔대며 웃었다.

"그 표정 뭐야. 넌 아직도 속냐?" 투이가 말했다.

"그따위 장난 다시는 하지 마." 그 말을 하고 웃었어야 했는데 노력해도 웃음이 나오지 않았다. '다시는'이라는 말이 이제 소용없어졌다는 것을 실감해서였다. 목이 멨다.

"야, 한두 번도 아닌데 왜 그래. 알았어. 다신 안 그럴게."

투이는 눈물을 참는 내 모습을 보고 놀랐는지 나를 한참 쳐다봤다.

"네가 썰매 개냐. 눈밭 위로 뛰어다니게." 그 말을 하고 나서야 나는 겨우 그 애에게 웃어 보일 수 있었다. 투이는 두 손을 앞으로 모으고 개 흉내를 내 나를 웃게 했다.

시간이 지나고 나서야 나는 투이의 유치한 말과 행동이 속 깊은 애들이 쓰는 속임수였다는 사실을 깨닫게 됐다. 그런 아이들은 다른 애들보다도 훨씬 더 전에 어른이 되어 가장 무지하고 순진해 보이는 아이의 모습을 연기한다. 다른 사람들이 자신을 통해 마음의 고통을 내려놓을 수 있도록, 각자의 무게를 잠시 잊고 웃을 수 있도록 가볍고 어리석은 사람을 자처하는 것이다. 진지하고 냉소적인 아이들을 어른스럽다고 생각했던 그때의 나는 투이의 깊은 속을 알아볼 도리가 없었다.

"엄마 금방 이쪽으로 올 거야. 요즘 교육받으러 다니거든. 이제 끝날 시간 다 됐어." 투이가 말했다. 너무 오랜만에 서로 이야기하자니 그 애가 조금 낯설게 느껴지기까지 했다. 나는 투이네 집에 가지 않았고 투이 또한 우리 집에 오지 않았다. 학교에서는 데면데면하게 지냈고, 집에 돌아오는 길에 우연히 마주치더라도 눈인사만 하고 모른 척 걸어가곤 했다. 그럴 때 투이는 내가 알던 아이가 아니었다. 키도 많이 자라 멀리서 보면 더 이상 애처럼 보이지 않았다. 이렇게 아무렇지 않은 척 예전처럼 이야기하고 있으려니 굉장히 오랜 시간이 지난 것 같은 느낌이었다. 우리는 공원 벤치에 나란히 앉았다.

"그날 너에게 나쁘게 말하려던 건 아니었어." 투이가 말했다. 내가 무슨 말을 해야 할지 망설이는 동안 투이는 말을 이었다. "널 공격하기 위해서 한 말은 아니었어."

"미안해."

나도 모르게 그 말을 하고 나서야 나는 내가 오래도록 그 애에게 이렇게 말하고 싶어 했다는 걸 깨달았다. 투이의 커다란 눈이 한 번 깜빡였다. 바람이 불 때마다 나뭇가지에서 눈덩이가 떨어져 머리 위에서 부서졌다.

"아무것도 몰랐던 거, 미안해." 나는 천천히 말했다. 공원에 부는 바람이 내 말을 쓸어가버리기라도 할 것처럼 조심스럽게. 그 말이 아무것도 되돌릴 수 없다는 것을 알면서도 그렇게 말하고 싶었다. 나와 눈이 마주치자 투이는 발끝으로 바닥을 툭툭 찼다. 그러고는 고개를 들어 다시 나를 봤다. 머쓱해하는 표정이었다. 그 애의 두 입술이 천천히 벌어지고 그 사이로 빠져나온 흰 입김이 허공으로 흩어졌다. 투이는 가방에서 종이봉투를 하나 꺼냈다.

"이거 받아, 우드스탁."

종이봉투 안에는 만화책 한 권이 들어 있었다. 우드스탁과 스누피가 개집 지붕에 앉아 서로를 보며 웃고 있는 표지였다. 이제 이렇게 둘이 앉아 있을 일은 없을 테고, 다시는 우드스탁이라는 우스꽝스러운 별명으로 불릴 일도 없겠지.

아줌마가 올 때까지 우리는 거기에 앉아 실없는 소리를 해댔다. 대체 이 공원의 개똥은 왜 치워도 치워도 계속 생기는지, 저 하얀 눈 아래로 얼마나 많은 개똥들이 꽁꽁 얼어붙어 있을지. 똥 얘기만 나오면 바닥을 구를 정도로 함께 웃었었지만 어쩐지 우리는 더 이상 예전처럼 웃지 못했다. 그 이야기가 더는 재밌지 않았던 것이다.

응웬 아줌마는 나란히 앉아 있는 우리를 보고 손을 흔들었다. 아줌마는 내 곁에 앉았다.

"언제 떠나?"

"내일 밤에요."

아줌마는 아무런 반응 없이 쓰레기통을 바라보고 있었다. 나는 무안해져 팔짱을 풀고 엄마가 준 박스를 아줌마의 무릎 위에 올려놓았다.

"이거, 우리 엄마가 드리래요."

아줌마는 포장지를 천천히 뜯고 상자를 열었다. 그 안에는 엄마가 이번 가을부터 뜨기 시작한 목도리와, 털모자, 털장갑이 세 벌씩 들어 있었다. 엄마 이거 누구 주려는 거야? 내가 묻자 그냥 심심해서 뜨는 거라고 대수롭지 않게 이야기하던 엄마의 얼굴이 떠올랐다. 응웬 아줌마는 빨간 털모자를 꺼내 썼다. 털로 만들었다는 것만 다를 뿐, 아줌마가 여름에 자주 쓰는, 좁은 챙이 달린 모자와 비슷한 모양이었다. 털모자에는 장미꽃 모양의, 털실로 만든 코르사주가 붙어 있었다. 아줌마는 박스 안에 든 모자, 장갑, 목도리를 꺼내 하나씩 허공을 향해 들어 보였다. 그것들이 옅은 빛에 세심하게 비춰봐야 할 보석이나 되는 것처럼.

아줌마는 감색 바탕에 노란 털실로 대문자 T자가 새겨진 털모자를 들어 한참 보더니 투이의 머리에 씌웠다.

"얘가 머리가 커서 모자가 잘 안 맞거든. 근데……" 아줌마는 거기까지 말하고 말을 멈추더니 입을 꾹 다물고 코를 훌쩍였다. 그녀가 울음을 삼키는 모습을 본 건 그때가 처음이었다. 전쟁에 대해 이야기할 때도 표정 하나 바꾸지 않고 담담하게 말했었기에 나는 아줌마 옆에서 어떤 표정을 지어야 할지 알지 못했다. 응웬 아줌마. 나는 그녀의 얼굴을 봤다.

커다란 갈색 눈에 작은 코, 울음을 참느라 아래로 내려간 입꼬리, 미간에 세로로 그어진 두 개의 주름.

나는 입김을 불어 아줌마의 털모자 위로 떨어진 눈덩이를 털어냈다.

"씬짜오." 나는 아줌마의 작은 얼굴을 보며 말했다.

"씬짜오." 응웬 아줌마도 같은 말로 화답했다.

"씬짜오, 투이." 나는 목소리를 조금 더 높여 말했다. 감색 털모자를 쓰고 코가 빨개진 채로 주머니에 손을 넣고 나를 보던 투이의 얼굴.

"씬짜오." 투이는 작은 목소리로 답했다.

어쩌면 나는 그런 장면을 기대했는지도 모른다. 아줌마가 우리 집으로 올라가서 우리 식구들과 마지막 인사를 하는 장면을, 아줌마와 투이가 엄마가 떠준 털모자를 쓰고 그 모습을 엄마에게 보여주는 장면을, 그 둘을 뿌듯하게 바라보는 엄마의 얼굴을 보고 싶었는지도 모른다. 그러나 그런 극적인 장면은 없었다. 그 흔한 포옹도, 입맞춤도, 구구절절한 이별의 수사도 없었다. 그저 안녕, 그 한마디였을 뿐. 우리는 벤치에서 일어나 외투에 묻은 눈을 털고 길가로 걸어 나갔다. 나는 길을 건넜고, 아줌마와 투이는 건너지 않았다. 내가 집 현관문 앞에 서는 걸 보고

서야 아줌마와 투이는 걸음을 옮겼다. 저 모퉁이를 돌면 보이지 않겠지. 나는 현관문 앞에 붙박인 채로 천천히 걸어가는 아줌마와 투이를 바라봤다. 한 번, 두 번, 투이가 고개를 돌려 내 쪽을 바라봤지만 걸음은 멈추지 않은 채였다. 아줌마와 투이는 모퉁이를 돌았고, 나는 더 이상 그들을 볼 수 없었다. 다시 돌아올지 몰라. 나는 현관 앞에 쪼그리고 앉아 그들을 기다렸다. 그들이 오지 않아 나는 투이네 집 앞까지 걸어갔다. 거리에는 아무도 없었다.

시간이 지나고 하나의 관계가 끝날 때마다 나는 누가 떠나는 쪽이고 누가 남겨지는 쪽인지 생각했다. 어떤 경우 나는 떠났고, 어떤 경우 남겨졌지만 정말 소중한 관계가 부서졌을 때는 누가 떠나고 누가 남겨지는 쪽인지 알 수 없었다. 양쪽 모두 떠난 경우도 있었고, 양쪽 모두 남겨지는 경우도 있었으며, 떠남과 남겨짐의 경계가 불분명한 경우도 많았다.

몇 번이나 독일로 출장을 가면서도 나는 플라우엔에 들르지 않았었다. 기차로 두 시간 거리의 라이프치히에서 열흘 동안 체류했을 때도 나는 애써 그곳을 외면했다. 그곳에는 서로를 경멸하는 부모 밑에서 영혼의 밑바닥부터 떨던 아이가 있었고, 단 한 번의 포옹도 없었던 차가운 이별과 혼자 울던 길거리가 있었다. 나는 줄곧 그렇게 생각했다. 헤어지고 나서도 다시 웃으며 볼 수 있는 사람이 있고, 끝이 어떠했든 추억만으로도 웃음 지을 수 있는 사이가 있는 한편, 어떤 헤어짐은 긴 시간이 지나도 돌아보고 싶지 않은 상심으로 남는다고.

엄마가 돌아가신 다음 해에 나는 플라우엔을 찾았다. 엄마의 첫 기일이 일주일 지난, 햇볕은 따뜻하고 바람은 차가운 이른 봄이었다. 도시는 내 기억보다 훨씬 작았고, 20년 전보다도 쇠락하여 황량하기까지 했다. 내가 다니던 학교는 작은 공장으로 바뀌어 있었는데 뒤뜰에서 몇몇 노인들이 담배를 피우며 나를 무심히 바라봤다. 변함없는 건 내가 살던 공동주택이었다. 그 건물은 여전히 그 자리에 그대로 남아 공원을 마주 보고 있었다. 나는 어린 내가 붙어 서 있던 3층 창가를 올려다봤다. 그 뒤에 서서 공원을 뛰어다니는 투이를 훔쳐보던 일이 떠올라 슬며시 웃음이 나왔다.

투이가 내게 선물한 스누피 만화책은 아직도 내 방 책장에 있다. 흑백 만화책이지만 우드스탁만은 샛노란색으로 칠해져 있다. 제대로 날지도 못하는 카나리아 우드스탁. 책을 펼쳐 그 노란색 카나리아를 볼 때면, 한 장 한 장 책장을 넘겨가며 그 작은 새에게 색을 입혀주려 했던 투이의 따뜻한 마음이 가까이 다가왔다.

투이네 집을 찾는 건 어렵지 않았다. 나는 투이네 집 맞은편 벤치에 앉아 창을 바라봤다. 저 창은 부엌 창이었지. 그 창으로 보이던 공원의 풍경과 부엌에 서서 저녁을 준비하던 호 아저씨의 뒷모습이 희미하게 기억났다. 쌀이 끓던 냄새와 고깃국을 먹을 때 씹히던 고수의 향, 응웬 아줌마가 만들어주었던 쌀푸딩의 단맛, 투이와 함께 벽에 기대앉아 스누피 만화책을 읽던 그 시간도. 그 시간은 아직도 달콤하고도 씁쓸하게 내 마음의 좁은 수로를 따라 흐르고 있었다. 위태롭게나마 서로를 포기하지 않으려고 애쓰던 나의 부모와 상처받았기에 누구에게도 상처주지 않으려 애쓰던 응웬 아줌마 부부가 서로에게 노래를 불러주던 시간이 거기에 있었다.

엄마가 떠났을 때, 그녀를 위해 울어줄 수 있는 사람은 몇 되지 않았다. '그 앤 어릴 때부터 예민하고 우울했었지.' '영리한 애는 아니었던 것 같아.' 큰이모와 작은이모마저도 엄마를 그런 식으로 회상할 뿐이었다. 그제야 나는 엄마가 사랑이 많은 사람이라고 말하던 응웬 아줌마를 떠올렸다. 그녀는 세상 사람들이 지적하는 엄마의 예민하고 우울한 기질을 섬세함으로, 특별한 정서적 능력으로 이해해준 유일한 사람이었다. 아줌마의 애정이 담긴 시선 속에서 엄마는 사랑받아 마땅한 사람으로 보였었다.

아줌마라고 해서 엄마의 모든 면이 아름답게 보였을까, 엄마의 약한 면은 보지 못했을까. 아줌마는 엄마의 인간적인 약점을 모두 다 알아보고도 있는 그대로의 엄마에게 곁을 줬다. 아줌마가 준 마음의 한 조각을 엄마는 얼마나 소중하게 돌보았을까. 그것이 엄마의 잘못도 아닌 일로 부서져버렸을 때 엄마가 느꼈던 절망은 얼마나 깊은 것이었을까. 내가 아는 한, 엄마는 그 이후로도 마음을 나눌 친구를 쉽게 사귀지 못했었다. 그리웠을 것이다. 말로는 그때의 일들이 잘 기억나지 않는다고 했지만, 엄마를 엄마 자신으로 사랑해준 응웬 아줌마를 엄마는 오래 그리워했을 것이다.

그저, 가끔 말을 들어주는 친구라도 될 일이었다. 아주 조금이라도 곁을 줄 일이었다. 그녀가 내 엄마여서가 아니라 오래 외로웠던 사람이었기에. 이제 나는 사람의 의지와 노력이 생의 행복과 꼭 정비례하지는 않는다는 사실을 안다. 엄마가 우리 곁에서 행복하지 못했던 건 생에 대한 무책임도, 자기 자신에 대한 방임도 아니었다는 것을.

연락이 닿았을 때 응웬 아줌마는 믿을 수 없다는 말을 반복했다. "우리 부부는 여기에 계속 살고 있어. 투이는 함부르크에서 일해." 나는 들뜬 아줌마에게 모든 사정을 말하지 않았다. 다만 "엄마는 잘 계시니?"라고 묻는 아줌마의 말에는 거짓으로 답할 수 없었다.

빨간 털모자를 쓴 작은 여자가 현관에서 나와 길 건너편에 섰다. 나는 벤치에서 일어나 길가로 걸어갔다. 우리는 작은 길을 사이에 두고 내내 서로를 바라보고만 있었다. 신호등이 파란불로 바뀌고 나는 길을 건넜다. 나는 아줌마의 눈에서 숨길 수 없는 충격을 봤다. 서른셋의 나는 그때의 엄마와 같은 사람이라고 해도 좋을 정도로 엄마를 빼닮아 있었으니까. 아줌마의 눈에서 나는 나와 함께 여기에 서 있는 엄마를 본다. 응웬 씨, 반갑게 이름 부르며 저쪽 길로 건너가는 엄마의 모습을. 씬짜오, 씬짜오. 우리는 몇 번이나 그 말을 반복한다. 다른 말은 모두 잊은 사람들처럼.

인 터 뷰

최 은 영 X 금 정 연

금정연 반갑습니다. 〈이달의 소설〉을 통해서는 처음 인사드리는데요, 독자 여러분께 간단한 인사 부탁드립니다.

최은영 안녕하세요. 반갑습니다. 소설 쓰는 최은영입니다. 2013년 겨울에 등단했고요, 고양이 두 마리를 키우는 집사입니다.

금정연 「씬짜오, 씬짜오」는 역사 교과서의 서술로는 짐작할 수 없는 개인들의 비극을 화자가 독일에서 보낸 유년 시절의 베트남인 가족과의 추억을 통해 풀어내는 소설입니다. 한국군이 파병된 베트남전이 소설에서 중요한 위치를 차지하고 있는데요, 화자가 베트남전에 대해 어렴풋이 알게 되는 계기가 독일 학교에서의 역사 수업이었다는 사실이(베트남 전쟁이 언급된 계기와 이를 설명하는 선생님의 태도를 포함해서) 조금 역설적으로 느껴집니다.

최은영 국가 폭력에 대한 망각을 이야기하고 싶었습니다. 독일은 나치 전범들에 대한 수사를 아직도 진행하고 있고, 나치가 벌인 전쟁 범죄에 대해서 낱낱이 조사하고 있습니다. 그것이 얼마나 끔찍한 짓이었는지 계속 교육하고 있구요. 만약 한국 정부가 한국군의 민간인 학살을 본격적으로 조사한다면 어떻게 될까요. 한국 정론지에서는 왜 그 정도로 돈과 시간을 들여가며 '과거'에 매달리느냐고 비판할 테고 많은 사람들이 진상 조사 자체를 불편하게 여길지 모릅니다. 우린 국가 폭력을 그저 없었던 일로 덮어두고 망각하는 것에 익숙한 사람들이니까요. 마치 망각이 자연스러운 일인 것처럼요. 하지만 국가 폭력에 대한 망각은 자연스러운 일이 아니라 계획된 정치라고 생각합니다. 인간에 대한 폭력을 정당화하고 용인하는 사회적 합의도 이런 망각 위에서 가능하겠죠. 이런 역사가 반복된다면 결과적으로 우리는 인간에 대한 폭력에 무서울 정도로 무감한 사회에 살게 될 겁니다. 이미 그렇게 되었다고 생각하고요.

『한겨레 21』에 베트남 전쟁 한국군 파병에 관한 기획 기사가 연재된 적이 있습니다. 제가 고등학교 때 일이었던 것 같은데, 그 기사를 읽으면서 어린 마음에 충격이 컸고 상처를 받았어요. 사람이 사람에게 이런 일들을 했다는 사실이 무섭고도 슬펐고, 이런 악을 저지르고도 사과하지 않고 책임지지 않는 한국 사회에 분노를 느꼈습니다. 대학 때는 김현아 작가의 『전쟁의 기억 기억의 전쟁』(책갈피, 2002)이라는 책을 읽었습니다. 베트남 전쟁에 파병되었던 한국군의 증언과, 베트남 피해자들의 증언을 함께 기록한 책입니다. 시간이 지나도 쉽게 잊히지 않는 내용이었어요.

소설에서 교사가 '2차 대전 이후에 이렇게 큰 전쟁은 없었다'고 말하는 장면은 서구의 역사를 곧 인류의 역사로 이해하는 일부 서구인들의 태도를 보여주고자 한 부분이었습니다. 베트남 전쟁의 주체를 미국으로 두고, 미국이 어떤 이유로 전쟁을 일으켰고, 어떤 손해를 봤는지만을 논하는 식의 태도들도 보여주고 싶었습니다. 아시아인의 전쟁 경험마저 서양인의 시선으로 대상화되는 지점들이 있다고 생각했어요.

금정연 선정 과정에서 너무 '착한 소설'이 아니냐는 의견이 있었지만, 개인적으로는 "한국은 선한 나라라는 인상을 남기고 싶었고, 어른들의 대화에 자연스레 참여해서 칭찬받고 싶었다"는 화자의 말에서 엿보이듯 책잡히지 않고 착하게만 보이려는 어떤 태도(들)에 대한 경계로도 읽을 수 있다고 생각했습니다. 그런 의미에서 화자의 큰아버지가 베트남전에서 목숨을 잃었다는 설정이 굳이 필요했을까, 하는 생각도 들었습니다.

최은영 만약 화자의 큰아버지가 용병으로 죽지 않았다면, 화자의 아버지가 그런 방어적인 입장을 취하지 않았으리라고 생각했습니다. 화자의 아버지는 아주 평범한 사람입니다. 그는 응웬 아줌마 부부의 이야기를 온전히 들어주지 못하고 그들의 경험을 그 자체로 인정하지 않습니다. '나도 피해자'라는 인식 때문에 더 큰 고통을 겪은 이들의 경험을 부정해버리고 맙니다.

그를 친구라고 여기고 트라우마 경험을 고백했으나 부정당한 응웬 아줌마 부부의 상처를 보여주고 싶었습니다. 폭력 피해자의 대다수가 자기 경험을 온전히 이해받지 못하고 부정당하면서 또 다른 상처를 받습니다. 자기 경험이 폭력이었다고 '증명'하다 포기하는 장면. 그런 장면을 그리고 싶었어요.

금정연 등단작 「쇼코의 미소」에서부터 외국인, 유령 등의 '타자'들이 작품에 중요하게 등장합니다. '회고'라는 형식 또한 즐겨 사용하는 것 같고요. 특별한 이유가 있을까요?

최은영 이십대 중반에 몰타라는 나라에서 잠시 살았습니다. 그때 만났던 친구들과 아직 연락을 하고 있고, 특히 같이 살았던 친구들과는 지금도 마음 깊이 연결되어 있다고 생각합니다. 매일 같이 밥 먹고, 이야기하고, 산책하면서 제 속의 많은 부분들이 바뀌었던 것 같아요. 나이도 국적도 제각각에, 서로 다른 일을 하는 아무 상관없는 사람들끼리 서로 가까워질 수 있다는 것이 신기하게 느껴졌습니다. 서로 너무 다르다 보니 그냥 인간과 인간으로 만날 수 있었던 것 같아요. 불완전한 언어로 말하면서 때로는 아무 말 없이 순간을 함께할 수 있었습니다. 그런 경험 때문에 외국인 인물들이 자주 나오는 것인지도 모르겠습니다. 하지만 진짜 이유는 더 깊은 곳에 있을 테고, 그런 의미에서 저도 그 이유를 정확히 알지는 못해요.

'과거의 나'는 기이하고 이해하기 어려운 대상이라는 점에서 매력적인 타자라고 생각합니다. 저는 '현재의 나'가 왜 과거를 기억하고 언어화하려는지, '과거의 나'에게 어떻게 눈길을 주는지, 그 과정에서 내적으로 어떤 변화를 겪고, 어떤 목소리로 이야기하는지 보여주는 일에 흥미를 느낍니다.

2016년 7월

이달의 소설

© 강혜갑

우리의 눈이 마주친다면

윤해서

윤해서 1981년 부천에서 태어났다.
2010년 문학과사회 신인문학상으로 등단했고, 소설집 『코러스크로노스』가 있다.

사막 한가운데서 맞았던 새벽을 기억해. 우리는 소금 사막 한가운데 있었고 하늘에는 하늘보다 별이 더 많았지. 우리가 두 발을 딛고 있는 땅을 제외한 모든 곳이 별이어서 우리는 꼭 우주 한가운데 떠 있는 거 같았어. 어둠보다 별이 더 많아. 내내 말이 없던 오빠가 겨우 입을 열어 말했던가. 오빠는 손가락으로 하나, 하나 별들을 이어가며 별자리 이름들을 알려주었어. 나는 오빠가 그렇게 별자리에 대해 잘 알고 있다는 거에 놀랐지. 남반구의 별은 처음 본다면서 오빠는 추운 줄도 모르고 한참이나 사막 가운데 누워 있었어. 단단한 소금 바닥은 꽁꽁 언 얼음처럼 차가웠고 오빠는 그날 그 하늘에 압도된 거 같았다. 오빠를 제외한 우리 팀 일행은 우리가 거기까지 타고 온 지프에 타서 히터를 켜고도 덜덜 떨고 있었는데. 가이드가 오빠를 그만 데리고 오라고 재촉할 때까지 오빠는 한참을 더 꼼짝 않고 누워 있었어. 그 차갑고 단단한 소금 바닥에. 끝없이 펼쳐진 새하얀 육각형들 위에. 오빠는 또 하나의 육각형처럼 가만히 누워서 별을 보았지. 그날 하늘에서 쏟아지던 별을 기억해. 코끝이 차갑게 어는 추운 날이면 어김없이 그날, 그 밤이 떠올라. 그리고 아주 따뜻한 외투가 필요하다는 생각이 들어. 나는 오늘 지웅이의 눈을 보면서 막연히 그 외투를 떠올렸던 거 같아. 오빠가 한 번도 가져보지 못한 외투. 만약 그 밤에. 오빠가 그 사막 한가운데 그렇게 오래 누워 있지 않았더라면.

오빠, 오빠 그만 가자.

내가 오빠를 좀더 빨리 불렀더라면.

고영인, 우리 다 얼어 죽을 거 같아. 그러다 너 입 돌아간다.

내가 너를 조금 더 빨리 일으켜 세웠더라면.

나는 이상하게도 자꾸 그렇게 생각했다. 오빠가 그날 그 추운 밤에 별들을 너무 오래, 오래 바라보고 있었던 게 아무래도 자꾸 마음에 걸렸어.

오빠,

며칠 있으면 지웅이 생일이야. 벌써 열한번째 생일이니까 꼭 십 년이구나. 며칠 전부터 거리마다 벚꽃이 눈처럼 날리기 시작했어. 지웅이가 꽃나무 아래를 달려가. 바람이 불고 꽃잎이 사방으로 흩날리는 동안 나는 잠깐, 우리가 함께 있는 거 같다고 느껴. 아주 환한 꿈속에 있는 거 같아. 이맘때면 오빠는 정말 꿈속에 있는 사람처럼 말하곤 했지. 오빠의 첫 데이트는 안양천이었어. 맞지? 이제야 말이지만 오빠가 절대로 알려주지 않는 그 친구가 너무 궁금해서 몰래 오빠를 따라갔었거든. 나, 오빠가 안양천 따라 이어지는 벚꽃 터널로 그 애와 함께 걸어 들어가는 것을 보고 돌아섰었는데. 오빠랑 그 애는 어깨가 닿을 듯 말 듯 나란히 흩날리는 꽃잎들 사이로 천천히 걸어서 들어갔지. 바보. 나는 기껏 첫번째 데이트를 집 앞 산책로로 택한 오빠 때문에 웃음이 났어. 하루 종일 덩달아 설레했고 오빠가 어서 집에 돌아오기를 기다렸지. 오빠가 어떤 얼굴로 돌아올지 너무 궁금했거든. 나는 가방에 꽃잎을 묻혀 달고 돌아온 오빠에게 아무것도 모르는 척 물었어.

오늘 어땠어?

꿈속을 걷는 기분이었어.

오빠가 너무 행복해 보여서 나는 조금 질투가 났던 거 같아.

별로 예쁘지도 않더라.

심술을 부리고 싶었지만 꾹 참았지. 그 애는 우리 반 아이였는데 항상 조용한 아이였어. 조용하다는 거 말고는 특별히 떠오르는 특징도 없는 아이였지. 나는 사실 그 애랑 거의 얘기해본 적도 없었어. 오빠가 그런 조용한 여자를 좋아한다니. 나는 그때 배신감을 느꼈던 거 같아. 그 애는 나랑 너무 달랐거든. 오빠는 그 뒤로도 줄곧 나랑 전혀 다른 여자애들만 만났지. 첫 부임한 그 학교에서 만났던 그 윤리 선생님도 조용하지만 단단한 느낌을 주는 사람이었는데……

오빠,

그런데 오빠의 꿈속을 걷는 기분은 어떤 거였어? 사람마다 꿈속을 걷는 기분은 다를 텐데…… 그러고 보니 한 번도 오빠에게 물어본 적이 없는 거 같아. 하긴 언제나 질문을 하는 쪽은 오빠였지. 오빠가 궁금해할 거 같으니까 미리 말해줄게. 나는 철봉에 거꾸로 매달려 있을 때 꿈속에 있는 기분이었어. 토할 거 같은데 좋기도 했거든. 그런데 요즘은 철봉에 거꾸로 매달려 있지 않아도 자꾸 어딘가에 거꾸로 매달려 있는 기분이 들어. 오빠,

이제 나는 아무도 이렇게 부를 수가 없다.

고영인,

사실 난 너를 이렇게 제일 많이 불렀었는데. 고영인.

나 며칠 전에 우리가 같이 다녔던 학교에 갔었다. 동문회관에서 우리 과 후배 하나가 결혼을 했거든. 학교 정문에서 인문대까지 이어지던 언덕은 여전하더라. 그 언덕에 있던 나무 기억해? 죽은 나무. 우리가 벼락 맞은 나무라고 했던 나무 말이야. 오빠가 그 나무 앞에 한참씩 서 있곤 했었잖아. 봄이 돼서 다른 나무들은 다 잎이 돋는데 저 나무는 외로워 보인다고. 나는 매번 오빠를 놀리곤 했지. 아무래도 우리의 감수성은 오빠에게 다 몰빵된 거 같다고. 1분 15초 먼저 나오면서 네가 가지고 나올 수 있는 건 다 먼저 가지고 나온 게 분명하다고. 그렇지 않고서야 군대까지 다녀온 남자가 계속, 쭉, 그렇게 고집 있게 소녀 감성일 수가 없다고. 나는 오빠를 놀려먹곤 했어. 한없이 부드럽고 묵직해. 그 나무를 보면 그런 느낌이 들어. 그 나무 앞에 서 있으면 마음이 무슨 거대한 물 덩어리처럼 한쪽으로 가라앉는 게 느껴져. 한 번도 다치지 않은 것처럼 깊고 고요해. 오빠는 내가 놀리든 말든 눈앞에 그 나무가 있는 것처럼 말했다. 우리 과 애들이 그 나무 앞을 지나갈 때만이라도 제발 좀 참아줄래? 내가 말해도 너는 빙긋 웃고 그만이었지.

그런데 오빠, 몇 해 전부터 그 나무에 잎이 돋았다면 믿겠어? 마치 어린아이 머리털처럼 가늘고 여린 초록 잎들이 가지 끝에 달리기 시작했다면. 믿을 수 있겠어?

며칠 전 그날, 그 나무 아래 서 있는데 새 한 마리가 한참 동안 내

머리 위에 머물러 있었다. 멀리 가지도 않고 그렇다고 땅으로 내려오지도 않고 한참을 내 머리 위에, 여린 초록 잎들 위에 떠 있었어. 한없이 부드럽고 묵직해. 꼭 우리를 내려다보고 있는 거 같았지.

오빠, 나는.

멋지게 살고 싶었어.

유치하게. 오빠를 언제 만나도 나 멋지지? 자랑하고 싶었지.

우리 대학 진학 상담받을 때 교무실에 같이 있었잖아. 오빠는 오빠 담임이랑, 나는 내 담임이랑 이야기하고 있었어. 쌍둥이들이라 성적도 똑같냐면서 선생님들이 웃었지. 그때 우리 담임이 오빠에게 물었어. 너는 꿈이 뭐냐? 무슨 과 갈 거야? 오빠가 그때 또 해맑게 웃으면서 말했지. 멋지게 살고 싶습니다. 우리 담임의 그 뜨악한 표정이란. 나는 그때 체대 입시학원에 한창 다니고 있을 때라 오빠의 상담이 어떻게 마무리됐는지 듣지 못했어. 그날 밤에 내가 또 오빠를 놀렸지. 멋지게 살고 싶습니다. 초딩이냐? 멋지게 살고 싶습니다가 뭐야? 아우 쪽팔려. 오빠는 늘 그랬듯이 그냥 웃고는, 너무 무리하지 마라. 그러더라. 엄마도, 아빠도 그런 오빠가 오빠라 다행이라고, 1분 15초밖에 차이가 안 나는데 어떻게 저렇게 다른지 모르겠다고 나를 향해 혀를 차셨지. 고영수. 저 녀석 이름을 사내 녀석처럼 지어서 그래. 아빠가 웃으셨어. 오빠도 방에서 엄마, 아빠의 대화를 들었겠지. 오빠도 아빠처럼 웃었겠지.

오빠는 지금 어디 있을까?

그해 봄이 지나고 여름이 지나고 또다시 봄이 지나도록. 나는 집에 가지 않았다. 엄마의 장례를 치르고서야 처음 오빠 방에 들어가보았어.

나는 몇 년 동안 세상에 지웅이밖에 없는 것처럼 살았지. 지웅이가 태어나고 얼마 지나지 않았을 때였으니까. 지웅이가 아직 목도 가누지 못할 때였을 거야. 나는 젖을 먹이고 기저귀를 갈고, 아이가 자다 깨기를 반복하는 걸 지켜보면서 꼬박 2년을 보냈어. 지웅이만 생각하면서 살았어. 필사적으로 지웅이한테 매달렸다. 지웅이가 울고 웃는 것만 지켜보았지. 지웅이를 따라 울고 웃었어. 세상에 아이와 나밖에 없는 것처럼. 지웅이가 내 온 우주인 것처럼. 그러다 처음 오빠 방에 들어가 앉은 거야. 방은 그대로더라. 엄마는 마지막 날 아침까지도 오빠의 책상을 닦았던 거 같아. 먼지 하나 없이 깨끗한 방이었어. 언제 새로 빨아 다림질을 해놓았는지 옷걸이에 오빠가 입던 셔츠들이 가지런히 걸려 있더라. 엄마의 우주는 텅 빈 채 계속되고 있었던 거야. 해가 뜨고 달이 지고 날이 바뀔 때마다, 엄마는 그 방의 문을 열고 바닥을 쓸고 걸레질을 하고 방문을 닫고 나왔겠지. 별이 모조리 사라진 우주 한가운데에서. 절대로 끝나지 않을 것 같은 막막한 어둠 속에서. 엄마는 매일 서성거렸을 거야. 오빠가 살아 돌아왔을 때 엄마가 얼마나 감사해했었는지 기억해. 오빠가 살아 돌아온 걸 그렇게 끔찍하게 여기던 매 순간마다 엄마가 얼마나 온 마음으로 감사 기도를 드렸었는지. 엄마는 오빠의 손을 붙잡고 절대로 놓지 않을 것 같았다. 정신을 잃은 오빠를 부둥켜안고 엄마는 오래 울었어. 그 방에 앉아 있자니 오빠가 금방이라도 돌아올 것 같더라. 엄마는 내내 여기서 오빠를 기다렸구나. 나는 울고 싶지 않았어. 나는 조금도 울고 싶지 않았다.

진짜 국어 선생님답다. 나는 괜히 혼잣말을 했지. 오빠가 바로 옆에서 나를 지켜보고 있기라도 한 것처럼. 책들이 얼마나 많은지 좁은 방에 사방이 책이었어. 오빠는 기어이 침대마저 밖으로 내놓았던 거 같더

라. 나는 오빠의 책등을 손바닥으로 쓸어보았지. 오빠가 어떤 책들을 읽었었는지. 이 중에 어떤 책들을 더 좋아했었는지 나는 알지 못했어. 오빠가 있었다면 너, 이 책 다 읽긴 한 거야? 또 놀려먹었겠지만 오빠 너는 없었고 지웅이는 아빠 방에 잠들어 있었다. 책을 한 권 꺼냈는데 제목이 뭐였더라. 군데, 군데 밑줄이 그어져 있었어. 욕망은 이동했다. 이제 모든 욕망은 전시에 바쳐진다. 전시에 봉사한다. 우리가 공작의 날개처럼 각자의 존재를 활짝 펼치고 서로를 향해 보여주려고 하는 것은 결국 서로에게 끝내 닿을 수 없는 마음이겠지. 어쩔 줄 몰라 하는 당신과 내가 같은 마음으로 이러지도 저러지도 못하는 시간. 평소에 엄청 깔끔한 성격이어서 책도 그렇게 볼 줄 알았더니. 꺼내는 책마다 얼마나 많은 밑줄과 메모가 나오는지. 우리는 줄곧 화해와 자해를 반복했지만. 조금도 나아지지 않았다. 나는 그날부터 매일 지웅이를 어린이집에 보내놓고 오빠 방으로 출근했어. 라틴어로 when은 CUM(끔)이고, I am은 SUM(숨)이라고 한다. 그때. 나는. 끔이 단 한 번 내쉰 숨이다. 오빠의 메모들, 오빠가 밑줄 그어놓은 부분들을 따라 읽었지. 오빠는 무슨 생각으로 여기에 밑줄을 그었을까. 여기는 도무지 무슨 말인지 모르겠다. 죽음은 내 몸과 당신의 시간이 나눈 필담이다. 당신과 내가 공평하게 나누어 가진 필사의 흔적. 이 메모는 조금 귀여워. 이건 조금 슬프구나, 하면서 오빠의 책들을 따라 읽었어. 어떤 시간들은 벽지에 수많은 흔적들을 간직한 채 우리에게 돌아온다. 분명 어디서 본 듯한 낯익은 얼굴을 하고 있지만, 이름을 불러도 돌아보지 않는 사람처럼. 갑자기 낯설어지기도, 그만큼 느닷없이 그리워지기도 하는 공간. 방 안에 물고기를 기르고 나무를 심고 구름에 안기고 싶은 이유는 누군가 그립기 때문이다. 가만가만 걷다가, 우두커니 앉아서. 멍한 얼굴로 창밖을 보다가, 아무 생

각 없이. 마음이 없는 것처럼. 문득, 문득 오빠의 메모들이 떠올랐지. 그래. 오빠의 이메일함을 열어보겠다고 생각한 것도 그때가 처음이었다. 우리는 맨 처음 메일 주소를 만들 때 서로의 아이디를 비밀번호로 썼었지. 바보. 그 긴 세월 동안 한 번도 비밀번호를 안 바꿨더라. 새 편지가 3천 통이 넘었어. 대부분은 광고성 메일이나 스팸 메일이었고 오빠를 여전히 그리워하는 친구들이 보낸 메일이 더러 섞여 있었어. 그리고 나는 거기서 이상한 메일을 한 통 읽었다. 내 생각에 그 애는 오빠의 소식을 모르는 거 같았어. 며칠 뒤에 낭독회가 있는데 와줄 수 있는지. 오빠를 꼭 한 번 다시 만나고 싶다는 메일이었지. 그 애였어. 오빠와 벚꽃 터널로 들어가던 그 조용한 여자애. 내가 어떻게 그 애 이름을 잊겠어?

낭독회는 내가 메일을 확인한 바로 그다음 날이었다. 나는 조금 늦게 도착했어. 혹시라도 그 애가 나를 알아볼까 봐 모자를 눌러쓰고 스카프로 얼굴 대부분을 가렸지. 그 애는 여전하더라. 어릴 때는 그게 무슨 느낌인지 몰랐었는데. 그림자 같았어. 조용하고 희미하고 그렇지만 아주 담담해 보였어. 오빠도 들었을까? 그 애의 목소리는 낮고, 어딘지 마음을 건드리는 데가 있었는데. 어두운 조명 아래에서 그 애를 통해 천천히 흘러나오는 문장들이 발아래, 물처럼 고이는 거 같았다. 둘이 얼마나 오랫동안 연락을 하고 지내다가 연락이 끊긴 거였을까. 내가 알기로 그 애는 다른 나라에서 대학을 다녔고 오빠는 내내 다른 여자친구가 있었는데. 그 애가 낭독을 시작하기 전에 잠깐 어둠 속에 잠겨 있는 관객석 쪽을 돌아보았어. 오빠를 찾고 있었던 걸까? 나는 더 깊이 고개를 숙였지. 금방 그 애의 목소리가 들려왔다.

안녕하세요, 김선입니다.

밤에 자려고 누워 있으면 서늘한 기분이 들 때가 있어요. 이 방에 내가 아닌 누군가 함께 있는 느낌. 그 누군가는 처음에는 한 명, 내가 아는 사람이었다가 여러 명, 잘 모르는 사람들이 됩니다. 저는 그들이 놀라거나 사라질까 봐 불을 켜거나 몸을 일으키지는 않지만 어둠에 눈이 익숙해질 때까지 눈을 커다랗게 뜨고 허공을 바라봅니다. 거기에는 책상이나 의자가 없습니다. 쌓아놓은 책도 흘러내리는 스웨터도 없습니다. 저는 거기 없을지도 모르는 누군가를 생각합니다. 가만히 한참을 더 바라봅니다. 말을 건네볼까. 몇 번쯤 망설이다가 그만둡니다.

사라지는 동그라미들.

제가 살고 있는 지금, 여기. 제 시간과 공간의 둘레에 대해 생각합니다.

한없이 작고 허약한 동그라미들. 한없이 크고 굳센 동그라미들.

여기까지 말하고 그 애는 한참을 가만히 서 있었어. 너무 오랫동안 아무 소리도 나지 않았기 때문에 나는 고개를 들어 그 애의 얼굴을 바라보았지. 그 애는 눈을 감은 채 고개를 숙이고 있었어. 얼마의 침묵이 흘렀을까. 그 애가 원고를 읽기 시작했다.

*

7층 건물의 7층에 있는 피트니스였다.

나는 1년 가까이 매일 같은 시간에 운동했다.

피트니스 맞은편으로 아파트 단지가 있었고 그 단지 옆으로 야트

막한 언덕이 있었다.

언덕에는 크고 작은 나무들이 심어져 있었고 산책로가 나 있었다.

봄에는 다양한 색깔의 꽃들이 피었다 졌다.

그 언덕에서 매일 같은 시간에 운동하는 여자가 보였다.

내가 러닝머신을 걷고 있는 바로 그 시간에 언덕에 있는 산책로를 걷고 있는 여자.

언제나 여자가 산책로를 걷는 모습이 보였다.

맨 처음 여자를 발견한 건 언제였을까.

여자가 흰색 티셔츠를 입고 있었다.

그다음 날은 위아래 검정색 옷을 입어서 저 여자가 어제의 그 여자가 아닌가, 의심하기도 했다.

여자는 거의 매일 같은 속도로 걸었다.

나는 여자의 걸음걸이를 한눈에 알아보게 되었다.

러닝머신에 올라서면 언제나 눈으로 제일 먼저 여자를 찾았다.

비가 오는 날에도, 먼지가 부옇게 시야를 가리는 날에도 여자가 같은 속도로 걸었다.

7층에서 내려다보고 있었기 때문에 여자의 얼굴이 잘 보이지 않았지만 그렇다고 여자가 점처럼 작게 보이는 것은 아니어서 여자가 그 여자라는 것은 쉽게 알아볼 수 있었다.

그렇게 계절이 바뀌었다.

한 번 더 계절이 바뀌었다.

여자 말고도 비슷한 시간에 산책로를 걷는 사람들이 몇 있었다.

산책로가 아닌 아래쪽 인도를 따라 오가는 사람들이 보였다.

언덕 아래쪽 도로로 차들이 드문드문 달려갔다.

신호에 멈추어 섰다.

언제였을까.

비가 온 날은 아니었다.

눈이 온 것도 아니었고 그렇다고 하늘이 파랗게 맑은 날도 아니었다.

계절을 가늠하기 힘든 어떤 날이었을 것이다.

나는 언제나 그랬던 것처럼 러닝머신에 올라 시작 버튼을 눌렀고 눈으로 가장 먼저 여자를 찾았다.

검정색 운동복을 입은 여자가 보였다.

여자가 이쪽을 돌아보았던가.

여자와 눈이 마주쳤다.

그럴 리 없는데.

여자와 눈이 마주친 것이 분명했다.

여자는 한동안 나를 바라보고 있었다.

나는 러닝머신을 세웠다.

여자의 얼굴.

낯익은 여자의 얼굴.

나는 여자를 한눈에 알아보았다.

동그란 얼굴의 여자.

그것은 분명 나였다.

바로 그때. 그때, 문득.

문득, 바다가.

너무 익숙하게도 머릿속에 들어와 있는 것이 아닌가. 생각이 무리 지어 파도처럼 몰려왔다, 밀려갔다. 나는 이런 흔한 비유를 하고 있는 것이 아니다. 진짜 바다가. 짜디짜고, 거칠고, 변덕스러운 바다가. 끝도 없고, 끝이 없어서, 끝없이 슬픈 사람들을 끌어당기는 바다가. 바로 그 깊고 푸른 바다가 머릿속에 들어와 있었다. 갑자기 머리가 너무 무거워져서 나는 목을 가누기 힘들었는데…… 머리를 어딘가에 내려놓으면 금방이라도 바닷물이 쏟아져 내릴 것만 같아서 어쩔 줄 몰라 하고 있었다. 자꾸 귓구멍에 손가락을 넣어보았다. 머릿속에서 바다가, 파도가 쉬지 않고 출렁거려서 아무 소리도 들리지 않았다. 피트니스에는 언제나 요란한 음악이 커다랗게 틀어져 있었는데. 이제 이 바다를 어쩌면 좋단 말인가. 앞이 잘 보이지 않는 것 같았다. 양손으로 두 눈두덩을 문질러보았지만 눈앞이 선명해진 것 같진 않았다. 나는 눈을 감고 운동기구에 머리를 살며시 기대보았다. 머리가 무거워졌다고 느껴지는 건 그저 기분 탓이다. 바다에 대한 생각으로부터 달아나고 있을 때, 탈의실이 있는 6층으로 내려가는 계단에 발을 막 내디뎠을 때, 바다가 한쪽으로 기울면서 갑자기 멀미가 날 것 같았다. 다행히 바닷물이 새어 나오지는 않았지만.

그때는 막막한 게 뭔지 모른 채 막막했어.

막막한 게 뭔지도 모르면서. 그래도 살아져서 그냥 살았지.

그건 그렇고. 그래서 너는 어떻게 할 건지 결정했어?

그게 내가 결정한다고 결정되는 문제인가? 정말 그렇게 생각해?

탈의실에서 여자 둘이 머리를 말리고 있었다. 몸에 아무것도 걸치지 않은 채 머리를 말리면서 각자 거울 속에 들어 있는 자신을 향해 이런 말들을 하고 있었다. 저 여자들은 몇 살쯤 된 걸까. 대체 왜 벌거벗고 머리를 말리는 걸까. 머리를 말리면서 왜 저런 이야기들을 아무렇지도 않게 하는 걸까. 평소라면 이렇게 생각했겠지만 그 여자들도 내가 보이지 않는 것처럼 계속 이야기를 이어나갔고 나 역시 눈앞에 그 여자들보다는 머릿속에 바다가 큰 문제였으므로 조용히 신발을 챙겨 들고 나왔다.

차르르르, 차르르르

차르르르차르르르

그런데 이 바다는 어디에서 갑자기. 이 바다가 왜 갑자기. 이 바다를 어쩌라고 갑자기.

나는 집으로 돌아오는 길에 몇 번의 구역질을 하고 수백 번의 파도를 견뎠다. 한 발, 한 발 내디딜 때마다 무자비하게 모든 것을 집어삼킬 것 같은 파도 속에서. 무턱대고. 걸었다. 걸으면서 한참을 열받아 있다가 깨달았다.

아, 뇌가 뜨거워지면 안 되는데.

그렇게 생각하는 동안에 하품이 나왔다. 뇌가 너무 뜨거워져서 계속 하품이 나왔다. 연거푸 하품을 한 탓인지, 머릿속에 바다 때문인지 눈물이 핑 돌았다. 눈물이 핑 도는 와중에도 하품이 나왔다. 하품을 해서 식을 뇌라면 좋았겠지만.

뇌가 뜨거워지면 바다가 끓을 거고, 그럼 어떻게 되는 거지.

나는 바다가 끓어 넘치는 상상을 하다가 그만 고개를 너무 세게 저어버렸다.

출렁, 묵직한 두통과 현기증이 동시에 일었다. 머릿속이 얼얼했고 계속 배에 타고 있는 것처럼 멀미가 가라앉질 않았다.

오늘은 그만 생각하고 자는 게 좋겠어.

엘리베이터에서 내리면서 나는 바다를 잊을 수 있는 방법은 잠드는 것밖에 없다는 결론에 도달했다. 현관문에 비밀번호를 누르는 동안에라도 금방, 바닷물이 흘러나올 것 같아서 두근거렸다. 복도에 바닷물을 쏟고 싶진 않았다. 현관문 앞에 가방을 내려놓고 곧장 침실로 들어갔다. 가만가만 걸었다. 평소처럼 눕지 못하고 일단 침대 가장자리에 걸터앉았다. 집에 사람이 있었다면 도움을 청하고 싶었지만 나는 혼자였다.

나는 우선 두 다리를 침대 위에 올려놓았다. 최대한 몸을 둥글게 말고 옆으로 몸을 내려놓듯이 조심했지만 무거울 대로 무거워진 머리가 먼저 퉁, 침대에 닿고 말았다. 다행히 어느 구멍으로도 바닷물은 새어 나오지 않았다.

자는 동안 바다가 끓어오르면 안 되는데.

한참 바다 걱정을 하느라 전에 무슨 생각을 하고 있었는지 기억이 나지 않았다. 바다가 머릿속에 들어오기 전에 나는 도대체 무슨 생각을 하면서 살았던 걸까.

그때는 이런 생각도 하지 않았다.

바다가. 이 바다가.

이 무거운 바다를.

계속 바다만 떠올랐다.

바다, 바다. 하다 자서인지 꿈에서도 바다를 보았다.

한 번도 가보지 못한 바다.

한 번도 본 적 없는 바다였는데, 한눈에 보아도 바다가 끓고 있는 것 같았다. 가까이 가보니 바다가 부글부글 끓어서 파도 위로 김이 자욱하게 피어오르고 있었다.

이건 세상의 모든 바다인데.

나는 그 낯선 바다가 세상의 모든 바다라는 것을 깨달았다.

세상의 모든 바다가 동시에 끓기 시작했다.

무섭게 끓어오르던 바닷물이 증발하기 시작했다.

커다란 물방울들이 하늘로, 하늘로 올라가는 것이 보였다.

나는 혹시라도 화상을 입을까 봐 뒤로 물러섰다. 파도가 밀려왔다가 밀려갈 때마다 더운 김이 모래사장 끝까지 몰려왔다.

이 바다를. 아, 이 바다를.

나는 꿈에서도 계속,

이 바다. 이 바다.

계속 바다에 대해 생각했다.

얼마나 한자리에 서 있었을까.

바다가. 이 모든 바다가.

사라지고 없었다.

꿈에서 깨기 직전에 내가 본 것은 온통 새하얀 땅.

끝없이 펼쳐진 소금사막이었다.

햇빛을 받아 눈부시게 반짝거리는 소금 알갱이들.

하얗고, 하얗고, 그저 하얀 땅.

헛구역질이 올라와서 눈을 떴는데 바다를 잊고 몸을 벌떡 일으키는 바람에 머릿속에서 뭔가가 크게 요동쳤다.

출렁.

위액까지 다 토해내고 변기에 앉아 머릿속에 가만히 귀를 기울였다.

차르르르, 차르르르 파도가 밀려가는 소리였다.

바다다……

비유는 중요해.

바다라니. 머릿속에 바다라니. 무슨 정신병에 대한 이야기야? 내가 이 바다에 대해 이야기했을 때 누군가 물었었는데. 바다가, 진짜 바다가, 사나운 바다가, 깊고 깊은 바다가 머릿속에 들어왔다는 걸 어떻게 이해시킬 수 있지? 어떤 비유를 사용해서 이 바다를 넘을 수 있는 걸까.

비유는 중요해.

그가 말하고 있는 내용보다 그를, 그라는 사람을 더 잘 드러내기 때문에. 시는 연애와 같다 말하는 시인을 만난 적이 있지. 시는 침과 같아, 말하는 여자를 만난 적이 있어. 그와 그녀는 전혀 다른 사람. 자, 이제 당신의 비유에 귀 기울여볼까. 그러니까 그건 무엇과 같지? 그럼 오늘은? 그럼 이 시간은? 바다가 생이야? 몸은? 생을 담고 있는 병? 그 누군가 무섭게 물었었는데.

나처럼 해봐라 요렇게, 이건 내가 세상에서 제일 무서워하는 노래.

누군가 그리울 때 마음은 먼 바다. 저 멀리 수평선.

내 마음에 내가 도무지 닿을 수 없다.

이런 허망한 비유라면 가능하겠지만. 바다가 머릿속에 들어왔다. 이건 전혀 비유가 아닌 이야기. 다들 이렇게 넘어지는 기분으로 서 있는 거였군요.

다른 시간으로부터.

출렁, 또 한 번 바다가 한쪽으로 쏠릴 때.

차르르르, 차르르르

파도가 밀려오는 소리를 들으며 나는 짐을 챙기기 시작했다.

*

그 낭독을 끝까지 듣지는 못했어. 나는 거의 뛰쳐나오다시피 그 어둠 속을 빠져나왔다. 어느 절 앞에선가 오빠와 함께 보았던 소원탑들을 떠올렸지. 크고 작은 동그라미들. 아까시, 이팝, 물오리. 은사시, 팥배, 생강. 집 뒷산에서 마주치곤 했던 나무들의 이름을 떠올리려고 노력했어. 네가 알려주곤 했던 나무 이름들. 아까시, 이팝, 물오리. 눈향, 팥배, 생강. 은사시. 은사시. 너는.

기어이 너는.
기어이.

나는 계속 혼잣말을 하면서 집으로 돌아왔다. 다시는 오빠 방에 가지 않겠다고 결심했지. 운전하는 내내 눈앞이 뿌옇게 흐려서 앞이 잘 보이지 않았다.

(하나의 시간이 열리고 또 하나의 시간이 나를 끌어당기고
하나의 시간이 압도해오고
하나의 시간이 점처럼 사라지고
하나의 시간이 빛으로 번지고
하나의 시간이 펼쳐지고 접히고
수만 개의 창이 되고
다가오고 멀어지고 열리고 닫히는)

아빠와 함께 살기 시작한 건 그러고도 몇 년 뒤야. 아빠는 한참 고집을 부리셨지. 김 서방에게 미안하다고, 서로 불편한 일이라고, 안 된다고 하셨지만 아빠가 엄마와 당신이 함께 견딘 그 3년의 시간을 놓지 못하신다는 걸 너무 잘 알고 있었어. 지웅이 아빠가 중국 지사로 나가면서 내가 집에 지웅이랑 둘이만 있기 무섭다고 얼마나 졸랐는지. 결국 아빠가 간단한 짐만 챙겨서 우리 집으로 들어오셨다.

오빠, 기억나?

뭔가 재미있는 걸 알게 되면, 물론 그게 오빠한테만 재미있는 거였다는 건 알고 있지? 오빠는 꼭 나한테 질문을 하곤 했어. 무슨 수수께끼 놀이라도 하는 것처럼.

한번은 나한테 물었지.

생각하다가 동사게? 형용사게?

나는 그때 한창 몸 만들기에 심취해 있을 때라 아마 스쿼트 운동 중이었을 거야. 내가 허리에 잔뜩 힘을 주고 헉헉 거리며 앉았다, 일어났다 하는데 오빠가 물었어.

꺼져.

내가 그랬지.

그럼 믿다는?

꺼지라고.

그럼 사랑하다는?

야!

나는 스쿼트를 그만두고 오빠를 발로 차버렸지. 기억나?

그때 오빠가 오빠 방으로 도망치면서 그랬어. 이 흔하디흔한 세 가지 단어가 사람의 인생을 바꾼다고. 그러므로 물론, 셋 다 동사라고.

안 물어봤다고.

내가 언제 궁금하다고 했냐고. 나는 너한테 고래고래 소리를 질렀지.

그런데 오빠를 똑 닮은 지웅이가 꼭 어린 시절 오빠처럼 나한테 이것, 저것 질문을 해. 정말 몰라서 물어보는 것도 많지만 꼭 오빠처럼 퀴즈를 내듯이 물어보는 거야. 그렇다고 오빠한테 했던 것처럼 지웅이를 발로 찰 수는 없잖아. 나는 언제나 열심히 대답하지. 그때마다 오빠를 약 올리던 게 생각이 나. 한 번이라도 궁금해해줄걸. 지금 이렇게 내내 궁금할 줄 알았으면 그때 더 많이 궁금해할걸. 너에게 장난을 걸고 싶다. 나는 하루에도 몇 번씩 생각해. 아니, 사실은 하루 종일 한 번도 네 생각을 하지 않는 날이 더 많은데.

오늘 오후에 학교에 다녀온 지웅이가 물었어.

엄마, 우리나라 헌법이 지향하는 최고의 가치가 뭐게요?

나는 멍한 표정으로 식탁 모서리를 바라보고 있었지. 모르긴 몰라도 아버지는 베란다에 계셨던 거 같아. 요즘 군자란에 꽃들이 활짝 피어서 아버지는 한참씩 베란다에 나가 서 계시곤 했거든. 다른 짐들은 다 예전 그 집에 그대로인데 화분들만 하나둘 가지고 와서 지금은 우리 집 베란다가 예전에 우리가 같이 살던 그 집 베란다를 그대로 옮겨놓은 모습이야. 오빠가 그 윤리 선생님에게 첫 선물로 받아왔던 선인장 기억나? 그 선인장이 지금 얼마나 많은 새끼들을 쳤는지, 아마 오빠도 보면 깜짝 놀랄 걸.

엄마,

엄마.

지웅이가 내 어깨를 흔들어서 그때서야 나는 지웅이가 나한테 뭔가 말하고 있다는 걸 알았어.

오늘 사회 시간에 헌법에 대해 배웠어요.

그랬구나.

지웅이는 정말 나보다, 김 서방보다 여러 면에서 오빠를 더 많이 닮았어. 살갑고 다정해서 학교에 다녀오면 그날 있었던 일, 그날 배운 것들을 묻지 않아도 한참씩 이야기해주곤 해.

엄마도 우리나라 헌법이 지향하는 최고의 가치가 뭔지 알아요?

지웅이가 묻더라.

오빠라면 잘 대답해줬겠지. 나는 사실 고민도 해보지 않고 모르겠다고 했어. 몰라.

지웅이가 자랑스럽게 말해주더라.

인간의 존엄과 가치.

나는 그 말이 너무 낯설게 느껴져서 지웅이에게 되물었어.

뭐라고?

인간의 존엄과 가치. 지웅이가 제법 엄숙하고 진지하게 말했어.

슬픈 말이구나.

내가 말했대. 나는 그렇게 말해놓고도 몰랐지. 지웅이가 뭐가 슬픈 말이냐고 물어서 그때서야 내가 그렇게 말한 걸 알았어.

그런데 엄마 존엄이 뭐예요?

지웅이가 묻더라. 지웅이는 정말 꼭 오빠 같아. 이해가 될 때까지 열 번이고 스무 번이고 왜냐고 묻지. 그건 왜 그래? 그건 뭐야? 지웅이가 지금보다 더 어렸을 땐 지웅이의 질문에 대답하다 보면 하루가 다가고 그랬어.

인터넷에 찾아봤는데 무슨 말인지 더 모르겠어.

지웅이가 정말 모르겠다는 얼굴로 나를 바라보더라.

오빠, 나는 그때 왜 오빠를 떠올렸는지 모르겠다. 지웅이에게 아무 말도 해줄 수가 없어서였을까. 오빠라면 좋은 대답을 해주었을 텐데. 오빠는 좋은 선생님이었으니까.

엄마, 그게 뭔지 몰라도 그건 인간 스스로 완성해가야 하는 거래요.

그래서 나도 나 스스로 완성해가고 싶은데.

그런데 나는 또 그게 뭔지 모르니까.

오빠, 나는 끝까지 지웅이에게 아무 말도 하지 못했어.

그리고 도망치듯이 여기에 왔다.

오빠 방은 여전해. 나는 아빠가 하루에도 몇 시간씩 이 집에 와계신다는 걸 알아. 아빠가 이 집을 매일 쓸고 닦는다는 것도 알아. 아빠와 나는 서로 다른 시간에 몰래 여길 다녀가지. 우리는 한 번도 여기에서 마주치지 않아. 이 집에 감도는 향초의 향으로 아버지가 오래 머물다 가셨다는 걸 어렴풋이 느낄 수 있어. 초는 보이지 않지만 아버지가 오빠 방에, 엄마가 자주 앉아 있던 식탁 의자에 한참씩 머문다는 걸 느낄 수 있다. 그런데 그곳에서도 시간이 갈까? 그곳에도 시간이라는 게 있을까?

엄마, 인간이라는 말은 모든 사람을 포함하는 거죠? 살아 있는 사람들과 살았던 사람들 모두요?

내가 지금까지 완성하려고 노력해보았던 거는 찰흙 만들기, 종이접기, 그림 그리기. 그런 것들이었어. 그런데 사실 그것들도 얼마만큼

이 완성된 것인지는 모르겠어요.

내가 아무 대답 없이 일어서는데 지웅이가 혼잣말처럼 이렇게 말했어. 그리고 다시 묻더라.

엄마, 내가 모두의 존엄을 완성하기 위해 무엇을 할 수 있어요?

오빠,

나는 여전히 아무 대답도 할 수 없었다.

오빠의 얼굴이 계속 아른거려서 그대로 서 있을 수가 없었어.

엄마, 얼굴이 왜 그래요?

지웅이가 물었어.

엄마 얼굴이 어떤데?

숲속에 혼자 있는 나무 같아.

그렇게 말하는 지웅이 얼굴이 꼭 울 것 같았지.

그래서 나는 도망치듯이 집을 빠져나올 수밖에 없었다.

그런데 오빠, 그거 알아? 궁금하다는 말 속에 마음이 안타깝다는 뜻이 들어 있는 거. 궁금하다는 건 알고 싶어서 마음이 안타까운 거라는 거. 사실 이것도 언젠가 지웅이에게 들은 말인데. 오빠는 지금쯤 어디 있을까. 아이들은 모두 만났을까. 그 윤리 선생님과 함께 있다면 좋겠는데. 엄마는 무사히 도착했을까.

그 봄이 지나고 오빠는 예전과 같은 게 아무것도 없었어. 아니 그 봄은 영영 떠나보낼 수 없는 봄이었지. 오빠는 그사이 학교를 그만두었고 머리를 짧게 깎았고 며칠씩 집에 돌아오지 않았다. 어딜 그렇게 다니는지 알 수 없다고, 오빠가 무슨 정신으로 사는지 알 수 없다고. 엄마가 매일 전화를 걸어 내게 오빠 이야기를 했어. 허깨비가 따로 없다고. 저건 죽은 거지, 산 게 아니라고. 저러다가 네 오빠 죽는다고. 엄마가 입버릇처럼 그렇게 말했어. 나는 그 시간 동안의 오빠를 몰라. 오빠를 만나고 싶지 않았어. 오빠를 만나는 게 두려웠다. 오빠가 매일 밤 악몽에 시달린다는 걸 알고 있었는데. 네가 자다가도 몇 번씩 숨이 막혀 비명을 지르며 깨어난다는 걸 알고 있었는데. 나는 너를 만나는 게 너무 두려웠어. 길을 지나다 오빠를 만나게 될까 봐, 뉴스를 보다가 오빠의 얼굴을 보게 될까 봐. 나는 눈을 뜨는 게 두려웠어. 오빠의 고통스러운 눈을 마주보는 게 너무 무서웠다. 오빠,

얼마나 많은 사람들이 절망하지 않기 위해 희망을 포기하는 걸까.
얼마나 많은 사람들이 매 순간 온 힘을 다해 희망으로부터 달아나는 걸까.
냉담한 척, 고개를 돌리고, 이를 악물고, 눈을 꼭 감은 채.

왜 자꾸 사람을 그리워하는 걸까.

오빠가 어느 책 귀퉁이엔가 해놓은 메모를 보았다.
너는 언제 이런 생각들을 했던 걸까.
오빠,
나는.

*

어릴 때 나는 세상이 '견디다'로 이루어진 줄 알았다. '견디다'라는

말을 내가 몇 살 때 처음 알게 되었는지는 정확하지 않지만 그 단어를 알기 전에도 나는 그렇게 생각했다. 막연한 견디기. 뜨거운 우유를 견디고 있는 컵, 아빠의 발냄새를 견디고 있는 양말, 사방으로 튀는 물방울을 견디고 있는 앞치마, 너무 많은, 세상의 거의 모든 말들을 견디고 있는 컴퓨터, 모든 무게를 견디고 있는 바닥, 윗집과 윗집과 윗집의 무게를 견디고 있는 천장—나는 태어나서부터 계속 아파트에 살았으니까. 침묵을 견디는 할아버지, 외로움을 견디는 아빠, 매일, 매일을 견디는 엄마. 그래서 나는 엄마, 견디는 게 뭐예요? 한 번도 묻지 않았다.

그렇다고 내가 지금 어리지 않다는 말은 아니다. 나는 여전히 어리지만 내가 지금보다 더 어릴 때, 나는 분명히 그렇게 생각했다. 지금, 밤, 9시. 나는 세상이 '잠기다'로 이루어져 있다고 생각한다. 적어도 지금, 여기, 내가 살고 있는 곳은 그런 것 같다는 얘기다. 세상이 '잠기다'에 잠겨 있는 것 같다. 나는 침대에 똑바로 누워 잠에 잠기기를 기다리고 있으면서 이불이 잠에 잠기는, 침대가 잠에 잠기는 모습을 상상하고 있다. 잠은 물처럼 침대를 감싼다. 잠은 물처럼 이불을 적신다. 침대, 이불, 베개는 순서대로 잠에 잠긴다. 나는 잠 속으로 빠진다. 이게 내가 잠드는 방식이다. 내가 상상하는, 잠드는 방식이다. 나는 이렇게 상상에 잠긴다. 물론 '잠기다'라는 단어도 언제 처음 알게 됐는지는 정확하지 않다. 언제 처음 내가 '잠기다'라는 말을 사용하게 되었는지는 기억할 수 없지만 한 가지는 분명하다. 내가 세상이 '잠기다'로 이루어져 있을지도 모른다고 생각한 순간. 어렴풋이 어딘가에 잠겨 있는 세상을 느낀 그 순간. 눈물이 고인 엄마의 눈을 보았다. 나는 왜인지 모르지만 슬펐다. 생각에 잠겼다. '잠기다'에 잠기어. 사람들이 생각에, 슬픔에, 절망에. 당신들에, 깊고 깊은 어둠 속에 잠겨 있는 것이 아닌가. 오늘 내 질문 때문에 엄마는 어떤 생각에 잠긴 거 같았다. 오늘 밤, 나는 정말 엄마가 노래에, 오직 노래에만 잠길 수 있으면 좋겠다. "반짝반짝 작은 별 아름답게 비치네" 엄마를 위해 자장가를 불러주고 싶다.

*

오빠,

나는.

지금 잠든 지웅이의 일기를 훔쳐보고 있어. 지웅이 일기는 꼭 오빠가 쓰던 일기 같아. 오빠가 쓰는 일기가 꼭 이랬었는데. 나를 울리고, 웃기고. 생각에 빠뜨리고. 나는 그래서 오빠가 나중에라도 글을 쓰려나, 생각했었어. 선생님이 되지 않았더라면 좋았을 텐데. 오빠를 원망하면서 나 가끔 이런 생각도 했었다. 야, 멋지게 살고 싶다며? 시시하게. 내가 오빠 국어국문학과 지원한 거 알고 오빠한테 그랬었지. 국문과 나와서 뭐하게? 굶기밖에 더하냐? 내 말에 오빠가 그랬어. 선생님이 될 거라고. 우리가 우리라는 걸 아이들과 함께 느끼며 살고 싶다고. 네가 그랬었어. 지금, 여기가 역사의 일부가 되리라 생각하며 사는 사람이 얼마나 될까. 근사한 역사를 아이들 가까이에서 아이들과 함께 살고 싶다고. 나는 그때도 콧방귀만 뀌었지. 멋지긴 개뿔. 함께? 함께 같은 소리한다.

그런데 오빠 너, 내가 매일 오빠 일기장 훔쳐보는 거 알고 있었지?

나한테는 이렇게 온통 너에 대한 기억밖에 없는데.

너는 나한테 그냥 나였는데. 어떻게 네가.
나는 내내 너를 원망했었어.
그런데 이렇게 매일 오빠만 따라다니던 내가.
매일 너만 놀려먹던 내가.
그런데도 그 긴 시간 동안 너를 혼자 내버려두었던 내가.
존엄에 대해. 한 번도 진지하게 생각해본 적 없는 그것에 대해.
지웅이에게 무슨 말을 할 수 있을까.

오빠라면. 오빠가 있었다면.

~~우리에게는 공동의 빛이 있어. 우리가 가지고 있는 빛은 우리가 태어나기 아주 오래전에, 아주 오래전부터 여기 살고, 죽고, 살고, 죽고, 살고, 죽어간 모든 사람들의 눈빛이 담긴 빛이야. 그 모든 눈빛을 기억하는 빛이야. 푸른빛이 감도는 모닥불. 그 주위에 가득한 어둠. 어둠 속에 있는 수많은 사람들의 눈동자. 영원히 감긴 눈에 마지막까지 남아 있던 눈빛을 기억해.~~

나는 오빠의 목소리를 떠올린다. 오빠라면 어떻게 말해줬을까. 지웅이의 일기장에 썼다, 지운다.

오빠의 눈빛이 참혹하게 변했던 걸 기억해.
오빠의 무너진 눈빛을 기억해.

왜 음악을, 왜 문학을, 왜 그 많은 예술들을
인간들은 가지게 되었을까요.

오빠가 첫 부임했던 그 학교에서 첫 수업 시간마다 아이들에게 물었다는 질문을 기억해. 정말 왜 인간들은 그런 것들을 가지게 된 걸까. 나는 오랫동안 슬프다고 말할 수가 없었다. 쓸쓸한 장난. 오빠는 어떤 답을 가지고 있었을까.

이 봄이 지나면 또 여름이 오고 단풍이 들고 얼음이 얼고 다시 또, 다른 봄이 오겠지.

그때에도 꽃이 눈처럼.

흩날리겠지.

낭독회에 다녀오고 얼마 뒤 그 애에게서 메일이 왔었어. 물론 오빠 계정으로 온 메일이었는데 나에게 쓴 편지였다. 오빠가 그날 그 시간에 그곳에 있었다는 걸 우연히 알게 되었다고. 그리고 얼마 동안 오빠가 하는 일들을 지켜보았다고. 오빠가 무너지고, 다치고, 쓰러지고, 그러면서도 결코 포기하지 않는 걸 다 지켜보았다고. 오빠 옆에 한 번도 함께 서주지 못한 걸 후회한다고. 그렇게 오빠가 떠나고도 몇 년이 걸렸다고. 오빠를, 오빠와 걸었던 벚나무 꽃길을 너무 생생하게 기억한다고 썼더라. 이 길에 들어서면 시간이 멈춘 기분이 들어. 하얗고 눈부신 꽃잎들이 누군가 그리운 영혼들 같아서. 내가 모르는 아득한 슬픔 같은 것들이 느껴져. 이 찬란한 영원 속을 걷고 있으면. 이 길 위에서 세상의 모든 먹먹한 순간들이 잠깐 동안 멈추는 것 같아. 내가 사라지고, 살아 있다는 느낌만 생생해. 그렇게 생생하게 텅 빈 마음이 돼. 한 줌 빛으로 만들어진 생명이구나. 오빠가 그날 그 길에서 했던 말들을 하나도 빠짐없이 다 기억한다고. 그 애도 그게 첫 데이트였다고. 봄이면, 매년 봄이 찾아오는 걸 견딜 수가 없다고. 환한 꽃나무가 눈부시게 아름다운 걸 참을 수가 없다고. 그런데도 봄마다 어김없이 꽃은 피고 자신은 그 나무들 아래에서 아무렇지 않게 웃고 있다고, 썼더라.

오빠,

꽁꽁 언 강에 떨어지는 작고 흰 꽃잎들을 생각해.
하얀 모래사막 위에 누워 있던 오빠를 기억해.

줄곧 시간 여행을 하고 있는 기분이 들던 그 여행에서 돌아왔을 때 우리를 덮쳐온 것은 정리가 덜 된 감정들이 아니라 시차였다.

영원히 극복할 수 없을 것만 같은 시차.

사막에도 길이 있다니.

그때 지프를 타고 사막을 달리는 동안 오빠가 연신 감탄을 하면서 말했었지. 내비게이션에 나오는 사막 한가운데 길을 보고 너는 흥분에 들떠 있었어.

사막에도 길이 있다.

오빠는 볼펜을 꺼내 손바닥에 메모를 해두었지. 손바닥에 손금이 꼭 사막의 길 같아. 손바닥을 한참 들여다보고 있던 오빠가 그렇게 말했던가. 흘러내리는 모래를 쥐듯이 손바닥을 가만히 말아 쥐었다.

(만약 우리가 단지 조금 멀리 떨어진 사막의 길 위에 서 있는 거라면
만약 우리가 다만 조금 긴 시차 속에 살고 있는 거라면)

어둠보다 더, 별이 많아.

그 하늘에 압도돼서 겨우 중얼거렸던 이 말을 오빠는 기억할까.

그 밤에.

오빠,
내가 너를 조금 더 빨리 불렀더라면.
내가 오빠를 조금만 더 빨리 일으켜 세웠더라면.

내가 너보다 1분 15초 먼저 세상에 나왔더라면.

내가 너였더라면.

인터뷰

윤해서 X 강동호

강동호 〈이달의 소설〉로는 오랜만에 인사를 드리네요. 그동안 잘 지내셨는지, 근황이 궁금합니다.

윤해서 안녕하세요, 모두 잘 지내셨는지요. 저는 여전히 느리고 단조로운 생활을 하고 있습니다. 제가 살고 있는 동네는 오래전에 포도밭이었던 작은 마을인데 저는 이 동네를 잘 벗어나지 않습니다. 아주 천천히 산책로를 걷거나 멍하게 벤치에 앉아 동네 사람들과 눈인사를 나눕니다. 집 앞 카페에서 글을 쓸까, 하고 나갔다가 낮술만 마시고 집으로 돌아오는 날들이 많습니다. 기억에 남는 일이 있다면 얼마 전 우연한 기회에 피아노를 치게 되었습니다. 거의 20년 만이었는데 오랫동안 연주해보고 싶었던 골드베르크 변주곡을 친구가 가르쳐주겠다고 나서는 바람에 용기를 내어 피아노 앞에 앉았습니다. 떨리는 마음으로 피아노 건반에 손을 얹는데 친구가 이렇게 말해주었습니다. 조금 춥다고 생각해보세요. 이 순간이 계속 떠오릅니다. 조금 춥다는 생각. 조금 춥다고 생각하면서 조심스럽게 건반을 누르던 느낌이 손끝에서 떠나질 않아요. 아마도 곧 다시 피아노를 치게 될 것 같습니다.

강동호 이번에 발표한 「우리의 눈이 마주친다면」을 읽고 잠깐 놀라기도 했습니다. 기존에 알고 있는 윤해서 작가의 소설이랑 좀 다르게 읽혔기 때문일 텐데요. 편견일지 모르겠지만, 윤해서 작가의 소설을 꾸준하게 읽어온 독자라면 가지고 있을 전반적인 인상이라는 것이 있을 것 같습니다. 아름답고 시적인 문체로 씌어진, 하지만 다소 자의식이 강한 난해한 소설이라는 식의 편견 말이지요. 가독성이 중요한 기준이 될 수는 없겠지만, 「우리의 눈이 마주친다면」의 경우 가독성이 높다는 점으로 보았을 때 윤해서의 소설 세계가 조금씩 변화하고 있다는 징표가 아닐까 하는 의견이 있었던 것도 사실입니다. 혹시, 특별한 계기나 이유가 있었을까요.

윤해서 저는 사실 제 소설에 대해 잘 모릅니다. 어떤 소설을 쓰겠다거나, 어떻게 쓰겠다는 생각을 하고 쓴 적이 거의 없다는 사실을 고백합니다. 그러니 저는 제 소설의 변화에 대해서는 잘 모릅니다. 그렇지만 만약 제가 변하고 있다면.

저는 제가 기억하는 한 계속해서 떠나고 싶었습니다. 멀리, 조금 더 멀리. 돌아올 기약 없이. 자꾸 떠나고만 싶었습니다. 저는 여전히 종종 떠나고 싶습니다. 그렇지만 동시에 떠나기 전부터 제가 돌아오고 싶어 한다는 것을 압니다.

저는 늘 제가 알지 못하는 세계, 보이지 않는 어떤 것들을 그리워했습니다. 저는 여전히 제가 결코 닿을 수 없는 곳, 영영 만날 수 없는 누군가를 그리워합니다. 그렇지만 동시에 제가 속해 있는 지금, 여기, 저와 아주 가까이 있는 친구들을 그리워한다는 것을 압니다.

살면서 한 번도 생각해보지 않았던 것들에 대해 점점 더 골똘해지는 시간입니다.

우리가 살고 있는 '지금, 여기'가 차라리 지독한 꿈이기를 바랍니다.

강동호 '세월호 이후의 문학'이라는 화두가 제기되었던 것처럼, 한 공동체가 겪은 참혹한 비극에 가장 예민하게 반응하는 존재 역시 소설가라고 생각합니다. 그러나 한편으로는 자신이 겪지 않은 비극에 대해 어떻게 쓸 것인가, 과연 타인의 고통을 증언할 수 있을까,라는 화두는 여러 가지 윤리적 · 미학적 · 정치적 문제의식을 불러일으킬 수밖에 없을 것 같아요. 그런 점에서 이번 작품은 이러한 문제에 대한 윤해서 작가 나름의 응답으로 읽히기도 했습니다.

윤해서 이 소설을 쓴 이후에 스물세 살 제 동생이 물었습니다.

언니, 우리가 무엇을 할 수 있어?

잠수사 한 분이 돌아가신 날이었습니다.

저는 지웅이에게 영수가 그랬던 것처럼 아무 말도 해주지 못했습니다.

무력하고, 무력합니다.

부끄럽고, 부끄럽습니다.

감히 슬프다고 말할 수 없습니다.

강동호 이번 소설은 그 어떤 희망도 보이지 않는 사막과 같은 현실에서, 그럼에도 불구하고 "인간의 존엄과 가치"를 향한 희망을 놓지 않으려는 윤해서 작가의 의지를 낮지만 강한 어조로 표현하는 것처럼 읽혔습니다. 그런 맥락에서 '시차'라는 표현에 눈이 머물게 되더라고요. 時差 혹은 視差. '영원히 극복할 수 없을 것만 같은 시차'야말로 역설적으로나마 그 희망의 원천에 해당하는 것이 아닐까 싶은데요. 윤해서 작가에게 '시차'란 무엇을 의미하는지요.

윤해서 어쩌면 그것은 저에게 극복할 수 없는 그리움, 고통일지도 모르겠습니다.

(우리는 그리움으로 많은 시간대를 동시에 살 수 있고, 아주 멀리 떨어져 있는 여러 개의 공간을 동시에 살 수도 있습니다. 우리가 알지 못하는, 우리가 기억하지 못하는, 우리가 이미 떠나온 어떤 곳에 대한 그리움. 그리고 다시 이미 우리 곁을 떠나버린 어떤 사람들에 대한 그리움으로.)

누구나 누군가에게 그리운 사람이고, 누구나 무엇인가를 그리워한다면.

잊지 않는 것. 기억하는 것. 떠나보내지 않고 계속 존재하게 하는 것.

그 그리움으로 미지의 어둠을, 그 어두움마저를 횡단해보려는 것이,

우리가 '우리의 그리움'을 포기하지 않는 것이, '우리의 고통'을 포기하지 않는 것이,

지금, 여기에서 제가 믿고 싶은 시차는 아닐까 생각해봅니다.

강동호 곧 첫 소설집이 나오는 것으로 알고 있습니다. 어떤 마음으로 첫 책을 기다리고 있는지, 그리고 향후 씌어질 윤해서의 소설에 대해 듣고 싶습니다.

윤해서 능소화가 지는 계절입니다. 걷다 보면 집 앞 거리에 송이째 떨어진 주황색 능소화들이 자주 눈에 띕니다. 가만히 서서 바라봅니다. 꽃이 진 자리마저 이렇게 곱구나. 비에 젖은 꽃잎들을 보면서 생각합니다. 그리고 잠시 뒤 언제나 고개를 들어 보게 됩니다. 담장 위에 능소화 덩굴이 있습니다. 파란 하늘과 흰 구름이, 먼 별과 더 먼 별이 있습니다. 아직 환한 주황 능소화들이 송이, 송이 바람에 흔들립니다. 문득 이런 소설을 쓰고 싶다고 생각합니다. 능소화가 진 자리 같은 소설 말입니다. 가만히 어딘가를 올려다보게 하는, 저 먼 하늘과 하늘 너머 눈에 보이지 않는 우주, 그리고 능소화 덩굴을 동시에 생각하게 하는 그런 소설 말입니다. 어쩌면 또 생각은 바뀌고 저는 변하겠지만. 내년에도 능소화는 피고, 지겠지요.

첫 책을 기다리는 지금, 제 마음은 이미 지나가버린 어떤 계절을 기다리고 있는 마음 같습니다.

2016년 8월

이달의 소설

© 임영웅

예지 5

김엄지

김엄지 1988년 서울에서 태어났다.
2010년 문학과사회 신인문학상으로 등단했고, 소설집 『미래를 도모하는 방식 가운데』, 장편소설 『주말, 출근, 산책: 어두움과 비』가 있다.

잘한 것과 잘못한 것. 먹은 것. 반성. 변명. 날씨.

A는 구름에 대해 썼다.

A는 유리창과 시멘트 벽을 번갈아 바라보았다.

구름으로 시작하여 구름 아닌 것으로 마무리되었다.

사실 A가 심취하는 것은 구름의 흐름이 아니었다. A가 정말로 몰두한 것은 A, 자신의 필체였다. 볼펜의 무게. 노트에서 반사되는 빛.

잘한 것

차에 치이지 않은 것.

출근길에 A는 트럭에 치일 수도 있었다. 하지만 치이지 않았다. 트럭이 멈추었고, A도 멈추었기 때문이다.

잘못한 것.

멈춰 서서 죄송하다고 말한 것.

약속을 많이 만든 것.

처음 보는 여자를 만진 것.

어깨. 앞에서 본. 아니 옆에서 본. 아무튼 어깨. 어깨를 만졌다. 나는 누구든 함부로 만지는 사람이 아니다. 잘못은 저지른 순간에 확신할 수 있다. 그 여자는 급히 사라졌다. 그 여자가 사라지기 직전에 이미 확신했다. 잘못한 것이다.

A는 화장실에서 나오는 여자의 어깨를 만졌다. A는 맥주 두 잔을 마신 상태였다. 그는 자신의 충동을 예측하지 못했다. 짧은 순간이었지만, A는 거의 주물렀다. 여자는 놀랐다. A도 놀랐다. 죄송합니다. A가 사과하기 전에, 여자는 사라졌다.

먹은 것

구내식당. 카레, 식빵, 커피 두 잔. 땅콩, 맥주.

어깨의 주인, 여자를 찾기 위해 A는 홀 안을 둘러보았다. 그 여자는 호프집을 아주 나가버린 것 같았다.

여자는 보이지 않았고, 홀 중앙에서는 싸움이 벌어지고 있었다.

왜 삿대질이야. 눈 찔렀잖아.

그럼 내 심장은. 내 심장은 어떻게 할 거야? 네가 소리 질러서 지금 심장이 터질 것 같다고. 내 심장.

남녀가 서로에게 얼굴을 들이밀며 소리쳤다.

A는 동료들이 앉아 있는 자리를 향해 걸었다.

동료 b와 c는 떠들며 술을 마시고 있었다. 즐거운가.

동료들은 혼전 순결에 대해 이야기를 나누고 있었다.

동료 c가 새로운 여자를 만난다는 것. 그 여자가 혼전 순결에 대한 신념을 가지고 있다는 것이었다.

결혼했다손 치고 한번 하자고 해. b가 키득거리며 c에게 조언을 했다.

결혼했다손 치고. A는 속으로 중얼거렸다.

중얼거리는 것은 좋지 않다고 생각하면서 중얼거렸다.

했다손 치고. 했다손 치고. 했다. 손 치고. A는 자신의 손등을 내려다보았다.

무슨 생각해? b가 A에게 물었다.

화장실에서 마주친 여자 어깨를 만졌는데, 여자가 사라졌어. A가 대답했다.

그게 뭐? c는 심드렁한 얼굴이었다.

사과하려는데 사라졌어. A가 말했다.

사과할 필요 없어. 그 여자가 처음 본 사람이라는 것은 문제가 아니야. 처음 본 여자를 얼마든지 만질 수 있고, 어깨든 가슴이든, 부위는 중요하지 않아. 어디든 만질 수 있지. 동의를 구하지 않은 것이 잘못일까. 그것도 아니야. 누구를 만지는 데 늘 동의를 구할 수는 없는 일이야. c가 말했다.

A는 별다른 대꾸하지 않았고,

너 그런데 두상이 왜 그래? 어릴 적에 어디서 떨어졌나? c가 A에게 물었다.

A는 고개를 들어 c를 쳐다보았다. c는 A의 시선을 피하지 않았다.

네 대가리 왜 그렇게 생겼냐고, c가 눈으로 한 번 더 묻는 것이었다.

어, 나 미숙아였어. 막 낳았을 때는 더 심했대. 전체가 터질 것처럼 빨갛고 울퉁불퉁하고. A는 자기 머리통을 만지며 c에게 대답했다.

아. 미숙아. c는 다 이해한다는 듯이 고개를 주억거렸다.

선후

선, 후가 있어야 한다. 구분되어야 하고, 구분할 수 있어야 하는 것이다. 마땅히.

A는 건강했다. A는 아직 식욕과 성욕이 왕성했다. 시력은 특히 좋았다. A는 회전문을 지날 때마다 공포를 느꼈는데, 사람과 사물이 모두 구체적이고 적나라하게 보였기 때문이다. A는 회전문의 속도가 늘 비현실적으로 느껴졌다.

빠르고 느림의 문제가 아니다.

A는 몸 여기저기로 공포를 실감했다. 때로는 베이는 것 같았고, 때로는 쇠젓가락 따위가 관통하는 듯했다. 귓속, 가슴팍, 발목이 그랬다.

발목

거기서 그렇게 너덜거려라.

블록

b와는 더 이상 밥을 먹고 싶지 않다. b는 말이 많다.

b는 오늘 하루 종일 내 옆에 서서 블록에 대한 이야기를 했다. 끝내 알아듣지 못했다. 블록에 대해서 말하기 전에 b는 화물차에 대해서 길게 이야기했다. b는 분명히 내게 기대하는 대답이 있을 것이었다. 그런데 그게 뭔지, 나에게 뭘 기대하는지 모르겠다. 같이 걷는 동안 어색할 뿐이다. 영원히 호응할 수 없다. b 덕분에 영원히, 영원히, 속으로 중얼거리는 습관이 생겼다. 그만 중얼거려야 한다. 겉으로든 속으로든 좋지 않다. 중얼거리는 것은.

좋은 블록이야. b는 A에게 맥주잔을 내밀었다.

무슨 블록? A가 되물었다.

네가 엊그제 그랬잖아. 오해는 구조물이 될 수 있다고. 쌓기만 하면 된다고 네가 말했잖아. 오늘 아침에 이마를 탁 치게 되더라. 네 말이 맞아. 오해는 오해로 남겨야 해. b가 싱글벙글한 얼굴로 말했다.

내가 그런 말을 했던가. A가 고개를 가로저었다.

블록이니 오해니, A는 자기가 했던 말을 기억하지 못했다. 기억하지 못할뿐더러 이해할 수도 없었다. 블록과 오해는 무슨 관계인가. A는 허공을 바라볼 뿐이었다.

기억 안 날 정도로 취했어? 술 좀 작작 먹어. c가 A에게 말했다.

그래. 그래야지. A가 대답했다.

오해. 블록. 오해. 블록.

오해는 블록으로 비유될 수 있다.

왜

오해는 구조물이 될 수 있다.

왜

오해는 오해로 남기자.

왜

오해는 오해로 남기자.

왜

밑도 끝도 없다.

기억을 못하는 것은 분명히 문제이다.

나는 알코올 중독이 아니다. 알코올 중독에는 항갈망제가 처방된다. 나는 무언가 갈망하기 때문에 술을 마시는 것이 아니다. 술 자체를 갈망하는 것은 더욱 아니다. 그러니 항갈망제는 나에게 맞는 처방이 아니다. 그냥 덜 마셔야겠다. 마시되 덜 마실 것. 살되 덜 살 것. 죽되 덜 죽을 것. 마땅하다.

외근을 나갈 때면 A는 기분이 좋았다. A에게 사무실은 세 시간 이상 앉아 있기 힘든 공간이었다. 어떤 날은 오전 업무보다 오후 업무가 더 힘들었다. 그리고 어떤 날은 오후 업무보다 오전 업무가 더 힘들었다.

사무실을 나온 A는 하늘을 올려다보았고, 구름을 무어라 기록해야 할지 잠시 고민했다.

구름

멈춤

흩어지지 않는다. 더 단단해지고 있는 것 같다. 왜 사라지지 않는가. 구름이 맞는가. 그 여자 어깨를 만진 것은 내 의지가 아니었다. 나 역시 불쾌하다. 속수무책으로 불쾌하다. 그러나 내 의지가 아니었다면,

그것은 도대체 무엇일까. 누구도 나를 그 여자 쪽으로 밀지 않았다. 나도 나를 그 여자 쪽으로 밀지 않았다.

A가 외근을 나가는 길에 보았던 구름은 멈춰 있었다.

A는 10분 먼저 약속 장소에 도착했다.

A는 거래처 I에게 문자를 보내었다.

세번째 칸에 있습니다.

10분 뒤에 세번째 칸으로 I가 나타났다.

A와 I는 잠시 대화를 나눴다.

원래 서울 사람이에요?

네, 서울 사람이에요.

섬사람 아니에요?

아니에요.

서울에서 태어났어요?

네, 서울이요.

부모님도 서울 사람이에요?

네.

저기 좀 보세요. 가관이네요. 요즘 애들 사는 방식은 멋도 뭣도 아니에요. 이해하세요.

이해합니다. A가 대답했다. I와의 대화에서 대답은 모두 A의 몫이었다.

A와 I는 감사하다는 인사를 주고받은 후 헤어졌다. 둘 다 허리를 숙였다.

잘못한 것

I는 어리다. 너무 깊이 고개를 숙였다.

자네는 머리통이 참 커. 그리고 특이해. 특이하단 말이야. 상사가 A에게 말했다. A가 외근을 마치고 사무실로 복귀하자마자, A가 아직 자기 자리에 앉기 전이었다.

미숙아로 태어났답니다. 동료 c가 상사에게 말했다. c는 신이 난 목소리였다.

아하, 미숙아. 상사는 신기하다는 듯이 A를 훑어보았다.

그래, 근데 눈은 왜 그래. 눈빛이 영 좋지 않아. 상사가 한 번 더 A를 지목하여 말했다.

허밍

A는 누군가 흥얼거리는 소리를 들었다.

흥얼거린 것은 누구인가?

잘한 것

쳐다보지 않은 것.

대꾸하지 않은 것.

먹은 것

구내식당. 고등어. 훌륭했다.

A는 구내식당 메뉴가 마음에 들었다. A는 잘 구운 생선을 좋아했

다. 점심 식사를 마친 후에 사무실에 남은 것은 A뿐이었다. 동료들과 상사는 커피를 마시겠다며 밖으로 나섰다. A는 혼자 있는 것이라면 사무실도 나쁘지 않다고 생각했다.

구름

구름

구름

사무실의 유일한 유리창은 얼룩으로 불투명했고, 구름은 보이지 않았다. A는 잠자코 자기 자리에 앉아 노트를 펼치고 구름,이라고 여러 번 적었다. 나른한 시간이었다. A는 잠이 왔다. 구름. 졸음. 구름. 졸음. A는 긴장 없이 적어 내려갔다. A가 거의 잠들었을 때, 동료들과 상사가 사무실로 들어섰다. 그들은 왁자하게 떠들며 등장했다.

하하. 이 친구 뭘 또 적고 있어. 상사가 A의 앞에 바짝 다가섰다. A는 쓰던 것을 감췄다. 그러나 A의 노트는 쉽게 감추어지지 않는 크기였다. 정사각형이었으며, 스프링이 달린 것이었다.

하하. 뭘 또 감춰. 하여튼. 상사는 몸통을 좌우로 과장되게 기울이며 A가 감춘 것을 들여다보고자 했다.

징크스가 있나 봅니다. 상사 옆으로 c가 다가와 말했다.

징크스가 있어? c의 옆으로 b가 다가와 말했다.

우리는 우리만의 리그가 있다. 그건 거부할 수도 비난할 수도 없는 일이다. 괜찮다는 말을 들을 때마다 헛웃음이 난다. 괜찮다고 믿는 것은 능력이다. 얼마나 납득할 수 있는지의 문제이기도 하다. 문제가 많다.

A의 어떤 메모는 진심이었다.

A는 좀더 작은 노트를 사야겠다고 결론을 내렸다.

자. 일들 시작해. 상사는 금방 자리로 돌아갔다.

b와 c, 상사가 마신 커피는 어떤 맛이었을까.

나는 그 여자 어깨를 왜 만졌을까.

A는 별로 궁금하지 않은 것을 오래 생각했다.

업무가 모두 끝난 후에 장어를 먹자고 제안한 것은 c였다.

혼전 순결은 어쩌고 장어를 먹자는 거야. b가 c에게 물었다.

아. 끝났어. 그냥 장어 먹자고. 내가 살게. c는 바지 주머니에 양손을 넣고 서서 말했다.

그래 가자. 블록에 대해서 좀더 이야기해보자. b가 불쑥 A의 팔을 붙들었다.

잘못한 것

b와는 조금 더 떨어져 걸어야 했다.

거울을 닦는 마음으로 살아야 해. 거울을 닦아봐. 네가 살 길이 보일 거야. 거울을 좀 여러 개 사. 사 모아. 의자도 사 모으고. 섬도 사 모아. 섬 별로 안 비싸. 너 섬 출신이니까 잘 알 것 아니야? b는 금방 취했고, 횡설수설이었다.

섬 출신 아니야. A가 대답했지만, b는 듣지 못했다.

왜 벌써 취해서 난리야? 정신 차려. c가 b에게 말했다.

정신 차리라고 말하고 싶어서 오늘 장어 네가 사는 거야? b는 비아

냥거렸다.

나가자고 제안한 것은 A였다.

안 나가겠다고 버틴 것은 b였다.

씨발 진짜. 말끝마다 욕을 한 것은 c였다.

거래처 I가 나타났을 때 A, b, c 모두 놀랐다.

여기 웬일이야? 누군가 I에게 물었고, 부르셨잖아요, I가 대답했다.

b와 c 중 I를 부른 것은 누구인가?

A, b, c, I는 자리를 옮기기로 했다.

A는 걸으며 휠, 휠, 휠, 속으로 중얼거렸다.

A는 정말 걷고 싶지 않아서 전동 휠을 구입하고 싶었던 것이다.

걷고 싶지 않은 것은 동료들도 마찬가지였다.

c는 씨발을 연신 내뱉었고, b는 기어가듯 걸었다. I는 자기가 왜 걷고 있는지 이유를 모르는 얼굴이었다.

누가 걸음을 이끌었는가?

손님. 상식적으로 닭발을 앞니로 먹지는 않지요.

그건 네 상식이고.

그렇다면 손님 앞니는 손님 사정이지요.

A, b, c, I가 주점에 막 들어섰을 때, 내부에서는 직원과 손님의 실랑이가 벌어지고 있었다. 손님은 닭발을 먹다가 앞니가 부러졌다고 항의했고, 직원은 믿지 않았다.

요즘은 곳곳이 소란스러워요. 이해하세요. I가 말했다.

이해합니다. A가 대답했다. I는 씩 웃었고, A는 잠시 동안 그 웃음의 의미에 대해서 생각했다.

선택된 안주는 해물 샐러드였다.

누가 안주를 골랐는가?

주문 후 5분이 지났을 때 테이블에 안주가 올라왔다. 해물샐러드 안에 해물은 총 세 가지였다. 오징어, 새우, 생선살. 그것들은 모두 튀겨져 있었다. 오징어, 새우, 생선살 튀김에 양상추와 토마토가 섞여 있었고, 드레싱은 식초였다.

아니. 누가 튀기랬어. 씨발. 진짜. c가 안주가 담긴 접시를 툭툭 건드렸다.

튀겼으니 맛이 없지는 않을 겁니다. 이해하세요. I가 말했다.

야 너 장어 그렇게 먹고 혼전 순결 지킬 수 있겠어? b는 두서없이 취했다.

A는 해물샐러드를 상대로 술을 마셨다. A는 동료들과 전혀 대화를 나누지 않았다. 몇 번인가 어, 어, 대답하기는 했는데, 질문을 듣고서 소리를 낸 것은 아니었다. 허리가 뻐근해서 어, 어, 한 것이었다. A는 동료들의 목소리보다 옆 테이블에의 목소리가 더 잘 들렸다. 오른편과 왼편. A는 듣고 싶지 않아도 그들이 하는 이야기를 다 들었다. 들렸다.

귀가 열리는 시간이 따로 있는가?

오른편 테이블에 앉은 중년 남자 둘은 실종된 주변인에 대한 이야기를 나누고 있었고, 왼편에 앉은 남녀는 다음 만남에서 장미공원에 갈지 영화를 볼지에 대해 이야기를 나누고 있었다. A는 열린 귀로 그들이 하는 말들을 또박또박 다 알아들었다.

내 딸은 열넷에 집을 나갔어. 지금은 스물여덟쯤 되었겠군. 아홉? 서른은 아닐 거야. 아닐 거야. 나는 그 애가 보고 싶어. 장미를 볼까. 영화를 볼까. 장미를 보러 가는 것도 두 시간 정도, 영화를 보는 것도 두 시간 정도 걸려. 돌아올까? 걷느냐, 앉느냐, 우리가 결정하는 건 그거야. 돌아올 거야. 돌아온다고? 네가 뭘 알아. 두 시간도 좋고 세 시간도 괜찮아. 돌아올 거야. 네가 뭘 알아. 장미가 아직 살아 있으려나. 살아 있지. 그럼. 그리 쉽게 지지 않아. 돌아온다고? 네가 뭘 알아. 당장 결정 안 해도 돼. 하기야 뭘 하든 같이 있는 게 중요하지. 네가 뭘 알아. 함부로 말하지 마. 넌 몰라. 돌아오지 않을 거야.

A는 다소 어지러웠다.

매슥거리기도 했다.

입안에 뜨겁고 불쾌한 침이 고였다.

뱉고 싶었는데, 뱉을 곳이 없었다.

나는 왜 그 여자 어깨를 잡았는가?

A는 깨달았다. A는 그 여자를 만진 것이 아니었다. 잡은 것이었다.

나는 왜 그 여자 어깨를 잡았는가?

돌아오지 않는대도 네 잘못은 아니야. 네가 뭘 알아. 장미를 보러 갈 때 비가 오면 좋겠어. 비 내리면 장미가 더 환하게 보일 거야. 너 그렇게 웃지 마. 너무 예쁘잖아. 웃겨? 지금 웃겨? 왜 삿대질이야. 다치겠어. 그만해. 우산은 하나로 같이 쓰자. 내 심장.

A는 동료들에게 인사하지 않고 먼저 주점을 빠져나왔다. 어지러워서 앉아 있기에 힘들었다. 나가는 등 뒤에서 c가 씨발, 외쳤는데, A는 그 소리가 자기를 향한 것인지 아닌지 판단할 수가 없었다. c가 씨발, 하는 순간에도, 여러 테이블의 목소리가 한꺼번에 들렸기 때문이었다.

A는 비틀거리지 않았지만 충분히 취해 있었다. A는 구름에 대해 기록하기 위해서 하늘을 올려다보았다.

구름
장미
비

집으로 돌아온 A는 구름에 대해 더 풍부하게 기록했다.

구름
부산 부산 부산 산 산 산

A는 멋도 뭣도 아닌 방식에 대해서 생각하기도 했다.

서울 제주 매수 손절매 매매대상에서 제외 경영권승계 광주 제주 한방 한탕 실적 불확실성 고용지표 미국 2013년 인프라 인프라 빠르게

부상 중 구름

정확하고 힘 있게 무어라도 쓰자. 마음먹은 뒤로, 마음과는 다르게, A는 여자의 얼굴을 그리기 시작했다. 취기의 영향으로 A는 거침없었다.

여자를 그리려고 했는데, 여자가 아닌 것 같기도 했다. 그려진 것이 A, 자신을 닮았다는 것을 알고는 있었다. 그러나 A는 A를 그린 것이 아니었다.

A는 텔레비전을 켰고, 침대에 누워 리모컨을 쥐었다.

A는 음소거 버튼을 눌렀다.

잠든 A의 얼굴에 환영처럼 빛이 어른거렸다.

아침이 될 때까지 A는 잘 잤다.

아침이 되었을 때, 켜진 텔레비전에서 이른 장마가 예고되고 있었다.

A는 전원을 껐다.

우산을 사야겠지. 마땅히.

아쿠아 슈즈는 어떨까. 마땅할 것 같다.

A는 장마 소식에 전동 휠에 대한 마음을 접었다. A는 전동 휠에 대해 아는 것이 많지 않았고, 빗물이 들어가면 곧 고장 날 것이라 확신했다.

안 사. A는 전동 휠은 구입하지 않기로 했다.

A는 어제 신었던 양말을 또 신었다가 다시 벗었다.

맨발로 구두를 신었다.

비는 아직 내리지 않았는데, 보도블록이 젖은 것처럼 어두웠다.

보도블록. 보도블록. 보도블록. A는 중얼거렸고,

오해는 깔린 보도블록만큼 견고할까.

사무실이 임대된 건물로 들어가기 위해서는 유리로 만들어진 회전문을 통과해야 했다. 회전문 안에서 A는 반 바퀴 돌았다. 회전문 안에서 A는 걸었고, A의 발목이 덜그럭거리며 어떤 소리를 내었다.

내 발목을 잡는 것은 내 두 손이다.

양손으로 각각의 발목을 잡고 걷는다.

정수리가 바닥을 향해 있다.

보도블록. 보도블록. 보도블록. 닿지는 않을 것이다.

어제는 미안했어. 출근한 A의 뒤통수에 대고 b가 풀이 죽은 목소리로 말했다.

뭐가? A가 말했다.

기억 안 나? b가 A에게 되물었다.

어, 기억이 안 나네. A가 대답했다.

하하. 자네는 좋은 동료야. b가 A의 어깨를 주물렀다.

그 여자에게 사과하고 싶다.

그 여자에게 사과해야 한다.

변명해야 한다.

만진 게 아니에요. 잡은 거예요. 어지러웠어요. 어지러웠을 뿐이에요.

하지만 정말 어지러웠던가, A는 거기까지는 확신하지 못했다.

오전, 오후 내내 비가 내렸다.

A는 사무실 책상에 팔을 괴고 종일 꾸벅꾸벅 졸았다.

다들 일어나. 퇴근해. 이제 퇴근 시간이야. 집에 가라고. 상사가 자리에서 일어나며 말했다.

감사합니다. 푹 쉬세요. 좋은 주말 되세요. A와 동료들이 각자 한마디씩 했다.

상사가 가장 먼저 퇴근했다.

사무실에서 나온 A는 하늘을 올려다보았다. 하늘은 하나의 구름이었다. 깊고 어두웠다. 아직 비는 거세지 않았다. 맞을 수 있을 정도로 차분히 내렸다. 이 비는 오래 멈추지 않을 것 같다. A는 비를 맞으며 확신했다.

이제 장마라지. b가 말했다.

어, 이제 여름이야. c가 말했다.

A, b, c는 비를 맞으며 서 있었고, 의견을 나누지 않았지만 저마다 비에 대한 감상에 젖어 있었다.

어두웠다.

A, b, c는 서로에게 아무것도 제안하지 않았다.

A, b, c는 세 방향으로 흩어졌다.

A는 어깨, 어깨, 어깨, 중얼거리면서 걸었다.

그만 중얼거려야 한다는 생각 없이 중얼거렸다.

비둘기, 개, 쥐 시체, 젖은 쓰레기봉투, 뒤집어진 우산, 그런 것들은 길바닥에서 발견되지 않았다. 거리는 조용했다. A는 한동안 아무도 마주치지 않았다.

딱 한 번, A는 안개비 속에서 마주 보고 팔 벌려 뛰기를 하는 여자애 둘과 마주쳤다.

A는 여자애들 옆에 잠시 멈춰 섰다. A는 시력이 좋은 편이었지만, 어두움과 비로 인해 그 여자애들 이목구비는 보이지 않았다. 여자애 둘의 이목구비를 보고자 멈춰 선 것은 아니었다. 웃고 있는가, A는 그것이 궁금했다.

번개가 번쩍였다. 초록빛이었다. 소리는 없었다.

여자애 둘은 팔 벌려 뛰기를 멈추고 A를 향해 몸을 돌렸다.

여자애 둘 다 히죽히죽 웃고 있는 것 같았다.

A는 짐작만 했다.

이제 곧 비바람이 불어닥칠 거예요. 한 여자아이가 말했고,

저기 입간판도 쓰러질걸요. 또 다른 여자아이가 말했다.

남쪽에서부터 오는 비바람이에요. 둘 중 한 여자아이가 말했다.

머스터드, 칠리, 갈릭. 어제 꿈에 그런 소리를 들었어요. 여자아이 둘이 동시에 말했고.

어제 우리 둘이 같은 꿈을 꾸었어요. 신기하죠. 신기하죠. 둘은 연이어 말했다.

눈앞에 안개가 짙어졌다가 흐려지기를 반복했다.

A의 시야에서 여자애 둘이 사라졌다가 나타났다가를 반복했다.

들어가. 어두워. 위험해. A가 여자애 둘에게 말했다.

여자애 둘은 다시 마주 보고 팔 벌려 뛰기를 시작했다.

하늘에 번개가 연쇄적으로 빛을 냈고, A는 다시 걸었다.

안개. 어깨. 안개. 어깨. A는 중얼거리면서 걷다가 가방에서 노트를 꺼내었다. 길모퉁이에 내려놓았다. 버렸다.

안개, 어깨, 구름, 장미, 인프라, 부산, 산, 산, 산 같은 것들을 버렸다.

여기에 쓰레기 버리면 안 돼요. 안 돼요. 멀리서 목소리만 들렸다.

인 터 뷰

김 엄 지　X　조 연 정

조연정　안녕하세요. 「느시」 이후 〈이달의 소설〉 지면에서 또 인사를 나누게 되었네요. 2015년 말 첫 소설집과 첫 장편을 연달아 냈죠. 『미래를 도모하는 방식 가운데』(문학과지성사, 2015)는 〈오늘의 작가상〉 최종 후보에도 선정되었어요. 독자 투표로 진행되는 상인만큼 그 의미가 남다를 것 같기도 한데, 늦었지만 첫 책을 낸 소감이 궁금해요. 책을 내기 전과 후가 달라진 게 있을까요.

김엄지　첫 책 출간 후 연말이 되었고, 학교도 졸업해서 여러모로 신이 났어요. 신나게 놀다가 감기도 심하게 앓고 그랬어요. 지금은 또 그냥 제 생활하고, 글 쓰면서 지내고 있어요. 책이 나왔다고 해서 제가 크게 달라지지는 않았고요. 지금 내가 쓸 수 있는 글을 인정하면서 무던하게 지내려고 노력하고 있어요.

조연정　「예지 5」는 제목에서도 알 수 있듯 연작소설이에요. 연작을 이루는 단편들에서는 알파벳 대문자 혹은 소문자로 지칭되는 무명의 회사원들의 일상이 다소 부조리하게 그려져요. 상사에게 핀잔을 듣고 동료들과 함께 밥을 먹고, 퇴근 후의 술자리는 상사에 대한 뒷담화로 시작되고 사소한 대화들이 오고 가죠. 그러는 와중에 초점화자가 되는 인물은 한 가지 생각에 몰두하기도 해요. 「예지 5」의 A는 술집 화장실에서 나오는 낯선 여자의 어깨를 만진 일에 대해 오래 생각하죠. 김엄지 작가 소설의 특징은 이처럼 부조리한 대화와 사소한 상념들에서 찾을 수 있을 것 같은데, 그렇다면 이 「예지」 연작을 이루는 정념은 무엇일지 궁금해졌어요. 모욕감 혹은 무력감이라고도 할 수 있을까요.

김엄지 「예지」에 등장하는 인물들은 강박적인 사람들이에요. 늘 보는 거리, 하늘, 구름에 대해서, 현상의 원인에 골몰하기도 하는데, 이런 맥락에서는 오히려 열정적인 사람들이기도 합니다. 「예지」 전반에 흐르는 정념은 불안과 외로움이라고 말하고 싶어요.

조연정 A는 사색하는 인물이라는 점에서 다른 연작의 인물들과 유사하지만 한메모하는 인물이기도 해요. 「예지 5」는 A가 구름에 대해 쓰는 장면으로 시작하죠. "A가 정말로 몰두한 것은 A, 자신의 필체였다, 볼펜의 무게. 노트에서 반사되는 빛"이라는 문장도 적혀 있죠. 사실 작년에 발표된 「예지 3」은 메모 노트를 그대로 옮겨놓은 듯한 형태로 이루어져 있기도 해요. 김엄지의 소설에서 이 '쓰기'란, 즉 "습관처럼 메모"(「예지3」, 『Axt』 2015년 7/8월호)하는 일이란 어떤 의미를 지니는 것일까요. 김엄지의 소설 쓰기와도 관련이 있나요.

김엄지 이십대 초반에는 머리맡에 메모장을 놓고 자기도 했어요. 잠이 덜 깼을 때 꿈을 그림으로 그리거나 기록하는 걸 좋아했습니다. 손으로 하는 메모, 휴대폰 메모장에 저장하는 메모, 다 좋아해요. 그런데 손으로 하는 메모는 갈겨써서 나중에 보면 알아볼 수 없어요. 가장 최근에 휴대폰에 저장한 메모는 '독무' '손톱 깎는 날' '움직이는 물'인데, 지금은 그 뜻을 다 알 수 없어요. 제가 써놨는데 못 알아봐서, 그래서 새롭고, 자극이 된다는 점에서 글을 쓰는 데 메모가 도움이 되는 것 같습니다.

조연정 이 연작의 제목은 왜 '예지'가 되었나요. 「예지」(『현대문학』 2015년 5월호)에는 예지몽이라는 단어가 등장하기도 하는데요, 제목에 씌어진 '예지'가 앞날을 미리 지각한다는 의미라면 그 예지의 내용은 '미래가 없다'쯤이 될까요. 〔「느시」(『한국문학』 2015년 봄호)에 관한 인터뷰를 참조해보니, "이제 나는 미래를 탐색하지 않기로 했다"라는 문장도 눈에 띄네요.〕 연작을 구상하고 제목을 지은 것인지, 아니면 우연히 이 제목이 연작의 표제가 된 것인지 궁금해요. 제목의 의미도 조금 설명해줄 수 있을까요.

김엄지 '예지'는 미래와도 관련 있는 단어이지만, 동시에 지난 모든 날을 관통하는 깨달음을 의미하기도 합니다. 대단한 깨달음은 아니고, 깨끗하게 정리되는 마음, 생각, 판단이에요. 연작을 할 생각으로 첫 「예지」를 쓴 것은 아니었고요. 비 오는 거리에서 인물들이 불현듯 깨닫는 그 무엇을 계속 쓰고 싶었어요. 계속 쓰다 보니 연작처럼 보이게 된 것 같아요.

조연정 앞으로의 집필 계획을 듣고 싶어요. 「예지」 연작 이전에도 비슷한 콘셉트의 소설을 지속적으로 발표하고 있는데 특별한 이유가 있을지, 혹은 다른 형태의 소설도 구상 중인지 궁금해요.

김엄지 이 콘셉트로 단편 몇 편을 써야겠다, 다짐하고 글을 시작하지는 않았고요. 6개월에서 길게는 2년 정도, 어떤 감정이나 이미지에 빠지면 그것과 관련된 글만 쓰게 되는데, 그래서 그 시기에 썼던 글들은 하나의 콘셉트로 읽히는 것 같아요.

여전히 저는 비 오는 거리에 대해서 뭔가 해결이 되지 않고 있는데요. 그래서 지금 비 오는 거리를 배경으로 한 중편을 쓰고 있습니다.

2016년 9월

이달의 소설

우리의 사람들

박솔뫼

박 솔 뫼 2009년 자음과모음 신인문학상으로 등단했다.
소설집 『그럼 무얼 부르지』, 장편소설 『을』 『백 행을 쓰고 싶다』 『도시의 시간』
『머리부터 천천히』가 있다.

친구들이 숲에 갈 것이라고 했다. 후지산에 있는 주카이 숲이었는데 자살자들이 많이 나와 그것으로 유명해진 숲이라고 했다. 도쿄에 있는 테리야마는 어쩌다 사진작가 한 명과 친해졌는데 그 사진작가가 주카이 숲에 간다고 하여 모두 따라가기로 한 것이다. 일정은 새벽 2시에서 오후 6시까지였고 전날 밤늦게까지 술을 마셨기 때문에 밤을 새우고 출발할 수 있을까 그 상태로 6시까지 버텨낼 수 있을까 그렇게 다들 갈까 말까 하다가 결국 그냥 안 가기로 하였고 다음 날은 내내 이곳저곳을 돌아다니다 술을 마시고 놀았다고 했다. 나는 나대로 혼자 방 침대에 누워 텔레비전을 보다가 숲에 가지 않기로 했다는 이야기를 들었는데 차를 마시다 커피를 마시다 쏟아지는 햇볕을 보다 그러나 친구들이 숲에 갔을 것이라는 생각도 했다. 테리야마의 단골 식당 주인은 그곳이 너무 위험하기 때문에 가지 말라고 여러 번 진지하게 말렸다고 했고 그 말도 맞을 것이라 생각하지만 심심해서 찾아본 그 숲은 국립공원의 일부라 생각처럼 위험하지는 않다고 했다. 물론 밤중에 혼자 갈 때

손전등이나 물 같은 걸 챙기지 않으면 위험할 것이다. 그렇지만 안내판을 따라 걷고 깊은 곳으로 들어가지 않으면 위험하지는 않다고 했다. 머릿속에서 친구들이 등산 양말을 신고 등산 가방을 메고 손전등을 들고 안내판을 따라가는 모습이 그려지다 말았다. 하지만 정말로 내가 그리는 친구들은 입던 옷 그대로 아무 준비 없이 그런 숲에 가버릴 것 같다. 빌려 신은 신발에 흙이 묻고 신발 코는 이미 진흙에 빠져 마치 갯벌 속에 있는 것처럼 힘들게 발걸음을 옮기는 모습을 생각했다. 그들은 아 진짜 싫다 아 진짜 좋다를 번갈아서 말할 것이다. 아마도 사진작가는 조금 위험한 곳을 향해 갈 것이라고 생각했다. 어딘가 해골이 있고 죽은 자를 향한 불단 같은 것이 있는 그런 인적 드문 곳에 갈 것이고 예민한 친구들은 괴로워하지만 바람이 부는 방향이나 세기 같은 것 하나하나에 섬세한 기계처럼 반응하는 것이 한참 동안 머릿속에 남아 있었다. 나는 늘 어딘가에서 친구들이 우왕좌왕하며 지금과는 다른 상황에서 재미있게 사는 모습을 그려보게 되었다. 친구들만이 아니라 나도 내가 부산 중구에서 산다든가 그때는 결혼을 일찍 하고 당연하다는 듯이 애도 두 명 있다든가 하는 생각을 많이 했고 또 그런 세계가 있으리라는 것을 깊고 가볍게 믿었다. 몇 년 전 용두산 공원으로 향하는 부산의 사람들을 보며 자연스럽게 모든 것을 믿은 것 같다.

12월 31일에서 1월 1일로 넘어가는 밤을 온양관광호텔에서 보내는 것이 좋았다. 몇 년째 하나의 의식처럼 새해를 온양에서 맞이하고 있었는데 온양에서 그럼 무얼 하나 무얼 하냐면 온천에서 목욕을 하고 근처 청국장집에서 청국장을 먹고 온양역 근처 카페로 가 커피를 사와 마시며 호텔로 돌아가 넓고 텅 빈 침대에 누워 가뿐해진 몸으로 이상하게 그럴 때 새해를 맞이하여 새롭게 잘 살아보겠다든가 하는 생각은 들지 않고 어딘가 키가 크고 밋밋한 얼굴의 남편과 두 아이와 함께 있을 부산의 나를 생각하며 그 사람이 잘 살고 있겠지 그런 생각을 하게 되었다. 그런 것을 나는 몇 년째 해가 바뀔 때마다 하고 있었다. 부산의 나는 대부분은 결혼한 상태로 아이를 키우고 있지만 어떨 때는 선박회사나 여객 터미널에서 일하며 혼자 오래된 아파트에서 살고 있었다. 다른 세계를 생각해도 엄청난 것 대단한 것을 떠올리지 않고 같은 나라의 다른 도시의 내가 살 법한 조건들을 그럼에도 현재로서는 선택하지 않은 걸음들을 간 사람을 가정하는 것이다. 부산의 나가 아니라면 다른 나라의 이미 죽은 배우들에 대해서, 내가 태어날 때쯤 죽은 195, 60년대 태생의 미인들을 떠올리며 그 사람들이 부산의 나처럼 가깝고 애달프게 느껴지게 되는데 그 사람들 역시 부산의 나처럼 가볍고 깨어질 듯하지만 소중한 하루하루를 잘 살고 있을 것이라 생각하게 되었다. 먼 시간을 알지만 이곳에 지금에 없는 사람들은 왜인지 관대한 웃음으로 다시 먼 시간을 하루하루 살아가고 있을 것이라는 것만 그려졌다. 1983년의 어느 여름날을 계속해서, 1978년에서 1981년까지를 천천히 하루하루 말이다. 생각해보니 온양관광호텔이 오래된 곳이라서 그럴지도 모르겠다. 12월 31일을 온양에서 보내지 못하면 1월 1일이라도 1월 2일이라도 그곳에 갔다. 어쨌든 하루는 온천을 하고 다음 날이면 왜인지 들뜬 맘으로 온양시장으로 가 칼국수를 사 먹고 시장 안에는 아주 작은 헌책방이 있었는데 그곳에서 책 구경하고 떡볶이, 튀김을 가만히 보다가 서서 한 개씩 사 먹고 역 근처에서 호두과자를 사서 서울로 돌아오는 것이다. 온양–서울은 지하철로 갈 수 있어 가까울 거야 편하겠지,라는 생각이 들지만 의외로 졸다 깨다 아직이군, 하는 생각을 하게 하는 거리였고 하지만 그래서 어딘가로 향하고 있다는 기분이 들어 좋았다. 12월 31일이 되면 어째서 나 자신과 가족들 친구들이 아니라 어딘가에 있을 것이라 믿게 되는 그림자 같은 이들을 생생하게 떠올리게 되는 것일까. 1월 1일의 새벽 아직 덜 마른 머리를 빳빳한 침대 위에 뉘이며 모든 멀고 생생한 이들이 잠깐 온양에서 잡힐 듯이 가까워오는 것을 느끼며 잠이 들었다.

올해는 온양에 가지 못했고 대신 아니 대신이라고 해야 할까 아무튼 간에 후지노에 갔다. 후지노에 간 것은 사쿠라이 다이조라는 연극연출가와 그의 극단인 야전의 달 멤버들을 만나기 위해서였다. 사쿠라이 다이조의 후지노 집에서 머물며 12월 31일을 보내고 새해를 맞이하였다. 사쿠라이 다이조는 맛있는 음식을 많이 해주었다. 갈은 무가 올라간 꿀이 들어간 닭조림과 해산물이 많이 들어간 스파게티, 메밀국수 그리고 기억나지 않는 여러 가지 음식들을 해주었다. 야전의 달 멤버인 모리 씨와 센엔은 만두를 여러 번 만들어주었다. 사쿠라이 다이조는……이라고 말을 시작하니 또 그에 대해 어떻게 설명을 해야 할까 연극연출가 혹은 연극인이나 연극배우라고 하면 되는 것일까 순간 막막하여 이전에 내가 쓴 글을 찾아보았다. 그 글에는 이런 식으로 정리가 되어 있다.

"사쿠라이 다이조는 어떻게 그럴 수 있나 싶은 것들을 지속해왔는데 1970년대 우치게바로 친구들을 잃은 것에서 시작해, 텐트를 메고 홋카이도에서 오키나와까지 일본 곳곳의 버려진 곳 탈락된 곳으로 향했고 그곳에서 관객으로 온 야쿠자들이 필로폰을 하고 있는 앞에서 일본이 식민지

노동자들에게 어떻게 필로폰을 썼는가 하는 내용의 장면을 연기해야 했고 몇 번이나 무대에서 천황을 죽였고 수배 중인 일본 적군파나 동아시아무장전선 멤버들이 조명기 뒤에 있기도 했고 1970년대 극장 붐과는 무관하게 텐트만을 밀고 나아가 아직 저런 것을 하는 시대에 탈락한 사람으로 취급받았다. 그사이 동료들은 좌절하기도 괴로워하기도 했고 결국 떠나기도 했다. 이후 그는 광주로 가 조선의 한국 역사를 체험하고 그것을 새로이 현 '바람의 여단'의 시작으로 삼았다."*

나는 그의 공연을 볼 때도 적잖이 긴장을 하였지만 그와 밥을 먹고 그의 집에서 묵는 것에는 더 많이 긴장을 했고 조금 두려워했다. 그 사람이 너무나 철저하고 강인한 사람이라 내가 말을 붙일 수도 없을까 봐, 혹은 왜인지 실망을 할까 봐 등의 이유로 말이다. 사실 이전에 그와 대화를 나눠본 적이 있기 때문에 이런 걱정은 조금 터무니없었지만 그럼에도 낯선 곳에서 며칠간 묵는 것을 결정하자 왠지 모를 걱정이 밀려왔던 것이다. 이제 와서 돌이켜보니 대체 왜 그런 걱정을 했을까, 물론 나는 그런 걱정을 많이 하는 사람이기는 하다. 다시 돌아간대도 온갖 것들을 걱정할 것이라고 생각하지만 아무튼 후지노에서의 새해를 떠올리면 일단 끊임없이 맛있는 음식을 만들어주며 말장난과 말로 만든 퀴즈를 마치 커다란 사탕 통에서 사탕을 계속 꺼내는 것처럼 내던 사쿠라이 다이조의 모습이 떠오른다. 그는 자신이 하는 텐트 연극에 관해 의외로 이런 이야기를 하였고 나는 그 말을 몇 개월이 지난 지금도 가끔 곱씹게 된다.

* 박솔뫼, 「9월 도쿄에서」, 『말과활』 2016년 1~2월호.

"텐트 연극이 뭐냐고 묻는다면 매번 알 수 없고 정말로 알 수가 없다는 생각을 한다. 그게 뭐였을까, 텐트가 뭐였을까. 그러다 철거할 때에 아주 잠깐 텐트가 어떤 모양이었는지 아 이런 형태였지 하고 눈에 들어온다."

"매번 할 수 있을까? 이걸 왜 하는 걸까? 하는 고민을 한다. 안 해도 나에게 아무 지장이 없는데 왜 하는 것일까. 매번 왜 하는지 어떻게 가능하게 할지 생각하면 괴롭다."

사쿠라이 다이조는 새벽까지 이야기를 하며 술을 마시다 바닥에 누워 잠이 들어버렸고 남은 사람들은 연출가/극본가로서의 다이조와 배우로서의 다이조에 대해 이야기했는데 그와 함께 20년 넘도록 텐트 연극을 해온 모리 씨는 사쿠라이 다이조는 배우로서의 성격이 더 강한 것 같다고 말했다. 아주 작은 역이라도 맡으면 괜찮지만 어떤 역도 맡지 않고 연출만 할 때는 어쩐지 예민하고 평소와 다른 상태라고 말했다. 극본을 쓰는 것은 마지막까지 미루고 싶어 하기도 했는데 어느 해인가 어쩌면 여러 해 동안 그랬다고 들은 것 같은데 쓰는 것에 대한 압박이 너무 심해 뜰의 잡초를 다 뽑고 있었다고 했다. 잡초를 뽑던 모습에 관해 모두 웃으며 말했다. 맞아 맞아 그때 그 전체를 다 뽑아버렸지. 뭔가를 강한 신념을 가지고 오래 하고 있다고 생각하는 사람도 매번 끊임없이 이걸 왜 하나 하는 생각을 한다는 것을 그때 직접 듣게 되었다.

하지만 잡초를 뽑는 것은 그릴 수 있는 모습이라 이걸 좋다고 해야 할까 부럽다고 해야 할까 아니 그저 잡초를 뽑는다는 행동이다라고 해야 할까 나라면 아마 무얼 하나 무얼 하나 벽에 대고 혼잣말을 하는 나였을 것이다. 멍하게 방바닥의 먼지를 보는 나였을 것이다. 책장의 책과 상자의 옷을 빼놓고는 아무것도 정리하지 못하는 나였을 것이다. 내가 선택할 수 있다면 잡초를 뽑는 쪽이고 싶지만 거리를 걷고 또 걷거나 커피를 끓였다 버리고 끓였다 버리는 정도도 괜찮을 것이다. 물론 나는 끓이면 마시겠지만. 끓은 커피를 버리지는 않을 것이다.

후지노로 향할 때 가방 안에 든 책은 두 권이었는데 한 권은 영화평론가의 에세이 모음집이었고 이건 돌아와서도 읽지를 못했다. 언제 읽을 수 있으려나. 손에서 놓지 않고 읽던 나머지 한 권은 『티보가의 사람들』 1권이었다. 1권의 중심인물인 자크의 형 의사 앙투안느는 자크의 친구인 다니엘의 어머니에게 호감을 느낀다. 왜인지 그 순간의 장면들이 실제 소설에서 묘사하고 있는 것보다 훨씬 더 생생한 색과 빛으로 다가왔다. 후지노로 향하는 길에서 읽던 부분과 실제 후지노에서는 책을 읽지 못해서 도착하기 직전까지 읽던 장면이 가끔 차를 마시다 생각이 났고 후지노를 떠나며 다시 다니엘의 집으로 향했다. 후지노에서 열차를 타고 여름의 햇살과는 다른 식으로 선명한 겨울 한낮의 햇살이 비치는 창을 보며 다니엘의 어머니인 테레즈 혹은 퐁타넹 부인은 가톨릭인 티보가와 다르게 혹은 다른 대부분의 이웃과 다르게 개신교도였고 그에 관해 분명한 신념을 가지고 있었다. 그 사람의 신념과 다정함과 재치는 부드럽게 어우러져 사람들에게 전달되었고 집 앞의 잔디와 오후의 차와 공기의 냄새가 생생하게 흐르고 있었다. 사쿠라이 다이조의 배웅을 받으며 후지노 역에서 모리 씨와 열차를 타고 선명한 겨울의 햇살은 여름의 햇살과는 다르게 어떻게 다르다고 해야 할까 깊고 두꺼운 색으로 따뜻하고 어지러웠으며 먼저 내린 모리 씨에게 인사를 하고 책으로 고개를 돌렸을 때 분명 그런 부분을 읽은 듯했지만 실제로 그런 페이지가 있었을까 선명한 잔디의 색과 냄새를 떠올렸고 앙투안느가 생생한 잔디와 나무의 푸름과 따뜻하고 잔잔한 퐁타넹 부인이 있는 집에 설레하며 분명한 마음의 변화를 느끼는 모습을 생각했다. 나에게 가장 친구 같은 사람은……이라고 떠올려보니 『티보가의 사람들』에 나오는 사람들은 모두가 상냥하고 다정하고 서투르고 조금 고약했다. 나의 실제 친구들처럼 아니 실제 친구들보다 이상한 열정을 가지고 있었지만 말이다. 내가 정말로 좋아했던 장면은 앙투안느가 다니엘의 동생인 제니를 보며 가만히 그 애에 대해 마음속으로 생각하는 장면이다. 앙투안느는 제니에 대해 '여기에 또 자신이 받는 것보다 더 많은 것을 주는 소녀가 있군' 하고 생각한다. 앙투안느가 그렇게 생각할 수 있는 것은 그가 그것을 바라볼 수 있고 알아볼 수 있는 섬세한 마음과 여유가 있어서인 것이다. 그런 장면은 여러 번 떠올려도 잔잔한 파문이 일어 주변을 실제로 내 옆에 앉은 사람 창밖으로 지나가는 사람들을 그 사람들의 머리카락과 자전거를 보게 하였다. 그러면 나는 앙투안느의 말투를 흉내 내서 뭐라고 뭐라고 자꾸 말을 하게 되었다. 순간 그의 표정과 마음속의 힘을 알아차려버린 채로 말이다.

그렇게 친구들은 사람들은 이웃과 모르는 사람들은 심지어 나조차 나를 모르는 사람으로 낯선 곳에서 많지 않지만 누군가에게 손을 잡을 수 있는 몇몇의 사람으로 안타까운 마음을 가지고 사는 사람으로 살아가고 있었다. 나는 그들의 생생함을 떠올리려 『티보가의 사람들』 1권의 표지에 손바닥을 대보고는 했다. 책이 없을 때에는 마음속의 손바닥이 책의 표지로 향하게 하였다. 나는 자살의 숲에서 누구도 죽으려고 시도하지 않았을 것이라는 것을 잘 알았다. 친구들은 죽으려고 그곳에 간 것이 아니다. 친구들은 그곳에 간 친구들은 늘 조금씩 바뀌지만 누군가는 빠지고 새로운 사람이 들어오지만 죽으려고 하는 것이 아니라 기대 없는 표정으로 그곳에 가 사진작가가 하는 말을 흥미롭게 듣다가 하지만 흘려듣다가 슈퍼에서 사온 빵과 우유를 먹고 바람이 부는 쪽을 하염없이 바라보는 일을 할 것이다. 그러려고는 아니지만 그럴 것이다. 부산에 있는 나는 그게 나라고 확실히 알지만 얼굴은 나의 얼굴이 아니고 얼굴이 잘 보이지 않는 거리이거나 뒷모습을 보여주었다. 하지만 유모차를 밀며 용두산 공원을 걷는 그 사람이 나인 것을 나는 잘 알고 있었다. 흔들리는 바람 속의 친구들 이게 뭐야 이상하네 하고 말하는 목소리와 눈빛들 하지만 친구들은 무얼 하려고 간 것이 아니다.

어릴 때는 굉장히 잘할 수 있었지만 지금은 잘 되지 않는 것이 있다. 길을 걸을 때 어느 순간 세계의 층이 분리되어 걷는 나의 눈앞에 보이는 장면들이 저 멀리까지 끝없이 낯설게 이어지는 것이다. 핸드폰을 안 보고 음악을 안 들어야 한다. 이제는 그것이 잘 안 된다. 걷는 나의 장면이 열리며 닫히며 새롭게 보이지 않는다. 영화가 시작된 광주극장은 너무나 어두워서 빈 좌석과 사람이 앉아 있는 좌석의 구분이 다른 곳보다 어려운데 더듬거리며 자리에 앉았을 때 스크린과 내 눈 사이를 흐릿하게 지나가는 얼굴들 나는 그게 그 사람들이. 흐리게 나타나고 뚜렷하게 존재하는 사람들이. 호텔이 그래서 좋은 것이 아닐까. 그래서 나는 일을 하고 돈이 될 만한 것에 시간을 쓰고 하고 싶지 않은 것도 해나가는 것 같기도 한데 씻고 나와 정리된 침대에 누웠을 때 많은 것들이 실제보다 가깝게 느껴졌다. 호텔에도 묵을 수 있게 그런 일에 아주 가끔이지만 돈을 낼 수 있게 "여기에 또" "자신이 받는 것보다 더 많은 것을 주는 소녀가 있군" '침대를 정리하고 마지막에 손바닥으로 침대 끝을 눌러보는 것이 그녀의 습관이었다고' '어른들의 이야기를 아무렇지 않게 분석한다는 점에서 가장 아이다웠던 조안나는 그 이후 어떻게 지내는지 영영 알 수 없게 되었다' 하는 목소리가 다가오는 것을 들을 수 있게. 그러고 보면 그때 극장에서 빈자리가 아니라고 누군가 앉아 있는 사람이 있다고 의심하는 내게 몇 번이나 빈자리예요라고 설명해주던 그 사람에게 나는 여기 패딩 입은 사람이 있다고 말했는데 그 사람은 어둠 속에서 팔을 뻗어 부드럽게 내 팔을 잡고 여기예요 하고 빈자리를 만져보게 하였다. 나는 털 있는 모자가 달린 패딩을 입은 여자를 왜 눈앞에서 보고 있다고 그렇게 두 번이나 말을 했느냐면 그 사람 역시 거기에 있었기 때문인 것이다. 확실하게 그곳에 있던 사람들. 그 자리에 앉아 이미 시작된 영화를 보던 사람들. 그럼에도 나를 안심시키며 내 팔을 붙잡던 사람 그 사람은 내 팔을 붙잡았지만 강압적이고 강제적인 느낌이 조금도 들지 않았다. 나는 고맙다는 말도 하지 못했다. 그 사람은 빈자리가 맞지요? 하고 웃었다. 그 순간이 여러 번 반복될 수 있다면, 몇몇 극장에서는 그럴 수 있다고 생각하지만 나는 온양관광호텔에 누워 그 사람이 아닌 그 사람을 이 커피를 드세요 강제적이지 않은 방법으로 나를 붙잡고 당기는 여러 목소리들을 이걸 찾으셨지요 그 목소리들이 쏟아지는 것을 흰 이불을 덮고 눈을 감을 때 듣게 되리라고 생각한다.

테리야마는 아무래도 테라야마와 헷갈리지만 아무튼 간에 테리야마라는 그런 호칭으로 불리지만 일본어를 잘하지 못했고 일본인과 한국인과 스위스인과 프랑스인 멕시코인 들과 가장 빠르게 친해졌다. 어떤 사람이면 된다고 생각한다 나는 그 문제에 관해서는. 후지노에 모인 한국인 중국인 독일인 일본인은 일본어로 이야기했다. 말은 때로 너무나 중요한데 이 문제에 관해서는 말이 너무나 중요하다고 생각한다 나는. 가끔 나는 말이라는 것이 너무나 중요하고 소중하여 결국에는 어떤 일본어도 한국어도 입에 올릴 수가 없었다. 눈을 감고 손으로 이건 스펀지고 이건 곤약이고 이건 오래된 종이라고 만져보고 손으로 말의 촉감과 크기를 가늠하기만 했다. 아무튼 나는 잡초를 뽑아도 좋지만 잡초를 뽑는 것 같지는 않다. 혼잣말을 하거나 욕하거나 혼자서 오래 걷는다. 그런데 잡초를 뽑을 일이 생기면 중요한 것은…… 여기서 문제는…… 그런 걸 생각하면서 뽑을 것이다. 그렇게 잡초를 뽑는 나일 것이다.

일본어를 못하는 테리야마가 왜 일본에 있는지 이야기를 많이 만들어내고 아니 왜 일본어를 못하는지에 대한 이야기, 혹은 왜 테리야마인지에 대한 이야기도 만들어내고 어떤 숲에 이른 사람들이 왜 그곳에 있는지에 대해 1백 년 전 국경에 있던 사람들은 왜 그곳에 있었는지에 대해 끊임없이 이야기를 만들어내고 거기에 아무런 어색함이 없도록 흐르듯이 흘러가는 골짜기에 화장실용 휴지를 굴리는 것처럼 그게 통통통 소리를 내며 흰 길을 만드는 것처럼 하는 것이라고 생각한다.

친구들은 숲에 가지 않았고 나는 그것을 알고 있지만 어째서 늘 숲에는 친구들만 있는 것일까. 나도 도쿄에 있었으니 나도 함께 가는 것을 떠올릴 수 있겠지만 주카이 숲을 가는 사람들 중에는 늘 내가 없다.

그래서 나는 그 이야기를 이야기처럼 대할 때도 있다. 들은 이야기처럼 들어서 아는 이야기처럼 말이다. 테리야마가 왜 테리야마인지 왜 사람들은 숲에 가는지 숲에서 어떤 동물을 보았는지 같은 이야기처럼 말이다. 숲에 가는 사람은 테리야마와 이, 테리야마의 친구 사진작가 H, 나의 이전 직장 동료 하나와 로이 그리고 그의 조언자 김이었다. H와 김이 번갈아 운전을 하고 로이는 조수석에 앉아 지도를 확인하며 정확한 방향을 말해줍니다. 길을 잘 찾고 방향감각이 뛰어나고 가장 수월한 방법을 잘 찾는 로이는 저기, 앞으로, 잠깐만 같은 말로 빠르게 모두를 안내하고 H에게 운전대를 넘겨받은 김은 조용히 묵묵하게 운전을 하다 가끔 차를 세워 담배를 피웁니다.

김: 저게 뭐지?
로이: 뭐가?
김: 저기 멀리 움직이는 거 있잖아.

털이 붉고 긴 동물이 도로를 빠르게 지나갔습니다.

로이: 늑대인가 봐.
김: 아니 좀 들개 같은 거.
테리야마: 늑대라고요?
이: 나 늑대 첨 봐.
로이: 이상한데. 무서우니까 얼른 타자.

얼른 타자고 했지만 불을 붙인 담배를 다 피운 후 느릿느릿 차에 올라탑니다. 늑대 정도의 크기에 털이 붉고 빠른 속도로 도로를 지나간 동물에 대해 다들 가만히 생각했다. 누구는 늑대라고, 누구는 여우라고 혹은 들개나 커다란 원숭이라고 생각했다. 곰은 아니겠지. 곰이라기엔 길고 날씬했다. 뒤를 돌아본 테리야마의 눈에 붉은 털의 여우가 다시 길을 건너고 있는 것이 보였고 왜인지 그때는 확실하게 여우라는 것을 알 수 있었다. 그는 분명히 여우라고 생각해 길고 늘씬한 여우가 지나가고 있다고 속으로 속삭였다. 나의 직장 동료 하나는 잠에 들어 그 정도의 작은 소란에는 깨지 않고 H는 집중하며 빈 도로와 이제는 흔적도 남지 않은 방금 전 붉은 털의 동물이 있던 자리를 여러 장 찍었다. 그들은 문득 새벽 4시를 향해가는 지금 시간과 아직 어두운 주변을 떠올리며 아까 어떻게 붉은 털의 동물을 본 것일까 의아했지만 눈에 보인 것은 보인 것이므로 이상하지만 정말로 보았기 때문에 하지만 그것 말고는 나머지는 어두워 잘 보이지도 않는 걸 역시 이상하다는 생각을 마치 여우가 자신의 꼬리를 잡으려고 뱅글뱅글 도는 것처럼 앞서 생각을 덥썩 물고 이상하다고 뱉고 다시 물고를 반복했다. 도로는 안개가 심해 운전하기가 어려웠고 지도상으로는 좀더 가면 숲이니까 좀 쉬어도 되겠지 생각하며 다시 길 옆에 차를 세워두었다. 10분만 아니 20분 정도 쉬었다 가자. H는 가방에서 초콜릿과 빵 우유를 꺼냈고 하나는 그제야 눈을 떠 초콜릿을 하나 먹은 후 가방에 든 커다란 보온병을 꺼내 종이컵에 커피를 한 잔씩 따라주었다. 커피를 손에 쥔 사람들은 창 너머 어두운 바깥과 안개로 끝이 보이지 않는 도로의 끝을 보고 있었다. 우리 왠지 갇혀 있는 것 같아, 밖으로 나가면 되는데. 나의 직장 동료 하나는 방금 전까지 차에서 잤으면서 초콜릿과 커피를 마시고 또 스르륵 잠이 들어버렸다. 테리야마는 하나의 의자를 살며시 젖혀주었다. 김과 이는 다시 담배를 한 대 더 피우고 그들은 종이컵을 손에 든 채 커피를 마시며 담배를 피웠고 H는 그 모습을 몇 장 더 찍었다. 아직 안개가 다 걷히진 않았지만 지도대로라면 그냥 쭉 가면 되니까 가보자, 김이 담배를 피우고 들어와 말했고 다들 어 어 했다.

어렵게 숲에 도착한 이들은 차문을 열고 나오기 시작했고 어렵게 숲에 도착한 하나는 여전히 졸려 차에서 나오지 말까 잠깐 생각하였다가 위험하고 일행들이 걱정할 것 같아 커피를 다시 한 잔 마시고 따라 나섰다. 서서히 안개도 걷히고 해가 뜨고 있었다. 배낭에는 물과 초콜릿, 빵과 주먹밥 각자 준비한 먹을 것들이 들어 있었다. 로이와 김은 입구의 안내문과 지도를 꼼꼼히 보며 머리에 넣었다. 그때 하나의 눈앞으로 붉은 털의 여우가 몸을 길게 늘리듯이 길게 늘어나며 뛰어갔다. 모두가 붉은 털의 동물을 볼 때 하나는 자느라 보지 못했고 왜 갑자기 이런 야생 동물이 눈앞에 나타나는 거지 긴장이 돼 그 자리에 동상처럼 잠시 서 있었다.

하나: 방금 지나가던 거 봤어?
김: 뭔데요?
하나: 아뇨…… 여우요. 붉은색 여우.
로이: 여기서도 나왔어요? 우리 아까 도로에서 봤어요.
하나: 전 자느라.
로이: 근데 여우예요? 아닌 것 같은데.

하나는 방금 전 본 것을 떠올려보려고 했지만 처음부터 하나는 그것을 여우라고 생각했다. 쥐불놀이 불처럼 둥글고 빠르고 붉은 원을 그리며 사라진 여우였다. 숲에서는 다른 숲과 다를 것 없는 나무와 풀 그리고 흙냄새가 훅 하고 강하게 느껴졌고 다들 어딘가 수상쩍은 냄새를 그 사이에서 찾아내려고 했지만 아직은 잘 되지 않았다. 어디든 갈까 말까 망설일 때 그럴 때 가야 한다고 생각해. 숲의 입구에 있는 친구들은 숲 안으로 들어가야 해. 일행들은 모두 안내판의 지도와 안내문을 꼼꼼히 읽고 이미 여러 번 와본 H는 해가 뜨려는 숲과 막 잠에서 깬 하나의 얼굴과 왠지 피곤한 얼굴의 김을 차례로 찍었다. 누구도 등산처럼 열심히 가야지 끝까지 끝이 어디일지 모르겠지만 끝까지 높은 곳까지 꼭대기까지 가야지 생각하지는 않았다. 몇 명은 기지개를 켜고 하나는 스트레칭을 하고 숲으로 들어갈 준비를 하였다. 그냥 가봐요 조금만 가봐요 테리야마는 말했고 그렇지 뭐 하고 김이 받았다.

이제 완전히 해는 떴고 그러나 안개가 떠돌고 있었다. 가장 천천히 가고 있는 하나는 고개를 돌릴 때마다 뒤를 볼 때마다 붉은 점이 원이 보였다 사라지는 것을 보았고 속으로 횟수를 세어보았다. 크고 울창한 나무들 너무나 선명한 푸른색들 모두는 정해진 길을 따라 걷지만 저 너머에는 누구도 찾기 힘든 곳이 있을 것이라는 것은 막연히 알 수 있었다. 로이는 이상하다 진짜, 하고 작게 말했고 하나가 붉은 원을 보는 정도로 H는 셔터를 누르고 있었다. 테리야마의 단골 식당 주인이 위험하다고 말했던 것이 그때 다시 모두의 머릿속에 서서히 되살아났다. 처음이 누구였을까. 김은 생각해냈다, 식당 주인의 친구가 그곳에 갔다가 호기심에 안내판 너머로 천천히 걸음을 옮겼다가 거의 못 돌아올 뻔했다고 말했던 것을 말이다. 김이 떠올린 것은 아주 빠르고 자연스럽게 퍼져, 마치 같은 장소에서 같은 공기를 마시기 때문에 서서히 질식되거나 혹은 앗 맛있는 냄새가 난다 하고 동시에 외치게 되는 것처럼 위험하다고 들었던 말들이 서서히 동시에 모두의 머릿속에서 되살아났다. 사람 뼈를 본 사람들은 굉장히 많대. 숲 자체가 너무 넓고 나무나 풀 때문에 길이 나지 않는 곳은 처음 장소로 되돌아가기 힘들다고 했어. 식당 주인의 친구는 배낭 속 초콜릿을 먹으며 버티다 안내소에서 그가 돌아오지 않는 것을 수상하게 여겨 수색하다 발견되었다고 했다. 하마터면 발견 못 될지도 몰랐어, 숲이 넓으니까. 당시에 이는 그 말이 조금 과장되었다고 생각했다. 어딘가 무섭고 알 수 없는 곳이 있다고 생각하는 게 좋지 않겠어? 네스 호처럼 말이지. 그리고 우리는 네스 호 주변에 살지 않으니까 주민들이 새벽에 네시를 본 이야기를 들어도 신기하네 수상하군 생각하는 것일지도 모르는 거야.

하나는 붉은 원을 잊을 만하면 보았지만 그것 때문에 정신이 나갈 것 같지는 않았다. 하지만 예민한 사람이라면 이게 자신을 쫓아온다고 생각할지도 몰라. 정말로 붉은 여우가 눈에 보이는데 그게 눈에 보인다고 자꾸 말해도 되는 걸까? 만난 지 며칠 되지도 않은 친구의 친구의 친구 같은 사람들에게? 하지만 하나는 정말 자신만 보고 있는지 여우 자체는 다들 보았다고 하지만 방금 뒤를 돌았을 때 본 것, 지금 우측 멀리 나무 뒤를 지나는 것은 다른 사람들의 눈에도 보이는 것일까 궁금했다. 옆에서 걷고 있는 로이는 이상해 이상해 자꾸만 반복해서 말했고 하나는 여우가 많이 사나 봐요라고 뭔가 여우가 눈에 보인다는 사실을 이상하게 여기지 않는 사람의 말투로 말했다. 그렇게 말하고 나자 음 원래 여우가 많은 곳일지도 모르지 하고 잠깐 생각했다. 하지만 별로 믿기지지는 않았다. H는 변함없는 H로 사진을 계속 찍고 있었고 하나는 왠지 그의 사진이 그저 그럴지도 모르겠다는 생각을 그때 문득 한다. 하나는 모두에게 냄새처럼 퍼진 이곳이 위험하다는 이야기를 떠올리면서도 왠지 덤덤했는데 그것은 그 사람이 잘 놀라거나 불안해하는 타입이 아니었기 때문이다. 하나는 여우를 본 횟수가 열일곱 번이 되자 아 그만 세야겠다 생각했다. H의 사진에 여우가 찍혀도 안 찍혀도 역시 놀라지 않을 거야. 우리들이 찍히지 않는다면 그건 조금 놀랍겠지만 나와 H가 연락을 하고 다시 만나게 될까 우리들이 사진을 서로 받아보며 고마워요 같이 저녁이나 먹을까 말하게 될까. 하나는 다음 주에 회사로 돌아가 하게 될 일들을 생각하다 말았다. 누군가 뒤에서 실제로 이제는 H가 뒤로 가 우리의 모습을 찍고 있으니까 우리의 모습을 찍는다면 그것이야말로 마치 이게 왜 여기 있는거지? 그러니까 하나가 자꾸 보는 붉은 원처럼 이상한 점들이네 분명히 사람이지만 웃긴 점처럼 보인다라고 생각하게 될지도 몰라 숨이 차 잠시 멈춰 고개를 돌린 하나를 H는 연속으로 두 번 찍었다.

숲을 헤매는 사람들은 누군가 숲에 가자고 하였기 때문에 왠지 그것도 그것대로 좋을 것 같아 숲으로 간 것이다. 죽으려고 그곳에 간 것은 아닌 것이다. 하지만 머릿속의 사람들은 영영 그곳에서 돌아오지 않고 걷고 또 걷고 있었다. 같은 여러 개의 장면들을 반복하면서 말이다.

후지노에서 새해를 맞이하며 우리는 겨울잠에 대한 이야기를 잠시 하였는데 내가 오기 전 그곳에 들른 동물학자의 말에 따르면 인류 역시 동면을 했을지도 모른다는 가설이 있다고 한다. 왜인지 느낌으로는 그 사람만 혹은 극소수가 주장하는 가설 같았다. 하지만 그 이야기가 나는 마음에 들었고 나에게 위안을 주었다. 내가 추위와 겨울에 약한 것은 원래는 나 같은 사람은 이미 배불리 먹고 잠에 들었어야 할 시기이기 때문인 것이야. 봄이 오는 냄새가 찾아올 때 녹은 투명한 물이 잎 위를 구를 때 잠에서 깨어나고 싶다고 생각했다. 그리고 어딘가 꼭 인류의 시작 같은 곳으로 가지 않아도 지금 온양 같은 곳에서 겨울잠을 자는 사람 혹은 호텔의 흰 침대보 위에서 겨울잠을 자기 위해 여름에 열심히 일하는 사람이 있을 거야 생각했다. 정말 나 같은 사람이겠지. 모두들 겨울잠 이야기를 할 때 행복하고 기쁜 얼굴을 하였다. 실제 동물학자가 어떻게 말했는지에 관해서는 의견이 분분하였고 모두 자신들의 가설을 이어나갔다. 그리고 새해가 가까워졌을 때 잠이 들었던 사람들도 하나 둘 눈을 뜨고 테이블로 와 시계를 바라보았다. 이미 실수로 따버린 샴페인을 컵에 따르고 두근거리며 핸드폰과 시계를 번갈아 보다 새해가 되자 모두 웃으며 기뻐했다. 그것이 바로 올해 1월 1일의 일로 내년에는 온양에 있게 될지 아니면 집에 혹은 다른 어느 곳에 지금의 나로서는 알 수 없지만 누군가 드문 사람들을 생각하는 것은 마찬가지일 것이다.

인 터 뷰

박 솔 뫼 X 금 정 연

금정연 안녕하세요. 이렇게 지면으로 인사드리려니 기분이 이상하네요. 지난 5월에 네번째 장편소설 『머리부터 천천히』(문학과지성사, 2016)를 출간하셨죠. 늦었지만 소감이 궁금합니다.

박솔뫼 반갑습니다. 지난 주로 책과 관련한 행사를 대략 마무리 지어서인지 이제 뭔가 한 단락이 끝난 느낌입니다. 출간한 소설에 대해 좀더 차분하게 볼 수 있는 시간이 온 것 같고요. 이제 새로운 것을 써야 할 텐데, 하는 생각을 자주 합니다.

금정연 제목에서 시작할까요. 선정 과정에서 「우리의 사람들」의 '우리'가 자신을 포함한 사람들을 가리키는 것인지 짐승을 가두어 기르는 곳을 가리키는 것인지 아니면 둘 다, 어쩌면 그 이상의 의미를 담고 있는 중의적인 것인지를 두고 이런저런 의견들이 있었습니다. 개인적으로는 우리라고 부를 수도 있을, 우리가 될 수도 있었을, 그러나 지금 우리의 세계에 존재한다고 말할 수는 없는 또 다른 우리들을 뜻하는 제목이라고 생각했습니다. 자, 누구의 손을 들어주시겠어요?

박솔뫼 나, 너, 우리 할 때의 우리로 생각하고 지은 제목입니다. 짐승 우리라고는 생각지도 않아서 질문을 보고 놀랐네요. 종종 다른 소설에도 비슷한 질문을 받고는 하는데 보통은 처음 생각나는 단어일 경우가 대부분이라 이런 질문을 받으면 신기합니다.

금정연 "친구들이 숲에 갈 것이라고 했다. 후지산에 있는 주카이 숲이었는데 자살자들이 많이 나와 그것으로 유명해진 숲이라고 했다. 도쿄에 있는 테리야마는 어쩌다 사진작가 한 명과 친해졌는데 그 사진작가가 주카이 숲에 간다고 하여 모두 따라가기로 한 것이다"라는 첫 문장을 읽으며 깜짝 놀랐습니다. 실제로 주카이 숲에 가려는 박솔뫼 작가의 친구들이 있었고, 친구들은 주카이 숲에 가지 않고 술을 마시고 놀았다는 이야기를 전해 들은 기억이 떠올랐거든요. 이 소설을 어떻게 시작하게 되었는지, 다른 소설들은 또 어떻게 시작하는지 말씀해주신다면.

박솔뫼 네, 실제로 친구들이 가기로 했다가 안 갔는데요. 저는 친구들과 잠깐 놀다가 일정이 생겨 따로 돌아다녔는데 그때 좀 전까지 놀던 친구들은 무얼 하고 다닐까 하는 생각을 했습니다. 그게 아니더라도 제가 그런 생각을 자주 하는데, 어제 같이 있던 사람들은 지금 어디를 돌아다닐까 이런 생각들을 때때로 깊이 하는 것 같습니다. 내 머릿속 사람들이 아주 잘 지낼 거라고 생각하다가도 가끔 그 사람들은 아주 연약하고 또 어리둥절한 표정을 하고 헤매고 다니는 사람들처럼 여겨지기도 합니다. 그런 사람들이 계속 계속 어디를 다니는 것을 생각하게 되고 그러다 보면 쓰고 싶어집니다. 다른 많은 소설들도 이 사람들이 어떤 표정으로 어디를 걸어 다닐까 하는 생각에서 시작하게 되는 경우가 많았습니다.

금정연 테리야마라는 인물은 이상우 작가와 함께 쓴 「이미 답은 알고 있지만요」(『analrealism vol. 1』, 서울생활, 2015)에도 등장합니다. '가능한 우리들이 거주하는 세계'에 대한 소설이라는 점에서 똑같은 이름을 가진 인물이 전혀 다른(것으로 보이는) 인물로 다시 등장한다는 점이 흥미로웠습니다. "왜 테리야마인지에 대한 이야기"(같은 책, p. 174)가, 혹은 "테리야마가 왜 테리야마인지"(같은 책, p. 175)가 듣고 싶다고 말하면 실례일까요?

박솔뫼 아뇨, 그런 건 아닌데 일단 이상우 씨와 소설을 함께 썼을 때의 감각이 어딘가에 조금 남아 있다고 생각합니다. 상우 씨와 소설을 썼을 때 테리야마는 길에서 헤매는 불안한 남자애 같은 인물로 등장하는데 그건 제 생각이고 상우 씨는 달랐을지도 모른다고 생각합니다. 의외로 소설을 함께 쓰면서도 소설에 대한 이야기나 개별 인물, 장면에 대한 이야기를 자주 하지는 않았는데 그래서인지 테리야마는 등장인물이지만 거기에 더해 이상우처럼 느껴지기도 하고 이상우가 길에서 보는 사람 이상우의 시선에 있는 어떤 사람으로 여겨지기도 합니다. 그런 감각을 품고 쓰게 되었고 앞으로도 종종 그 사람이 나왔으면 좋겠다고 생각합니다.

금정연 "그럼에도 나를 안심시키며 내 팔을 붙잡던 사람 그 사람은 내 팔을 붙잡았지만 강압적이고 강제적인 느낌이 조금도 들지 않았다"(같은 책, p. 173)라는 문장을 읽으며 올 초에 발표하신 「이미 죽은 열두 명의 여자들과」의 문장이 떠올랐습니다. "한이가 내 팔을 끌기는 했지만 힘을 주고 있지도 않았고 나도 뿌리칠 수 있는 상황이었지만 왜인지 한이가 그래도 노숙자라는 것이 나를 계속 겁먹게 했고 그것보다는 한밤중의 거리였고 한이는 낯선 남자라고 할 수도 있는 사람이었기 때문이었다"(『Axt』 4호, pp. 146~47). "나도 너의 팔을 끌 수 있다. 너는 내가 안 무섭겠지만"(같은 책, p. 150). 지금 보니 하나는 팔을 붙잡는 것이고 다른 하나는 팔을 끄는 것이네요. 이렇게 물어보죠. 박솔뫼 작가에게 한 사람이 다른 사람의 팔을 붙잡는 행위가, (그리고) 한 사람이 다른 사람의 팔을 끄는 행위가 가지는 특별한 의미가 있나요?

박솔뫼 글쎄요. 잘 모르겠네요. 다만 두 경우 다 위협적이지 않게 하기 위해 애초에 위협을 하고자 하는 의지가 없는 사람으로 그리고 싶었다는 생각은 있었습니다. 조금 다른 이야기지만 요즘은 어떤 식의 얼굴 표정이나 몸의 제스처 같은 꼭 친밀한 관계에서만 한다고 할 수 없는 몸의 움직임에 대해 생각을 할 때가 종종 있습니다.

금정연 소설은 크게 두 부분으로 나눌 수 있을 것 같습니다. 친구들의 이야기로 시작해서 '가능세계'에 대한 생각들과 사쿠라이 다이조(박솔뫼 작가가 다른 지면에 발표한 에세이를 인용하기도 하죠)와 『티보가의 사람들』(그러고 보니 제목을 여기서 착안했을지도 모르겠다는 생각이 드네요) 이야기가 에세이처럼 이어지는 전반부와 (또 다른 세계에서) 주카이 숲에 간 친구들이 보고 듣고 생각하는 것들에 대한 이야기가 미묘한 긴장감 속에서 서술되는 후반부. 그것이 '전통적인' 독자들에게는 낯설게 읽힐 수도 있겠다는 생각이 들었습니다. 그렇다면 어려운 질문을 드리지 않을 수 없겠네요. 평소 박솔뫼 작가가 갖고 있는 '소설'이라는 장르 혹은 형식에 대한 생각이 궁금합니다.

박솔뫼 계속 해나가고 있고 해볼 수 있는 어떤 지형처럼 대하고 있네요. 아주 넓은 곳이라고 매번 생생하게 느끼는 것은 아니지만 가보지 못한 곳이 아주 많이 있다고 생각하고, 나대로 넓히는 것을 하고 싶습니다. 저는 계속계속 걸어가고 싶다고 생각합니다. 그렇지만 이 소설은 저 스스로는 흘러가는 느낌이 있어 아주 낯설거나 어렵다고는 생각하지 않습니다.

금정연 『티보가의 사람들』에 대한 이야기 중 "내가 정말로 좋아했던 장면은 앙투안느가 다니엘의 동생인 제니를 보며 가만히 그 애에 대해 마음 속으로 생각하는 장면이다. 앙투안느는 제니에 대해 '여기에 또 자신이 받는 것보다 더 많은 것을 주는 소녀가 있군' 하고 생각한다. 앙투안느가 그렇게 생각할 수 있는 것은 그가 그것을 바라볼 수 있고 알아볼 수 있는 섬세한 마음과 여유가 있어서인 것이다"라고 말하는 부분이 인상적이었습니다. 그것이 최근 박솔뫼 작가가 발표한 소설을 설명하는, 적어도 지향을 드러내는 부분이라고 말할 수 있을까요?

박솔뫼 글쎄요. 최근에 라디오를 녹음하다가 비슷한 이야기를 하게 되었는데 제가 길을 지나가며 보는 얼굴들이나 우연한 곳에서 스치게 된 사람들에 대해 갖는 착각이 포함된 애정과 이해가 있는데 앙투안느가 저 같은 사람은 아니라고 생각하지만 저는 앙투안느를 종종 그렇게 보았던 것 같습니다.

금정연 앞으로의 집필 계획에 대해 듣고 싶습니다. 두번째 단편집이 언제 나오는지도 궁금하고요. 요즘 무슨 생각을 하는지, 무슨 책을 읽는지, 좋았던 영화는 또 무엇인지, 무엇보다 제가 "아무 말이나 자유롭게 해주세요"라고 했을 때 박솔뫼 작가가 무어라고 말할지 궁금합니다.

박솔뫼 두번째 단편집은 2017년에 나올 것이고 나와야만 한다고 스스로 다짐합니다. 시간이 빠르다고 생각하고 앞으로 하게 될 것들, 쓰고 싶은 것들에 대한 생각들을 자주 합니다. 최근에 인상적이었던 말은 얼마 전에 김중혁 작가를 만난 적이 있는데 제가 무얼 하면서 소설을 쓸까에 대한 고민이 많다고 말을 하자 본인도 그런 생각을 많이 했는데 일단 여기서 소설을 잘 쓰는 것에 대한 생각을 하는 게 중요해, 라고 말했던 것이 기억에 남네요. 무엇보다 짧은 가을을 잘 누리고 싶다고 생각합니다.

2016년 12월
이달의 소설

그 여름

최은영

최은영 1984년 광명에서 태어났다.
2013년 작가세계 신인상으로 등단했고, 소설집 『쇼코의 미소』가 있다.

1

이경과 수이는 열여덟 여름에 처음 만났다.

시작은 사고였다. 운동장을 가로질러 가던 이경이 수이가 찬 공에 얼굴을 맞았다. 안경테가 부러지고 코피가 날 정도의 충격이었다. 이경은 쩔쩔매는 수이와 함께 양호실과 안경점에 갔다. 고친 안경을 쓰고 수이의 얼굴을 봤을 때 이경은 처음 안경을 맞춰 썼던 때를 떠올렸다.

뿌연 갈색인 줄 알았던 나뭇가지에는 회색의 가느다란 줄무늬와 흰 동그라미 무늬가 있었고, 가지 위로 돋아난 이파리들은 흐리멍덩한 녹색이 아니라 여린 잎맥이 뻗어나가는 투명한 연둣빛이었다. 모든 것이 또렷하게 보였지만 바닥이 돌고 있는 것처럼 어지러웠다. 그때의 기분을 이경은 수이의 얼굴을 보면서 똑같이 느꼈다.

안경점 밖으로 나오자 햇볕이 유난했다. 둘은 읍내를 걷다 다리 중간까지 건너서 걸음을 멈췄다. 7월의 공기는 뜨거웠지만 다리 아래로 흘러가는 강물은 시원한 바람을 실어왔다. 전날 비가 내려 강물은 불어 있었고, 물속에 뿌리를 박고 자라는 식물들의 잎사귀는 검은빛에 가까운 초록색이었다. 그 잎잎이 무성했다.

수이는 다리난간에 몸을 걸치고 강물을 가만히 응시했다. 말을 걸어도 되나 싶을 정도로 몰두해서 강물을 보았다. 날갯죽지가 긴 새 한 마리가 유속이 빠른 강 위를 위태롭게 날고 있었다.

"저 새 이름 알아?" 이경이 물었다.

"저 회색 새?"

"응."

"왜가리."

꿈에서 깨어난 것 같은 표정으로 수이는 이경을 바라보며 답했다. 각질이 심하게 일어난 입술과 검붉게 탄 얼굴에, 두 눈만은 반짝이고 있었다.

둘은 다리 위에서 이런저런 이야기를 나누었다. 대부분 이경이 묻고, 수이가 답하는 식이었다. 이경은 2반이었고, 수이는 9반이었다. 이경은 문과 반이었고, 수이는 예체능 반이었다. 이경은 인흥면에 살았고, 수이는 고곡면에 살았다. 이런 우연이 아니었다면 서로 얼굴도 모르고 지냈으리라고 수이는 웃으며 말했다. 듣기 좋은 목소리라고 이경은 생각했다. 집으로 돌아와서도 이경의 귓가에는 수이의 목소리가 맴돌았다.

다음 날 수이는 이경의 교실 앞으로 찾아왔다. 손에는 250밀리리터짜리 딸기우유가 들려 있었다. 우유를 내밀면서 수이는 쑥스럽게 웃었다.

"몸은 좀 괜찮아?"

"응, 괜찮아."

이런 식의 짧은 대화를 나누고 수이는 운동장으로 갔다.

그 주 내내 수이는 딸기우유를 들고 왔다.

"몸은 좀 괜찮아?"

"응, 정말 괜찮아."

그렇게 말하는 이경의 얼굴에도 결국 웃음이 돌았다. 아침에 학교에 갈 때면 이경은 오늘도 수이가 찾아올 것인지 기대했고, 수이가 오지 않더라도 상심하지 말자고 스스로를 달래기도 했다.

창가에 서서 밖을 보면 운동장을 달리고 있는 축구부 애들이 보였다. 창이 끌어당기기라도 하는 것처럼 이경의 시선은 자꾸 창가로 향했다. 같은 유니폼을 입고 같은 머리 스타일을 한 애들 사이에서도 수이를 찾아내는 건 어렵지 않았다. 이경은 운동장을 몇 바퀴씩 돌고 숨을 몰아쉬는 수이의 모습을, 진지한 표정으로 패스 연습을 하는 수이의 얼굴을 바라봤다.

청소 당번을 끝내고 집으로 돌아가던 그 주 토요일 오후였다. 멀리 보이는 다리난간에 수이가 기대서 있었다. 축구부의 하얀 유니폼을 입고, 운동화를 신고, 운동 가방을 든 채로. 이경은 바닥을 보고 걸어가면서 어색한 그 순간을 피하려 했다. 다리에 다다랐을 때 수이가 작은 목소리로 이경을 불렀다.

"김이경."

이경은 고개를 들어 수이를 봤다. 무슨 말이든 해야 한다는 압박 때문에 오히려 아무 말도 할 수가 없었다.

"집에 가?" 수이가 물었다.

"응."

"왜 늦게 가?"

"청소 당번이라서."

"점심은 먹었어?"

"아니."

"그럼 나랑 점심 먹을래?"

수이는 이경의 얼굴을 제대로 쳐다보지도 못하고 그 말을 했다. 그 자신 없는 표정과, 억지로 힘을 끌어올려 짧은 문장을 말로 풀어내는 모습을 이경은 가만히 바라봤고, "뭐 먹을래?"라고 대수롭지 않은 척 대답했다.

둘은 라면을 먹고, 형광 색소가 잔뜩 들어간 3백 원짜리 슬러시를 마시면서 읍내를 걸었다.

"너 바쁘니?" 수이가 물었다.

둘은 시가지에서 4킬로미터쯤 떨어진 둔치로 걸어가 지서댐이 코앞에 보이는 계단 위에 책가방을 놓고 앉았다. 걸으면서 흘린 땀이 둔치에서 불어오는 시원한 강바람에 말랐다. 강물은 어느 쪽으로 흐르는지 짐작할 수 없을 정도로 잔잔했다.

둘은 별말 없이 커다란 콘크리트 댐을 바라봤다. 매미 소리가 들렸고, 작고 투명한 풀벌레들이 다리 위로 올라왔다. 콘크리트 계단이 부서진 자리에 길쭉하게 자란 강아지풀이 팔다리를 간질였다. 교복 치마가 땀에 젖은 허벅지에 달라붙었다. 이경은 수이 쪽으로 고개를 돌렸다. 수이는 다리를 꼬고 턱을 괸 채로 이경을 바라보고 있었다.

"눈동자가 갈색이구나." 수이가 말했다.

"어릴 때 애들이 개눈이라고 했었어." 그렇게 말하는 자신의 목소리가 미세하게 떨리고 있다고 이경은 생각했다.

"신경 쓰니, 그런 말?"

이경은 고개를 저었지만 그건 사실이 아니었다. 누군가가 자신의 눈동자 색을 인지하고 그 말을 전할 때 이경은 언제나 옅은 수치심을 느꼈었다. 개눈. 이상한 눈.

수이는 이경의 눈을 가만히 바라보고만 있었다. 자신을 그렇게 바라보는 사람은 처음이었다. 사람이 사람을 이렇게 오래 바라볼 수 있구나. 모든 표정을 거두고 이렇게 가만히 쳐다볼 수도 있구나. 그렇게 생각하면서 이경은 자신 또한 그런 식으로 수이를 바라보고 있다는 것을 알았다.

손가락 하나 잡지 않고도, 조금도 스치지 않고도 수이 옆에 다가서면 몸이 반응했다. 철봉에 거꾸로 매달린 것처럼 어지럽고 속이 울렁거렸다. 수이의 손을 잡았을 때, 세상에 이보다 더 좋은 건 없으리라고 생각했다. 창고 구석에서 수이를 처음 안으면서 이경은 자신이 뼈와 살과 피부를 가진 존재라는 것에 감사했고, 언젠가 죽을 때가 되면 기억에 남는 건 이런 일들밖에 없으리라고 확신했다.

둘이 함께한 첫해의 여름은 그렇게 흘렀다. 수이는 훈련 외의 시간을, 이경은 보충수업 외의 시간을 모두 서로를 만나는 시간으로 사용하려 했다. 숨어서 서로의 몸을 만지는 건 어려운 일이었지만 이경의 집이 비는 날엔 그곳에서 만나기로 하면서 그런 어려움은 줄어들었다.

그들은 오래도록 키스했다. 혀와 입술의 맛, 가끔씩 부딪치는 치아의 느낌, 작은 코에서 나오는 달콤한 숨결에 빠져서 시간이 어떻게 흘러가는지조차 인지할 수 없었다. 자신의 몸이라는 것도, '나'라는 의식도, 너와 나의 구분도 그 순간에는 의미를 잃었다. 그럴 때 서로의 몸은 차라리 꽃잎과 물결에 가까웠다. 우리는 마시고 내쉬는 숨 그 자체일 뿐이라고 이경은 생각했다. 한없이 상승하면서도 동시에 깊이 추락하는 하나의 숨결이라고.

둘은 사이좋은 자매처럼 같이 낮잠을 자기도 했다. 수이는 잠든 이경의 모습을 가만히 바라보는 일을 좋아했다. 얕은 잠을 자면서도 이경은 수이의 시선을 느꼈고, 눈을 뜨면 자신을 쳐다보는 수이의 검은 눈동자를 볼 수 있었다. 같은 베개를 베고 서로의 눈을 마주볼 때면, 이경은 수이의 눈 속에서 수이의 얼굴을 담은 자신을 보았다. 그들은 따뜻하고 몽롱하게 서로의 눈 속에 잠겨 있었고, 그럴 때 말은 무용했다.

여자를 좋아하는 여자가 있다는 사실을 이경은 들어 알고 있었다. 초등학교, 중학교 때 아이들이 '레즈'라는 단어를 어떤 뉘앙스로 말하는지도 알았다. 레즈,라는 말을 뱉을 때 아이들의 얼굴에 어리던 웃음은 레즈비언이 어딘가 은밀하고 야릇하며 더럽고 무섭고 우스운 사람들이라는 뜻을 담고 있는 것 같았다. 자신에 대해 확실히 알지 못했을 때였는데도 이경은 아이들과 함께 웃을 수 없었다.

수이와 함께 있을 때 이경은 자신이 다른 몸으로 태어난 것 같았다. 눈으로 볼 수 있는 풍경과 코로 들이마시는 숨과 피부에 닿는 공기의 온도까지도 모두 다르게 느껴졌다. 모든 감각기관이 한 꺼풀 벗겨진 느낌이었다. 수이를 만나기 전의 삶이라는 것이 가난하게만 느껴졌다.

하지만 수이는 '조심해야 한다'고 말했다. 같이 다니더라도 딱 붙어 걷지 말고, 운동장 스탠드에서도 떨어져 앉자고 했다. 그런데도 자꾸 몸이 수이에게 다가갔고, 그럴 때면 수이는 차가운 표정으로 이경을 바라봤다. "이거 놔." 그렇게 말하고 뚝 떨어져서 걸어가는 수이의 뒷

모습을 볼 때면 이경은 버려지고 무시당한 것만 같은 기분에 눈물이 났다. 수이에게 말도 없이 발걸음을 돌려서 자기 집으로 간 날도 여럿이었다. 그 문제로 둘은 자주 싸웠다. 이경이 친한 친구에게 자신의 연애에 대해 말하고 싶어 했을 때도 수이는 화를 냈다.

"상대가 너라는 건 말하지 않을 거야."

"걔가 알아채지 못할 것 같아? 그게 나라는 걸?"

수이는 얼굴이 새빨개지도록 화를 내고 한동안 말을 하지 않았다. 하지만 언제나 먼저 사과하는 건 수이였다.

수이는 자기 정체성이 밝혀진 뒤 모두에게 외면당하는 꿈을 자주 꿔왔다고 했다. 자신은 어린 시절부터 스스로에 대해 알았다고. 세상에 여자를 좋아하는 여자가 있다는 사실을 알기 전부터도.

"나는 내가 무서웠어."

그때가 수이가 자신의 가장 깊은 마음을 보여준 순간이었다.

이경과 수이가 사귄 지 백 일이 되던 무렵이었다. 그날도 강 위 다리난간에 기대어 이야기하고 있는데 어떤 키 큰 여자가 웃으며 그들 쪽으로 걸어왔다. 이경을 쳐다보는 여자의 얼굴에 묘한 미소가 어렸다. 속을 아프게 찌르는 웃음이었다.

"사귀는 애니?"

여자는 그렇게 말하고 수이의 어깨를 툭 밀고 지나갔다. 중심을 잃은 수이가 이경 쪽으로 쓰러졌다. 여자가 시야에서 사라질 때까지 수이와 이경은 아무 말도 하지 않은 채 난간을 두 손으로 꽉 쥐고 있었다. 귀 끝까지 빨개진 수이가 이경을 보며 쓴웃음을 지었다.

"누구야?"

"중학교 선배." 수이가 조용히 말했다. 둘은 아무 일이 없었던 것처럼 말하고 행동했지만 그 일로 서로가 크게 상처받았다는 사실을 알았다. 여자는 수이가 사람이 아닌 것처럼 밀쳤어. 수이의 말이 맞았다는 걸 이경은 그제야 깨달았다. 이 작은 동네에서 수이와 이경은 조심하고 또 조심해야 했다.

같이 스쿠터를 타면 어떨까,라는 생각이 든 건 그 여름이 다 지나가기 전이었다. 차고에서 스쿠터를 끌고 나오는 이경을 보고 수이는 인상을 찌푸리며 웃었다.

"너 날라리구나. 이런 거 타고 다니고."

"내가 어딜 봐서 날라리야."

"나쁜 짓만 골라서 하고."

"너한테 배웠지."

"정말 나쁘다. 나쁜 애야, 너."

'나쁘다'라는 말이 이경은 마음에 들었다. 수이 앞에서라면 얼마든지 더 나빠질 수 있을 것 같았고, 그러고 싶었다. 이경은 수이를 태우고 가장 긴 경로를 따라 스쿠터를 몰았다.

무력감에 잠길 때, 이경은 그때의 일을 기억한다. 강을 따라 돌고 돌아 가던 길에서 나던 물냄새와 풀냄새, 오래된 스쿠터의 엔진 소리와 자신의 허리를 감싸 안던 따뜻한 팔의 감촉, 합숙소 근처까지 오고서도 아쉬워서 스쿠터에 앉았다 내렸다를 반복하던 수이, 그때 수이가 짓던 우스꽝스러운 표정, 집으로 돌아갈 때 스쿠터 백미러로 보이던, 점점 작아지던 수이의 모습.

사랑을 하면서 이경은 많은 일들을 사랑에 빠진 사람의 입장에서 이해할 수 있었다. 수이의 단단한 사랑을 받고 나니 그렇게 두려워하던 사람들의 시선과 자신에 대한 판단이 예전만큼 겁나지 않았다.

고등학교를 다니던 내내 이경은 머리를 검은색으로 염색해야 했다. 머리카락이 갈색이어서 교칙에 위반되었기 때문이다. 뿌리부터 다시 갈색 머리가 자라나면 선도부에 불려가서 훈계를 듣고 그 부분을 검게 염색해야 했다. "넌 눈도 갈색이구나?" 자신을 바라보던 선도부장의 찌푸린 얼굴 앞에서 이경은 더 이상 주눅 들지 않았다. 당신은 사랑이 부족하구나. 아무도 당신 같은 사람을 사랑해주지 않을 테니까. 그 찌푸린 얼굴을 이경은 속으로 비웃을 수 있었다.

짧은 가을과 긴 겨울을 지나는 동안 이경과 수이는 더 깊은 이야기를 나눴다. 고등학교를 졸업하면 이곳을 떠나자는 이야기, 같은 도시로 가서 살자는 이야기였다. 수이는 어른이 되면 돈을 많이 벌 거라고 말했다. 대학 팀에 들어가서 졸업 후 실업 선수로 뛰고, 그 후에는 운동 관련 사업을 할 거라고 했다.

이경이 보기에 그즈음 수이는 너무 애쓰고 있었다. 훈련시간 외에도 체육관에 가서 혼자 근력 운동을 했고, 이경과 데이트하던 주말까지도 모두 훈련에 쏟아부었다.

여자 축구선수 팀이 있는 학교가 얼마 없었기에 수이는 남자중학교 선수들과 연습 시합을 하기도 했다. 그런 날이면 수이는 어느 때보다도 침울해졌다. 처음에는 이유를 몰랐지만 시간이 지나면서 이경도 차차 그 사정을 알게 됐다. 남자 선수들이 경기 중에 여자 선수들의 몸을 만진다는 것이었다. 다른 선수들도 그런 일들을 겪지만 그저 욕을 하고 털어버리는 분위기라고 했다.

문제 제기를 한 수이를 코치는 오히려 불쾌해했다. 운동선수가 운동이나 하면 되지 다른 일에 신경을 쓴다는 반응이었다. 그런 소리 할 시간에 운동이나 열심히 하라고. 남자애들은 원래 다 그런 거고, 짓궂은 장난에 감정적으로 대응하는 건 유치한 일이라고 했다. '짓궂다'는 말이 무슨 뜻인지 줄곧 생각해왔다고 수이는 이경에게 말했다.

"비열한 말이라고 생각해. 용인해주는 거야. 그런 말로 자기보다 약한 사람을 괴롭힐 수 있는 권리를 주는 거야. 남자애들은 원래 그렇다니."

수이가 그런 말을 할 때 이경은 어떻게 답해야 할지 알지 못했다. 눈물이 날 정도로 화가 나서 당장이라도 그 코치와 남자애들을 찾아가 정강이를 걷어차주고 싶었다. 그런 일을 겪고 혼자 그 말들을 곱씹었을 수이를 생각했다. 그렇게까지 참아가면서 운동을 해야 하나. 훈련이라는 명목으로 허벅지에 멍이 들도록 맞아가면서, 모욕적인 말을 들어가면서까지 해야 하는 가치가 있나.

"수이야, 힘들면 관두면 돼. 네가 참아가면서 사는 거 싫어." 이경은 자주 그렇게 말했다.

수이의 경기를 보러 간 적이 있었다. 관람객도 별로 없는 썰렁한 구장에서 이경은 이리저리 달리는 수이의 모습을 지켜봤다. 선수들은 모두 긴장한 표정으로 경기에 임했다. 후반전까지 무득점으로 이어지던 경기는 연장전에서 상대편이 1점을 넣으면서 끝났다. 수이 팀 벤치 뒷자리에 앉아서 경기를 보는 내내 이경은 고통스러웠다. 연장전으로 가게 되면서 힘들게 숨을 쉬는 수이를 보는 것이 괴로웠고, "야, 이수이!" 하고 외치는 감독의 날카로운 목소리가 듣기 싫었다.

미드필더인 수이는 경기 내내 쉬지 않고 집중했다. 그런데도 공을 빼겨 공격에 실패했고 쉽게 자리를 내줘서 상대 팀 공격을 제대로 막아내지 못했다. 두 팀 모두 비등비등한 실력이었지만 수이는 구장에서 뛰는 스물두 명의 선수 중에 가장 부진한 선수로 보였다. 무슨 일인지 감독이 선수 교체를 하지 않아 수이는 벌을 받듯 연장전까지 그 상태로 뛰어야 했다. 그 모습을 자신이 보고 있다는 사실을 알기에 더 괴로웠을 것이라고 이경은 생각했다.

그 경기 이후 수이는 더 치열하게 훈련에 매진했다. 무언가가 되어야겠다고 생각해본 적이 없었던 이경으로서는 그렇게까지 해서 꿈을 이루려는 수이를 이해하기 쉽지 않았다. 이런 어려움을 다 겪고 나서야 이룰 수 있는 꿈이라면 포기하는 것이 더 나으리라고 생각했다. 매일 긴장 속에서 연습해야 하고, 경기에 들어가고, 자기 의지와는 무관한 경기 결과로 평가받아야 하는 일이라면.

"힘들면 그만두면 되잖아."

"그게 말이 되니." 수이가 대답했다. "그게 말이 된다고 생각해?"

"그래도……"

"아무것도 모른다, 넌."

수이는 화가 난 채로 집에 가버렸고, 한동안 이경을 찾아오지 않았다.

이제 이경은 안다. 축구는 수이에게 선택하고 말고의 문제가 아니었다. 수이의 선택이었다고 하더라도 아주 적은 수의 선택지 중에서 고른 일이었을 것이다. 수이에게 축구는 세상과 자신을 연결시켜줄 수 있는 단 하나의 끈이었다. 그런 수이에게 이경은 선택에 대해 말했다. 자신에게 주어진 선택지가 수이보다 훨씬 더 많았다는 사실을 조금도 이해하지 못한 채로.

수이는 이미 중학교 3학년 때 십자인대 부상을 입었었다. 재활을 했고 조심했지만 고등학교 3학년 여름에 그 부위를 다시 다쳤다. 남자 중학생들과의 연습 경기에서 일어난 일이었다. 아무런 악의도 없었다던 중학생의 '장난'으로 수이는 돌이킬 수 없는 부상을 입고 말았다. 수이는 합숙소에서 짐을 빼고 부모의 집으로 돌아갔다. 더 이상 과격한 운동을 해서는 안 된다는 최종 통보를 듣고 나서였다.

이경은 당시 수이가 어떤 상실을 경험했는지 짐작도 할 수 없었다. 그런 자신의 무지가 답답하고 괴로웠다. 자신이 할 수 있는 일은 수이를 스쿠터에 태워 돌아다니는 것뿐이었다. 그런 날이면 다리 위에 스쿠터를 세워놓고 하류로 흘러가는 강물을 한참 바라보기도 했다.

밤의 강물은 금속의 표면 같았고, 강변에 우거진 나뭇잎들은 바람에 흔들리는 검은 깃털들 같았다.

"계속 보면…… 정말 이상해." 수이가 말했다.

"뭐가?"

"강. 너무 큰 물이잖아."

"응……"

"자꾸 보고 있으면 이상해서."

"겁이 나나 보다."

수이는 조용히 고개를 젓고는 다리난간을 두 손으로 꽉 움켜쥐었다. 수이의 시선은 강물을 향하고 있었지만 텅 빈 것처럼 보였다. 분명 강물을 보고 있었지만 아무것도 보지 않는 것 같았고, 두려워하면서도 매혹된 듯 보였다. 이경은 쳐다보지도 않고 내내 강물에 시선을 고정하고 있었다.

2

스무 살 봄, 이경과 수이는 서울로 이주했다. 이경은 서울 한복판에 있는 대학의 경제학과에 입학했고, 수이는 서울 외곽의 직업학교에서 자동차 정비일을 배우기 시작했다. 수이는 부모로부터 어떤 경제적 지원도 받지 못했다. 이경은 기숙사에 당첨되었지만 수이는 보증금 없이도 계약이 가능한 '잠만 자는 방'에서 서울 생활을 시작해야 했다.

천식이 있는 이경은 습하고 환기가 잘 되지 않는 수이의 방에 오래 머무르지 못했다. "더 있을 수 있어." 이경은 말했지만, 수이는 한 시간도 지나지 않아 눈물 콧물을 흘리는 이경을 붙잡을 수 없었다.

만족스러울 때까지 서로의 몸을 안고, 만지고, 같이 잠들 수 있는 시간은 그래서 언제나 부족했다. 성인이 되고 고향을 벗어나면 모든 일들이 그전보다는 나아질 거라고 생각했지만 상황은 오히려 악화된 듯 보였다. 수이는 직업학교를 다니면서 고등학교 선배가 개업한 갈빗집에서 설거지 아르바이트를 했다. 부모로부터 학비를 지원받고, 틈틈이 용돈도 받는 이경은 그런 수이 앞에서 할 말이 없었다. 학교 앞 밥집에서 아르바이트를 하기는 했지만 그야말로 여분의 돈을 마련하기 위한 일이었지 수이처럼 절박한 돈벌이는 아니었다.

직업훈련과 아르바이트를 병행하느라 수이는 언제나 바빴고, 데이트는커녕 전화도 마음 놓고 오래 하지 못했다. 이경이 문자를 보내도 수이에게서 곧바로 답을 받지 못하는 때가 많았다. 이경은 기숙사 침대에 누워서 수이와 함께 지냈던 시간들을 그리워했다. 사랑하는 수이를 다른 사람을 그리워하듯 그리워한다는 사실에 새삼 서글퍼졌다. 함께 스쿠터를 타고 다니던, 자신의 집에 누워서 성인이 된 뒤의 자유로운 삶에 대해 이야기하던 그 시간이 쓸쓸하게 기억됐다. 눈을 감으면 흰색 유니폼을 입고 운동장을 뛰어다니던 열여덟의 수이가 보였다. 고작 2년 전의 일이었지만 훨씬 더 오래된 일처럼 느껴졌다.

대학교 첫 여름방학이 시작되었다. 이경은 한강 변에서 자전거를 타기 시작했고, 레즈비언 바에도 처음 가보았다. 같이 가자는 이경의 제안에 수이는 시간이 없다고 하다가, 시간이 나도 그런 곳은 가기 싫다고 말했다. 너랑 나만 있으면 되지 왜 굳이 그런 곳까지 가야 하는지 모르겠다고 했다.

이경은 직업학교 앞에서 수이를 기다렸다. 기숙사에서 버스를 타고 한 시간 반은 가야 했지만, 수이가 보고 싶은 마음이 차오르면 그렇게라도 해서 찾아갔다. 수이의 수업이 끝나면 둘은 김밥천국에 가서 오므라이스나 김치볶음밥 같은 음식을 시켜 먹었다. 이경은 어두운 조명 밑, 수이의 까만 손톱을 가만히 바라봤다. 바짝 깎은 손톱에 기름때가 껴 있었고, 손끝도 기름기로 반질거렸다. 머리카락과 목은 온통 땀에 젖어 있었다.

이경은 수이가 언제나 하루를 최대치로 살아낸다고 생각했다. 어릴 때부터 운동을 시작하면서 자기 한계를 극복해나가는 것에 익숙해진 사람이라고. 단 하루도 허투루 보내지 않고, 누구에게도 의지하지 않으려 하고. 이경의 눈에 수이는 힘들어도 힘들다는 말을 하지 못하는 사람처럼 보였다.

"일 많이 힘들지 않아?" 이경이 물었다.

"배우는 건데 뭐."

수이는 그렇게 말하고 오므라이스를 허겁지겁 먹었다.

"천천히 먹어. 저녁 좀 대충 때우지 말구."

수이는 별 대답 없이 이경을 향해 웃어 보였다.

"돈은 좀 있니."

"너보단 많지." 수이는 그렇게 말하고 윙크했다.

그런 수이를 보며 이경은 대학에서 알게 된 아이들을 생각했다. 자기 주량에도 안 맞는 술을 잔뜩 마시고 울기도 하면서 주정하는 아이들을. 별로 궁금하지도 않은 자신의 일대기를 주절주절 늘어놓는 아이들을. 자신의 약점을 부끄러움 없이 노출하는, 억눌리지 않은 아이들의 자아가 이경은 신기했었다. 십자인대가 나가도, 평생의 꿈이 시들어버려도 그 슬픔을 한 번도 토로하지 않았던 수이가 그제야 이경은 낯설게 느껴졌다.

"나한텐 말해도 돼. 힘든 일 있으면."

"나 그렇게 안 힘들어. 진짜야. 배우는 것도 재밌고."

"수이야."

"시험만 끝나면 같이 놀러 가자. 어디 갈까? 너 바다 보고 싶다고 했잖아."

텔레비전에서는 한국과 독일의 월드컵 4강 경기가 재방송되는 중이었다. 그해 여름은 어디를 가든 월드컵 이야기밖에 들리지 않았다. 음식점에서도, 술집에서도, 거리에서도 매일 한국의 월드컵 경기가 재방송됐다. 수이와 음식점에 들어가면 이경은 수이가 텔레비전을 등지고 앉도록 텔레비전이 보이는 쪽에 자리를 잡았고, 수이의 흥미를 끌 만한 이야기를 하면서 방송이 들리지 않는 것처럼 행동했다. 세상이 작당한 듯이 아직 아물지 않은 수이의 상처를 들쑤시는 것 같았다.

"다음 월드컵은 독일에서 한다더라." 수이가 말했다.

"그래?"

"응. 그렇대. 그때 같이 갈래? 그때 되면 둘 다 여유도 생길 테고, 여름휴가 내면 될 테니까."

"그러자."

"약속했어."

그렇게 말하며 웃는 수이의 얼굴에 두려움이 비친 것 같다고 이경은 생각했다. 수이는 무엇을 두려워하는 것일까. 자신의 장래일까, 돈일까, 나와의 관계일까, 그 모든 것일까. 수이는 늘 미래에 관해서만 이야기해왔었다. 마치 자기는 과거나 현재와 무관한 사람이라는 듯이 성인이 되면, 대학에 가면 벌어질 미래의 일에만 관심이 있었다. 그리고 지금 수이는 4년 뒤의 우리에 대해 이야기하고 있어. 그것도 한 치의 의심 없이 기다려온 미래에 배반당한 적 있는 수이가.

이경은 일주일 동안 고향집에 내려가 있었다. 수이는 자격증 시험 준비 때문에 같이 갈 수 없다고 말했지만 이경은 수이에게 다른 문제가 있다는 것을 직감했다. 수이는 자기 가족에 대한 이야기를 별로 하지 않았고, 가족에 대한 질문 자체를 거북해했다.

고향의 모든 공간은 수이와의 기억으로 뒤덮여 있었다. 수이와 이곳에서 함께 보낸 시간은 고작 1년 반 정도였지만, 그 시간의 밀도는 수이를 만나기 전의 17년을 압도했다. 강 위의 다리, 학교 운동장, 읍내 거리…… 수이를 만나지 않았더라면 이 공간은 책가방을 메고 도시락 가방을 들고 오갔던 외로운 곳으로만 기억되었을 것이었다.

이경은 댐이 보이는 둔치 쪽으로 스쿠터를 몰았다. 읍내에서 4킬로

미터밖에 떨어져 있지 않았지만 그곳은 수이와 이경이 가장 멀리 갈 수 있는 곳이었다. 그곳에서 그들은 조금이나마 자유로울 수 있었다. 이경이 계단 위에 앉은 수이의 무릎을 베고 누워 있기도 했고, 수이가 이경의 무릎을 베고 눕기도 했다. 수이의 무릎에 누워 올려다보던 하늘과 수이의 얼굴이 떠오른 순간, 어떤 생각이 이경을 스치고 지나갔다. 이제 그곳에 수이와 다시 올 순 없을 거라는 예감이었다.

그곳은 수이가 자신에 대해서, 자신의 감정과 생각에 대해서 가장 많이 이야기한 공간이기도 했다. 이경은 수이에 대해 더 많이 알고 싶었고 그래서 많은 질문을 했다. 수이는 가족에 대한 이야기만 제한다면 거의 모든 질문에 성실하게 답했다. 왜 운동을 시작하게 되었는지, 가장 좋아하는 선생님은 누구인지, 가장 친한 친구와는 어떻게 만나게 되었고 지금은 어떤 관계를 유지하고 있는지, 이경과 다리에 서서 처음 이야기했을 때 어떤 심정이었는지, 그 이후로 이경을 얼마나 보고 싶어 했는지.

수이가 자신에 대해 이야기하지 않게 된 건 언제부터였을까. 수이는 어느 순간 자신에 대해 말하는 법을 잊은 사람처럼 변해 있었다. 부상을 당했을 때도, 의사에게서 더 이상 축구를 할 수 없다는 진단을 받았을 때도 수이는 좀처럼 입을 열지 않았다. 자동차 정비일을 시작했을 때도 마찬가지였다. 왜 그 일을 택했느냐는 말에 수이는 어깨를 한 번 으쓱했을 뿐이었다. 수이에 대해 더 알고 싶었고, 수이가 매일 어떤 생각을 하며 지내는지 궁금했지만 대답 없는 질문을 계속하는 건 어려운 일이었다.

둔치의 계단에 앉아서 이경은 서울에 올라온 뒤로 계속해서 부정하던 사실을 인정했다. 나는 수이와 만나면서도 이렇게 외로웠구나. 벽을 보고 말하는 것처럼 막막했었구나. 너에 대해 더 알고 싶었는데, 더 묻고 싶었는데, 너의 생각과 감정을 조금이라도 나누고 싶었는데 그게 잘 되지 않았어.

이경은 레즈비언 바 사장이 추천한 인터넷 카페에 가입했다. 기숙사에 혼자 있는 시간 동안 카페에 올라온 이야기들을 읽고 채팅을 하면서 이경은 수이가 아닌 다른 사람들과의 관계에서도 소속감을 느낄 수 있다는 것을 알아갔다. 용기를 내서 오프라인 정모에 나갔다. 서로 나이도 다르고 하는 일도 가지각색인 사람들과 바에 모여 같이 술을 마시고 떠들어대면서 이경은 수이와 함께할 때 느낄 수 없었던 자유로움을 맛봤다.

새로 사귄 친구들은 이경을 좋아하는 것처럼 보였다. 부정적인 메시지를 전하거나, 훈계하거나, 비꼬듯이 말하지 않았고, 이경과 보내는 시간을 진심으로 즐거워하는 것 같았다. 수이는 술을 단 한 잔도 마시지 않았지만, 새로 사귄 친구들은 아침 해가 뜰 때까지 이경과 함께 술을 마셨다. 술을 마시면 긴장이 풀어지고 작은 농담에도 웃음이 났으며 함께 있는 사람들을 하나하나 껴안아주고 싶어졌다. 수이를 생각하면 그립고도 화가 나서 눈물이 났다.

그중에서도 이경은 누비와 가까웠다. 스물네 살의 웹디자이너인 누비는 주로 민소매 블라우스에 원색의 긴 치마를 입고, 긴 머리는 까만 끈으로 묶고 다녔다. 이경은 이제 누비의 얼굴이 잘 기억나지 않는다. 하지만 걸어갈 때의 뒷모습만은 어쩐지 생생하게 기억한다. 걸을 때마다 높게 묶은 머리와 치맛단이 저 나름의 리듬으로 살랑살랑 움직이던 모습을.

누비와 이경은 술자리에 가장 늦게까지 남곤 했다. 친구들이 술에 취해서 하나둘씩 집에 돌아가고 나면 남은 안주를 먹으면서 일상을 이야기했다. 사는 곳도 지하철로 두 정거장 거리라서 첫차를 기다리며 편의점에서 같이 컵라면을 먹기도 했다.

"애인은 언제 보여줄 거예요?" 누비가 말했다.

"언젠가 오겠죠."

"우리랑 친한 거 질투하지 않아요?"

"그런 거 안 해요, 수이는. 자기 할 일도 바쁘니까."

"이것 좀더 먹어요."

누비가 라면 면발을 덜어 이경에게 건넸다.

"수이는요." 이경은 이렇게 말하면서 어색함을 느꼈다. 누군가에게 수이에 대해서 이야기하는 건 처음이었다. "자기 얘길 잘 안 해요. 그리고 한 번도, 제 앞에서 울었던 적도 없어요."

이런 이야기를 할 만큼 친한 사이는 아니라고 생각하면서도 한번 말문이 터지자 걷잡을 수가 없었다.

"수이가 저를 믿지 못해서 그런 건 아니겠지만…… 그런데도 자꾸 그런 생각이 들어요. 내가 아닌 다른 사람이어도 그랬을까. 나보다 섬세하고 성숙한 사람이라면 수이도 저절로 마음을 열지 않았을까…… 수이가 얼마나 외로울지, 제가 아무것도 몰라서 아파요. 걘 지금 무슨 생각을 하고 있을까요."

오랫동안 생각해오던 일이었지만, 막상 말로 뱉고 나니 경솔한 행동으로 느껴졌다.

"예전 애인이랑 5년을 만났어요. 통신에서 만났죠. 다른 애들도 모르는 이야기를 해볼까요." 누비의 얼굴에 피로한 미소가 어렸다. "5년 만나는 건 꽤 어려운 일이잖아요. 그것도 어릴 때 만나서 이만큼 온 거니까. 우린 모든 걸 함께했어요. 그 사람은 어떤지 모르지만 저는 제 모든 걸 다 보여줬던 것 같아요."

편의점 창으로 보이는 세상이 점점 더 밝아지고 있었다.

"그리고 그 사람도 저에게 그랬죠. 확신할 수는 없지만 다른 사람에게는 절대로 말할 수 없는 부분을, 보이고 싶어 하지 않는 부분을 저에게 보여줬어요. 저는 그 사람을 위로했고, 그 사람도 저를 위로했죠. 어떻게 우리가 두 사람일 수 있는지 의아할 때도 있었어요. 네가 아픈 걸 내가 고스란히 느낄 수 있고, 내가 아프면 네가 우는데 어떻게 우리가 다른 사람일 수 있는 거지? 그 착각이 지금의 우리를 이렇게 형편없는 사람들로 만들었는지도 몰라요."

누비는 남의 이야기를 전하듯이 덤덤하게 말을 이어갔다.

"자주 싸우고, 자주 헤어졌죠. 그 사람이 처음 헤어지자고 했을 때가 기억나네요. 두 달 사이에 10킬로가 빠지고 심장이 너무 빨리 뛰어서 잠도 제대로 자지 못했어요. 그 사람, 두 달 지나고 다시 돌아오더군요. 둘이 붙잡고 후회하고 울었지만, 그 순간뿐이었죠. 영화의 속편 같은 거더군요, 헤어지고 다시 만난다는 건. 본편이 아무리 훌륭하고, 그래서 아쉬워도 소용없는 일이잖아요. 결국 모든 게 점점 더 후져지는 거지. 그 속에 있는 나 자신도 너무 초라해 보이고."

이야기를 마치고 누비는 활짝 웃어 보였다. 희미한 햇살이 누비의 얼굴을 비췄다.

그런 대화를 나눈 지 얼마 되지 않아 이경은 누비의 옛 애인을 만나게 됐다. 모임의 친구가 연출한 연극이 레즈비언 바에서 열리던 날이었다. 연극이 시작되기 전 레즈비언 싱어송라이터가 기타를 치면서 노래했고, 여자 가수들의 뮤직비디오가 한쪽 흰 벽에 상영됐다. 이경은 바에서 일을 도왔다.

호리호리하고 키가 큰 사람이 입구로 들어왔다. 회색 남방을 입었는데, 윗단추 두 개 정도를 풀어서 긴 목이 더 부각되어 보였다. 손목에는 은색 시계를 차고 있었다. 그녀는 무표정한 얼굴로 테이블에 가방을 두고 이경 쪽으로 걸어왔다. 시원한 향수 냄새가 났다.

"병맥주 주세요. 아무거나."

이경은 병맥주의 뚜껑을 따서 그녀에게 건넸다.

"아꼬 안녕." 그녀는 이경 옆의 아꼬에게 인사를 하고 구석에 가서 내내 가만히 서 있었다.

"은지잖아. 누비 옛 애인. 누비가 쟤 때문에 많이 울었어. 서로 연락 안 한다고 들었는데 여기 왜 왔나 몰라." 아꼬가 말했다.

누비는 은지 쪽으로는 고개도 돌리지 않고 다른 사람들과 열심히 이야기했다. 은지는 다시 이경 쪽으로 와서 맥주 한 병을 더 달라고 말했다. 맥주를 건네받고 은지는 이경 바로 앞 스탠드에 자리를 잡았다.

"누구 기다리는 사람 있어요?" 은지가 물었다.

"그쪽은요?"

"아까부터 입구를 보셔서 물어봤어요."

"애인 기다리고 있었어요."

"그렇군요."

연극은 한 시간 정도 진행됐다. 할머니 레즈비언들의 이야기였는데, 2002년에서 50년이 지난 2052년이 배경이었다. 어린 시절부터 50년을 만나온 레즈비언 커플이 결혼식을 준비하면서 과거를 회상하는 내용이었다. 역할은 할머니였지만, 주인공을 맡은 두 배우는 모두 이십대였고, 의상이나 메이크업, 연기 모두 배우 나이에 맞췄다. 마치 할머니들 속에 그 이십대 여자들이 그대로 남아 있다는 듯이. 둘은 처음 만났던 해에 찍은 사진과 영상들을 관객과 함께 봤다.

커플이 하얀 드레스를 입고 손을 잡은 채로 같이 행진하면서 연극은 끝났다. 서른 명 정도의 관객들은 둘에게 꽃가루를 뿌려주고 오래도록 박수를 쳤다. 다들 코를 훌쩍이면서 배우들에게서 눈을 떼지 못했다. 연극이 끝나고도 몇몇은 바에 남아서 뒤풀이를 했다.

수이는 새벽 1시가 되어서야 바에 왔다. 이미 어느 정도 사람이 빠져서 이경도 바에 앉아서 쉬고 있었다. 수이는 티셔츠에 무릎까지 오는 반바지를 입고 검은 얼룩이 진 러닝화를 신고 있었다. 평소와 같은 차림이었지만 이경은 수이의 옷차림이 무성의하다고 생각했고, 수이에 대해 그렇게 생각했다는 사실에 놀랐다.

이경의 친구들은 수이를 반갑게 맞았다. 술을 마시지 않는 수이를 위해서 무알코올 칵테일을 만들어줬다. 수이는 칵테일을 조금씩 마시면서 약간 피곤한 표정으로 주변을 둘러봤다. 그런 수이에게 이경의 친구들은 돌아가면서 이런저런 것들을 물어보았다. 수이가 이 공간을 불편해하고 있다는 것을 눈치로 알아차리곤 모두 더 과장해서 쾌활한 척을 하고 있다고 이경은 생각했고, 문득 그런 상황이 부끄러워졌다.

"수이 씬 몇 학번이에요?" 아끄가 물었다.

"저 학생 아니에요." 수이가 답했다.

"맞다. 알고 있었는데 너무 학생처럼 보여서……" 아끄가 말끝을 흐렸다.

"저 대학 안 갔어요. 머리도 나쁘고 돈도 없고 그래서." 수이는 무표정하게 말했다.

수이답지 않은 말이었다. 수이가 저렇게 비꼬는 투로 말하는 것을 이경은 들어본 적이 없었다. 짧은 순간이었고, 대화 주제가 바뀌어서 다들 웃고 떠들고 했지만 수이는 내내 침묵했고 질문을 받으면 겨우 대답하는 수준으로만 대화에 참여했다. 아무리 피곤하다고 하더라도 친구들 앞에서 그런 식으로 자신에게 무안을 줄 수는 없는 일이라고 이경은 생각했다.

집으로 돌아가는 길에도 수이는 내내 말이 없었다.

"피곤하니?" 이경이 물었다.

"……"

"수이야."

"응?"

"아꼬 말에 꼭 그렇게 대답해야 했어?"

"……"

"그냥 웃으면서 넘어갈 수 있는 일 아니야? 무안해하잖아, 다들. 일부러 그런 것도 아닌데."

"……"

"그러면 너도 상처받지 않아?"

"넌 모르잖아."

수이가 작은 목소리로 말했다.

"이경이 넌 모르잖아."

그렇게 말하고 수이는 이경을 보고 웃었다. 그 웃음이 '넌 나보다 훨씬 편하게 살아왔잖아'라고 힐난하는 표정처럼 느껴졌다.

"네가 네 이야기를 해주지 않는데 내가 어떻게 널 알 수 있겠어."

화가 날수록 이경의 목소리는 차분하게 가라앉았다. "다들 너에게 잘해 주려고 했어. 근데 넌 모두를 무안하게 했지……"

수이는 아무 대답 없이 건너편 길을 응시하고 있었다.

"네가 걔네를 보는 표정을 봤어. 표정 관리가 안 되더라, 너. 한심하고 이상한 사람들이라는 표정으로."

"난 그냥 그렇게 시끄럽고 사람 많은 곳이 싫었어. 그래서……"

"이런 게 싫었으면 그냥 싫다고 말하고 안 왔음 됐을 거야."

"여기에 네가 있잖아."

"걔들은 적어도 자기 이야기, 숨기지 않고 해. 힘들면 힘들다고 말하고 싫으면 싫다고 말하고. 넌 아니잖아. 그렇게 못하잖아."

"비교는 하지 마라, 이경아."

수이는 그렇게 말하고 큰길가로 걸어갔다. 잘 가라는 말도 없이, 잘 가겠다는 말도 없이, 뒤도 한 번 돌아보지 않고 빠른 걸음으로 이경으로부터 멀어져갔다. 이경은 문득 이 모든 일들이 지겹고도 피로하게 느껴졌다. 수이는 나 말고는 만나는 친구도 없지. 같이 운동하던 친구들과도 더 이상 연락을 하지 않는다고 수이는 말했었다.

그날, 이경이 수이에게 느꼈던 감정은 부끄러움이었다. 초라한 옷차림에 더러운 러닝화, 새로운 사람들과 쉽게 어울리지 못하는 촌스러움, 자기 학력을 부끄러워하는 것 같은 모습까지도 부끄러웠다. 친구들 앞에서 멋진 애인을 보여주지 못한 것 같아 부끄러웠다. 부끄러움을 느꼈다는 걸 인정하기 싫어서 이경은 수이 탓을 했다. 수이를 다른 사람들의 시선으로 판단했다는 사실을 인정하고 싶지 않아서였다.

3

그해 겨울, 수이는 보증금 5백만 원을 마련해 이경의 기숙사와 가까운 거리의 원룸으로 이사했다. 직업학교 졸업을 앞두고 견습생으로 카센터에서 일을 시작했고, 시간이 날 때마다 달리기를 했다. "돈이 좋아." 수이가 말하면 "정말 돈이 최고"라고 이경이 동의했다. 보증금 5백만 원은 이경과 수이의 관계를 부드럽고 편안하게 해주었다. 웃풍도 없고, 깨끗한 부엌과 샤워실이 딸린 집에서 이경과 수이는 서울에 올라온 지 1년 만에 아무 걱정 없이 서로를 안고 잘 수 있었다.

그해 겨울이 얼마나 따뜻하고 충만했는지 이경은 기억한다. 아직도 눈을 감으면 수이의 집이, 가습기가 뿜어내던 하얀 증기가, 김이 서려 뿌연 유리창에 수이가 손으로 찍어놓은 아기 발바닥 모양의 낙서가 보이는 것 같다.

운동을 관두면서 수이의 얼굴과 몸은 조금씩 변했다. 예전에는 단단하기만 했던 몸이 조금 부드럽고 물렁해졌고, 날카롭던 얼굴선이 둥그스름해졌다. 그런데도 입을 약간 벌리고, 완전히 의식을 잃은 채로 아이처럼 자는 모습은 예전과 똑같았다. 수이는 베개에 머리를 대자마자 잠에 빠지고는 낮게 코를 골았다. 이런 수이의 모습을 아는 건 자기뿐이라는 생각에 이경은 부드러운 기쁨을 느꼈다.

일을 시작하고서부터 수이는 자기 일에 대해서 여러 이야기들을 했다. 자동차 엔진과 부품에 대해 이야기할 때 수이의 눈에는 어느 때보다도 밝은 빛이 돌았다. 수이가 말하는 도중에 이해하기 어려운 단어가 나오면 이경은 놓치지 않고 질문했다.

"토크가 뭐야?"

"회전 힘이야. 한 축을 이용해서 물체를 돌리는 힘. 토크가 강하면 순간적인 힘이 좋다는 거야." 수이는 기다렸다는 듯이 이경의 질문에 답했다.

그해 겨울을 지나면서 이경은 수이가 자신과는 여러 면에서 다른 사람이라는 점을 깨닫게 됐다. 수이는 자동차를 포함한 기계에 매력을 느꼈고, 정리정돈과 청소를 열심히 했으며 외모를 가꾸고 새로운 사람을 만나는 일에는 어떤 관심도 없었다. 반면 이경은 자기 자신에 대해 알아가는 일을 좋아했고, 다른 사람들에 대해서도 관심이 많았다.

이경은 서서히 깨닫게 됐다. 수이가 자신에 대해 별로 말하지 않았던 건 수이의 그런 성향 때문이라고. 수이는 '자기 자신'이라는 것에 대해 이경만큼의 생각을 하지 않는지도 몰랐다. 수이는 생각보다 행동이 앞서는 사람이었고, 선택의 순간마다 하나의 선택을 하고 그에 따른 책임을 지려고 노력했다. 자신의 선택에 따른 결과에 대해서는 어떤 변명도 하지 않는 것이 수이의 방식이었다. 수이는 자동차 정비일을 하면서 그것이 자기 인생에 어떤 의미로 작용하는지를 그다지 중요하게 생각하지 않았다. 자신이 선택한 일이니까 최선을 다해 수행할 뿐이었다. 반면 이경은 끊임없이 자신의 행동이 어떤 의미인지 생각하려고 했고, 어떤 선택도 제대로 하지 못해서 전전긍긍했다. 자신이 무엇을 하고 싶은지조차 알지 못했는데, 자신이 어떤 선택을 하더라도 결국 후회가 더 크리라는 것만은 확신할 수 있었다.

수이가 아닌 다른 사람을 좋아한다는 것을 이경은 상상할 수 없었다. 수이는 이경이 태어나 처음으로 사랑한 사람이었고, 다른 사람에게는 그 비슷한 감정조차 느껴본 적이 없었으니까. 그래서 이경은 은지에 대한 자기 감정을 이해할 수 없었다. 수이를 사랑하면서 어떻게 은지에게 심하게 끌릴 수 있는지 알 수 없었고, 뒤죽박죽이 된 마음으로 자주 울었다.

이경이 은지를 다시 만난 건 스물한 살의 봄이었다. 학교 앞 빵집에서 아르바이트를 시작하고 얼마 되지 않아서였다. 계산을 마친 은지가 이경에게 물었다.

"누비 친구 맞죠?"

"네?"

"저번 가을에 아꼬랑 누비랑 같이 있지 않았어요?"

은지는 그렇게 말하면서 이경을 빤히 바라봤고, 이경은 얼떨결에 고개를 끄덕였다. 그제야 혼자 바에 앉아서 맥주를 마시던 은지의 모습이 흐리게 떠올랐지만, 같은 사람이 맞는지 확신할 수 없었다. 그저 키가 크고 뼈대가 가는 사람이었다는 것만이 기억날 뿐이었다. 어두운 곳이었고, 아주 잠깐 본 사이인데도 어떻게 자기 얼굴을 기억하는지 의아했다.

"기억 못 하시는구나." 은지는 애써 웃었다.

"기억나요. 그때 바에 앉아 계셨죠."

이경의 대답을 듣고 은지는 고개를 끄덕였다.

"저 여기 바로 앞에서 일해요. 저 병원에서."

"저도 여기 대학 다녀요."

"그건 저도 알아요. 몇 번 봤어요."

마주보고 서 있는 것이 어지러울 정도로 아름다운 사람이라고 이경은 생각했다. 매끄러운 피부에, 짙은 눈썹은 깨끗하게 정리되어 있었다. 작은 속쌍꺼풀에 눈꼬리가 조금 위로 올라가 있었는데, 아주 예민하고 신경질적인 사람이라는 느낌을 줬다.

"손이 왜 이래요?"

이경은 흉한 모습을 들켰다는 부끄러움에 손을 주머니에 넣었다. 아르바이트를 할 때, 달궈진 돌솥에 덴 자국이었다.

"보여줘봐요, 손."

이경은 손을 꺼내 보여줬다.

"어디에 뎄구나. 물집이 터져서…… 소독이라도 좀 했어요?"

은지는 가방에서 주머니 하나를 꺼냈다. 알코올에 젖은 솜으로 상처 부위를 소독하고, 연고를 바르고, 반창고를 붙였다.

이경이 은지에게 끌리기 시작한 순간은 그렇게 짧았다.

빵집의 통유리창으로는 대학병원 입구가 보였다. 이경은 4시부터 9시까지 그곳에서 일했고, 은지는 거의 매일 빵집에 들렀다. 흰 셔츠에 청바지를 입고 흰 운동화를 신은 모습이 그림 같았다. 끈이 긴 크로스백을 옆으로 메고 진열대를 골똘히 바라보는 은지를 이경은 가만히 바라봤다. 자신의 시선을 그녀가 눈치챌지 모른다는 것을 알면서도 눈을 떼지 못했다.

"어디 살아요?" 계산대 앞에 선 은지가 물었다.

"충무로요."

"통학은 안 힘들어요?"

"버스 한 번이면 와요."

"그렇구나."

은지는 무슨 말을 하려다 말고 창가 테이블로 갔다. 6시. 마지막 햇빛이 창으로 쏟아져 들어오는 시간이었다. 그곳에 앉아서 그녀는 천천히 빵을 먹었다. 카운터에서 계산을 하고, 포장을 하면서도 이경은 그녀에게서 눈을 뗄 수 없었다. 그녀는 비스듬하게 앉아 바깥을 바라보고 있었다. 빵을 반쯤 먹고는 쟁반에 내려놓고 가만히 밖을 쳐다보다 다시 빵을 집어 천천히 먹었다. 다리를 창가 쪽으로 꼬고 이경에게서 등을 돌린 채여서 얼굴을 제대로 볼 수 없었지만, 그런 이유로 이경은 은지를 마음 놓고 바라볼 수 있었다.

"또 봐요."

쟁반을 카운터 위에 올려놓으면서 은지는 늘 그렇게 말했다. 또 봐요. 그녀가 밖으로 나가면 그녀를 볼 수 있었다는 행복감과 그만큼 더 커진 그리움에 마음이 얼얼했다. 가끔 은지가 오지 않는 날이면 시간은 더디게 갔고, 작은 일에도 쉽게 침울해졌다.

이경은 그날도 그런 날인 줄 알았다. 퇴근을 하려고 정리하고 있는데 은지가 빵집 안으로 들어섰다.

"저녁은 먹었어요?" 은지가 물었다.

이경은 고개를 저었다.

"그럼 같이 먹어요."

그렇게 말하고 은지는 밖으로 나갔다. 빵집 밖에서 자기 쪽을 보고 있는 은지의 모습이 이경은 낯설었다. 이경은 그녀에게서 한참을 떨어져서 걸었다. 오랜만에 걸어보는 사람처럼 자기 걸음걸이가 어색하게 느껴졌다.

"빵 많이 좋아하시나 봐요."

이경의 말에 그녀는 대답 없이 웃기만 했다.

"공짜 빵 받으면 드릴게요."

그녀는 잠시 웃다가 "그런 거 있으면 이경 씨 애인 줘요"라고 말했다.

은지와 이경은 샤브샤브집에 갔다. 맑은 육수에 깨끗한 야채와 고기를 익혀 먹으니 속이 든든하고 개운했다. 값싼 백반집의 자극적인 순두부나 제육볶음과는 전혀 다른 맛이었다.

"그때 그 연극 어떻게 봤어요?" 은지가 물었다.

"50년 뒤에는 여자끼리도 결혼할 수 있을까…… 너무 늦은 건 아닌가 싶기도 하고. 다른 곳도 아닌 한국에서 그런 일이 일어날까 싶고……"

"전 그게 좋았어요. 주인공 둘이 작은 추억들을 나누는 장면이. 너무 이상주의적인 이야기라고 비판할 수도 있겠지만, 그 시간을 같이 견뎠다는 게……"

그런 말을 하면서 비스듬히 테이블 구석을 바라보는 은지의 모습을 보면서 이경은 문득 아득해졌다.

누가 먼저 그러자고 말한 것도 아닌데 그들은 목적지도 없이 종로 거리를 걸었다. 시간이 있는지 없는지도 묻지 않았고, 지금이 몇 시인지도 묻지 않았다. 사람이 많은 구간을 지날 때는 팔이 부딪치기도 했다. 그렇게 무작정 길을 걷다 보니 세종로 칭경기념비각이 나왔다.

"손은 다 나았어요? 흉은 안 졌고?"

이경은 오른손을 그녀 앞으로 뻗었다.

"선생님 덕분에 다 나았죠."

"내가 왜 선생님이에요."

"그럼 뭐라고 불러요."

"이름 부르면 되잖아요."

그렇게 말하고 은지는 부드러운 표정으로 이경을 바라봤다. 웃지 않고 있을 때는 예민하고 날카로워 보이던 눈에 장난기가 어려 있었다. 이경은 망설이다 입을 열었다.

"은지, 씨."

"좋네요. 그렇게 부르니까."

"은지 씨."

은지는 가만히 서서 이경을 바라봤다. 더 이상 차갑지 않은 바람이 불었다. 바람에 은지의 짧은 머리칼이 이리저리 날리고 있었다. 당신도 알고 나도 알고 있어. 이경은 생각했다. 걷는 것 말고는 하는 일도 없지만 그저 같이 있어서 좋다는 것을, 어딜 가고 싶어서가 아니라 그저 헤어지기 싫어서 이러고 있다는 것을. 이경은 은지가 자신의 마음을 읽어 내리라는 걸 알았다. 이토록 서로에 대해 아무것도 모르면서 말하지 않고서도 순간의 감정을 이해할 수 있다는 사실도. 둘은 마주 서서 서로의 눈을 가만히 바라보고 있었다.

"자꾸 생각이 났어요."

이경이 말했다. 은지는 골똘한 표정으로 이경을 보고 있었다. 당신, 이라는 목적어 없는 문장이었지만 그녀는 그에 대해 묻지 않았다. 마치 이경의 마음을 다 알고 있다는 듯이, 아니, 아무것도 모른다는 듯이.

당신은 어떻게 이렇게 생겼을까. 이경은 생각했다. 얇은 피부, 가느다란 머리카락, 마른 입술을 달싹거리는 모습이 아름다웠다. 약간 안쪽으로 몰린 왼쪽 눈동자와 웃지 않아도 위로 올라간 입꼬리와 작은 턱. 이런 얼굴을 본 적이 없어. 그 얼굴이 차가울지, 따뜻할지 손을 뻗어 만져보고 싶었다.

그날 이후 이경은 얕은 잠을 겨우 이어 자면서 온갖 꿈들을 꿨다. 얼굴에 커다란 뾰루지가 났고 계단을 올라가다 이유 없이 몇 번 엎어졌다. 다른 사람의 말을 집중해서 들을 수가 없었다. 은지의 웃는 얼굴이, 이경의 얼굴을 똑바로 쳐다보고 또박또박 말하는 모습이 눈앞에서 떠나지 않았다. 아무리 물을 마셔도 입이 말랐고 밥맛이 없었다. 이러다 말겠지, 싶었지만 시간이 지날수록 모든 정신이 그녀를 다시 만나고 싶다는 요구에 집중되었다. 보고 싶어 몸이 아팠다. 혹시나 문자나 전화가 올까 싶어서 핸드폰을 손에 꼭 쥐고 잤다.

은지와 자주 만났던 것은 아니었다. 네 달 동안 둘은 고작 여섯 번을 만났다. 그런데도 그 여섯 번의 데이트는 13년이 지난 지금까지도 이경에게 분명한 인상으로 남아 있다.

은지는 별로 망설이지도 않고 자기 이야기를 털어놓았다. 자긴 딸만 넷인 집의 셋째 딸이라는 것, 부모로부터 진심 어린 사랑을 받아보지 못했다는 것, 그래서 자기도 자신을 어떻게 좋아해야 하는지 몰라 아직도 힘들다는 말을 은지는 점심으로 무얼 먹었는지 말하듯 대수롭지 않게 했다.

"이런 얘기 아무한테나 막 하고 다녀요?" 이경이 묻자 은지는 눈을 내리깔고 웃었다.

"나도 사람 봐가면서 말해요. 그리고 이경 씨는 아무나가 아니니까."

은지는 가족이 다 모인 자리에서 동생에게 아웃팅을 당해 아빠와 삼촌들에게 몰매 맞은 이야기도 아무렇지 않게 했다. 머리카락이 뭉텅이로 뽑히고 이마가 찢어져 꿰매야 했다는 이야기였다.

"단 한 명이 필요했어요. 단 한 명. 내 편을 들어줄 단 한 사람. 때리지 말라고 말해줄 사람. 그런데 모두 다 구경만 하는 거죠. 남자 어른들의 일이니까 끼어들 수 없단 듯이."

은지는 자기 머리칼을 장난스레 헝클어뜨렸다.

"괜찮아요. 이제 보지 않고 사니까. 지금이 중요한 거 아니에요? 보고 싶은 사람만 보고 살아도 짧은 인생인데."

은지는 그 말을 하고 이경을 빤히 쳐다봤다.

은지는 한참 동안 이경을 찾아오지 않았다. 같이 밥 먹을 사람이 없어서 빵집을 찾아오고, 심심하니까 함께 걸었을 뿐인데 나 혼자 애가 타고 입이 말랐구나, 당신은 내게 마음이 없지, 하고 이경이 생각하는 날이면 그녀는 다시 찾아왔다. 자기가 무슨 짓을 하고 있는지 조금도 알지 못한다는 태연한 얼굴로. 이경이 얼마나 엉망이 된 마음으로 그녀와 함께 밥을 먹고 길을 걷는지 그녀는 짐작도 못하는 것처럼 보였다. 시간이 흐르고 그녀에 대한 마음이 커질수록 이경의 속은 점점 더 어두워졌다. 창가에 앉아 천천히 빵을 먹는 은지를 보는 것조차 고통스러웠다.

수이는 은지의 존재를 이경에게 들어 알고 있었다.

"아꼬 친구 있잖아. 그 병원 간호산데, 혼자 밥 먹기가 싫은가 봐."

이경이 말하면 수이는 그저 고개를 끄덕였다. 이경은 수이에게 어떤 행동도 숨기지 않았다. 이경의 말 그대로 이경과 은지는 가끔씩 저녁을 같이 먹고 일상적인 대화를 하고 종로 일대를 걸었을 뿐이니까. 단지 이경의 마음만은 그런 행동이 수이를 배신하는 것임을 잘 알고 있었다. 아무것도 속이지 않았지만 사실 모든 것을 속인 것과 마찬가지라고. 이경은 은지를 만나지 않기로 마음먹었다.

이경은 학교에서 조금 떨어진 곳에 있는 피자집으로 아르바이트를 옮겼다. 수이에게는 빵집에 이상한 손님들이 많이 들어서 피곤하다는 거짓말을 한 후였다.

아르바이트를 관두기 전날, 이경은 은지와 같이 저녁을 먹고 인사동 골목길을 걸어 다녔다. 같은 골목을 몇 번 왕복하다가 이경이 말했다.

"저는 운이 좋은 편이었던 것 같아요. 아무 시행착오 없이 수이를 만났으니까."

"그래요."

"자기가 좋아하는 사람이 자기를 좋아해주는 경우는 별로 없잖아요. 그렇게 서로를 알아보고 사랑할 수 있다는 게 지금 생각해보면 정말 운이 좋았다고밖에는……"

"그래요. 좋아 보여요, 이경 씨." 은지가 말했다. 웃고 있었지만 약간의 화가 묻은 말투였다. 자기를 바라보며 웃는 은지의 아름다운 얼굴을 이경은 똑바로 쳐다볼 수 없었다.

"그럼 저는 먼저 가볼게요." 이경은 그렇게 말하고 뒤도 한 번 돌아보지 않은 채 큰길로 걸어갔다. 안국역까지 같이 가기로 했지만, 그곳에서는 아무렇지 않은 얼굴로 헤어질 수 없을 것 같았다. 이렇게 미리 사라지는 편이 낫다고 생각했다.

그날 밤, 이경은 잠들지 못하고 수이 곁에 누워 있었다.

"빵집에서 얼마나 일한 거지?"

"이번 학기 내내 했으니까 네 달 됐지."

"그 일이 확실히 고생이었나 봐. 너 그동안 살이 너무 많이 빠졌어."

"맞아."

이경은 그렇게 대답하고 베개에 얼굴을 묻었다. 울음이 치받쳐서 목울대가 뻐근해졌다.

"너 우니, 이경아."

"아니."

"그런 것 같은데."

자신을 걱정해주는 수이를 마음으로 배신했다는 사실과 이제 더 이상 은지를 볼 수 없다는 사실이 하나로 뒤섞여서 이경은 참았던 눈물을 터뜨렸다. 수이는 아무 말 없이 이경의 등을 쓰다듬었다.

"수이야."

"응."

"난 욕심꾸러기들이 싫었다."

"알아."

"막 욕심내고 그런 사람들 있잖아. 만족을 모르고."

"그래."

"수이 넌 나를 사랑하지."

"그럼."

"수이 네가 없는 곳에 행복은 없어."

그 말을 하기 전까지 이경은 수이가 없는 곳에 행복은 없다고 진심으로 믿었었다. 하지만 막상 그 생각을 말로 표현하고 나니 그 말이 껍데기만 번지르르한 거짓처럼 느껴졌다.

작은 소리로 코를 골며 자고 있는 수이 옆에서 이경은 잠들지 못하고 누워 있었다.

수이를 만나기 전, 세상이 얼마나 삭막하고 외로운 곳이었는지 이경은 기억했다. 자기를 좋아해주는 사람도 없었고, 무리를 이뤄 다니는 아이들과 좀체 어울릴 수 없었던 기억. 아무리 아이들을 따라 하려고, 비슷해지려고 노력해도 그렇게 되지 않았고, 자기 자신이라는 존재를 애써 바꿔보려 했지만 불가능했으며 그렇다고 바뀌지 않는 자신을 사랑할 수 있는 것도 아니었다.

수이와의 연애는 삶의 일부가 아니었다. 수이는 애인이었고, 가장 친한 친구였고, 가족이었고, 함께 있을 때 가장 편하게 숨 쉴 수 있는 사람이었다. 수이와 헤어진다면 그 상황을 가장 완전하게 위로해줄 수 있는 유일한 사람은 수이일 것이었다. 그 가정은 모순적이지만 가장 진실에 가까웠다. 그런 수이에 비하면 은지는 얼마나 가볍게 잊을 수 있는 사람인가. 그녀의 아름다운 얼굴과 부드러운 말투는 얼마나 쉽게 지울 수 있는 허상에 가까운가.

혹시나 연락이 올까 싶어 겁이 났지만 은지에게서는 아무런 연락도 없었다. 마음을 독하게 먹었으면서도 은지를 마음에서 몰아내는 일은 어려웠다. 한순간만이라도 얼굴을 볼 수 있으면 좋겠다는 생각에 병원 쪽으로 향하는 발걸음을 멈추는 일도, 은지에게 문자를 보내고 전화를 하고 싶은 마음을 참는 것도 힘들었다.

그리고 은지는 이경을 찾아왔다.

은지는 이경의 집으로 가는 길목, 대한극장 앞 벤치에 앉아 있었다. 은지는 이경을 발견하고 자리에서 일어나 이경 쪽으로 걸어왔다. 이경은 골목길로 발걸음을 돌렸다. 백 미터 달리기를 했을 때처럼 심장이 빠르게 뛰면서 귀에서 쿵쿵대는 소리가 울렸다. 이경은 상가 건물로 숨어들어가서 2층 계단에 앉았다.

'이경 씨는 나를 봤어요. 난 이경 씨가 인사도 하기 싫을 정도의 사

람이 된 거죠.'

은지의 문자였다. 이경은 그 문자가 은지의 일부라도 되는 것처럼 핸드폰 액정을 가만가만 만져봤다. 한 달 만에 은지의 얼굴을 볼 수 있었다. 그 한 달이 얼마나 길고 괴로운 시간이었는지를 이경은 은지의 얼굴을 마주친 순간 이해했다.

'놀랐다면 미안해요. 이러려고 온 건 아니었어요.'

얼마 지나지 않아 은지는 다시 문자를 보내왔다.

'보고 싶었어요.'

이경은 아직도 이 문자를 받았을 때 느꼈던 캄캄한 기쁨을 기억하고 있다. 당신은 나보다 더 못 견딜 정도였는지도 모른다고, 나 혼자만의 고통은 아니었다고. 그렇게 이경은 은지의 고통을 감각하고 행복해할 수 있었고, 그것만으로도 충분할지 모른다고 생각했다. 이경은 그 자리에서 은지의 문자를 다 삭제해버린 뒤 어떤 답도 보내지 않았다. 이미 은지의 번호는 지워버린 상황이었지만, 머릿속에서까지 지울 수는 없었다.

얼마나 그곳에서 그렇게 있었을까. 상가에서 나와 집에 가는 길에 이경은 건물 유리창에 비친 자신의 모습을 봤다. 해골처럼 마른 얼굴에 막대기 같은 다리, 쪼글쪼글한 무릎. 마음 같아서는 은지에게 전화를 걸고 싶었다. 한 번만이라도 은지를 안아보고 싶었다. 그렇게 한 번만이라도 은지를 몸으로 감각한다면 여한이 없으리라는 생각이 발작처럼 들었고, 그 생각에 잠식당할 것 같은 두려움에 수이에게 전화를 했다. 수이가 아무것도 눈치채지 못하리라고 믿으면서.

그다음 날부터 이경은 고열에 시달렸다. 침을 삼키기 어려울 정도로 목이 부었고 가만히 누워 있으면 바닥이 한쪽으로 기울어져서 몸이 아래로 굴러떨어질 것 같았다. 겨우 잠이 들면 괴이한 이미지들이 눈앞에 떨어지는 꿈을 꿨다. 병원에 가서 주사를 맞고 약을 타왔지만 증세는 나아지지 않았고, 밤이 되면 누군가가 머리를 발로 걷어차는 것 같은 두통이 찾아왔다. 죽조차 제대로 먹을 수 없는 지경이 되어서야 이경은 수이의 부축을 받아서 병원에 입원했다. 눈을 뜨자 자기를 보고 있는 수이의 얼굴이 보였다가, 다시 눈을 뜨니 밤이었다. 보조침대에 누워 자는 수이의 모습을 이경은 가만히 바라봤다.

"정신 좀 들어?" 이경의 기척에 잠에서 깬 수이가 물었다.

"이리 와." 이경의 말에 수이는 병상 위로 올라가 그 옆에 누웠다.

"볼살이 다 빠졌네." 수이는 손가락으로 이경의 얼굴을 조심스레 쓰다듬었다.

"더 못생겨졌지."

"그러네."

수이는 그렇게 말하면서 이경의 코를 검지로 꾹 눌렀다. 둘은 서로를 바라보고 있었다. 서로의 눈을 통해 신기한 세상을 바라볼 수 있다는 듯이, 골똘히 서로의 얼굴을 마주봤다.

"말 안 해도 돼. 너 목 다 부었잖아."

수이의 말에 이경은 고개를 끄덕였다.

"너 꼬박 열두 시간 잤어. 수액을 그렇게 맞아도 화장실 한 번을 안 가고. 탈수가 있었나 봐. 영양 상태도 좋지 않다고 의사가 혼냈어. 너랑 같이 사는 언니라고 했거든. 내가 네 동생처럼 보이진 않잖아?"

이경은 웃으며 고개를 끄덕였다. 얼마나 시간이 지났을까. 수이가 입을 열었다.

"날 용서해줄래."

수이는 그렇게 말하고 입술을 깨물었다.

"내가 널 힘들게 했다면. 그게 뭐였든 너에게 상처를 주고 널 괴롭게 했다면."

이경은 고개를 저었다. 그때 이경은 수이의 오해에 마음이 아팠다. 네가 아닌 다른 사람에 대한 갈망 때문에 이렇게 되어버린 것인데. 용서를 구해야 하는 쪽은 네가 아니라 나라고.

시간이 지나고 나서야 이경은 수이의 그 말이 단순한 오해에서 비롯한 것만은 아니었으리라고 짐작했다. 수이는 이미 그때 이 연애의 끝을 보고 있었는지도 모른다. 무너지기 직전의 연애, 겉으로는 누구의 것보다도 견고해 보이던 그 작은 성이 이제 곧 산산조각 날 것이라는 예감을 했는지도 모른다. 그랬기에 최선을 다해서 마지막을 준비했는지도 모른다.

말도 안 되는 용서를 비는 수이를 보며 이경은 어떤 말을 해야 할지 알지 못했다. 너에겐 아무 잘못이 없어, 넌 나에게 상처를 주는 사람이 아니야,라는 말조차 수이에게 상처를 입힐 것 같아서였다. 이경은 아무 말도 하지 않은 채로 수이의 동그랗고 부드러운 뒤통수를 어루만졌다. 아무리 애를 써도 웃음이 나오지 않았고, 그건 수이도 마찬가지였다.

4

눈을 뜨니 보조침대에 앉아 있는 은지의 얼굴이 보였다. 은지는 가방을 무릎 위에 올려놓고 어색하게 굳은 채로 앉아 있었다. 이경은 자리에서 일어나 앉아 은지를 바라봤다.

"어떻게 왔어요?"

"전화했어요. 수이 씨가 받더군요. 병원이라고."

"수이한테 뭐라고 했어요?"

"이경 씨 친구라고 했죠. 수이 씨도 절 알더군요. 얘기 들었다고."

"……"

"이렇게 아프다니 놀라서……" 은지의 목소리가 떨렸다.

"……놀랄 것 없어요. 찾아올 일도 아니었고."

"이경 씨."

은지의 모습이 또렷이 보이지 않았지만 이경은 안경을 끼지 않았다. 안경을 끼고 은지를 본다면, 그 아름다운 얼굴을 다시 본다면 자기가 무슨 말을 하고 어떤 행동을 할지 장담할 수가 없어서였다.

이경은 은지에게 쉰 목소리로 천천히 말했다. 수이에 대해, 수이가 자신에게 준 새로운 삶이라는 선물에 대해, 수이와 자신이 만든 세계가 얼마나 견고하고 완전한지에 대해, 그곳에는 누구도 개입할 수 없다는 사실에 대해.

그렇게 말하면서 이경은 그 말이 진실하지 않다는 것을 알았다. 은지를 설득시키기 위해 한 말이었지만, 그 말은 오히려 숨겨둔 자신의 마음을 수면 위로 떠오르게 했다.

은지는 이경이 이야기를 끝내자 다시 연락하겠다는 말을 남기고 병실을 나섰다. 바람이 심하게 불던 날이었다. 그때 이경은 스물한 살이었고, 자신이 절대 할 수 없다고 생각했던 선택을 목전에 두고 있었다. 이제 손을 뻗으면 모든 것은 무너지고 망가질 수밖에 없을 것이었다. 스물하나의 이경이 수이에게 줄 것은 그것밖에 없었다.

그 일은 지금도 이경에게 악몽으로 반복된다.

꿈에서 이경은 그때의 자신의 모습을 창이 달린 엘리베이터 안에서 바라본다. 말하지 말라고, 이제 그만 말하라고 아무리 소리쳐도 그 소리는 스물하나의 이경에게 닿지 않고, 엘리베이터는 갑자기 높은 층으로 올라갔다가 아래로 떨어지기를 반복한다. 그곳에서 빠져나갈 수 있는 방법은 없다. 그리고 그 모든 층에는 그때의 이경과 수이가 있다. 그들은 아직도 함께 있다. 이경의 꿈속에서, 오로지 그 고통스러운 순간의 모습으로만.

이경은 수이의 일터 맞은편 골목길에 쭈그리고 앉아서 수이를 기다렸다. 창이 얇은 슬리퍼를 신은 발에 아스팔트의 열기가 그대로 전해졌다. 골목길에서는 시큼한 음식물 쓰레기 냄새가 코를 찔렀다. 이경은 쓰레기봉투에서 흘러나온 오렌지빛 액체를 바라봤다. 이 여름이 너무 길었다.

수이는 이경을 발견하고 손을 흔들었다. 이경도 수이에게 손을 흔들었다. 수이는 머리를 왼쪽, 오른쪽으로 조금씩 기울이며 뛰어왔다. 축구할 때의 습관이었는데, 마치 발 앞에 공이 있는 것처럼 달리는 자세였다. 수이는 기분이 좋을 때만 그렇게 달렸다.

둘은 자주 가곤 했던 술집으로 갔다. 감자전, 소주 한 병, 콜라 한 병을 주문하고 둘은 마주보고 앉아 있었다. 감자전이 나오기 전에 수이는 5백 시시 잔에 담긴 얼음물을 다 마셨다. 술집으로 걸어오는 동안 수이는 평소와는 달리 많은 말을 했다. 잠시라도 말의 공백이 있으면 큰일이라도 날 것처럼 다급하고도 절박하게.

"할 말이 있어."

자리에 앉아 이경은 수이에게 말하기 시작했다. 이경의 말을 듣는 수이의 얼굴은 그저 차분해 보였다. 수이는 팔짱을 끼고 가만히 이경의 이야기를 들었다.

이경은 수이가 최소한으로 상처받기를 바랐다. 그래서 수이에게 은지에 대해 말하지 않기로 했고, 그것이 수이를 위한 일이라고 철저히 믿었다. 수이를 속이기로 마음먹은 순간 이경은 자기 자신조차 완벽하게 속일 수 있었다. 이경은 자신의 기만이 선의의 거짓말이라고 믿고 싶었고, 실제로 그렇게 믿었다. 그 거짓말이 비겁함이 아니라 세심하고 사려 깊은 배려에서 나온 것이라고 생각했다.

배려라니. 지금의 이경은 생각한다. 배려라니. 그 거짓말은 수이를 위한 것도, 자신을 위한 것도 아니었다. 단지 끝까지 좋은 사람으로 남고 싶은 욕심이고 위선일 뿐이었다는 것을 그때의 이경은 몰랐다. 수이는 그런 식의 싸구려 거짓을 받아서는 안 될 사람이라는 사실도.

이경은 그때 수이에게 무슨 말을 했는지 기억한다.

우린 서로 너무 다른 사람들이 되었어. 너도 느끼고 있었겠지. 서울에 올라온 이후로 모든 게 다 변해버렸잖아. 넌 네 얘기를 나에게 하지 않잖아. 네가 날 좋아하는지도 모르겠어. 내가 너에게 가장 좋은 사람인지도 모르겠다. 널 위해서 따로 뭘 해줄 수 있는 것도 아니고. 넌 나보다 더 좋은 사람을 만나야 해. 네 잘못은 없어. 다 나 때문이야.

그 위선적인 말들을 이경은 기억한다. 아무 대답 없이 고개를 숙이고 있는 수이에게 이경은 괜찮으냐고 물어보기까지 했었다. 수이는 가만히 고개를 끄덕였다.

“살다 보면 이런 일도 있는 거니까…… 다들 이렇게 사는 거니까…… 그러니까 너도 너무 걱정하지 마.”

분노도, 슬픔도, 그 어떤 감정도 읽을 수 없는 무미건조한 말투로 수이는 말했다. 무엇이 수이를 체념에 익숙한 사람으로 만들었을까. 이경은 시간이 지나고 나서 생각했다. 걱정하지 말라니, 그것이 버림받는 사람이 할 수 있는 말일까.

"너 때문이 아니야. 넌……"

"이렇게 좋은 일은 없다고 생각했어. 나에게 이런 좋은 일이 생길 리 없다고…… 널 영원히 만날 수 있다고는 기대하지 않았어. 그럴 주제가 아니니까…… 이제 네가 아플까 봐 다칠까 봐 죽을까 봐 더는 걱정하지 않아도 되겠지. 그런데도…… 아니야. 다 지나가겠지. 그럴 거야."

수이의 목소리는 점점 작아지다가 나중에는 겨우 알아들을 수 있는 정도로 줄어들었다. 자기 앞에 이경이 있다는 사실을 잊은 것처럼, 혼잣말하듯 말했다. 처음에 이경을 향하던 시선은 테이블 모서리에 가 있었다. 이경은 테이블 위에 올라온 수이의 손을 잡았다. 수이는 포개진 두 손을 정물을 응시하듯이 가만히 바라보기만 했다.

"마음먹었으면 돌아보지 말고, 가." 수이는 작은 목소리로 중얼거렸다. "가. 가줘."

다음 날 이경은 수이에게 받은 물건들을 정리해서 수이의 집으로 가져갔다. 수이를 기다리면서, 수이 집에 있는 자기 물건도 정리했다.

수이는 자정이 넘어서야 들어왔다. '대성 카센타'라는 로고가 박힌 초록색 폴로셔츠를 입고 있었다. 현관 앞에 서 있는 이경을 수이는 잠시 쳐다봤다. 자신을 보는 눈빛에 미움이 조금이라도 묻어 있기를 바랐지만 수이는 이경을 보고 엷게 웃었다. 그러고는 화장실에 들어가서 천천히 샤워를 하고 나왔다.

"밥은?"

"먹고 왔어. 너는?"

"나도 먹었어."

"짐은 다 쌌어?"

그때 자신을 바라보던 수이의 얼굴이 어땠는지 이경은 정확히 기억하지 못한다. 단지 얼굴이 많이 상해 보였다는 것, 자신을 보고 싶지 않지만, 그런 마음을 읽힐까 봐 애써 자신을 바라보던 눈은 기억난다. 혹시나 이경이 마음을 바꾸진 않을지 기대하는, 어떻게 그들이 이렇게 끝날 수 있는지 아직 실감할 수 없다는 눈빛이었다. 수이는 창가 아래에 앉았다. 이경은 박스를 하나 내밀었다. 대부분은 서울에 올라온 후에 수이가 이경에게 쓴 편지와 엽서였고, 수이가 빌려준 시디와 책 들도 들어 있었다. 수이는 그 박스를 물끄러미 바라봤다.

"이걸 왜 날 줘. 갖든 버리든 네가 알아서 해."

"그래도……"

박스는 수이와 이경 사이에 놓였다. 둘은 멀찍이 떨어져 앉아서 그 박스를 바라보고만 있었다. 새벽 2시가 다 된 시간이었다.

"열여덟에 널 만났어. 열여덟 7월에."

침묵을 깨고 수이는 박스를 바라보며 말했다.

"행복했었어. 그때만 말하는 게 아니라 너랑 같이 지냈던 시간 전부 말이야."

자꾸 목이 잠겨서 수이는 헛기침을 했다.

"이경이 너도 날 불쌍하게 생각했는지 모르겠다. 그래, 다른 사람들 기준으로 보면 나, 안된 사람인지도 모르지. 형편없는 부모에, 부상당해서 운동도 관둬야 했고, 대학은 엄두도 못 내고. 그냥 밖에서 보면 말이야. 이런 인생 살고 싶다는 생각은 안 들겠지."

수이는 이경을 보며 작게 웃었다.

"근데 아니었어. 나 너랑 만나면서 세상 누구도 부럽지 않았다. 부상 때문에 운동 관둔 것도 괜찮았어. 그만큼 운동 좋아했던 것도 아니었으니까. 아니, 싫었지. 지긋지긋했어. 근데 할 수 있는 게 그거밖에 없으니까 했던 거야. 그거라도 잡고 살아야 했으니까 그랬던 거야. 대학 못 가도, 운동 계속 못 해도 아무렇지 않았어. 이경이 네가 날 좋아하는데, 내가 널 사랑하는데, 보고 싶을 때 언제고 널 볼 수 있는데 내가 뭘 더 바라. 참 힘들게 사는구나, 누가 그렇게 말하면 속으로 비웃었지. 나 사실 힘들지 않은데, 바보들, 그러면서."

거기까지 말하고 수이는 한동안 아무 말도 하지 않았다. 옆집에서 남자와 여자가 싸우는 소리가 들려왔고, 누군가가 현관문을 세게 닫는 소리도 들려왔다.

"이경아."

"응."

"우리 처음 만났던 날 기억해?"

"그럼."

"내가 찬 공에 맞았잖아."

"그래. 안경 부러지고 코피 나고."

"주저앉아 울었었지. 눈물이랑 코피랑 섞여서 턱밑으로 떨어지고."

"그게 내 첫인상이었겠네."

수이는 고개를 끄덕이고 이경을 가만히 바라봤다. 자기가 찬 공에 맞아서 코피를 흘리던 열여덟 이경을 보던 표정으로, 자기가 다친 것처럼 놀라고 아픈 사람의 얼굴로. 그렇게 이경을 보던 수이의 눈에 눈물이 고였다.

"수이야."

"이제 네가 날 부르는 소리도 들을 수 없겠지."

그 말을 하고 수이는 오래 울었다. 어떻게든 울지 않으려고, 말을 이어가려고 노력했지만 잘 되지 않았다. 수이는 시위하듯 우는 것이 아니었다. 이경을 공격하기 위해서, 이경에게 죄책감을 주기 위해서 감정을 과장하는 것이 아니었다. 수이는 단 한 번도 자기 상처를 과시한 적이 없었다. 자기 상처로 누군가를 조종하는 일이 가장 역겹다고 믿는 사람처럼 그런 가능성 자체를 차단했다. 누구도 원망하지 않으려 했고, 그게 무엇이든 모든 것을 삼켜내려 했다. 그런 수이가 소리 내지 않으려고 애쓰며 울고 있었다.

이경은 벽에 등을 대고 앉았다. 수이의 울음이 자신의 마음을 아주 조금도 돌려놓을 수 없다는 사실에 놀란 채. 수이 또한 이경의 그런 마음을 알았을 것이다. 이경은 울 자격이 없었다.

"잘 자."

수이는 그렇게 말하고 불을 껐다. 동이 트기까지 이경은 한숨도 자지 못한 채 뒤척였다. 수이가 화장실에 들어가는 소리, 샤워를 하고 나와 드라이어로 머리를 말리는 소리, 현관문을 닫고 나가는 소리를 들었다. 수이가 돌아볼까 봐 이경은 수이의 뒷모습을 바라볼 수조차 없었다.

수이가 방을 나서고서야 이경은 참은 눈물을 흘렸다. "잘 자", 그렇게 말하면서 불을 끄던 수이, 그것이 이경이 마지막으로 본 수이의 모습이었다. 냉장고 안에는 언제 사다 놓았는지 모를 딸기우유 팩들이 나란히 줄 서 있었다.

5

은지와의 연애는 1년도 가지 않아 끝났다. 은지는 누비를 잊을 수 없다고 말했다. 자신의 첫사랑, 5년을 만났던 사람에 대한 마음을 끊어낼 수 없다고 고백했다. 이경 또한 은지의 마음을 느끼고 있었다. 온전히 자신을 향하지 않는 마음은 은지가 아무리 숨기려 해도 드러나게 마련이었고, 이경을 얼게 했다.

종국에는 특별한 뜻이 없는 은지의 모든 말과 행동이 비수가 되어 이경에게 날아왔다. 은지가 뒤돌아 누워 있는 것조차 이경을 슬프게 했다. 은지는 손끝 하나 움직이지 않고도, 말 한마디 하지 않고도 이경을 상처 입힐 수 있었다.

이경은 수이처럼 담담하게 상황을 받아들이지 못했다. 울면서 매달리고, 이렇게 쉽게 끝을 정하지 말라고, 한 번만 더 생각해보라고 빌었다. 이경은 자기가 이렇게 비굴해질 수 있는 사람이라는 것을 알고 놀랐지만, 매일매일 이렇게 살더라도 은지와 함께하고 싶었다. 내가 이런 인간이었나 자문했지만 과거의 자신이 어떤 사람이었는지조차 제대로 기억할 수 없었다.

은지를 알게 된 이후 한순간도 죄책감이나 불안함 없이 행복하지 못했다는 사실을 이경은 인정했다. 은지의 말처럼 이경과 은지는 너무 비슷한 사람들이었고, 그 이유 때문에 빠르게 서로에게 빠져들었지만 제대로 헤엄치지 못했으며 끝까지 허우적댔다. 누구든 먼저 그 심연에서 빠져나와야 했을 것이다. 하지만 그 또한 순간이었다. 은지와 함께했던 기억은 하루하루 떨어지는 시간의 무게를 버티지 못하고 부서져 흘러가버렸고, 더는 이경을 괴롭힐 수 없었다. 그렇게 시간은 갔다.

은지에게서 연락이 온 건 서른넷의 늦은 봄이다.

둘은 이경의 직장 근처 카페에서 만나 겨우겨우 말을 이어갔다. 지난 13년간의 일을 고작 한 시간 동안 요약해서 정리할 수는 없었고, 그럴 필요도 느끼지 못했다. "자기가 날 만나줄 줄은 몰랐어요." 그렇게 고백하는 은지에게서 이경은 이상한 안도감을 느꼈다. 은지는 더 이상 자신을 아프게 한 사람으로만 남아 있지 않았다.

"나는 변덕스러운 사람이었어요."

"알아요, 그 마음. 나도 그랬으니까." 이경이 답했다.

그 말을 하고 둘은 한참이나 말을 잇지 못했다.

"이수이 씨는 어떻게 지내나요."

"13년 전이 마지막이었어요."

"연락이 없었나요?"

그렇다고 말하려는데 입을 열 수가 없어서 이경은 그저 고개를 끄덕였다. 수이가 살아 있는지 죽었는지조차 모르게 됐어요. 이경은 속으로 말했다. 둘은 커피 한 잔을 다 마시고 자리에서 일어났다. 은지와의 만남은 이경을 지난 시간으로 끌고 들어갔다. 수이는 다시 만날 수 없는 사람이었다. 한 번쯤은 마주칠 수 있지 않을까 생각했지만, 차라리 그런 우연이 없기를 바랐다.

수이는 시간과 무관한 곳에, 이경의 마음 가장 낮은 지대에 꼿꼿이 서서 이경을 향한 시선을 거두지 않았다. 수이야, 불러도 듣지 못한 채로, 이경이 부순 세계의 파편 위에 우두커니 서 있었다. 그곳까지 이경은 손을 뻗을 수 없었다. 은지를 만나지 않았다면 수이와 헤어지지 않았을까. 그 가정에 대해 이경은 자신이 없었다.

은지와 만나고 몇 달이 지나 이경은 고향집에 들렀다. 땀에 젖은 등에 티셔츠가 달라붙는 더운 날이었다. 엄마가 새로 산 스쿠터를 타고, 이경은 동네를 몇 바퀴 돌았다. 이경이 안경을 수리한 안경점도, 수이와 처음 점심을 먹었던 분식집도, 심지어 수이의 집도 이미 사라진 지 오래였다. 수이의 집이 있던 자리에는 짓다 만 콘크리트 건물이 붉은 철근을 드러낸 채 방치되어 있었다. 이경은 그것들을 지나 다리로 갔다.

이경은 다리 가운데에 스쿠터를 세워두고 다리난간에 기대 하류로 흘러가는 강물을 바라봤다. 그곳에서, 시간으로부터 놓여난 것처럼 하염없이 강물을 바라보던 시절이 생각났다. 왜 우리는 그렇게 오래 강물을 바라보고 있어야 했을까, 서로 가까이 서지도 못한 채로.

그곳에는 “김이경”, 그렇게 자신을 부르고 어색하게 서 있던 수이가, 강물을 바라보며 감탄한 듯, 두려운 듯 “이상해”라고 말하던 수이가, 그런 수이를 골똘히 바라보던 어린 자신이 있었다. 이경은 입을 벌려 작은 목소리로 수이의 이름을 불러보았다.

강물은 소리 없이 천천히 흘러갔다.

날갯죽지가 길쭉한 회색 새 한 마리가 강물에 바짝 붙어 날아가고 있었다. 이경은 그 새의 이름을 알았다.

인 터 뷰

최 은 영 X 강 동 호

강동호 안녕하세요, 반갑습니다. 2016년 6월 「씬짜오, 씬짜오」가 〈이달의 소설〉로 선정된 후 두번째로 인사드리게 되었네요. 2016년은 문단이든 정치권이든 우리 사회에 누적된 부조리와 폭력성의 민낯이 드러난 한 해라, 개인적으로는 글을 쓰는 것 자체가 굉장히 힘들었는데요. 작가님은 어떻게 지내셨는지, 그 근황이 궁금합니다.

최은영 안녕하세요. 이렇게 다시 인사할 수 있게 되어서 반갑고 기쁩니다. 저는 지난 7월에 책을 내고 개인적으로는 행복한 여름을 보냈습니다. 가을과 겨울로 넘어오면서 여러 상황들 때문에 상처도 받고 분노하기도 했고요. 그간 가려진 것들이 폭로되고, 수면 위로 떠오른 시기인 것 같습니다. 자신보다 약한 존재를 짓누르고, 침묵을 강요하고, 진실을 가리기에 급급한 사람들의 모습. 아주 작은 권력이라도 제 손에 들어오면 폭력적으로 휘두르는 사람들의 모습. 그런 모습을 보고 환멸을 느끼지 않았다면 거짓말이겠지만, 이 분노와 상처의 한복판에서 일말의 희망을 보고 있습니다. 여기서 멈추면 안 되겠지요. 저 자신부터 정신을 차리고 좀더 예민하고 섬세하게 살아가야 한다는 생각을 했습니다. 사람은 아주 작은 특권이라도 손에 쥐면 그것을 놓지 않으려는 경향이 있는 것 같습니다. 공적인 영역에서 뿐만 아니라 사적인 영역에서도요. 공적인 영역에 대해서는 진보를 자처하면서도 정작 사적으로는 다른 사람을 이용하고 해를 끼치는 사람들도 있고요. 저 또한 그런 사람 중의 하나가 되지 않도록 노력해야 할 것 같아요.

강동호 「그 여름」은 이경과 수이라는 두 여성 인물들 사이의 사랑을 섬세하고도 아름답게 보여주고 있습니다. 「그 여름」처럼 최근 들어 한국 소설에서 퀴어적인 소재가 자주 등장하는 것이 흥미로운 현상 같습니다. 퀴어적인 것을 소재적으로 특별하게 과장할 필요는 없다고 생각하지만, 이는 분명 과거와는 다른 현상이라고 할 수 있을 것 같아요. 요즘 들어 '젠더적인 것'에서부터 '소설적인 것'을 이끌어내려는 사례들이 점차 많아지는 이유는 뭘까요? 이건 최은영 작가의 이번 작품의 문제의식에 대한 질문이기도 합니다.

최은영 존재하지만 가려진 것, 중요하지만 중요하게 취급되지 않은 것들에 대해 이야기하는 것이 문학이라고 저는 생각해왔습니다. 책을 내고 왜 여성의 이야기만 쓰냐는 질문을 많이 받았는데요. 텔레비전만 틀어봐도 모두 남자들의 이야기잖아요. 남자들의 경험, 남자들이 이해한 세계, 남자들이 바라보는 여자. 영화나 이야기도 마찬가지라고 생각하고요. 왜 여자의 이야기를 쓰냐고 묻는다면 저는 왜 세상이 온통 남자들의 이야기로 가득한지 역으로 묻고 싶어요. 퀴어 서사도 마찬가지라고 생각하는데요. 이성애자 커플의 이야기를 쓰면 왜 이성애 커플 이야기를 쓰는 거예요?라고 묻는 사람은 없잖아요. 그저 세상에 존재하는 사람들의 이야기를 쓰는 것이라고 말씀드리고 싶습니다.

강동호 「그 여름」은 '이경'이라는 인물이 겪는 내면적 갈등에 초점이 맞춰진 상태에서 이야기가 진행됩니다. 그래서 한편으로는 '수이'라는 인물이 가지고 있었을 자의식과 콤플렉스, 그리고 이경에 대한 마음이 이경의 관점에서만 그려지고 있어서 조금 아쉽기도 했습니다. 물론 작가의 의도라고 생각됩니다만, 그럴수록 더 궁금해지더라고요, 수이라는 인물에 대해서요.

최은영 처음 소설을 쓸 때 '수이'는 중요한 인물이 아니었습니다. '이경'과 '은지'의 연애에 대해 쓰던 중에 잠시 등장한 인물이었어요. 그런 수이의 모습이 저에게 생생하게 다가와서 초고를 이경과 수이 중심으로 다시 쓰기 시작했습니다. 이 소설에서 제가 가장 큰 애정을 둔 인물도 이경이 아니라 수이입니다.

이경은 사랑에 빠져 있는 자기 자신의 모습, 자기 자신의 상황에 집중하는 인물인 것 같아요. 수이를 사랑하지만 제대로 이해하지 못하고, 이해하려 크게 노력하는 것도 아니고요. 이경은 수이와의 관계가 끝나고 나서야 '수이는 어떤 사람이었을까'를 진지하게 생각하기 시작합니다. 이경은 수이에 대해 자신이 아는 것이 별로 없다는 것을 깨닫게 되는데요. 수이에 대한 정보를 최대한 감추고, 이경을 초점 화자로 둠으로써 읽는 분들이 수이의 마음이 어떠했을까, 어떤 상황이었을까를 이경의 입장에서 상상할 수 있는 여지를 두고 싶었습니다. 수이를 이러이러한 사람이다,라고 단정 지어 보여주고 싶지는 않았어요.

강동호 최은영 작가도 잘 아시겠지만, 한국에서는 몇몇 퀴어 영화에서 그려지고 있는 인물들 사이의 관계를 규정하고 해석하는 과정에서 적지 않은 논란이 있었습니다. 몇몇 남성 비평가들이 영화에서 그려지는 사랑을 굳이 특별한 것으로 치장하지 말자고 주장했었지요. '보편적 사랑'의 문법으로 충분히 받아들일 수 있다는 것인데요. 물론 그러한 주장의 의도가 이해되지 않는 것은 아니지만, 보편적 사랑을 강조하는 과정에서 퀴어성이 괄호 쳐지고, 결과적으로 이야기의 젠더적 정치성이 소극적으로 평가될 여지가 있다는 것을 간과할 수는 없을 것 같습니다. 퀴어라는 소설적 소재의 특수성을 어떻게 생각해야 할까요?

최은영 다수(이성애자/남성/비장애인……)에 의해 규정된 보편이라는 것이 소수자에게는 폭력이 될 수 있다고 생각합니다. 소수자의 존재와 그들의 구체적인 경험을 지울 수 있기 때문입니다. 비슷한 맥락으로 예를 들어볼까요. '페미니즘을 넘어 휴머니즘으로'와 같은 말, '여성의 권리만이 아니라 인간 보편의 권리를 지향한다' 같은 말을 들을 때 여성으로서의 저는 화가 나고 소외감을 느끼게 되는데요. 굳이 소수자의 자리를 지우면서 보편을 말해야 하는가,라는 의문이 있습니다. 중요한 것은 구체적인 경험이라고 생각합니다. 내가 남자라면 겪지 않아도 될 일을 여성이어서 겪는 것, 내가 이성애자라면 겪지 않아도 될 경험을 레즈비언, 게이, 바이섹슈얼이어서 겪게 되는 것. 그런 지점을 보편이라는 이름으로 지워버리는 것은 위험하다고 생각합니다.

물론 이러한 발화의 맥락도 중요하다고 생각해요. 레즈비언 여성이 자신의 연애를 '이건 그저 사랑이에요'라고 이야기하는 것과, 이성애자 남성이 레즈비언 여성의 연애를 보고 '그건 동성애라기보다는 보편적인 사랑이다'라고 '규정'하는 것은 전혀 다른 맥락의 이야기라고 생각합니다.

강동호 한편으로는 한국에서 씌어지고 있는 퀴어 서사가 다소 전형적인 연애담에 머물러 있는 것은 아닌가 하는 의구심이 들 때도 있습니다. 상당 부분 소설이 성장담의 형식으로 그려지고 있고, 연애 서사의 경우 계급 차, 종교관 등 두 인물 사이의 내적 차이로 인해 결별하는 경우가 많더라고요. 「그 여름」이 많은 독자들의 공감을 얻을 수 있는 요소가 많다고 생각하지만 역설적이게도 그것은 「그 여름」 역시 다소 안전한 이야기, 모든 사람들이 크게 불편함을 느끼지 않을, 어떤 보편적 연애 서사에 의존하고 있다는 뜻은 아닐까요?

최은영 한국 퀴어 서사에 나타난 계급의 문제, 종교의 문제 같은 내적인 차이에 대해 말씀하셨는데요. 그러한 내적 차이 또한 정체성 문제와 떨어뜨려 생각할 수 없다고 생각합니다. 기독교를 믿는 이성애자와 무신론자인

이성애자 커플의 내적 차이와, 기독교를 믿는 동성애자와 무신론자인 동성애자 커플의 내적 차이를 '종교관 차이'라는 하나의 카테고리로 묶을 수 없을 것입니다. 그렇기에 그런 설정이 연애 서사에서 볼 수 있는 '전형적인' 측면이라고는 생각하지 않습니다. 한국 소설에서 퀴어 서사가 차지하는 유독 작은 비중을 생각한다면 더 그렇게 볼 수 있을 것 같습니다.

「그 여름」은 레즈비언 커플의 사랑 이야기입니다. 수이는 어린 시절부터 자신의 성정체성을 발견한 인물이고, 이경은 수이와의 연애를 통해 자신의 성정체성을 인정하게 되는데요. 두 인물이 자신의 성정체성을 받아들이는 자세나 관계를 시작하는 태도가 다르기 때문에 갈등이 발생합니다. 이런 부분을 '보편적이다'라고 이야기할 수는 없을 것 같아요. 누구나 불편함을 느끼지 않을 안전한 서사라고도 볼 수 있겠지만, 호모포비아를 내면화한 사람들이 읽는다면 불편함을 느낄 수 있는 이야기라고도 생각합니다. 살면서 수많은 호모포비아들을 만났고, 자기 자신이 동성애자이지만 호모포비아를 갖고 있는 것이 고통스럽다는 이야기도 들어보았습니다. 호모포비아가 만연한 사회에서 레즈비언 연애 서사가 모두에게 편안하게 읽힐 수 있다고는 생각하지 않습니다.

강동호 마지막으로 대상화와 당사자성에 대해 질문하고 싶습니다. 소설은 타인의 삶을 재현한다는 점에서 불가피하게 타인의 삶을 대상화하지 않을 수 없습니다. 이건 소설이 근본적으로 안고 있는 윤리적/정치적 숙명이긴 하지만, 이 문제가 퀴어라는 소재로 연결될 때 당사자성과 관련된 딜레마가 더욱 두드러질 수밖에 없을 것 같습니다. 한 걸음 더 나아가자면 당사자성은 앞에서도 언급한 전형성의 문제와도 연결됩니다. 당사자가 아닐 때, 우리는 누군가의 삶을 관습적이고도 전형적인 방식으로 재현/대상화할 위험이 높은 것이죠. 이야기의 윤리라는 측면에서 이 딜레마를 어떻게 풀어나가야 할까요? 「그 여름」을 쓸 때 최은영 작가가 했을 윤리적 고민이 궁금합니다.

최은영 제가 소설을 쓰면서 가장 두려워하는 부분입니다. 소설로 재현을 할 때 누군가를 '전형적인 방식'으로 대상화하는 것은 이야기가 흥미롭지 않다거나 작품이 미학적으로 떨어진다는 것보다도 더 무서운 일이라고 생각합니다. (물론 이야기의 재미나 미학적 수준은 윤리와 떨어뜨려 생각할 수 없는 문제입니다. 같이 갑니다.) 이런 위험 때문에 최대한 제가 아는 부분을 쓰려고 하는데요. 저의 개인적인 경험이나 친구들, 지인들의 경험이 씨앗이 된 이야기들이 있고요. 그러나 실제 경험을 토대로 한 이야기라고 해서 관습적 재현의 위험이 없는 것은 아니라고 생각합니다. 오히려 더 위험할 가능성이 있기도 한 것 같아요. 그래서 사회과학 서적, 르포, 인터뷰 바탕 논문을 많이 참고하는 편입니다.

이 작품을 예로 들자면, 이경은 자신의 레즈비언 정체성을 쉽게 받아들이는 모습을 보이는데요. 제가 실제로 이런 경험을 한 친구를 안다고 해서 그대로 썼다가, '어떻게 이렇게 쉽게 받아들일 수 있느냐'라는 비판을 받을 수 있겠지요. 또 수이 같은 경우 성정체성 수용에서 내적 고통을 크게 겪는데, '왜 이렇게 전형적인 모습으로 동성애자를 재현하느냐'라는 비판을 받을 수 있겠지요. 이 경우 레즈비언 여성의 성정체성 수용 연구 논문이나 르포를 보면서 참고했습니다. 저 스스로 확실히 납득할 수 있는 상황까지 다시 쓰고, 비판적인 관점으로 읽어줄 수 있는 친구에게 보여주면서 의견을 묻기도 합니다. 그래도 여전히 작품을 발표할 때가 되면, 혹시나 저의 얕은 이해 때문에 제 글을 읽는 누군가가 상처받을지도 모른다는 두려움을 느낍니다.

2017년 1월

이달의 소설

© 강재훈

여행의 끝

백수린

백 수 린 1982년 인천에서 태어났다.
2011년 『경향신문』 신춘문예로 등단했고, 소설집 『폴링 인 폴』 『참담한 빛』이 있다.

종구의 아내가 세상을 떠난 것은 넉 달 전의 일이었다. 그의 아내는 직장암이었다. 의사는 비교적 젊은 나이라 진행이 빨랐다고 건조하게 말했다. 비교적 젊은 나이라니. 종구는 아내의 장례를 치른 이후 그 말이 주는 무책임한 모호함에 대해서 간혹 생각했다. 의사들이 내뱉을 줄 아는 말이란 책임을 회피하기 위해서인 듯 언제나 불분명했다. 처음 아내가 입원했을 때 병간호를 한 것은 종구였다. 연변에서 온 간병인과 번갈아서이긴 했지만 종구는 간이침대에서 잠을 자고, 물수건으로 각질이 일어나는 다리를 문질러주고, 음식물을 떠서 아내의 입에 넣어주었다. 그럴 수 있었던 것은 아내가 암에 걸린 것이 그가 30여 년간의 교직 생활을 마치고 정년퇴임한 이후였기 때문이다.

종구와 아내 사이에 자식이라고는 딸 하나밖에 없었는데, 그나마도 외국에서 살았다. 아내는 상태가 아주 심각해지기 전까지는 자신의 병에 대해 딸에게 말하지 않기를 원했다. 뒤늦게 소식을 듣고 딸이 부랴부랴 귀국했을 때 아내는 이미 근육을 모두 잃은 상태였다. 탈진하고 비쩍 마른 엄마의 모습을 보며 딸은 숨이 넘어갈 듯 울었다. 종구의 아내는 봄이 시작할 무렵에 죽었고, 종구는 혼자 집에 남았다.

장례를 치르고 다시 프랑스로 돌아가기 며칠 전 딸은 걱정스러운 얼굴로 종구 앞에 앉아 그가 혼자 지내도 괜찮을지를 물었다. 종구는 내심 딸이 프랑스 생활을 정리하고 돌아오겠다고 말하지는 않을까 기대했다. 그렇지만 그런 말을 하지는 않았다. 원래는 유학을 위해 떠났던 딸은 이제 그곳에서 직장을 구해 다니고 있었다. 내년이면 돌아올까, 아니면 후년쯤? 처음 얼마간은 해가 바뀔 때마다 딸의 귀국을 목이 빠져라 기다리기도 했다. 하지만 시간이 쌓이면서 종구와 아내는 딸이 금세 돌아오지 않으리라는 것을 사실로 받아들였다. 아내가 딸이 보고 싶다며 속상해할 때마다 종구는 아내를 나무라곤 했다. 종구는 뭐가 됐든 시작한 일을 끝맺어야 한다고 굳게 믿는 편이었다. 게다가 어차피 불경기인데, 외국에서 학위를 따고 직장 경력을 쌓는 것이 한국에서 일자리를 찾는 데 더 도움이 될 거였다. 어려서부터 제 앞가림을 잘해왔던 딸은 단 한 번도 부모에게 걱정을 끼친 적이 없었다. 집에 경제적인 여유가 있었던 것도 아니지만, 무엇보다 공립학교 교사로서 사교육을 시킬 수 없다는 종구의 고집 때문에 과외 한 번 시키지 않았는데도 딸은 서울 소재의 번듯한 대학에 한 번에 입학했다. 더구나 4년 내내 장학금을 받으며 대학을 다녔고, 졸업할 때는 연단에 올라 상을 받기까지 했다. 종구와 마주 앉아 근심 어린 얼굴로 빈 잔의 모서리만 매만지던 딸을 바라보다가 종구는 이내 말했다. "어떻게 살아봐야겠지." 딸을 공항에 바래다주고 텅 빈 집의 현관문을 열었을 때야 비로소 종구는 아내가 더 이상 세상에 없음을 절감했다. 미처 정리하지 못해 현관 앞에 아직 남아 있던 아내의 슬리퍼, 아내가 집 앞 슈퍼마켓에 갈 때나, 외출하는 그를 배웅하기 위해 주차장에 내려올 때 신던 굽 없는 슬리퍼 한 짝에 종구는 슬그머니 손을 집어넣어보았다. 키가 160센티미터도 안 되던 아내의 발은 터무니없이 작았고 슬리퍼에는 온기가 전혀 남아 있지 않았다. 그는 그날 밤 온 집 안의 형광등과 텔레비전을 켜놓고 안방 대신 거실 소파에 누워 잠을 잤다. 물론 아내를 잃은 이후 종구가 새롭게 익숙해져야 하는 것이 적막과 어둠만은 아니었다.

종구는 처음 며칠 동안 식당에서 끼니를 해결하다가 나중에는 혼자 밥을 지은 뒤 단지 내 상가의 반찬가게에서 산 밑반찬을 꺼내놓고 먹었다. 얼마 후 그는 슈퍼마켓에 가면 이미 재워둔 제육볶음용 돼지고기나 닭갈비용 닭고기를 판다는 것을 알게 되었다. 가끔은 딸이 비닐봉지에 소분해 얼려두고 간 곰탕이나 된장국을 전자레인지에 데워 먹기도 했다. 집안일은 해본 적이 없었지만 종구는 집을 폐허처럼 만들지 않기 위해 청소기를 돌리고 설거지를 시작했다. 그렇지만 화장실 청소만큼은 좀처럼 익숙해지지 않았다. 목욕을 좋아하는 종구를 위해 일요일마다 더운물을 받아주고 더러워진 욕조를 수세미로 닦아내던 것은 아내였다. 일주일에 한 번씩 가사도우미를 부르면 모든 문제가 해결되지는 않을까? 쭈그리고 앉아 욕조나 타일을 닦으며 어느새 노쇠해져버린 자신의 육체를 실감하는 밤이면 종구는 그가 다달이 받는 연금과 은행 잔고를 가늠해봤다.

아내가 떠난 후에도 종구는 가능한 아내가 병들기 전의 일상을 유지하려고 노력했다. 매일같이 등산복 차림에 모자를 눌러쓴 채 종로 일대에 나가 사람들을 만났고 저녁에는 집에 돌아와 뉴스를 본 후, 오래전 그가 학생들에게 가르치던 롱펠로나 프로스트의 영시들을 뒤적이다 잠들었다. 종구는 프로스트를 특히 좋아했는데 아내에게 「자작나무 타던 시절」이나 「눈 내리는 저녁 숲에 서서」 같은 시들을 암송해 들려주던 날들도 있었다. 종구는 새로운 생활에 차차 익숙해지는 것 같았다. 그러나 그러던 어느 날, 종구는 그동안 해온 노력을 그만두고 싶다는 충동에 별안간 사로잡혔다. 친구를 만나고 돌아와 옷을 갈아입다가 하루 종일 팬티를 뒤집어 입고 다녔다는 사실을 발견했기 때문만은 아니었다. 그는 자신이 언제까지 텅 빈 집에 혼자 들어와 아무와도 이야기를 하지 않고 잠이 들어야 할까를 생각하니 참을 수 없을 만큼 외로워졌다. 그는 찬장에서 소주를 꺼내 조미김을 안주 삼아 마셨다. 반병만 마실 계획이었지만, 어느새 한 병을 다 비우고 나자 종구는 그에게 아직 남은 가족이 있는데 이렇게 홀로 남겨져 있다는 사실이 억울했다. 그리고 종구는 딸이 자신에게 올 수 없다면 그가 딸에게 가면 그만이라고 생각하면서 잠이 들었다.

종구가 프랑스에 가겠다고 말했을 때, 전화기 너머 들리는 딸의 목소리에는 당황함이 역력히 묻어났고, 종구는 조금 서운했다. 그렇지만 종구가 서운해하는 것을 눈치챈 딸은 얼른 "너무 갑작스러워서 그런 것뿐이에요"라고 말했다. 단기간 프랑스에 가기 위해서는 따로 비자를 발급받을 필요가 없었기 때문에 종구는 여행사에 가서 국적기 항공권을 당장 구매했다. 모처럼 여행을 떠날 생각을 하자 종구는 설렜다. 집을 떠나는 것은 아주 오랜만의 일이었다. 아내와 장자제나 후쿠오카 같은 곳에 가볼 계획을 세웠던 적은 있지만, 아내의 병이 발견되는 바람에 그들은 어디에도 가지 못했다. 그는 창고에 처박아둔 낡은 캐리어를 꺼내어 먼지를 털어냈다. 그것은 종구가 아직 젊던 시절, 교사 연수를 떠날 때 아내와 남대문시장에 가서 샀던 남색 캐리어였다. 사실 프랑스에 가보고 싶어 했던 것은 아내였다. 딸이 유학을 가겠다고 나섰을 때 반대했던 그와 달리 아내는 딸의 선택을 지지했다. 딸이 공부하러 떠난다는 나라가 프랑스였기 때문이다. 수녀가 되려다가 포기했다던 아내는 가톨릭 국가인 프랑스에 대한 알 수 없는 신뢰를 가지고 있었다. 3년을 기약하고 떠난 딸의 귀국이 요원해지자 어떻게 사는지 봐야겠다는 핑계를 내세워 프랑스에 가자고 성화한 것 역시 아내였다. 아내와 달리 종구는 프랑스라는 나라에 아무런 관심이 없었다.

비록 아무 관심이 없었으나 예술의 나라며 선진국인 프랑스로 향하는 비행기가 구름 위로 가볍게 떠올랐을 때 종구의 마음도 두둥실 떠올랐다. 그렇지만 종구는 착륙하자마자 인천공항보다 형편없이 작고 불빛이 침침한 샤를 드골 공항의 모습에 실망하지 않을 수 없었다. 종구는 비행기에서 내린 사람들을 환영하기 위해 기다리는 인파 속에서 다급히 딸을 찾았다. 서양인들 틈에 섞여 있는 딸이 어쩐지 달라 보였지만 종구는 기분 탓일 거라고 생각했다. 딸이 그의 캐리어를 받아 끌며 비행이 너무 피곤하지는 않았냐고 다정히 물었다. "하나도 피곤하지 않았다. 생각보다 편하더구나." 난기류 탓에 비행기가 자주 흔들리고, 어딘가에 탄 어린아이가 쉬지 않고 울어대는 통에 제대로 잠을 자지 못해 무척 피곤했지만, 종구는 딸과 재회했다는 사실에 감격해 그저 그렇게만 답했다.

딸의 집까지 가는 길은 꽤나 험난했다. 그들은 공항버스에서 내려 지하철을 갈아탄 후에야 딸이 살고 있다는 집에 다다를 수 있었다. 딸의 집은 비교적 현대식으로 지어진 건물의 4층이었다. 종구는 그 건물에 들어섰을 때 지나치게 공간이 협소한 엘리베이터를 보면서 딸이 혹시 돈이 없어 형편없는 곳에 사는 것은 아닐까 걱정했다. 그러나 그런 걱정은 그렇게 오래가지 않았다. 딸의 집이 예상했던 것 이상으로 훌륭했기 때문이다. 그곳에는 방이 두 개나 있었고 자그마하지만 거실과 부엌도 따로 있었다. 종구는 혼자 타지에 나와 사는 딸이 이렇게나 제대로 갖추어 살고 있다는 사실이 놀라우면서도 자랑스러운 마음을 감출 수 없었다. 종구는 딸이 안내하는 대로 침대까지 놓여 있는 손님방에 캐리어를 끌고 들어가 짐을 풀었다. 그리고 아내가 떠난 이후 처음으로 이 세상에 혼자가 아니라는 생각을 하며 단잠에 들었다.

그렇지만 종구가 숙면을 취한 것은 겨우 그날 하루뿐이었다. 첫날의 피로가 어느 정도 해소되고 나자 그는 시차 때문에 잠을 설쳤고 아침에야 겨우 눈을 붙였다. 딸은 시차적응 때문에 한밤중에 일어나 출출해할 종구를 위해 매일 밤 그의 머리맡에 간단한 먹거리와 생수를 한 병 놓고 갔다. 딸의 배려는 그것만이 아니었다. 딸은 종구와 시간을 보내기 위해 사흘간의 휴가를 받아두었다고 했다. 사흘이나 갑자기 휴가를 주다니, 참 좋은 회사구나. 종구는 딸이 다니는 직장에 대해 아는 바가 전혀 없지만 딸의 이야기를 듣고는 그렇게 생각했다. 언젠가 들었을 텐데도 종구는 딸이 어디에서 일한다고 말했는지 기억나지 않았다. 그리고 번번이 물어보려고 할 때마다 다른 일들이 끼어들어 —그러니까 지하철에서 내릴 때가 되었다든지 신호등이 바뀌었다든지 — 물어볼 기회를 놓쳤다. 아무튼 어딘지 알 수 없는 직장에서 사흘간의 휴가를 받은 딸은 에펠탑이나 루브르 궁전 같은 곳에 종구를 데리고 갔다. 그렇지만 파리에서 그가 가장 좋았던 장소는 오페라극장 근처에 있었던 커다란 한인 식품점이었다. 딸과 그곳에 처음 방문한 것은 프랑스에 도착한 둘째 날이었다. 고작 두 끼 못 먹었을 뿐인데도 밥이 그립던 종구로서는 한식 재료를 사다가 음식을 해주겠다는 딸의 제안에 기쁘지 않을 수 없었다. 종구는 삼과 대추까지 들어 있어 냄비에 넣고 끓이기만 하도록 손질된 삼계탕용 닭이나, 불고깃감으로 썰려 있는 소고기 따위를 반가운 눈으로 쳐다보았다.

한인 식품점 주인은 대략 오십대 정도 되어 보이는 남자로 광대뼈가 두드러지고 눈이 툭 튀어나온 편이었다. 종구는 그를 보자마자 좀 사나워 보이는 인상이라고 생각했는데 알고 보니 주인은 사납기보다는 오지랖이 넓은 남자였다. 그는 카운터 근처에 서서 딸을 기다리는 종구를 보더니 "여행 오셨나 봐요?"라고 물었다. "네, 딸이 여기서 살아서 보러 왔습니다. 자꾸 자기가 사는데 불란서를 한번 구경하지 않아야겠냐고 성화를 해서요." 종구는 으레 그러듯이 주인에게 딸에 대한 이런저런 자랑을 늘어놓았다. 딸이 혼자 방이 두 개인 집에 산다고 말했을 때는 "대단하네요!" 주인이 진심으로 감탄했다. "그래봤자 월세랍디다." 종구는 겸연쩍은 척 말했다. "파리에서 혼자 그런 집을 렌트할 정도면 수입이 정말 많은 거예요." 주인이 종구에게 장단을 맞췄다. 때마침 저쪽에서 불고기 양념과 포기김치, 쌀 등을 장바구니에 담은 딸이 카운터 쪽으로 다가왔다. 종구는 딸을 발견하고 흡족한 미소를 지었다.

종구가 딸의 애인을 처음 본 것은 그날 저녁이었다. 딸의 거실에 앉아 티브이 화면을 이리저리 바꿔보고 있던 종구에게 딸은 "소개하고 싶은 사람이 있어요"라고 말했다. 딸의 애인은 8시 가까이 되었을 때 집으로 찾아왔다. 키나 덩치가 그렇게 크지는 않았고, 연갈색의 눈썹이 팔자 모양인 남자의 이름인 기욤이었다. 기욤은 종구를 보자 "Nice to meet you"라고 인사를 건네며 손을 내밀었다. 종구는 아랫사람이 먼저 악수를 청하는 것이 불쾌했지만 손을 맞잡았다. 기욤의 팔은 눈썹과 비슷한 색의 털로 뒤덮여 있었다. 딸이 식탁을 차리는 동안 기욤은 부엌으로 걸어가 잔과 몇 가지의 술병 그리고 땅콩과 올리브 따위가 담긴 그릇을 챙겨 거실로 왔다. 기욤이 가져온 술병들 중에는 소주도 있었다. "Soju?" 기욤이 병을 집어 들며 종구에게 물었다. "아버지도 포도주 드셔보세요." 부엌까지 소리가 들리는지 딸이 음식을 하면서 참견했다. 종구는 기욤과 마주 앉아 땅콩을 집어 먹으며 아무 말 없이 포도주를 마셨다.

"왓츠 유어 잡?"

둘 사이의 침묵을 먼저 깬 것은 종구였다. 종구는 가장 궁금했던 것을 한국어 억양이 강하게 묻어나는 영어로 기욤에게 물었다. 기욤은 "Project manager"라고 불어 억양이 강한 영어로 답했는데 종구는 그 말을 들어봤자 기욤이 무슨 일을 하는 사람인지 도무지 종잡을 수 없었다. 종구는 기욤을 흘깃 쳐다보았다. 눈이 마주치자 기욤은 싱긋 웃었다. 아무리 봐도 기욤이 딸보다 나이가 한참 많아 보여, 종구는 또 물었다.

"하우 올드 아 유?"

이번에 종구는 답을 알아들을 수 있었는데, 기욤의 나이가 딸과 같다는 사실이 좀처럼 믿기지 않았다. 둘 사이의 어색한 대화가 간헐적으로 이어지다 마침내 끊겼을 때, 딸이 그들을 식탁으로 불렀다. 식탁 위에는 불고기와 한국식 쌀에 그가 좋아하는 팥을 섞어 지은 밥, 그리고 몇 가지의 밑반찬이 올라가 있었다. 오랜만에 제대로 된 집밥의 풍경을 보자 종구의 입안에 침이 절로 고였다. 딸은 기욤 앞에 구운 토마토와 가지가 담긴 접시를 놓아주고 종구의 앞자리에 앉았다. 기욤은 채식주의자라고 했다.

"저렇게 먹고도 남자가 힘을 쓸 수 있냐."

종구는 불고기에 손도 대지 않고 팥밥에 구운 채소를 먹는 기욤을 보면서 딱하다는 말투로 말했다. 딸은 그의 말을 듣고 웃었다. 딸이 그가 한 말을 통역했는지 기욤은 팔에 힘을 주어 알통을 만드는 시늉을 해 보였다. 그를 웃기려고 한 행동인 것 같긴 했지만 그 모습은 그저 우스꽝스러울 뿐이었다.

"결혼할 사람이냐?"

"아직 잘 몰라요."

종구는 스스로 꽉 막힌 사람은 아니라고 생각했다. 하나밖에 없는 딸을 외국으로 유학 보냈을 때 딸이 외국인 남자와 연애를 해도 어쩔 수 없다는 각오 정도는 했으니까.

"난 사위랑 말이 통했으면 좋겠다. 이젠 우리 가족이래 봐야 너와 나 둘뿐이잖냐."

딸이 아무 말 없이 고개를 끄덕였다. 기욤은 둘이 무슨 말을 하는지도 모른 채 종구와 눈이 마주치자 또 웃었다.

그날 저녁 이후 기욤은 종종 딸의 집에 찾아와 함께 저녁을 먹고 갔다. 종구는 딸이 출근하면 집 주변을 거닐거나 딸의 단골 빵집에 가서 딸이 시키는 대로 '바게트'나 '캉파뉴' 같은 빵을 사다 놓았다. 종구는 가능하면 딸이 가르쳐준 길들로만 다니려고 주의를 기울였고 어쩌다가 다른 길로 접어들게 되면 길을 잃지 않기 위해 주변의 지형지물을 기억했다. 딸이 일러준 대로 지하철을 타고 시내에 나가본 적도 있었다. 지하철 역사 안에는 커다란 총으로 무장한 경찰관들이 왔다 갔다 했는데, 딸은 그것이 얼마 전 프랑스에 있었던 테러 사건 때문이라고 했다. 그 탓인지 백화점이나 박물관에 구경하러 들어가려 할 때마다 정장을 빼입은 보안요원들이 입구에서 가방 검사를 했다. 다행히 종구는 가방을 들지 않아서 모르는 사람에게 가방 속을 뒤집어 보여주지 않아도 되었다. 그렇지만 그 후로 종구는 가능하면 혼자서 시내에 가지 않았고, 동네를 산책하며 하루를 보냈다. 종구가 주로 걷는 골목에는 레이스 커튼 자락이 물결처럼 흔들리는 집들이 늘어서 있었고, 누군가 정해진 시간에 연습하는지 때마다 서툰 바이올린 소리가 흘렀다. 골목 끝의 지하철역 앞 광장에는 벤치가 있었는데, 종구는 산책이 끝나면 거기에 앉아 볕을 쬐기도 했다. 한낮의 광장에서 뒤뚱거리며 비둘기 뒤를 쫓는 아이들의 연약한 몸을 볼 때면 아내 생각이 났다. 아내도 손주를 볼 수 있었으면 좋았을 텐데. 그런 날이면 종구는 화석처럼 굳어가는 그의 관절들을 느끼며 어째서 젊음은 이토록 아득한지 궁금해했다. 몇 주간은 이렇듯 평화로운 날들이 이어졌다. 목욕을 하고 나서 본의 아니게 화장실 청소를 하느라 하루를 다 허비한 적도 있긴 했지만. 건식 화장실 바닥에는 배수구가 없다는 것을 종구가 미처 몰랐기 때문에 벌어진 일이었다. 바닥에 흥건히 고여 있는 물을 걸레로 닦다가 종구는 라디에이터 뒤에 떨어진 머리끈이나 면봉 같은 것을 주웠다. 세탁기와 세면대 사이를 훔치다가는 면도기를 발견하기도 했다. 이런 게 여기 왜 있지? 그는 잠시 의아한 마음이 들었다. 종구가 화장실을 원상 복구시키고 났을 때는 저녁이 가까워진 시간이었다. 윗집에서 누군가 걷는지 마루가 삐걱거리는 소리가 위태롭게 들려왔다. 종구는 침대에 누워 딸이 얼른 집으로 돌아오기를 기다렸다.

프랑스에 도착하고 세번째 맞이하는 주말, 종구는 딸, 기욤과 함께 야외에 나갔다. 그들은 파리 남서쪽에 위치한 궁전을 구경했다. 종구와 딸은 다른 관광객들이 그러는 것처럼 17세기에 지어진 궁전 앞에서 사진을 찍었다. 날은 제법 더웠고, 사람들은 선글라스를 낀 채 거리를 거닐고 있었다. 저녁을 먹기 위해 다시 시내로 돌아온 것은 8시가 다 될 무렵이었다. 늦은 시간이었는데도 아직 오후 3, 4시처럼 사방은 밝았고, 여름의 긴 낮 시간을 만끽하고 싶은 사람들로 센 강변에 위치한 식당의 테라스 자리는 가득 찼다. 무엇을 주문해야 할지 모르는 종구를 위해 딸은 알아서 음식을 주문했다. 웨이터가 무슨 농담을 했는지 딸과 기욤이 웃음을 터뜨렸다.

"아빠가 젊어 보이나 봐요. 웨이터가 오빠냐고 물어요."

종구도 같이 웃었다. 딸은 그가 좋아하는 해산물을 실컷 먹을 수 있는 요리를 시켰다고 했다. 아닌 게 아니라, 웨이터가 가져온 것은 엄청난 크기의 그릇에 담긴 해산물이었다. 탁자 위의 투명한 유리잔들이 햇살에 빛났다. 커다란 그릇에 담긴 풍성한 얼음들도 반짝였다. 그 위에 수북하게 쌓인 신선한 굴과 소라, 익힌 새우와 조개 같은 것들에서는 싱그러운 냄새가 났다. 딸은 반씩 잘린 레몬을 집어 해산물 위에 뿌렸다. 상큼한 향이 사방으로 퍼졌다. 매끄러운 곡선을 지닌 투명한 유리병 안에는 향기로운 백포도주가 가득 담겨 있었다. 좋은 날이구나, 종구는 문득 생각했다. 아내가 세상을 떠난 이후 이렇게 좋은 날은 처음이었다. 지척의 물은 하늘빛으로 일렁이고, 저만치 지나가는 유람선 위의 사람들은 큰 소리로 웃으며 손짓을 했다. 강변에 늘어선 가로수 아래로 종구 또래로 보이는 백인 노부부가 손을 맞잡고 정답게 걸어갔다. 종구는 굴을 포크로 꺼내어 입안에 넣었다. 짭조름한 바다 향이 몸속 가득 퍼졌다. 초장이 있으면 좋을 텐데, 종구는 단 하나 그것이 아쉬웠지만 내색은 하지 않았다.

"아버지 드실 만해요?"

딸이 종구를 향해 물었다.

"아주 맛이 좋구나."

기욤이 종구의 잔에 포도주를 따랐다. 이번에는 그가 기욤의 잔에 포도주를 따랐다.

"어른이 술을 주면 두 손으로 받아야지."

딸의 통역을 들은 기욤이 웃으며 두 손으로 잔을 잡았다. 술이 들어간 탓인지 종구는 기분이 몹시 좋아졌다.

"시나 하나 읊어볼까?"

종구는 'I had for my winter evening walk'로 시작하는 「좋은 시간들」*이란 프로스트의 시를 외웠다. 낭송이 끝나자 딸과 기욤이 웃으며 박수를 쳤다. 생각해보면 기욤도 그렇게 탐탁지 않은 사윗감은 아니었다. 종구와 함께 있을 때 딸은 늘 한국어를 하니까, 알아듣지 못해 답답할 텐데도 기욤은 싫은 티를 내는 법이 없었다. 아내가 있었다면 이 모든 것에 함께 즐거워했을 텐데. 아내는 마지막 순간에 아무것도 먹지 못했다. 항암치료 탓이었다. 종구는 아내의 증상이 갑자기 악화되기 전, 귀국해 있던 딸과 간장새우를 먹으러 갔던 날을 떠올렸다. 의사는 짠 음식을 먹어선 안 된다고 했지만 입맛을 잃은 아내는 간장새우만 먹고 싶다고 했다. 간장새우만 먹으면 다 나을 것 같아. 그래서 아내와 딸

* Robert Frost, "Good hours", *Complete poems of Robert Frost*, New York: Holt, Rinehart and Winston, 1958.

을 싣고 종구는 자유로를 달렸다. 딸아이가 인터넷으로 검색해서 찾아낸 맛집은 조미료도 일절 쓰지 않고 최상급의 새우만 골라 장을 담근다고 했던가. 그날 아내는 모처럼 맛있게 식사를 했는데. 모두 어쩌면 이게 온 가족이 하는 마지막 외식은 아닐까, 생각하면서도 아무도 그런 내색을 하지 않고, 간장 국물에 고슬고슬한 밥을 열심히 비벼가면서.

그들은 커다란 접시에 담긴 해산물들을 하나도 남기지 않고 다 먹었다. 종구는 테이블 위에 버려져 있는 그의 정복물들을 보면서 흡족한 기분을 느꼈다. 딸은 이만큼 컸고, 낯선 나라에서 주눅 들지 않고 음식을 시켰다. 외국인들의 농담에도 웃을 줄 아는 사람으로 딸을 키운 것은 바로 그 자신이었다.

"화장실 좀 다녀오마."

그가 일어서자 딸이 따라 일어섰다.

"놔둬라. 그 정도는 나도 찾아갈 수 있다."

종구는 약간 비틀거리며 가게 안으로 들어갔다. 토이렛, 토이렛, 그가 당당하게 웨이터를 향해 말했다. 무슨 말인지 못 알아듣던 웨이터가 턱 끝으로 화장실을 가리켰다. 새파랗게 어린 놈이. 종구는 오줌을 누면서 작게 뇌까렸다. 그렇지만 그가 이 나라에 온 이래 처음으로 느낀 감정, 그러니까 딸과 여기에서 살아도 나쁘지 않겠다는 기분을 망칠 만큼 화가 나지는 않았다. 멀리 떨어져 살면서 딸에게 걱정거리가 될 바에는 곁에 사는 게 낫지 않나? 가족끼리 근처에서 사는 것은 중요한 일이었다. "대단하네요!" 한인 식품점 주인의 감탄 어린 목소리가 귓가에 들리는 것만 같았다. 모든 걸 포기하고 한국에 가기엔 해온 게 너무 아깝지. 종구는 그렇게 생각하며 버릇없던 웨이터가 서 있는 카운터를 지나쳐 테라스 쪽으로 향했다. 종구는 분명히 그들이 앉아 있던 자리를 기억하고 있었다. 그다지 큰 식당이 아니었고, 종구는 방향 감각이 좋은 편이었다. 그렇지만 오랜만에 과실주를 많이 마신 탓에 종구는 조금 어지러웠고, 식당에 나 있는 두 개의 출입구 중 어느 쪽 문으로 들어왔는지를 순간적으로 헷갈렸다. 종구는 들어올 때와 달리 가게의 서쪽에 있는 출입구로 나갔다. 그가 앉았던 테이블을 바로 찾을 수 없던 것은 바로 그 때문이었다. 테라스에는 그가 화장실에 간 사이 사람들이 늘어나 빈자리가 없었다. 종구는 당황했다. 비슷비슷하게 생긴 백인들 틈에 딸의 모습은 보이지 않았다. 종구는 약간 비틀거리며 테이블과 테이블 사이를 걸었다. 딸을 찾기 위해 두리번거리며 걷는 종구의 눈에 띈 것은 딸이 아니라 젖가슴이 절반이나 드러난 옷을 입은 채 남자와 입을 맞추고 있는 젊은 백인 여자의 모습이었다. 종구는 눈살을 찌푸리며 황급히 고개를 돌렸다. 갑자기 심장이 뛰기 시작했다. 오래전, 망포해수욕장에 데리고 갔던 딸이 눈앞에서 없어졌을 때와 같은 불안이 종구를 엄습했다. 그가 테이블을 찾아 헤맨 것은 사실 아주 짧은 순간에 불과했다. 딸과 기욤은 그가 오는 방향을 등지고 앉아 있었다. 딸이 그 테라스에 앉아 있는 유일한 아시아인이었다는 점을 생각하면 종구의 눈에 띄지 않은 게 오히려 이상한 일이었다. 취했나 보네. 종구는 딸이 앉아 있는 쪽으로 발길을 옮겼다. 그때, 기욤이 고개를 숙여 맨살이 드러난 딸의 어깨 위에 입을 맞췄다.

그날 하루 일정은 순조롭게 끝났다. 그들은 종구의 술기운이 가실 때까지 강변을 거닐었다. 밤이 조금씩 내리는 파리 시내의 골목을 걷다가 아이스크림을 사 먹었고 종구의 아내가 좋아했을 대성당을 바라보며 우거진 나무 아래 벤치에 앉아 있기도 했다. 모든 것은 완벽했다. 그런데 이상하게도 그날 밤 종구는 영문을 알 수 없는 서글픔과 불안함으로 인해 잠을 이룰 수 없었다. 잠자리에 들기 전, 딸이 어김없이 덧창을 닫아 방 안은 지독하게 어두웠다. 이 나라의 여름은 한국보다 해가 길기 때문에 덧창을 닫아 빛을 완벽히 차단해야 숙면을 취할 수 있다고 딸은 그가 이곳에 도착하던 날 설명했다. 그렇지만, 이것은 캄캄해도 너무 캄캄한 밤이었다. 그가 잠을 이토록 설치는 것은 시차에 적응한 이래 처음이었다. 종구는 어둠 속에서 몸을 뒤척이면서 그를 불안하게 만드는 것이 무엇인가에 대해서 생각했다. 그들이 지하철을 타고 집으로 돌아오는 길에 종구는 딸에게 벌건 대낮에, 부끄러운 줄도 모르고 헐벗은 채 입을 맞추던 여자에 대해서 말했다. 그때 딸은 커다랗게 웃으며 말했다. "아빠, 여기에서 그런 일은 아무것도 아니에요." 아무것도 아니라니. 그가 키운 딸은 그런 꼴사납고 외설스러운 일을 재미있는 농담이라도 되는 듯 웃어넘기는 사람이 아니었다. 잠을 청하기 위해 질끈 감아 컴컴한 눈앞으로 기욤이 고개를 숙여 딸의 맨어깨에 입을 맞추는 장면이 자꾸만 환영처럼 떠올랐다. 그 아이도 내가 없으면 아무 데서나 가슴을 드러내놓고 남자와 입을 맞출까? 종구는 다시 반대편으로 돌아누우며 기욤이 집에 들락거릴 때마다 술병이며 유리잔, 키친타올 같은 것들이 어디에 있는지 놀라울 정도로 다 잘 알고 있었다는 사실을 기억해냈다. 내가 없었을 때 그놈이 이 집을 수도 없이 들락거렸던 걸까? 혹시 자고 간 것은 아닐까? 아니다, 그럴 리는 없다. 그와 아내는 딸을 그렇게 키우지 않았다. 그렇지만 이 집은 딸이 혼자 살기에는 지나치게 넓었다. 지금까지는 신경이 쓰이지 않았는데 딸 방의 침대가 더블베드라는 사실이 갑자기 종구를 괴롭게 했다. 혼자 월세를 내며 살기에는 꽤 부담이 될 거라던 한인 식품점 주인의 말이 떠올랐다. 딸은 무슨 일을 하기에 이렇게 큰 집을 혼자 빌릴 수 있는 걸까? 한참을 뒤척인 끝에 종구는 가까스로 잠들면서 해가 뜨면 이번에야말로 반드시 딸의 직장이 어떤 곳인지 알아내야겠다고 다짐했다.

"일어나셨어요?" 실내화를 끌고 부엌으로 들어서는 종구를 발견한 딸이 말을 걸었다. 커피 얼룩이 묻어 있는 잔과 바나나 껍질이 놓여 있는 식탁 위에는 빵 부스러기가 굴러다니고 있었다. "뭐 좀 드시겠어요?" 딸이 자리에서 일어났다. 그래봤자 딸이 줄 수 있는 것은 아몬드유에 타 먹는 곡물 말린 것과 뻑뻑한 빵, 과일이나 커피 따위가 전부였다. "찬밥은 없냐?" 종구는 전원이 꺼져 있는 전기밥솥을 흘깃 보았다. 딸의 얼굴에 당혹감이 감돌았다. "아니다, 아니야. 바나나나 좀 다오." 그는 식탁 의자에 걸터앉아 바나나를 베어 물었다. 아침부터 바나나를 먹다니. 원숭이가 된 기분이었다.

"아, 아빠, 오늘은 실내화를 신으셨네요." 딸이 기쁜 말투로 말했다. 딸네 집에서 같이 산 이래, 딸은 종구를 쫓아다니며 실내화를 신으라고 성화했다. 그에게 하는 잔소리는 그뿐이 아니었다. 밤늦게 돌아다닐 거면 발소리를 낮추라고 하고, 마루가 삐걱거려 밤늦게 돌아다니면 아랫집 할망구가 민원을 넣는다고 했다. 심지어는 엘리베이터에서 모르는 사람을 마주쳐도 웃으며 '봉주르'라고 말해야 한다고 했다. "여기선 그래야 해요." 딸은 아주 중요한 사실을 말하는 것처럼 '여기'라는 단어에 힘을 주었다. 지금까지는 아무렇지도 않았었는데, 종구는 새삼스럽게 '여기'라고 하던 딸의 말투가 야속하게 느껴졌다.

아침 식사를 마치고 딸은 출근을 준비했다. 출근이라고는 하지만 종구는 이제 딸이 하는 일이 커다란 약국에서 한국인을 상대로 화장품을 파는 일에 불과하다는 사실을 알았다. 아내가 생전에 이 사실을 알았다면 얼마나 비참했을까. 공부를 그렇게 잘했던 우리 딸이, 유학까지 한 우리 딸이, 고작 약국에서 단체 관광객을 상대로 화장품 따위나 팔고 있다니. 그와 아내는 오로지 딸의 성공을 위해 모든 것을 희생해왔다. "불경기 때문이에요. 외국인은 취직이 어려우니까." 하는 일이 뭐냐는 종구의 질문에 딸은 대수롭지 않은 듯한 말투로 그 사실을 알렸다. 분란을 일으키기 싫어 아무 말 안 했지만 종구는 피가 거꾸로 솟는 것 같은 기분이었다. 딸 역시 부끄럽지 않을 리가 없었다. 그렇지 않고서야 지금껏 부모에게 무슨 일을 하는지 숨길 이유가 없었으니까.

"아빠는 오늘 뭐 하실 거예요?" 출근 준비를 마친 딸이 물었다. "글쎄다. 집에서 쉴까 하는데." 딸의 표정이 어두워졌다. 딸은 그가 집에서 가만히 있는 것을 견디지 못했다. 텅 빈 집에 혼자 있으면서 아내를 잃은 상실감을 곱씹고 있을까 봐 두려운 듯이. 그렇지만 종구는 더 이상 집 밖에 나가고 싶지 않았다. 동네를 걷는 일은 지긋지긋했고, 진즉 다녀온 루브르 박물관이나 에펠탑도 이제 생각해보면 사람들이 왜 거길 가보지 못해 안달인지 알 수 없었다. 영화에 나왔다는 퐁네프도 딸과 건너봤지만 한밤중이면 조명이 환하게 들어오는 반포대교에 대면 보잘것없었다. 센 강은 그게 개천인지, 강인지. 한강의 반도 되지 않아 보이는 너비의 강이 뭐 그렇게 대단하다는 것인지 알 수 없는데도 관광객들은 너나 할 것 없이 강변에서 사진을 찍어댔다. 게다가 지하철. 파리의 지하철은 정말 시궁창이나 다름이 없었다. 검둥이들이며 중국놈, 월남놈들이 득실대는 지하철 역사에는 낙서가 가득했고, 멀쩡하게 차려입고 손톱을 깎거나 노숙하는 인간들로 넘쳐났으며, 무엇보다 공중변소보다 더 심한 지린내가 풍겼다.

"아니다. 저번에 너랑 갔던 한국 슈퍼에 가보려고 하는데. 넌 뭐 필요한 거 있냐?"

종구가 그렇게 말하자 딸은 그제야 만족스러운 듯 고개를 끄덕였다.

종구는 오페라 역에서 내렸다. 딸이 가르쳐준 한인 식품점까지 가는 길은 두 가지였는데, 하나는 오페라 역에서 내려 걸어가는 것이었고 다른 하나는 거기에서 환승한 후 피라미드 역까지 가는 것이었다. 피라미드 역이 식품점까지 더 가깝다고 딸이 말했는데도 종구가 오페라 역을 선택한 이유는 네 개의 노선이 교차한다는 오페라 역에서 환승하다가 길을 잃을까 겁이 났기 때문이다. 아닌 게 아니라, 딸의 뒤를 쫓을 때는 의식하지 못했는데 오페라 역은 정말 복잡해서 종구는 출구를 찾는 데만도 애를 먹었다. 잘못된 출구로 나왔다는 것을 깨달은 것은 그가 가까스로 역을 빠져나온 뒤였다. 국립 오페라 극장 근처는 관광객들로 정신이 없었다. 건물 계단참에는 마이크를 찬 가이드가 알 수 없는 언어로 시끄럽게 극장에 대해 설명하고 있었다. 종구는 군중을 지나쳐 대로를 찾았다. 사람들과 부딪칠 때마다 그는 흠칫흠칫 놀라 주머니를 살폈는데, 관광지 주변에서는 소매치기를 조심해야 한다던 딸의 당부가 기억났기 때문이었다. 그는 연신 셔터를 눌러대는 또 한 무리의 중국인 관광객과 그 옆에서 구걸이라도 하는 건지 Famille Syrie라고 씌어진 박스 종이를 든 채 서 있는 여자를 지나쳤다. 종구가 한인 식품점에 도착했을 때, 그는 이미 땀으로 뒤범벅이 되어 있었다.

"어쩐 일로 그렇게 땀을 흘리세요?"

종구를 기억해내고 식품점 주인은 알은체를 했다. 익숙한 상표의 물건들이 쌓여 있고, 한국 노래가 흘러나오는 가게 안에 들어오자 종구의 불안했던 마음이 조금씩 진정됐다.

"따님이 출근하는 바람에 혼자 오셨나 보네요."

종구가 소주와 라면, 딸이 부탁한 건멸치와 다시마를 카운터 위에 올려놓는데 주인이 다시 말을 걸어왔다.

"네, 그렇게 됐네요."

"혼자 다니는 게 적적하시겠지만 요즘 같은 불경기에는 출근하는 게 복인 거 아시죠?"

종구는 이 시간에도 딸이 약국에서 화장품을 팔고 있을 거라는 생각에 씁쓸해졌다. 주인은 한참 동안 실업률이며, 파업이며, 불법이민자들에 대해서 이야기를 늘어놓았다. 그리고 종구는 그에게 이민 온 지 얼마나 되었는지, 이 나라에는 어째서 개똥과 거지 들이 거리에 이렇게 많은지, 그리고 정말 이 나라에서는 여자가 벌건 대낮에 젖가슴이 훤히 다 보이는 옷을 입고 남자와 부둥켜안는 것이 예삿일인지를 물었다.

"그럼요."

광대뼈가 두드러진 주인이 고개를 절레절레 저었다.

"이 나라에선 시집 안 간 여자가 애도 버젓이 낳고 살아요. 동성애자들이 결혼도 한다는데요, 뭐."

그러니까 그것은 전부 다 그 식품점 주인 때문이었다. 그가 아니었다면 종구가 사랑하는 딸을 의심하는 일은 없었을 것이다. 만약 그가 아니었다면 집으로 향하는 길에, 비쩍 마른 백인 남자의 허리를 끌어안고 있는 뚱뚱한 아시아 여자나 가슴골이 드러난 옷을 입고 유모차를 끌고 다니는 흑인 여자를 보며 종구가 이 나라 도처에 널린 문란함에 대해서 욕지기를 느끼지도 않았을 것처럼. "여기에서 그런 일은 아무것도 아니에요." 어떻게 딸은 이 모든 것이 아무렇지도 않을 수 있을까? 역시 가족끼리 오래 떨어져 사는 것은 좋지 않았다. 아내는 프랑스가 훌륭한 나라라고 생각했지만, 그것은 아내가 한 번도 여기에 와본 적이 없기 때문이었다. 이곳에 소매치기가 얼마나 많은지, 개똥이 얼마나 지천으로 널려 있는지, 사람들은 얼마나 빈둥대고, 문란한지를 아내가 미리 알았더라면. 여기는 부도덕한 일들이 아무렇지 않게 벌어지는 나라였고, 여기엔 딸에게 나쁜 영향을 미칠 것이 사방에 넘쳤다.

종구는 지하철역에서 나오자마자 광장을 가로질러 도망치듯 딸의 집으로 향했다. 창녀촌에서 불우한 어린 시절을 보냈지만 2차 대전 이후 최고의 프랑스 대중가수라는 평을 듣게 된 여자의 이름을 딴 그 광장에서는 늙은 비둘기들이 볕 아래서 졸고 있었다. "그런데 따님이 대체 무슨 일을 하길래 돈을 그렇게 많이 벌어요?" 한참의 대화를 끝내고 종구가 가게를 빠져나가기 전에 식품점 주인은 정말 궁금해 못 참겠다는 듯이 질문을 던졌다. 종구는 끝내 딸이 약국에서 일한다고 말하지 않았다. 괜찮다, 다 불경기 탓이니까. 그는 딸이 사는 공동주택 입구의 비밀번호를 누르며 애써 그렇게 생각했다. 지금이야 불경기라 딸이 약국에서 화장품 따위나 팔지만 머지않아 동창생 자식들은 꿈도 꾸지 못할 그런 직장을 구할 수 있을 거였다. 아무렴, 어떤 딸인데. 그는 스스로의 기분을 북돋기 위해 속으로 읊조렸다. 하지만 딸은 어떻게 이렇게 큰 집에 사는 걸까? 아무리 그가 이 나라의 부동산 정책이나 시세를 모른대도 딸이 혼자 이 정도 큰 집의 월세를 감당할 수 있을 만큼 수입이 있을 것 같지는 않았다. 그러자 간밤에 종구를 괴롭혔던 생각들, 그가 하루 종일 잊어버리기 위해 노력했지만 실은 잊히지 않았던 상념들이 다시 종구의 머릿속을 가득 채우기 시작했다. 그럴 리가 없어. 종구는 고개를 흔들었다. 그러나 동시에 그가 화장실을 청소하다가 발견한 면도기가 떠올랐다. 다시 생각해보면 그것은 틀림없는 남자 면도기였다.

종구가 딸의 집 안을 뒤지기 시작한 것은 오직 자신을 괴롭히는 의혹들이 얼토당토않다는 것을 확인하기 위해서였을 뿐이다. 종구는 화장실 거울 뒤에 붙어 있는 찬장, 거기에 있는 줄은 알았지만 필요가 없어 단 한 번도 열어본 적이 없던 찬장을 열었다. 그리고 종구는 화장품을 하나하나 꺼내어 병에 쓰인 글자들을 읽었다. 씌어진 글자가 프랑스어라 내용물이 뭔지 확인할 길이 없을 때는 병뚜껑을 열어 냄새를 맡았다. 그리고 모든 작업을 마쳤을 때 찬장 안에 애프터 셰이브 로션이나 면도기, 남성용 화장품 따위가 없다는 사실에 안도했다. 현관 앞의 신발장도 열어봤지만 안에는 여성용 신발들만 가지런히 정리되어 있었다. 그러면 그렇지. 종구는 신발장 문을 다시 닫으며 사랑하는 딸을 쓸데없이 의심했다는 사실이 미안해졌다. 하지만 그렇다면 딸은 왜 이렇게 큰 집에 사는 걸까? 그리고 딸은 어떻게 월세를 내는 걸까? 그것은 정말 풀리지 않는 미스터리였다. 하지만 더 이상 괜한 의심을 하고 싶지는 않았다. 틀림없이 종구는 손님방으로 돌아갈 때까지만 하더라도 딸이 퇴근하고 오기를 기다렸다가 물어볼 생각이었다. 하지만 침대에 눕자마자 종구는 자신이 딸의 방에 지금껏 들어가본 적이 없다는 사실을 기억해냈다. 도착한 첫날 딸이 침실을 보여주기는 했지만 그때도 그는 문가에 서서 방을 훑어보기만 했다. 딸의 방을 뒤져보려 하다니! 말도 안 되는 생각이었다. 좀도둑처럼 비어 있는 방에 들어가 물건들을 뒤지는 것은 옳지 못한 일이었다. 30여 년 동안 교육자로 사는 동안 종구는 단 한 번도 부끄러운 일을 하지 않았다. 하지만 딸에게 관심을 갖고 보살피는 것은 아버지의 의무이자 도리였다. 종구는 심호흡을 하고 딸의 방문 앞에 섰다. 문고리를 돌리는 종구의 손이 떨렸다. 그것이 딸을 의심한다는 죄책감 때문인지 의심이 진실로 들어나면 어쩌나 하는 두려움 때문인지는 알 수 없었다.

짐을 부치고 나니 할 일이 없었다. 종구는 딸과 공항 내의 카페에 앉아 말없이 커피를 마셨다. 프랑스식 커피는 늘 그랬듯 종구의 입맛에 지나치게 썼고 딸이 같이 먹으라고 시킨 산딸기 타르트는 과하게 달았다. "언제 들어올 거냐?" 그가 물었다. "내년 여름에는 꼭 갈게요." 내년 여름이라. 그것은 적도 반대편에 있는 미지의 섬처럼 아득한 시간이었다. 그사이 종구는 다가오는 추석을, 설을, 종구의 생일을, 그리고 마침 내 아내의 기일을 홀로 챙겨야 할 거였다. "아버지만 원하시면 여기에 와서 살 수도 있어요. 꼭 생각해보세요." 딸은 출국장 앞까지 따라와서 그렇게 말했다. "생각해보마." 그러나 그럴 일은 영원히 없을 거였다. 종구는 이미 그것을 알았다. 그것은 딸이 한국에 들어와 살 마음이 없는 것처럼 명백한 일이었다. 딸은 그가 이해할 수 없는 말을 쓰는 나라에서, 여름이면 잔디밭 위에 벌거벗고 드러눕는 여자들처럼, 창피한 줄도 모르고, 부모 몰래 남자랑 살림을 차려서 혼혈의 아이를 낳고 그렇게 살 거였다. "아버지 죄송해요, 하지만 여기에선 누구나 다 이래요." 그날도 딸은 또 그렇게 말했다. 여기,라고 말할 때마다 종구가 자신의 인생 전체를 모욕당한 것만 같은 느낌을 받는 줄은 상상도 못 하는 사람처럼.

출국해야 하는 시간이 다가왔다. 출국장 앞에서 딸이 작별 인사로 끌어안았을 때 종구는 하마터면 눈물을 쏟을 뻔했다. 집에 돌아가봤자 그곳에는 아무도 없었다. 아내도 그의 자랑스러운 딸도 없다는 사실을 생각하자 종구는 고향을 잃은 사람처럼 고독해졌다. 종구는 딸이 보이지 않을 때까지 자꾸만 뒤를 돌아보면서 보안검색대 안쪽으로 들어섰다. 덩치 큰 서양인들이 종구의 앞에 길게 줄을 서 있었다. 다른 줄에 서 있던 중국인들 중 누군가가 종구를 향해 큰 소리로 뭐라고, 뭐라고 소리를 질렀다. 그가 무슨 말인지 알아들을 수 없다는 표정을 짓자 중국인은 도대체 종구가 왜 중국어를 못 하는지 이해할 수 없다는 듯이 더욱 큰 소리로 말을 걸었다. 쏟아지는 중국어에 정신을 놓고 있는 사이 앞의 줄이 줄어들었는지 뒤에서 기다리고 있던 외국인이 앞으로 가라고 종구의 등을 쳤다. 종구는 시끄럽게 떠들며 그의 캐리어를 차고 지나가는 사람들 때문에 짜증이 났고, 알 수 없는 서러움을 느꼈다. 세계 곳곳의 언어가 뒤섞인 면세점에서 몇 번이나 길을 잃은 후 가까스로 탑승할 게이트 앞에 도착했을 때 종구는 이미 녹초가 되어 있었다.

종구가 거의 마지막으로 탑승했기 때문에 비행기 안은 이미 자리를 찾고 짐 정리하는 승객들로 붐볐다. 종구는 어느새 무겁게 느껴지는 캐리어를 끌고 사람들을 밀치며 자리를 찾았다. 그가 앉아야 할 좌석의 옆에는 프랑스인처럼 보이는 젊은 남녀가 앉아 있었다. 종구는 모자를 벗어 자기 자리에 던졌다. 그리고 캐리어를 올리기 위해 빈 선반을 찾았다. 선반은 이미 짐들로 가득 차 있었다. 낭패였다. 그때, 누군가 종구에게 말을 걸었다.

"제가 가방을 올려드릴까요?"

그것은 분명한 한국어였다. 배낭여행을 온 것인지, 체격이 좋아 보이는 한국 청년이 종구를 바라보며 예의 바르게 서 있었다. 그리고 청년은 선반에 빈자리를 만들더니 종구의 짐이 가벼운 종이 상자라도 되는 양 번쩍 들어 올려 그곳에 밀어 넣었다. 종구는 청년의 움직임을 따라 위를 올려다보았다. 종구의 낡은 캐리어는 선반에 제자리를 찾은 것처럼 맞춤하게 놓여 있었다. 종구는 흡족한 마음으로 자리에 앉았다. 그러고 보니 어느새 사방에서는 한국어가 만드는 친숙한 소음이 부드러운 음악처럼 흐르고 있었다. 종구는 그의 안에 출렁이던, 실체를 알 수 없는 서글픔이 이제 서서히 안도감으로 바뀌어가는 것을 느꼈다. 종구를 불편하게 했던 것, 계속 위축되게 하고, 때때로 비참하게 했던 시간들이 그에게서 멀어지는 중이었다. 종구는 따뜻한 물처럼 그의 몸을 감싸 안는 달콤한 충만함을 즐기며 비행기 좌석의 등받이를 뒤로 젖혀 기댔다. 지나가던 승무원이 종구를 보고 다가오기 전까지. "실례합니다, 손님." 종구는 자신에게 말을 거는 승무원을 바라보았다. "이륙 전에는 등받이를 세워주셔야 해요." 머리를 동그랗게 말아 올린 승무원은 딸보다도 어려 보였다. "아가씨, 몇 살이나 먹고 나한테 이래라저래라야?" 종구의 큰 목소리에 주변 승객들이 일제히 종구를 쳐다보았다. 기내에는 곧 이륙할 예정임을 알리는 한국어 안내 방송이 울려 퍼졌다. 도착 예정까지는 앞으로 열한 시간. 종구는 좌석에 몸을 기대고 눈을 감았다.

인 터 뷰

백 수 린 X 김 신 식

김신식 여행이 자주 나오는 작가님 소설에 제가 어울리는 인터뷰어일까 망설였습니다. 실은 지난해 비행기를 처음 타봤거든요. (웃음) 목적지도 제주도였답니다. 작품을 읽고 문득 생각했습니다. 난 언제 '아, 이게 여행이구나' 느꼈을까. 뒤돌아보면, 2000년대 초반 친구들이 싸이월드 사진첩에 해외여행 사진을 올린 걸 보고, '여행이 저런 거군' 한 것 같아요. 작가님에게 '아, 이게 여행이군' 하던 기억이 있다면요.

백수린 사실 저는 여행을 귀찮아하는 편인 데다 모험심이 아주 부족해서 '아, 이게 여행이구나' 하는 생각이 드는 여행은 거의 해본 적이 없어요. 비행기를 타고 낯선 곳에 가더라도 숙소 안에만 있거나, 어떤 카페나 공원을 찾아가 앉아 있거나, 시장을 어슬렁거리는 정도라서요. '아 이게 여행이군'이라고 하시니까, 떠오르는 것은 먼 나라에서의 기억이 아니라 대학교 때 친구들이랑 제부도에 놀러 갔을 때의 일이에요. 여자 친구들 셋이 놀러가서 재미있게 놀다가 섬을 빠져나오는 길에 다리가 아파서 히치하이킹을 했어요. 셋 다 소심해서 평소라면 낯선 사람의 차에 올라타는 일은 하지 않았을 텐데 제가 차를 세우니까 망설이던 친구들이 저를 따라 차에 올라탔고 덕분에 쉽게 시골길을 빠져나왔거든요. 제게 여행이란 장소가 어디든 그렇게 자신과 다른 사람이 되는 그런 순간을 가리키는 말인 것 같아요.

김신식 작가님 소설을 읽으면 생활 대신 '-살이'라는 단어가 입안에 자주 맴돕니다. 전작들도 그랬지만 '어디론가 떠밀려서 지내는' 이들에게 눈이 가는. 소설을 쓰시면서 작가님이 놓지 않으려는 기구한 삶의 유형이 있는지요.

백수린 "어디론가 떠밀려서 지내는"이라는 표현이 제 인물들을 설명하는 데 정말 적절한 표현인 듯싶습니다. 등단했을 때부터 줄곧 저는 경계로 밀려난 사람들, 어떤 범주에 속하지 못하고 이쪽과 저쪽에 걸쳐 있는 (혹은 이쪽과 저쪽 모두에서 배척을 받는) 사람들에 관심이 간다고 말해왔습니다. 이때 경계란 물론 물리적인 것만은 아니고, 심리적인 것일 때도 있고요. 비슷한 맥락에서 언뜻 겉으로 보면 아무런 문제가 없는 것처럼 보이지만 실제로는 자신을 견디지 못하고 괴로워하는 인물들에도 애정을 느끼곤 합니다.

김신식 주인공 종구가 아낼 여읜 뒤 딸을 보러 프랑스에 가는데요. 종구의 딸이 종구와 대화하면서 엄마의 지난 삶에 대해 그다지 파고드는 말을 하지 않는 게 인상적이었습니다. 딸의 입장이었다면,으로 시작되는 지점이 으레 있을 텐데 이를 비껴간다 할까요. 종구와 딸은 서로 적당히 신경을 건드리는 관계로 비춰졌어요. 아내를 (이야기 배분상 두 인물에 비해 상대적으로) 투명하게 처리한 이유가 있었을까 궁금했습니다.

백수린 이 소설에서 제가 중점을 둔 것은 애도 자체나 부녀 혹은 모녀 관계라기보다는 종구라는 인물이 지금껏 살아왔던 삶(집)을 떠나 낯선 곳(여행지)에서 생활하게 되면서 겪는 혼란, 흔들림 그 자체였어요. 종구라는 인물 자체에 집중하고 싶다 보니 여행지에서 함께 생활하는 인물이 아닌 아내의 비중은 상대적으로 줄어들 수밖에 없었는데요. 종구에게 아내는 함께 인생을 살아온 동반자로서 그리움의 대상일 수 있겠지만 동시에 일상성을 유지할 수 있게 해주었던 존재이기도 합니다. 저는 아내를 잃고, 한국을 벗어나고, 딸과 생활을 하는 이런 일련의 과정을 통해서 종구라는 인물의 삶을 흔들어놓고 싶었어요. 딸의 입장에 대해 지면을 더 할애했다면 이 소설은 완전히 다른 소설이 될 수밖에 없었을 거라고 생각합니다.

김신식 종구는 딸을 만나, '이 정도' 직장밖에 못 다니는가,라는 실망과 '이 정도(집의 상태)'를 어떻게 유지하지,라는 의구심 사이를 왔다 갔다 합니다. 소설의 끝, 한국으로 돌아가는 비행기 안에서 종구가 승무원에게 역정을 내는 건 딸을 향한 실망과 의구심이 풀리지 못한 채, 그 상태가 응축된 우발적인 행동에 가까웠을까요.

백수린 종구가 승무원에게 역정을 내는 것이 우발적인 행동임은 틀림없습니다. 그런데 그 역정은 의구심과 혼란 끝에 내지른 고통스러운 비명이기보다는 종구가 다시 '나'를 되찾았다는 사실을 확인받고자 하는 몸부림에 더 가까운 행동이라고 생각해요.

김신식 종구가 딸, 딸의 애인 기욤과 식사를 하다 화장실에 다녀온 뒤 방향을 잠시 잃는 대목이 인상적이었습니다. 사람이라면 겪어봄 직한 리얼한 장면이서도, 이 장면을 영화화한다면 어느 사운드도 집어넣지 않은 채 종구를 잠시 몽환 속에 가두고픈(저는 배우 조재현 씨를 떠올리며 소설을 읽었답니다). 작품 속 종구는 헤매는 걸 두려워하는데요. 이는 단지 이국을 여행하는 자가 갖는 두려움이었을까요, 아니면 딸의 삶에 실망한 종구가 나라도 정신을 차려야겠다는 데서 본인을 동여매고자 한 두려움이었을까요.

백수린 제 소설 속에는 이국에 가 있거나, 이국에서 온 인물들이 종종 등장하고, 그래서 여행에 대한 질문을 많이 받아온 편인데요. 사실 지금까지 발표한 다른 소설들을 쓸 때는 여행이라는 소재 자체가 제게 그렇게 중요하지는 않았어요. 그저 누군가 다른 이를 만나러 가거나, 만나러 오는 상황, 낯선 장소에 놓여 있는 상황 그런 것들이 필요해서 썼는데 그런 것들이 '여행'으로 읽히게 된 경우가 많았거든요. 반면 이 소설의 종구는 다른 인물들과 달리 정말 '여행'을 떠나기로 결심하고, '여행'을 하고, 집으로 돌아오는 인물입니다. 종구가 두려움을 느낀 것은 여행을 통해서 지금까지 그가 살아왔던 삶의 방식에 의문이 생겼기 때문이 아닐까요? 소설을 쓰면서 종구는 어쩌면 결코 길을 잃어서는 안 된다고 믿으며 살아왔던 종류의 사람일지도 모른다고 생각했습니다. 나는 결코 헤매서는 안 되고, 살기 위해서는 언제나 단단한 것에 발을 고정시켜야만 한다고 믿어온 사람, 그래서 아주 조그만 진동에도 걷잡을 수 없는 공포를 느끼는 사람의 마음에 대해서 소설을 쓰는 내내 상상했고, 그래서 조금 슬펐습니다.